ANA WOODS

Finding HOME

WEIL DU ALLES FÜR MICH BIST

Roman

W0210834

everlove by PIPER

Mehr über unsere Autorinnen, Autoren und Bücher:
www.everlove-verlag.de

Wenn dir dieser Roman gefallen hat, schreib uns unter Nennung des Titels »Finding Home – Weil du alles für mich bist« an *empfehlungen@piper.de*, und wir empfehlen dir gerne vergleichbare Bücher.

Von Ana Woods liegen im Piper Verlag vor:
Make a Difference-Dilogie
Band 1: Finding Paradise – Weil ich dir vertraue
Band 2: Finding Home – Weil du alles für mich bist

Unser Versprechen für mehr Nachhaltigkeit
Klimaneutrales Produkt
FSC®-zertifiziertes Papier
Hergestellt in Europa

FSC
www.fsc.org
MIX
Papier | Fördert gute Waldnutzung
FSC® C083411

ISBN 978-3-492-06392-0
© everlove, ein Imprint der Piper Verlag GmbH, München 2023
Illustrationen: Designed by rawpixel.com/Freepik (Kaktus, Kaktusblüte); coolvector/Freepik (Blätter)
Satz: psb, Berlin
Gesetzt aus der Dolly Pro
Druck und Bindung: CPI Books GmbH, Leck
Printed in the EU

Für meine Schreibmädels Maja & Rune
Ohne euch hätte ich schon vor Jahren das Handtuch geworfen.

Playlist

James Morrison & Nelly Furtado	Broken strings
Engelbert Humperdinck	Can't take my eyes off you
Katy Perry	Firework
Plested	First time
Calum Scott	Heaven
Usher	His mistakes
McFly	Home is where the heart is
The Proclaimers	I'm gonna be (500 miles)
Brett Young	In case you didn't know
P!nk & Nate Ruess	Just give me a reason
Josh Abbott Band & Kacey Musgraves	Oh, tonight
Miley Cyrus	Party in the U. S. A.
Ed Sheeran	Photograph
Gabrielle Aplin	Please don't say you love me
Shawn Mendes & Tainy	Summer of love
Faith Hill	The lucky one
Tim McGraw & Faith Hill	The rest of our life
The Calling	Wherever you will go

Prolog

Noch während ich den Auslöser drückte, wusste ich, dass dies das letzte Bild sein würde. Mom und Meemaw hatten sich früher schon oft gezofft, aber dieses Mal war der Streit so sehr eskaliert, dass Mom entschieden hatte, Bibury auf der Stelle zu verlassen.

Quälend langsam kam die kleine Fotografie aus der Sofortbildkamera. Es dauerte einige Sekunden, ehe der Grauschleier verschwand und einzelne Farben sichtbar wurden, die sich miteinander vermischten und das Abbild meines Motivs offenbarten.

Mom, wie sie den letzten Koffer in den Wagen hievte, und Meemaw, die auf der Veranda stand und ihre Kaffeetasse fest umklammerte. Hinter ihr die hölzerne Fassade des Wohnhauses, über dem die Sonne aufging und den Sand in ein Spiegelbild von kochender Lava verwandelte.

Wehmütig schaute ich vom Foto hoch und ließ den Blick über die Ranch schweifen. Die Ranch, die mein ganzes Leben mein zweites Zuhause gewesen war.

Seit ich denken konnte, hatten wir die Sommer hier verbracht. Aber schon seit geraumer Zeit hatte Spannung in der Luft gelegen, die gestern ihren Höhepunkt erreicht hatte. Ich hatte versucht, Mom dazu zu bringen, ihre Entscheidung zu überdenken, aber keine Chance. Nun blieb mir nichts anderes übrig, als für sie da zu sein. So wie sie es schon immer für mich war.

»Bist du so weit?« Mit einem lauten Knallen schloss Mom den Kofferraum und schob sich eine lose Strähne hinters Ohr. Ein trauriges Lächeln zierte ihre Lippen.

Ich nickte. »Ja, natürlich.« Das war eine Lüge, aber ich brachte es nicht über mich, ihr zu sagen, wie sehr es mich schmerzte, zu gehen. Also zwang ich stattdessen meine Beine dazu, in ihre Richtung zu laufen.

»Verabschiede dich von deiner Großmutter«, sagte Mom, als ich bei ihr ankam. Die wenigen Meter bis zur Veranda erschienen mir endlos. Meemaws Unterlippe bebte, und ich spürte ein Brennen in meinen Augen. Sie zog mich in eine feste Umarmung. Dass ihr Kaffee dabei überschwappte und meine dünne Strickjacke tränkte, war egal.

»Du wirst mir fehlen, Meemaw«, hauchte ich in ihre Haare. Sie rochen nach dem Lavendelshampoo, das sie schon immer benutzt hatte.

»Wir sehen uns bald wieder.« Es war ein Versprechen. Als Meemaw von mir abließ, wischte sie mir eine einzelne Träne von der Wange. Ihre blassgrünen Augen waren glasig, aber sie hatte ihre Gefühle besser unter Kontrolle als ich. »Ich bin so stolz auf dich, Holly.«

Meine Mundwinkel hoben sich, aber ich war nicht in der Lage, etwas zu erwidern. Also drückte ich ihr lediglich das kleine Foto in die Hand, wendete mich ab und ging zum Wagen, in dem Mom bereits auf mich wartete. Bevor ich einstieg, drehte ich mich noch einmal zu Meemaw und hob die Hand zum Abschied. Dieses Bild prägte ich mir auch ohne Kamera ein.

Ich setzte mich auf den Beifahrersitz und schloss die Tür. Mom schaute mich nicht an. Stattdessen hatte sie die Lippen aufeinandergepresst und den Blick starr geradeaus gerichtet. Einen Moment später fuhr sie los. Die Pierson Ranch wurde immer kleiner, bis sie schließlich gänzlich aus meinem Sichtfeld verschwand. Und ich wusste, dass ich nicht so bald zurückkehren würde.

Kapitel 1

Fotografien waren wie Zeitreisen. Ein Blick darauf genügte, um die Erinnerungen der Vergangenheit wieder hervorzurufen.

Behutsam strich ich über den verschnörkelten Bilderrahmen, auf dem sich eine hauchdünne Staubschicht abgesetzt hatte. Meemaw hatte das Foto behalten. Das Foto, das ich an unserem letzten Tag hier in Bibury geschossen und ihr zum Abschied gegeben hatte.

Ich presste die Lider zusammen und atmete tief durch. Dann stellte ich den Rahmen zurück an seinen Platz auf dem Kaminsims. Dort, wo unzählige Erinnerungen aus Meemaws gesamtem Leben zu finden waren. Es waren Bilder von Gramps oder Mom und mir. Einige waren hier in Bibury aufgenommen worden, aber manche hatten wir ihnen auch per Post geschickt. Zu Geburtstagen oder anderen besonderen Anlässen. Jedes davon hatte einen einzigartigen bunten Rahmen erhalten. Farblich passten sie nicht zusammen, aber das war typisch für Meemaw.

Ich musste lächeln, als ich das Bild von mir auf Jellys Rücken sah. Er war mein erstes Pony gewesen. Nun ja, im Grunde gehörte er nicht mir, aber wann immer ich zu Besuch in Bibury gewesen war, hatte ich mich auf seinen Rücken geschwungen und ein paar Runden gedreht. So lange, bis ich groß genug war, um auf einem echten Pferd zu sitzen, mit dem ich ausreiten konnte. Ich erinnerte mich gern an diese Tage zurück.

Das beständige Ticken der Wanduhr brachte mich zurück in die Gegenwart. Mom und ich waren gestern erst spät angekommen und augenblicklich ins Bett gefallen. Erst jetzt hatte ich die Gelegenheit, durch das Haus zu streifen und den bekannten und zugleich schmerzlich vermissten Duft in mich aufzunehmen. Eine Mischung aus Holz und Lavendel, die mir ein zaghaftes Lächeln auf die Lippen zauberte.

Als ich die ausgeblichenen beigen Gardinen zurückzog, wurde das Zimmer von der Mittagssonne erhellt. Einzelne Staubpartikel tanzten in dem sanften Schein. Zwar war ich kein sonderlich ordentlicher Mensch, dennoch setzte ich es auf meine geistige To-do-Liste, das Haus nachher zu putzen. Meemaw hatte es immer gern sauber und aufgeräumt. Wenigstens das konnte ich für sie tun. Jetzt, da sie nicht mehr bei uns war.

Ich ging in die angrenzende Küche, auf deren Anrichte eine Thermoskanne heißen Kaffees bereits auf mich wartete. Mom musste ihn mir vorbereitet haben, ehe sie aufgebrochen war. Ich stellte mich auf die Zehenspitzen und holte eine Tasse aus dem Schrank. Wie der Großteil der Einrichtung bestand auch die Küche aus hellem Holz. Die Scharniere der Türen hatten teilweise bereits Rost angesetzt, und die Farbe war an vielen Stellen abgeblättert. Doch sie war noch funktionstüchtig.

Mit dem Kaffee gewappnet, setzte ich mich auf einen der Hocker am kleinen Tresen. Eine texanische Tageszeitung lag darauf, die ich aber nur halbherzig durchblätterte. Ich hatte einfach nicht den Kopf für Nachrichten.

In wenigen Tagen sollte die Beerdigung stattfinden, und bis dahin gab es noch einige Dinge zu erledigen. Wir hatten zahlreiche Termine vereinbart, die wir nun nach und nach abklapperten. In drei Stunden musste ich bei Mrs Wallace sein, um das Blumenarrangement auszuwählen. Es sollte ein Liegestrauß in Meemaws Lieblingsfarben werden – Creme und Lila.

Währenddessen wollte Mom mit Pfarrer Mitchell die Trauerfeier durchgehen. Es wurden viele Gäste erwartet, und jeder, der wollte, sollte die Möglichkeit bekommen, ein paar letzte Worte zu sprechen.

Ich warf einen Blick aus dem kleinen Fenster über der Spüle. Es war merkwürdig, hier zu sein. Nicht nur auf der Ranch ohne Meemaw, sondern in Bibury. Seit dem Streit vor acht Jahren war ich nicht mehr hier gewesen. Wie immer war es damals um die Übernahme der Ranch gegangen. Meemaw hatte gewollt, dass diese im Besitz unserer Familie blieb, da schon mehrere Generationen vor ihr viel Geld und Arbeit in die Pierson Ranch investiert hatten. Davon wollte Mom allerdings nichts wissen. Für sie wäre es unvorstellbar gewesen, zurück nach Bibury zu ziehen und den Hof zu führen, und auch ich hatte mir für mein Leben immer etwas anderes vorgestellt. Ich wollte die Welt erkunden und die wundersamsten Orte unseres Planeten mit der Kamera einfangen.

Da Meemaw bis auf Mom und mich aber keine näheren Verwandten hatte, hatte sie immer wieder auf Mom eingeredet, bis das Ganze schließlich eskaliert war. Es wurden Dinge gesagt, die besser ungesagt geblieben wären, Tränen waren geflossen, und Türen wurden geknallt. Ich würde diesen Tag mit Sicherheit nie vergessen.

Mom und Meemaw hatten sich zwar vor einigen Jahren langsam wieder angenähert, und sie hatte uns vorletzte Weihnachten über die Feiertage in Los Angeles besucht, aber seit jenem Tag war nichts mehr wie vorher gewesen. Es war schön, dass die beiden vor Meemaws Tod ihre Streitigkeiten beiseiteschieben und einander all das Gesagte vergeben konnten. Trotzdem hätte ich gern noch einen Sommer auf der Ranch verbracht. Mit Mom und Meemaw. Wir alle gemeinsam. Als Familie.

Vielleicht sogar mit Kim, um ihr noch einmal zu zeigen, wie schön das Leben an einem Ort wie Bibury sein konnte. Bei dem Gedanken an meine beste Freundin wurde mir schwer ums Herz. Seit wir uns vor fünfzehn Jahren kennengelernt hatten, waren wir nie länger als ein paar Tage voneinander getrennt gewesen.

Eigentlich hätte ich jetzt zusammen mit ihr auf Jeopardy Island sein sollen, einem exotischen Inselparadies im Indischen Ozean. Lange hatten wir uns auf den einmonatigen Abenteuerurlaub im Survival-Camp gefreut. Aufgrund von Meemaws plötzlichem Tod konnte ich allerdings nicht mitgehen.

Für mich wäre Kim geblieben und hätte Mom und mich nach Bibury begleitet. Sosehr ich es mir auch gewünscht hätte, sie in dieser schwierigen Zeit an meiner Seite zu haben, ich hätte es mir nicht verzeihen können. Wenn jemand diesen Trip dringend nötig hatte, dann war es Kim.

Während ich in unserer Freundschaft der Wirbelwind war, der nur Chaos mit sich brachte, war Kim die pure Ordnung. Sie strukturierte alles – sie machte uns sogar Essenspläne, an die wir uns penibel hielten. Genau deswegen wollte ich unbedingt, dass sie diesen Urlaub antrat. Denn inmitten der Wildnis war es unmöglich, sich an minutengenaue Abläufe zu halten. Ein bisschen Spontaneität würde ihr guttun und dafür sorgen, dass sie mal den Kopf freibekam.

Nichtsdestotrotz fehlte sie mir schrecklich. Doch Trübsal zu blasen brachte mich nicht weiter, daher kippte ich den letzten Schluck Kaffee runter und machte mich stattdessen für das Treffen mit Mrs Wallace fertig.

Eine knappe Stunde später war ich frisch geduscht, umgezogen und hatte den kleineren meiner beiden Koffer ausgepackt. Dafür, dass Mom und ich geplant hatten, spätestens eine Woche nach der Beerdigung zurück nach Kalifornien zu fahren, hatte ich viel zu viel mitgebracht. Das lag wohl an meinem nicht vorhandenen Organisationstalent. Hätte ich mich an Kims Vorschlag mit der Packliste gehalten, wäre das nicht passiert. Wobei ich nach dem Anruf über Meemaws Tod mit den Gedanken ohnehin ganz woanders war.

Ich warf einen letzten Blick in den Spiegel, um sicherzugehen, dass ich in Ordnung aussah. Da ich es nicht für nötig hielt, mir die Haare zu föhnen – sie würden ohnehin trocknen, kaum dass ich das Haus verließ –, wellte sich mein brauner Bob leicht, sodass er gerade so meine Ohren bedeckte. Meine blauen Augen hatte ich mit etwas wasserfester Wimperntusche betont. Alles andere an Makeup würde mir binnen weniger Sekunden bei der Hitze aus dem Gesicht schwitzen.

Halbwegs zufrieden mit meinem Aussehen verließ ich die obere Etage und steuerte wieder die Küche an, um mir einen frischen Kaffee zu kochen. Noch hatte ich ein wenig

Zeit, ehe ich losmusste. Am liebsten hätte ich Kim angerufen, aber aufgrund der zwölfstündigen Zeitverschiebung zwischen Bibury und Jeopardy Island war es bei ihr jetzt mitten in der Nacht.

Gerade als ich die Maschine einschaltete, klopfte es an der Tür. Ein kurzer Blick auf die Wanduhr verriet, dass es zu früh für Mom war, um zurück zu sein. Wobei sie wohl ohnehin nicht klopfen, sondern einfach hereinkommen würde. In einer so eingeschworenen Gemeinschaft wie dieser verschloss man seine Türen schließlich nur in den seltensten Fällen.

Ich trat in den Flur und öffnete. Die stickige Sommerluft drang ins Innere und raubte mir den Atem. Ich hatte über die Jahre vergessen, wie heiß es in Bibury werden konnte.

Mein Blick huschte zur Veranda, auf der ein gut aussehender junger Mann stand, der verhalten lächelte. Kleine Grübchen zierten seine Wangen, die von einem Dreitagebart verdeckt waren. Seine blonden Haare lugten unter einem Cowboyhut hervor, und die Sonne brachte seine blauen Augen dazu, wie Eis aufzublitzen. Als ich die kleine Narbe sah, die sich von seiner rechten Braue über seine Schläfe zog, hoben sich meine Mundwinkel. Obwohl er älter geworden war, bestand kein Zweifel daran, wer vor mir stand.

»Scott?«, fragte ich überrascht.

Er nickte. »Freut mich, dich wiederzusehen, Holly. Auch wenn die Umstände nicht die besten sind.« Zwar gab er sich sichtlich Mühe, aber er konnte seinen texanischen Akzent nur schwer verbergen. »Mein herzliches Beileid.«

»Danke«, entgegnete ich und trat einen Schritt zurück, um die Tür weiter zu öffnen. »Möchtest du reinkommen?«

Als er über die Schwelle trat, nahm ich den für Scott typischen Ranchgeruch nach Koppel und Heu wahr – das war schon damals so gewesen, und daran hatte sich auch heute nichts geändert. Er war der Sohn unseres Reitlehrers Frankie und mittlerweile selbst als solcher auf der Pierson Ranch angestellt. Früher hatten wir einen ständigen Konkurrenzkampf ausgefochten. Wenn ich eines nicht hatte ausstehen können, dann gegen Scott zu verlieren. Sei es beim Wettreiten, beim Schafetreiben auf dem Bo-Peep-Festival, das jedes Jahr im Frühling in Bibury stattfand, sogar beim Stallausmisten hatten wir uns gemessen und uns dabei mehr als einmal in die Haare gekriegt. Aber trotz allem hatten wir uns gut verstanden ... na ja, meistens jedenfalls.

»Das ist für euch«, sagte Scott und lehnte sich gegen die kleine Kommode im Flur. Dabei streckte er mir die in Alufolie gewickelte Schale entgegen, die er in der Hand hielt. Er musste meinen leicht skeptischen Blick bemerken, denn er fügte hinzu: »Ein Kirsch-Käsekuchen. Dad hat darauf bestanden, dass ich euch einen backe und vorbeibringe. Ich habe ihm zwar gesagt, dass das unnötig ist, weil ohnehin die ganze Stadt kommen und euch versorgen wird, aber du kennst ihn ja.« Scott lachte leise. Ein angenehmer Klang, rauer als in meiner Erinnerung.

Ich nahm den Kuchen entgegen und hob die Folie an. Sofort lief mir das Wasser im Mund zusammen. »Den hast du wirklich selbst gemacht?«

»Jap, und er schmeckt hervorragend.«

»Das glaube ich dir sofort«, erwiderte ich grinsend und balancierte die Form in die Küche. »Möchtest du ein Stück mit Kaffee?«, rief ich über meine Schulter. Scott machte keine Anstalten, mir zu folgen.

»Nein, danke. Ich trinke keinen Kaffee und …«

»Was?«, unterbrach ich ihn, drehte mich um und starrte ihn mit weit aufgerissenen Augen an. »Wie stehst du dann die Arbeit hier durch?«

»Mit Schwarztee und indem ich früh ins Bett gehe.«

»Du warst mir schon immer suspekt«, sagte ich kopfschüttelnd.

»Dito.« Scott verschränkte die Arme vor der Brust und lächelte. »Ich muss jetzt aber auch schon wieder an die Arbeit. Die Tiere versorgen sich nicht von allein. Ich wollte euch nur mein Beileid aussprechen. Ist Selena da?«

»Noch nicht, sie hat einen Termin mit dem Pfarrer.«

Scott nickte. »Verstehe. Dann sag ihr bitte, dass ich hier gewesen bin.«

»Mach ich, und danke noch mal für den Kuchen und deine Worte.«

»Das ist doch selbstverständlich.« Er tippte sich an die Krempe, ehe er sich umwandte und so schnell wieder verschwand, wie er aufgetaucht war.

Noch einen Moment blieb ich im Türrahmen stehen und schaute zu dem Fleck, an dem Scott eben noch gestanden hatte. Er hatte sich verändert. Zumindest optisch. Auch als Junge war er schon nett anzusehen gewesen. Jetzt aber war er ein richtiger Mann – gut gebaut, überragte mich um einen Kopf und war wirklich sehr attraktiv. Ich hatte schon immer eine Schwäche für Cowboys, was wohl den Sommern hier zu verdanken war.

Unwillkürlich fragte ich mich, ob Scott sich auch sonst verändert hatte. Er war früher ziemlich frech gewesen, hatte mich geärgert oder bei Meemaw verpetzt, wenn ich etwas Verbotenes getan hatte. Aber er hatte auch andere

Seiten gehabt. Seiten, die das Herz der dreizehnjährigen Holly Purzelbäume schlagen ließen.

Schnell vertrieb ich den Gedanken wieder. Wir würden ohnehin nur wenige Tage in Bibury bleiben. Am Freitag, einen Tag nach der Beerdigung, stand unser Termin mit dem Nachlassverwalter auf dem Plan. Danach würden wir eine Entscheidung über die Zukunft der Ranch treffen. Doch bisher sah alles danach aus, dass wir sie verkaufen würden.

Als mir der Geruch von Kaffee in die Nase stieg, fiel mir wieder ein, dass ich in einer halben Stunde losmusste. Also nahm ich mir ein Stück Kuchen, um mich für den Tag zu stärken.

Kapitel 2

Die leisen Klänge des Liedes vermischten sich mit dem Gesang der Vögel, die über uns in den Zweigen zwitscherten und Meemaw auf diese Weise ebenfalls die letzte Ehre erwiesen. Langsam wurde der Eichenholzsarg in die Erde gelassen. Mom hatte ein besonders schön veredeltes Exemplar aus dem großen Angebot ausgesucht, wofür Meemaw sie mit erhobenem Zeigefinger ausgeschimpft hätte. Sie hatte es nie gemocht, wenn man zu viel Geld für in ihren Augen unnütze Dinge ausgab.

Ich wischte mir eine einzelne Träne von der Wange und fixierte den Strauß, den Mrs Wallace vorbereitet hatte. Er war wunderschön und wohlduftend, so wie ich ihn in Auftrag gegeben hatte.

Erst als die Musik vollständig verklungen war, hob ich den Kopf und schaute zu Pfarrer Mitchell, der die Messe geleitet hatte. Er sprach ein paar letzte Worte, und wenige Minuten später war es vorbei.

Mom und ich schüttelten noch ein paar Hände und erinnerten an den Leichenschmaus, ehe sich die Trauergäste nach und nach vom Grab entfernten. Die halbe Stadt war hier gewesen, um sich von Meemaw zu verabschieden.

Mom hakte sich bei mir unter und strich behutsam über meinen Arm. Ein glasiger Schimmer lag in ihren Augen. »Deiner Großmutter hätte die Beerdigung sicher gefallen«, sagte sie und wischte sich mit dem zerknüllten Taschentuch über die Nase.

Ich nickte. »Das denke ich auch.«

Eine Weile schauten wir gedankenverloren zur Grabstätte. Es war ein schöner Platz auf einem der zahlreichen Hügel des Kirchenfriedhofs unter einem Schatten spendenden Baum. Paradoxerweise hatte Meemaw die Hitze nie gemocht, obwohl sie ihr ganzes Leben lang eine Ranch in der texanischen Prärie geführt hatte. Doch nun konnte sie an einem kühleren Fleckchen neben Gramps ruhen.

»Die anderen warten sicher schon«, sagte Mom irgendwann.

»Du hast recht, lass uns gehen.«

Weiterhin beieinander untergehakt, liefen wir den schmalen Steinpfad entlang. Es war ein unglaublich heißer Tag, weshalb ich mir mit der freien Hand Luft zufächeln musste, um nicht einzugehen wie eine Blume.

Wir ließen die Kirche hinter uns und schlenderten die Hauptstraße zum *Cockeyed Sheep* entlang – eine etwas heruntergekommene Kneipe, die uns netterweise für den Leichenschmaus zur Verfügung gestellt wurde. Heute Morgen hatten Mom und ich schon zahlreiche Speisen und Getränke vorbeigebracht, die von Freiwilligen während der Zeremonie aufgebaut wurden. Eine Hand wusch die andere an einem Ort wie Bibury.

Je näher wir kamen, desto lauter wurde das Stimmengewirr, das aus der Kneipe drang. Mom öffnete die Tür, woraufhin die Gespräche verklangen und die Gäste sich uns zuwandten. Als wir an ihnen vorbei zur Bar gingen, erreichten uns leise Beileidsbekundungen.

Auf dem Tresen standen zahlreiche Sektgläser, die

Amity bereitgestellt hatte. Sie war die Tochter des Pfarrers. Als junges Mädchen hatte sie immer karierte Kleider getragen, und zwei Flechtzöpfe hatten von ihrem Kopf gebaumelt. Heute trug sie eine kesse blonde Kurzhaarfrisur und hatte das *Cockeyed Sheep* übernommen, wo sie auch als Barkeeperin arbeitete. Ganz zum Leidwesen ihres Vaters.

Mom griff zwei Sektgläser und reichte mir eines davon. Anschließend sprach sie einige Worte. »Auf Donna Pierson«, beendete sie ihre Rede und hob das Glas.

»Auf Donna Pierson«, erwiderten die Trauergäste. Ich stieß mit Mom an und kippte den Sekt in einem Zug runter.

Wenige Augenblicke später gingen die Gespräche wieder los. Mom mischte sich unter die Gäste, während ich mir einen Barhocker zurechtschob und mich an den Tresen setzte. Mir war im Moment nicht nach Reden zumute. Meine Gedanken hingen noch bei der Beerdigung, die nicht nur körperlich, sondern auch seelisch an mir gezehrt hatte. Meemaw fehlte mir. Sehr sogar.

Ich griff mir ein weiteres Sektglas und leerte auch dieses zügig.

»Wenn du dich betrinken möchtest, gebe ich dir auch gern etwas Stärkeres«, sagte Amity mit einem Lächeln auf den Lippen, das ihre hellbraunen Augen zum Funkeln brachte.

»Immer her damit«, entgegnete ich und klopfte auf den Tresen.

Lachend stellte Amity zwei Schnapsgläser vor uns ab und befüllte sie mit einer klaren Flüssigkeit. Der Geruch von Wodka brannte in meiner Nase. Nicht unbedingt das, was ich normalerweise trank, aber heute war auch kein Tag wie jeder andere.

»Auf deine Großmutter.« Wir stießen an und kippten das Zeug runter.

»Urgh!« Es schüttelte mich am ganzen Körper.

»Noch einen?« Amity hob die Flasche, doch ich legte kopfschüttelnd meine Hand übers Glas.

»Bitte nicht.«

Sie lachte. Ein klangvoller Laut an einem so düsteren Tag. »Na schön. Kann ich dir sonst noch etwas Gutes tun, Holly?« Sie deutete zum Zapfhahn vor sich. »Ein kühles Bier vielleicht?«

»Da kann ich nicht Nein sagen«, erwiderte ich.

»Kommt sofort.« Amity zwinkerte und wandte sich von mir ab, um mir mein Getränk zuzubereiten. Indessen drehte ich mich auf dem Barhocker um und ließ den Blick über die Gäste schweifen. Einige nickten mir zu – eine freundliche Geste, die ich erwiderte.

Amity stellte das Bier vor mir ab und entschuldigte sich einen Moment, um ein paar andere Gäste zu bewirten. Eigentlich hätte sie das nicht tun müssen, wir hatten für genug eigene Getränke gesorgt, an denen sich jeder nach Belieben bedienen konnte, aber Amity war schon immer freundlich und hilfsbereit gewesen. Eine Charaktereigenschaft, die sie glücklicherweise beibehalten hatte.

Ich schlürfte die Schaumkrone vom Bier. Ein angenehmes Prickeln in meiner Kehle, das genau das Richtige heute war.

»Darf ich mich setzen?« Scott kam näher und deutete auf den Barhocker neben meinem. Seine breiten Schultern steckten in einem weißen Hemd. Die Krawatte um seinen

Hals hatte er etwas gelockert, und die Anzugjacke hielt er in der Hand. Heute waren seine Haare ordentlich zurückgekämmt, vom Cowboy fehlte jede Spur.

»Klar, setz dich«, sagte ich.

»Danke.« Er legte die Jacke fein säuberlich auf den Hocker und setzte sich darauf. »Und noch mal mein herzliches Beileid, auch wenn du es vielleicht nicht mehr hören kannst.«

Ich nickte und betrachtete die einzelnen Bläschen, die in meinem Bier aufstiegen. »Deine Rede war sehr schön.« Während der Zeremonie hatten einige Gemeindemitglieder ein paar Worte gesprochen. Unter ihnen waren auch Scott, sein Vater Frankie und José, der Pferdezüchter der Ranch, gewesen. Ihre Worte hatten mir viel bedeutet, da sie mir verdeutlicht hatten, dass Meemaw auch während unserer Abwesenheit nie allein gewesen war. Sie hatte gerade in Scott und Frankie zwei Menschen gefunden, die wie eine Familie für sie waren, mit denen sie Feiertage verbracht und die sie sonntags zum Essen eingeladen hatte. Da fiel mir auf, dass ich Scotts Vater nach der Beisetzung nicht mehr gesehen hatte. Bisher hatte ich keine Gelegenheit gehabt, mich mit ihm zu unterhalten. »Ist dein Dad nicht mehr hier?«

Sacht schüttelte Scott den Kopf. »Nein, ich habe ihn nach Hause gebracht. Aufgrund seiner Krankheit fällt es ihm schwer, so lange unterwegs zu sein. Aber ich soll Selena und dich lieb grüßen.«

»Verstehe. Grüß ihn bitte zurück.« Als Meemaw uns zuletzt in Los Angeles besucht hatte, hatte sie uns von Frankies Nervenkrankheit erzählt. Sie war der Grund, aus dem er seine Arbeit als Reitlehrer niederlegen musste und

Scott die Stelle übernommen hatte. Es tat mir leid, dass es ihm so schlecht ging. Frankie war immer schon ein herzensguter Mann gewesen, der mir viel beigebracht hatte. Nachdem Gramps körperlich nicht mehr so fit gewesen war, war Frankie regelmäßig mit mir ausgeritten.

Amity stellte Scott ebenfalls ein Bier hin. Er nahm das Glas und hob es in meine Richtung. Klirrend stieß ich mit ihm an.

»Wie geht es dir mit allem?«, fragte er nach einer Weile.

Ich zuckte mit den Schultern. »So weit ganz gut, schätze ich. Natürlich hätte ich mich gern von Meemaw verabschiedet, aber ich bin froh, dass wir uns überhaupt noch gesehen haben, nachdem … na ja.«

Eigentlich hatte Meemaw uns über Thanksgiving in diesem Jahr besuchen wollen. Ich hatte mich schon sehr gefreut, sie nach so langer Zeit endlich wiederzusehen. Aber ihr Tod war überraschend gekommen. Sie war gerade erst Mitte sechzig und körperlich gesund gewesen. Trotzdem hatte sie einen Herzinfarkt erlitten, den sie nicht überlebt hatte. Das hatte mir wieder einmal bewusst gemacht, wie plötzlich alles vorbei sein konnte.

»Das verstehe ich. Wenn du irgendwas brauchst, dann sag Bescheid. Ich bin für dich da.« Ein zaghaftes Lächeln umspielte Scotts Lippen.

»Danke, das weiß ich zu schätzen. Aber wir werden vermutlich nächste Woche wieder nach Hause fahren.«

Scott zog die Brauen zusammen und legte den Kopf schief. »Ihr wollt schon abreisen? Wieso?«

»Mom hat einen Job, und ich studiere«, entgegnete ich leicht verwirrt. »Unser Leben spielt sich in Kalifornien ab.«

Scott nahm einen kräftigen Schluck, dann fixierte er mich wieder. »Ich dachte, du übernimmst die Ranch. Donna hat immer wieder davon gesprochen, dass du eines Tages in ihre Fußstapfen treten wirst.«

Ein Lachen drang aus meiner Kehle, das nur dazu führte, dass ich mich an meinem Bier verschluckte. »Ich? Die Ranch übernehmen? Du weißt schon, dass ich erst einundzwanzig bin und noch die Welt erkunden will?«

Es war nicht so, dass ich nie darüber nachgedacht hatte, eines Tages Meemaws Job zu übernehmen. Schließlich war die Pierson Ranch schon seit Generationen im Besitz unserer Familie. Aber *eines Tages* war in meinem Kosmos stets sehr weit entfernt gewesen. Erst wollte ich mein Studium beenden, einen guten Job finden, durch die Welt reisen und Dinge erleben.

»Man kann auch mit Anfang zwanzig sesshaft werden.« Scott zwinkerte, dann legte sich ein spitzbübisches Lächeln um seine Lippen. »Was ist aus der spontanen Holly von früher geworden? Dinge zu planen war doch nie deine Stärke.«

»Spontan zur Kirmes statt ins Kino zu gehen ist aber etwas anderes, als von jetzt auf gleich das ganze Leben hinter sich zu lassen.«

»Ach, und wie war das bei deinem Besuch, als du entschieden hast, dir ein Hausschwein zu kaufen, und es dann zurückbringen musstest, weil Donna und Selena es dir verboten hatten?«

»Dass du dich daran überhaupt erinnerst!«, entgegnete ich lachend.

»Natürlich. Ich werde jeden Tag, wenn ich in den Spiegel schaue, an früher erinnert.« Er deutete auf die kleine Narbe an seiner Schläfe. Ich grinste, auch wenn es eigentlich nicht lustig war. Die Narbe ging gewissermaßen auf meine Kappe, denn ich hatte ihm bei einem Wettreiten den Weg so versperrt, dass er das Hindernis vor uns nicht rechtzeitig sehen konnte. Sein Pferd war ins Straucheln geraten, woraufhin Scott abgeworfen wurde und sich den Kopf an einem kleinen Stein aufgeschlagen hatte. Es grenzte an ein Wunder, dass er bis auf die Platzwunde keine weiteren Verletzungen davongetragen hatte.

Ich nippte an meinem Bier und hob die Schultern. »Na, immerhin hast du so eine bleibende Erinnerung an mich.«

»Ich hätte dich auch so nicht vergessen«, entgegnete Scott und schaute mich weiterhin lächelnd an.

Mein Herz machte einen nervösen Hüpfer, und Hitze stieg mir in die Wangen. Keine Ahnung, warum seine Worte eine solche Wirkung auf mich hatten. Das musste daran liegen, dass heute so ein emotionaler Tag war. Ich wich seinem Blick aus, spürte ihn aber weiterhin auf mir ruhen.

»Jedenfalls ist es derzeitig nicht geplant, dass ich die Ranch übernehme«, durchbrach ich irgendwann die Stille zwischen uns. »Morgen werden wir mehr wissen, aber bisher sieht alles danach aus, dass wir verkaufen werden.«

»Aber sie gehört eurer Familie schon seit Generationen.« Unverständnis zeichnete sich in seinen Zügen ab.

Allerdings war das keine Diskussion, die ich jetzt führen wollte. Oder sonst irgendwann. »Das weiß ich selbst«, sagte ich seufzend. »Aber so ist der Lauf der Dinge nun mal.«

Scott presste die Lippen aufeinander. Kurz meinte ich, dass er noch etwas sagen, die Diskussion vertiefen wollte, doch er hielt sich zurück. Stattdessen nickte er lediglich. »Natürlich. Tut mir leid, ich wollte jetzt auch eigentlich gar nicht davon anfangen.«

»Schon okay«, winkte ich ab und widmete mich wieder dem halb leeren Glas Bier in meiner Hand.

»Ich werde dann mal deine Mutter suchen und ihr mein Beileid aussprechen.« Scott stand auf und legte mir die Hand kurz auf den Unterarm. Ein warmes Gefühl zog durch mich hindurch, und ein sanftes Kribbeln legte sich über meine Haut. »Wir sehen uns später.«

»Ja, bis dann.« Er griff nach seiner Jacke und drehte sich um. Kurz darauf war Scott in der Menge verschwunden. Ich ließ mir seine Worte noch einmal durch den Kopf gehen. Die Zukunft der Ranch war schon immer der Streitpunkt in unserer Familie gewesen. Da Mom sich vehement mit Händen und Füßen geweigert hatte, die Ranch zu übernehmen, war ich die einzig naheliegende Wahl. Mehr Verwandtschaft hatten wir nicht.

Trotzdem wäre es nicht nur ein unglaublicher Schritt, sondern auch eine enorme Last, die ich nicht gewillt war zu tragen. Das Beste für alle – die Mitarbeiter und die Tiere – wäre ein neuer Eigentümer.

Nachdem Amity mir ein weiteres Bier hingestellt und ein paar Worte mit mir gewechselt hatte, entschuldigte ich mich, um ein wenig frische Luft zu schnappen. In der Kneipe war es stickig und schwül, weshalb die lauwarme Sommerabendbrise eine willkommene Abwechslung war.

Ich schlang die Arme um den Oberkörper und lehnte mich gegen die Fassade. Als ich die Augen schloss, merkte ich, dass mir etwas schwummerig war. Es wäre wohl besser gewesen, nicht so wild durcheinanderzutrinken.

»Willst du eine?« Bei den Worten zuckte ich kaum merklich zusammen und öffnete die Augen wieder. Da ich so in Gedanken gewesen war, hatte ich nicht bemerkt, dass José nur wenige Meter entfernt stand. Er reichte mir eine geöffnete Zigarettenschachtel.

Kopfschüttelnd winkte ich ab. »Nein, danke. Ich rauche nicht.«

Er schloss die Packung wieder und ließ sie in seiner Hosentasche verschwinden. Zum Glück war José eher von der ruhigen Sorte, weshalb er mich nicht krampfhaft in ein Gespräch verwickeln wollte. Vor etwa fünfzehn Jahren war er mit seiner Familie aus Mexiko in unser Land gekommen. Ich erinnerte mich noch daran, dass er anfangs kaum Englisch gesprochen hatte. Aber José war immer fleißig und bemüht gewesen, weshalb er sich unsere Sprache schnell angeeignet und auf der Ranch immer einhundertzehn Prozent gegeben hatte. Nicht nur war er ein hervorragender Pferdezüchter, sondern auch handwerklich sehr begabt.

Als ich den Kopf drehte, sah ich Scott mit einer blonden Frau an einem der kleinen Tische vor der Kneipe sitzen. Da sie mit dem Rücken zu mir saß, konnte ich sie nicht erkennen.

»Ist das Hannah?«, fragte ich José.

Er schüttelte den Kopf. »Nein, Brooke Hanson. Sie ist unsere Tierärztin, erst letztes Jahr hergezogen.«

»Seine neue Freundin?« Die Frage rutschte mir raus, ehe ich darüber nachdenken konnte. Eigentlich sollte ich mich nicht für Scotts Privatleben interessieren, schließlich ging es mich nichts an. Aber zum Leidwesen meiner Mitmenschen war ich schon immer sehr neugierig. Und vielleicht tat auch der Alkohol sein Übriges.

José nahm einen kräftigen Zug von seiner Zigarette und blies den Rauch in die entgegengesetzte Richtung. Durch die Brise bekam ich allerdings trotzdem die Hälfte davon ins Gesicht. Er lehnte sich zu mir herüber, wobei mir eine seiner schwarzen Locken die Wange kitzelte. Dann senkte er die Stimme. »Nein, nicht direkt. Die beiden hatten ein paar Monate was am Laufen, aber das ist schon länger vorbei. Seit Hannah ihn kurz vor der Hochzeit betrogen hat und überstürzt abgehauen ist, hat er sich auf keine Frau mehr so richtig eingelassen.«

»Was? Ist das dein Ernst?«, fragte ich überrascht. Damit hätte ich nie gerechnet. Klar, ich war lange nicht hier gewesen und wusste nicht, was sich im Laufe der Jahre verändert hatte, doch Hannah war früher das nette Mädchen von nebenan gewesen. Sie hatte immer ein offenes Ohr, half, wenn Not am Mann war, und besaß das hellste, ansteckendste Lachen weit und breit. Man *musste* sie einfach gernhaben.

José nickte. »Ja, das ist jetzt vier Jahre her. War ein ziemlicher Schlag ins Gesicht für ihn.« Er legte sich den Zeigefinger an die geschlossenen Lippen. »Aber das weißt du nicht von mir.«

»Natürlich nicht«, entgegnete ich und warf noch einen verstohlenen Blick zu Scott und Brooke. Ich überlegte, ob ich sie begrüßen und mich vorstellen sollte, doch die beiden schienen in eine angeregte Unterhaltung vertieft zu sein, weshalb ich nicht stören wollte.

»Kommst du mit rein?« José drückte seine Zigarette in

dem kleinen Aschenbecher auf der Fensterbank aus und steuerte den Eingang an. Ich nickte, und gemeinsam traten wir wieder in den stickigen Innenraum des *Cockeyed Sheep*.

Kapitel 3

Der gestrige Tag war so lang und anstrengend gewesen, dass ich, wieder auf der Ranch angekommen, nur noch meine Chatnachrichten von Kim gelesen und beantwortet hatte und anschließend sofort ins Bett gefallen war.

Den Vormittag hatte ich damit verplempert, halbwegs wach zu werden, was mehrere Tassen Kaffee und eine Ladung kaltes Wasser ins Gesicht benötigt hatte. Und selbst dann war ich lediglich mittelmäßig wach gewesen. Keine Ahnung, wie Mom es geschafft hatte, früh in die Stadt zu fahren, um Erledigungen zu machen. Oder wie Menschen es generell schafften, morgens mit dem Sonnenaufgang aufzustehen und in den Tag zu starten. Mir graute es schon, wenn ich nur daran dachte.

Mit meiner Kamera gewappnet, ging ich hinaus. Auf der Veranda streckte ich erst mal ausgiebig meine müden Glieder und ließ die warmen Sonnenstrahlen meine Haut erwärmen. Der Geruch von Heu hing in der Luft, und in der Ferne hörte ich das leise Wiehern der Pferde. Es erinnerte mich an früher und zauberte mir ein Lächeln ins Gesicht.

Nur wünschte ich mir nichts sehnlicher, als dass Meemaw auch hier wäre. Ich war immer gern mit ihr über die Ranch geschlendert und hatte ihr in den Ställen geholfen. Körperliche Arbeit war zwar nie meine Stärke gewesen, aber ich hatte mein Bestes gegeben, um sie stolz zu machen. Der Gedanke daran versetzte mir einen Stich.

Noch einmal atmete ich tief durch und lief die morschen Stufen hinunter. Ein Wunder, dass sie bisher nicht in sich zusammengebrochen waren.

Durch den Sand, der mit Erde und Gräsern vermischt war, wandelte sich das strahlende Weiß meiner Stoffschuhe binnen Sekunden zu einem eher fahlen Grau. Die heutige Wahl meiner Schuhe war wohl nicht meine beste gewesen. Da nun allerdings ohnehin schon Hopfen und Malz verloren war, lief ich einfach weiter.

Aufgrund der zahlreichen Termine in der letzten Woche hatte ich kaum Gelegenheit gehabt, wirklich zu realisieren, dass wir hier waren. Nun dem schmalen Pfad hinter dem Haupthaus zu folgen, rief gemischte Gefühle in mir hervor. Doch es war die Freude, die überwog.

Ich schaltete die Kamera ein. Auf dem Startbildschirm grinsten mir Kim und ich entgegen. Es war das Selfie, das wir bei unserem Abschied im alten Baumhaus gemacht hatten. Unsere Augen waren gerötet und die Haare zerzaust. Man erkannte deutlich, wie mitgenommen wir waren. Trotzdem strahlten wir über beide Ohren. So wie wir es immer taten, wenn wir zusammen waren.

Kurz klickte ich mich durch die Fotos. Die letzten hatte ich am Santa Monica Pier gemacht. Kim und ich waren ein paar Tage vor unserer Abreise dort gewesen, um die Prüfungswoche ausklingen zu lassen. Die Bilder jetzt zu sehen führte mir wieder vor Augen, wie sehr mir meine beste Freundin fehlte. Durch die Termine war ich so abgelenkt gewesen, dass ich nicht großartig darüber nachdenken konnte. Aber nun, wo bis auf das Treffen mit dem Nachlassverwalter nachher nichts mehr anstand, hatte ich alle Zeit der Welt, mir einen Kopf zu machen.

Am liebsten hätte ich sie angerufen, aber auf Jeopardy Island war es gerade wieder mal mitten in der Nacht. In ihren gestrigen Nachrichten hatte Kim mir von ihren bisherigen Erlebnissen beim Basistraining des Survival-Camps erzählt. Da ich nicht mitfahren konnte und die praktischen Übungen in der ersten Woche paarweise ausgeführt werden mussten, wurde ihr ein junger Mann namens Aidan zugeteilt. So wie sie sich über ihn aufregte, war ich mir ziemlich sicher, dass sie etwas für ihn übrighatte. Zwar behauptete sie, ihn nicht leiden zu können und dass er sie buchstäblich in den Wahnsinn trieb, aber mir konnte sie nichts vormachen. Es würde mich nicht wundern, wenn sie am Ende des Trips mit einem Mann im Schlepptau ankommen würde.

Während ich zu den Ställen lief, knipste ich einige Bilder der Ranch und der Bergkette, die sich hinter dem großen Grundstück erstreckte. Es war ein atemberaubender Anblick, der einer der Gründe dafür war, dass ich mich für ein Fotografiestudium entschieden hatte. Ich konnte einfach nicht genug davon kriegen, zu beobachten, wie die Sonnenstrahlen sich über den Gipfeln brachen und den Sand in ein rotglitzerndes Meer verwandelten.

Hoffentlich würde ich eines Tages mit meinen Bildern mehr Menschen erreichen. Vor unserer Abreise hatte ich mich auf eine studentische Aushilfsstelle in der Grafikabteilung der *L. A. Times* beworben. Lange hatte ich auf genau so eine Chance gewartet, denn eine große, renommierte Zeitung im Lebenslauf zu haben öffnete zahlreiche

Türen. Es war ein riesiger Schritt, um meinem Traum, Reisefotografin zu werden, näher zu kommen. Bisher hatte ich keine Rückmeldung erhalten, doch wann immer mein Handy klingelte, erhöhte sich schlagartig mein Puls. Kurz darauf folgte dann die Ernüchterung, wenn es nur eine Pop-up-Werbenachricht war. Aber noch hatte ich die Hoffnung nicht aufgegeben.

Als ich weiterlief, ließ ich den Blick wieder schweifen. Die Pierson Ranch bestand aus einem etwa fünfhundert Hektar großen Grundstück. Neben dem Wohnhaus gab es ein Gästehaus, in dem die Touristen für einen Reiterurlaub einquartiert wurden. Außerdem lebten dort die Saisonarbeiter, die regelmäßig auf die Ranch kamen, um ein bisschen Landluft zu schnuppern und mit anzupacken. Bewirtet wurden sie von Josés Bruder Miguel, dem ich vor unserer Abreise auch noch unbedingt einen Besuch abstatten musste.

Hinter dem Gästehaus befanden sich die Ställe und eine der weitläufigen Koppeln, die sich bis zur Bergkette erstreckte. Auf der anderen Seite der Ställe lag die wunderschöne Weide, die ich auch von meinem Zimmer aus sehen konnte. In ihrer Mitte war ein kleiner Teich angelegt, auf dem einige Enten ihre Runden drehten.

Im Grunde war es ein unfassbar schöner Ort, an dem man es sich gut gehen lassen konnte. Die Luft war deutlich frischer als in Los Angeles, und man war umgeben von wilder und unberührter Natur, von atemberaubenden Landschaften. Von Wüsten, in denen Kakteen mit bunten Blüten wuchsen, bis hin zu Bergen, zwischen denen hin und wieder kleine Bäche plätscherten. Um den Kopf freizukriegen, konnte ich mir kaum einen besseren Ort vorstellen. Außer vielleicht eine Survival-Insel inmitten des Indischen Ozeans.

Ich schlenderte an der Weide vorbei, passierte einige frei laufende Hühner, die Körner vom Boden pickten und von denen ich Fotos schoss, und steuerte die Ställe an. In der Ferne sah ich einige Mitarbeiter herumwuseln. Die meisten von ihnen kannte ich nicht, was daran lag, dass es auf der Ranch nur einen kleinen, festen Arbeiterstamm gab.

Der Geruch von Erde und Stroh hing in der Luft. Ein vertrauter Duft, der ein Gefühl von Heimat in mir hervorrief.

Das vordere Stalltor war geöffnet. Ich schob meinen Kopf hindurch. »Hallo? Ist hier jemand?«

Ich wartete einen Moment. Da ich keine Antwort erhielt, trat ich ein. Der Mittelgang war sandig und mit zahlreichen Strohhalmen bedeckt, die bei jedem meiner Schritte leise quietschten und knackten.

Links und rechts im Stall befanden sich jeweils zehn Boxen, in denen verschiedenfarbige Hengste und Stuten schnaubend die Köpfe neigten, als wollten sie mich beim Vorbeigehen begrüßen.

Lächelnd blieb ich vor einer der Boxen stehen. Ein wunderschöner Mausfalbe schaute mich aus großen schwarzen Knopfaugen an. Sein rauchgraues Fell schimmerte silbrig. Schnaubend schüttelte er die tiefschwarze Mähne. Vorsichtig hob ich die Hand und wartete auf seine stumme Einwilligung, dass ich ihn berühren durfte.

Erst beäugte er mich leicht skeptisch, doch als ich einen Schritt näher an ihn herantrat, schob er den Kopf aus der Box. Langsam fuhr ich mit den Fingerspitzen über seine Nase und Stirn.

»Du warst schon immer eine Pferdeflüsterin«, sagte José lachend. In Arbeitskleidung und mit einem Eimer in der Hand trat er aus der Box neben der des Pferdes, vor dem ich stehen geblieben war. Er nahm die Kopfhörer aus den Ohren – der Grund, aus dem er mich nicht hatte rufen hören.

»Wie meinst du das?«, fragte ich und kraulte dem Hengst die Mähne.

»Aramis braucht normalerweise eine Weile, ehe er jemandem vertraut und sich anfassen lässt. Er kam vor zwei Jahren auf die Ranch, als sein Besitzer gestorben ist. Anfangs war er total verängstigt und hat niemanden in seine Nähe gelassen. Aber Scott hat ihn wieder aufgepäppelt.« José stellte den Eimer vor sich ab und kam auf mich zu. Dann strich er Aramis ebenfalls über die Mähne. Ich meinte das Tier lächeln zu sehen. Kaum vorstellbar, wie es für den Hengst gewesen sein musste, aus seiner gewohnten Umgebung herausgerissen und hierher verfrachtet zu werden. Kein Wunder, dass es anfangs zu Schwierigkeiten mit ihm kam. Glücklicherweise hatten Scott und sein Vater schon immer ein Händchen für Pferde gehabt.

»Brauchst du Hilfe?«, fragte ich José und deutete auf den Eimer. »Ich habe noch etwas Zeit vor unserem Treffen mit dem Nachlassverwalter.«

Lächelnd schüttelte er den Kopf. »Nein, alles gut, ich bin fast fertig. Aber wenn du willst, sattle ich dir eines der Pferde, dann kannst du noch etwas ausreiten.«

Bei dem Gedanken daran machte mein Herz einen aufgeregten Hüpfer. Mittlerweile war es acht Jahre her, dass ich zuletzt auf dem Rücken eines Pferdes gesessen hatte.

Sacht schüttelte ich den Kopf. »Lieber nicht. Ich kann nicht mehr reiten.«

»Reiten ist wie Fahrradfahren. Gerade wenn du es als Kind gelernt hast, verlernst du es so schnell nicht wieder.« Ein erwartungsvoller Ausdruck legte sich auf Josés Gesicht.

Gedanklich wog ich das Für und Wider ab, entschied mich schlussendlich aber doch dagegen. Würde ich jetzt auf ein Pferd steigen und über das Grundstück reiten, würde ich womöglich die Zeit vergessen und Mom mich einen Kopf kürzer machen. »Ein anderes Mal vielleicht.«

José zuckte mit den Schultern. »Sag einfach Bescheid. Ich muss dann mal weitermachen.«

»Alles klar. Grüß Miguel bitte ganz lieb von mir.«

»Mach ich. Wir sehen uns, Holly.« José wandte sich um und ging ans Ende des Stalls, wo er in einer der Boxen verschwand, um das nächste Pferd zu versorgen.

Ich verabschiedete mich von Aramis, ehe ich den Stall wieder verließ und weiter über die Ranch schlenderte. Dabei fiel mir auf, dass ich lediglich Arbeiter sah und keine Touristen. Instinktiv fragte ich mich, ob es dafür einen Grund gab. Früher war die Ranch gut besucht gewesen. Gerade in den Sommermonaten tummelten sich hier unzählige Familien und Freundesgruppen, um einen unvergesslichen Urlaub zu erleben. Dass nun eine gähnende Leere herrschte, war ungewöhnlich. Bei Gelegenheit musste ich José oder Scott fragen, was es damit auf sich hatte.

Als ich nach einer Weile auf meine Handyuhr schaute, war es kurz vor drei. In einer halben Stunde wollte Mom mich für den Termin mit dem Nachlassverwalter abholen, weshalb ich entschied, langsam den Rückweg anzutreten. Ich knipste noch ein paar Bilder, die ich anschließend auf dem Display der Spiegelreflexkamera anschaute. Die meisten waren typische Tourifotos und entsprachen nicht meinen Ansprüchen. Aber mir fehlte die Zeit, jetzt an den Einstellungen herumzuwerkeln, daher würde ich das auf nachher oder morgen verschieben.

Ich beschleunigte meine Schritte, damit mir noch etwas Zeit blieb, mich frisch zu machen und umzuziehen. Vor dem Haus parkte ein bordeauxfarbener Jeep, den ich hier noch nie gesehen hatte. Auf der Veranda stand ein stämmiger Mann, der mir ebenfalls nicht bekannt vorkam.

»Kann ich Ihnen helfen?«, fragte ich, als ich näher kam.

Der Mann drehte sich zu mir um. Er trug eine enge schwarze Jeans, schwarze Cowboystiefel und einen Cowboyhut, an dessen Krempe er tippte, während er den Kopf leicht neigte. Ich lief die Stufen zu ihm hoch und stellte mich ihm gegenüber. »Howdy! Sind Sie Ms Pierson?«, fragte er mit starkem Südstaaten-Dialekt. Ich hatte es immer begrüßt, dass weder Gramps noch Meemaw diesen häufig verwendet hatten, wenn ich zu Besuch war. Da ich ihnen kaum folgen konnte, hatten sie den Versuch aufgegeben, ihn mir beizubringen.

Langsam nickte ich. »Holly Pierson, ja.«

Der Mann räusperte sich. »Freut mich sehr, Sie kennenzulernen. Und mein herzliches Beileid zu Ihrem Verlust. Es muss schwer sein, die Großmutter zu verlieren.« Mitfühlend senkte er die Mundwinkel.

»Danke«, entgegnete ich weiterhin skeptisch. »Und Sie sind …?«

»Oh!«, rief er aus und streckte mir seine Hand entgegen. »Wo habe ich nur meine Manieren gelassen? Mein Name ist Richard Kingsley, Inhaber der *Kings & Queens Ranch* in Lowerglade.«

Ich legte meine Hand in seine und musste mich zwingen, nicht angewidert den Mund zu verziehen. Seine Haut war schweißnass. Daher war ich glücklich, als er endlich von mir abließ und ich mir klammheimlich die Hand an der Hose abwischen konnte.

Noch immer war ich kaum schlauer als vorher, was Kingsley bemerkt haben musste. Er griff in seine hintere Hosentasche und zog ein kleines rechteckiges Papier hervor. »Sie fragen sich bestimmt, weshalb ich hier bin.«

»In der Tat.«

Er grinste breit. »Das habe ich mir gedacht. Nun, Sie müssen wissen, dass Ihre und meine Ranch nahezu aneinandergrenzen. Schon seit geraumer Zeit habe ich den Wunsch, mich zu vergrößern. Genau deshalb bin ich hier. Ich möchte Ihnen ein Angebot für das Grundstück machen.« Kingsley reichte mir das Papier.

Als ich es an mich nahm und überflog, klappte mir die Kinnlade herunter. »Sind Sie sich sicher, dass Sie sich nicht verschrieben haben?« Noch nie zuvor hatte ich so viele Nullen auf einem Scheck gesehen. Das war so viel Geld, dass Mom und ich nie mehr arbeiten müssten und trotzdem massig übrig bleiben würde.

»Ja, ich bin mir sicher«, sagte Kingsley weiterhin lächelnd.

Dollarzeichen mussten in meinen Augen aufblitzen. Mein Herz polterte unbeständig in meinem Brustkorb, drohte vor Aufregung beinahe herauszuspringen. Ich merkte erst, dass meine Finger zitterten, als ich das Knistern des Schecks hörte.

»Die Entscheidung liegt nicht nur bei mir«, sagte ich, als ich meine Stimme wiederfand. »Wenn Sie mir Ihre Nummer hinterlassen, melde ich mich, sobald ich mehr weiß.«

»Natürlich!« Mit einer schnellen Handbewegung holte Kingsley eine Visitenkarte aus der Brusttasche seines Hemdes. Sein Gesicht grinste mir vom Logo aus entgegen.

»Danke schön.«

Kingsley neigte den Kopf und tippte sich ein weiteres Mal an die Krempe. »Ich danke Ihnen für Ihre Zeit, Ms Pierson. Ich freue mich schon sehr, von Ihnen zu hören.«

Noch einen Moment schaute ich zu Kingsley, während er seinen Wagen ansteuerte und von unserem Grundstück fuhr. Erst als der Jeep hinter der aufgewirbelten Sandwolke verschwand, atmete ich wieder auf.

Ein lauter, quietschender Schrei entfuhr mir. Wie ein Gummibärchen sprang ich auf und ab. Mom würde ausrasten, wenn sie den Scheck sah! Zwar hatten wir bisher nicht mit Sicherheit gewusst, was aus der Ranch werden sollte, aber ein solches Angebot auszuschlagen wäre wahnsinnig. Dass das Grundstück so viele Millionen wert war, hätte ich im Leben nicht gedacht.

Nun konnte ich den Termin mit dem Nachlassverwalter kaum noch erwarten. Schnell schlüpfte ich ins Haus, um mich dafür fertig zu machen.

Kapitel 4

Mom hatte es nicht glauben können. Mehrmals hatte sie den Scheck gegen das Licht gehalten, um einen Hinweis darauf zu finden, dass er vielleicht gefälscht war. Auf die Frage hin, wie sie einen gefälschten Scheck überhaupt erkennen wollte, hatte sie gesagt, sie wisse es selbst nicht.

Minutenlang hatte ich sie dabei beobachtet und klammheimlich in mich hineingegrinst.

Zwei Minuten vor vier parkte Mom den Wagen vor dem Gebäude, in dem unser Treffen stattfand. Es war ein kleiner Bürokomplex mit gerade einmal drei Etagen in Hillsfield, einem Nachbarort von Bibury.

»Bereit?«, fragte Mom.

»Bist du es denn?«

Sie zuckte mit den Schultern und presste die Lippen fest aufeinander. »Ich schätze, schon.«

»Dann bin ich es auch.« Ich warf ihr ein aufmunterndes Lächeln zu, aber ihr Blick huschte nervös umher. Eigentlich wussten wir, was auf uns zukam. Gemeinsam mit dem Nachlassverwalter, Peter Haney, würden wir Meemaws Testament durchgehen und etwaige aufkommende Fragen besprechen. Ein simpler Vorgang, der keinen Grund bot, nervös zu sein.

Nichtsdestotrotz zitterten Moms Finger. Ich umschloss

sie mit meiner Hand und drückte sanft zu. »Es wird alles gut laufen, Mom.«

»Ja, du hast recht.« Ein dumpfes Lachen drang aus ihrer Kehle und ließ ihren Körper vibrieren. Dabei schwang ihr hellbrauner Pferdeschwanz hin und her, in dem sich einzelne graue Härchen befanden. »Eigentlich sollte ich für dich da sein, schließlich bist du die Tochter und ich die Mutter.«

»Ach, papperlapapp. Du warst fast zweiundzwanzig Jahre für mich da. Jetzt ist es an der Zeit, dass ich dir etwas zurückgebe.« Mein Leben lang waren wir durch dick und dünn gegangen. Wir hatten es nicht immer leicht gehabt, ganz besonders, nachdem meine Eltern sich hatten scheiden lassen. Das war der Moment gewesen, in dem wir beinahe bei null hatten anfangen müssen, denn Dad hatte einen Trümmerhaufen zurückgelassen. Jahrelang hatte er Mom betrogen und war schließlich mit seiner neuen Flamme durchgebrannt. Von jetzt auf gleich hatte er seine Sachen gepackt und war fortgegangen. Damals hatte ich nicht verstanden, was passiert war, warum mein Vater uns im Stich ließ. Doch irgendwann wurde ich älter und begriff.

Schlussendlich war es Mom und mir gelungen, die Scherben zusammenzukehren und erhobenen Hauptes weiterzumachen. Uns ein eigenes Leben aufzubauen.

Allerdings hatte das viele Jahre harter Arbeit benötigt und unzählige Kredite, die sie als alleinerziehende Mutter aufnehmen musste. Deshalb kam der Geldsegen von Richard Kingsley zum genau richtigen Zeitpunkt. Wir konnten endlich wieder ein sorgenfreies Leben führen.

Ein Glitzern lag in Moms Augen, und mit den Lippen

formte sie ein stummes *Danke*. Dann öffnete sie die Fahrertür und stieg aus. Ich folgte ihr, und gemeinsam traten wir in das Bürogebäude.

Die Empfangshalle war hellhörig. Jeder unserer Schritte hallte von den Wänden wider, sodass ich peinlich berührt den Kopf einzog. Ich hatte mich für eine dunkle Hose kombiniert mit rosafarbener Bluse und Pumps entschieden. Nun wünschte ich mir meine flachen Schuhe her, um keine Aufmerksamkeit zu erregen. Wobei es hier erstaunlich ruhig vor sich ging. Ganz im Gegensatz zu den Büros zu Hause in Los Angeles.

Am Empfang kündigten wir uns an. Der Herr hinter dem Tresen bedeutete uns, einen Moment zu warten. Anschließend griff er nach dem Telefonhörer und rief oben an. »Mr Haney erwartet Sie. Nehmen Sie den Fahrstuhl bis in die oberste Etage.«

»Vielen Dank«, entgegnete Mom. Allmählich ging ihre Nervosität auch auf mich über, was sich durch das Kauen auf meiner Unterlippe bemerkbar machte. Ein nerviger Tick, den ich mir einfach nicht abgewöhnen konnte. Ich wischte mir die schwitzenden Hände an der Hose ab und wippte auf meinen Ballen vor und zurück, bis endlich das erlösende *Bing* des Fahrstuhls ertönte und die Türen aufschwangen.

In der dritten Etage stiegen wir aus. Der Flur war mit grauem Teppich ausgelegt. Die zweite Tür auf der linken Seite war einen Spaltbreit geöffnet. Da auf dem kleinen Metallschild *Peter Haney* stand, klopfte ich vorsichtig an.

»Kommen Sie bitte herein«, ertönte eine freundliche Männerstimme. Ich schaute zu Mom. Als sie nickte, trat ich ein.

Der kleine Raum war aufgrund der Fensterfront an der gegenüberliegenden Seite komplett lichtdurchflutet. Ein langer Bürotisch stand direkt vor dem Glas, und dahinter saß ein dunkelhaariger Mann mittleren Alters, der seinen Kopf hob und uns freundlich anlächelte.

Aber er war nicht allein. Vor ihm am Tisch saß eine weitere Person, die sich in diesem Moment zu uns umdrehte.

»Scott? Was machst du denn hier?«

»Ich habe Mr Avari hergebeten, da Ihre Großmutter ihn ebenfalls in ihrem Testament bedacht hat«, erklärte Mr Haney an seiner statt.

Ich warf erst Mom einen fragenden Blick zu, aber sie hob lediglich unwissend die Schultern, dann schaute ich zu Scott, der eine schuldbewusste Miene aufsetzte. »Wieso hast du nicht gesagt, dass du auch einen Termin hast?«

»Ich …« Er hielt einen Moment inne und verschränkte die Hände in seinem Schoß. »Es hat sich nicht der richtige Zeitpunkt ergeben.«

Bevor ich etwas erwidern konnte, deutete Mr Haney auf die Stühle vor sich. »Bitte, setzen Sie sich. Wir werden alles Weitere besprechen.«

Mom legte mir die Hand auf den Unterarm. »Komm, du hast ihn gehört. Es wird sich schon alles aufklären.«

Ich schaute zu Scott, doch dieser wich meinem Blick aus und fokussierte stattdessen unseren Nachlassverwalter. Ich hatte das Gefühl, dass er genau wusste, weshalb er hier war. Und er hatte dieses Wissen absichtlich zurückgehalten.

Seufzend setzte ich mich neben Scott, während Mom auf dem äußersten Stuhl Platz nahm. Mr Haney öffnete eine Akte, die vor ihm auf dem Tisch lag. Mit den Fingern fuhr er einige Zeilen entlang. »Vielen Dank, dass Sie pünktlich erschienen sind. Erst einmal möchte ich Ihnen allen mein herzliches Beileid aussprechen«, eröffnete Mr Haney das Gespräch. Leise bedankten wir uns, dann fuhr er fort: »Ich wurde beauftragt, mit Ihnen das Testament von Donna Pierson zu besprechen. Es wurde im vergangenen Jahr mit einigen Ergänzungen neu aufgesetzt.« Er legte sich die Faust an die Lippen und räusperte sich.

Stirnrunzelnd betrachtete ich ihn. Was für Änderungen hatte Meemaw vorgenommen? War Scott deshalb hier?

»Nun, wir sind sehr gespannt«, sagte Mom.

Mr Haney nickte und las uns das Testament vor. Eine Weile ging es um Kleinigkeiten, die Gramps und Meemaw hinterlassen und zwischen uns und einigen Bekannten aufgeteilt hatten. Nichts von großem materiellem Wert, höchstens von emotionalem. »Mr Scott Avari hinterlasse ich das Pferd Aramis.«

Aus dem Augenwinkel sah ich das aufrichtige Lächeln auf Scotts Lippen. Wenn es stimmte, was José mir erzählt hatte, dann musste ihm das Pferd viel bedeuten. Daher konnte ich nachvollziehen, weshalb Meemaw wollte, dass er es bekam.

Mr Haney pausierte einen Moment, um sich ein weiteres Mal zu räuspern. Er hob das oberste Papier an und legte es zur Seite. »Kommen wir nun zur Ranch: Zu meinen Erben ernenne ich zu gleichen Teilen meine Enkelin Holly Pierson ...« Ich griff nach Moms Hand. Das Angebot von Richard Kingsley kam mir wieder in den Sinn, und vor meinem geistigen Auge flackerte das schöne Leben auf, das Mom und ich uns aus dem Erlös des Verkaufs machen konnten. »... und Mr Scott Avari.«

»Was?«, entfuhr es mir, und meine kleine Traumblase zerplatzte auf der Stelle. Ich musste mich eben verhört haben.

Mein Puls raste. Ich lehnte mich über den Tisch und ließ die Hand nach vorn schnellen. Bevor Mr Haney reagieren konnte, entriss ich ihm das Papier. Seinen Protest ignorierte ich. Stattdessen scannte ich die Seite des Testaments.

»Das kann nicht stimmen«, sagte ich.

»Das Testament ist notariell beglaubigt und vollkommen rechtsgültig«, erklärte Mr Haney ruhig.

Ich schüttelte den Kopf. »Das glaube ich nicht.« Ich drehte mich zu Scott, der sich im Stuhl versuchte kleiner zu machen, als er war. Er wich meinem Blick wie bisher aus, was meinen Puls veranlasste, noch weiter in die Höhe zu gehen.

Mr Haney öffnete die oberste Schreibtischschublade und holte ein paar braune Umschläge hervor, die er über den Tisch schob. »Diese Briefe soll ich Ihnen ebenfalls übergeben.« Auf dem obersten Umschlag stand in Meemaws geschwungener Handschrift mein Name. Mit zittrigen Fingern nahm ich sie entgegen und reichte Mom und Scott die anderen beiden. »Darin erklärt sie Ihnen alles. Nehmen Sie die Briefe mit, und lesen Sie sie in aller Ruhe, dann werden Sie verstehen.«

»Vielen Dank, das werden wir tun«, sagte Mom freundlich.

Einen Augenblick betrachtete ich den Umschlag, wog ihn in meinen Händen. Sein Gewicht schien mich unter sich begraben zu wollen. »Ich verstehe das nicht, wieso sollte Meemaw die Ranch zur Hälfte *ihm* vermachen?« Aus dem Augenwinkel sah ich Scott bei meinen Worten zusammenzucken. Als ich den schuldbewussten Ausdruck auf seinem Gesicht sah, wurde mir eines klar. »Du wusstest es?«

Scott presste die Lippen aufeinander. Vermutlich wurde ihm bewusst, dass ich nicht nachgeben würde, bis ich eine Antwort erhielt, weshalb er nickte. »Es tut mir leid, Holly. Ich musste Donna versprechen, nichts zu sagen.«

Mir schwirrte der Kopf. Ich wusste nicht mehr, wo vorn und wo hinten war. Dass Scott mich mit diesen traurigen blauen Augen mitleidig anguckte, machte es auch nicht besser. »Aber wieso? Hast du deshalb gestern so verwirrt auf meine Pläne für die Ranch reagiert?«

Scott atmete tief durch und lehnte sich im Stuhl zurück. »Vielleicht sollten wir nicht jetzt darüber reden. Im Brief wird Donna sicher alles erklären.« Er schielte zu Mr Haney, der sich sichtlich unwohl in seiner Haut fühlte.

»Scott hat recht«, schaltete Mom sich ein. »Wir sollten alle eine Nacht drüber schlafen, und morgen sieht die Welt sicher schon ganz anders aus.«

»Das ist doch ein wunderbarer Plan.« Mr Haney erhob sich. Wirklich verübeln konnte ich es ihm nicht, dass er allem Anschein nach der unbehaglichen Situation schleunigst entfliehen wollte.

Nacheinander standen auch wir auf und verabschiedeten uns von Mr Haney, der die Tür zügig hinter uns schloss. Der arme Kerl konnte einem schon etwas leidtun, aber das brachte ein solcher Job wohl mit sich.

Unbeholfen und schweigend standen wir im menschenleeren Flur. Mom war diejenige, die die unangenehme Stille durchbrach. »Wie wäre es, wenn Frankie und du morgen Abend zum Essen vorbeikommt?«, richtete sie das Wort an Scott. »Gesättigt lassen sich solche Dinge doch viel besser besprechen.« Ich stöhnte leise, was mir einen von Moms bösen Blicken bescherte, die ich von ihr geerbt hatte.

Scott lächelte. »Sehr gern.« Er warf einen Blick über seine Schulter. Mit Sicherheit wollte auch er gerade einfach nur weg von hier. »Ich muss jetzt auch los, Dad hat noch einen Arzttermin.«

»Natürlich, geh ruhig. Wir sehen uns morgen.«

Scott hob die Hand zum Abschied und verschwand im Fahrstuhl. Erst als dieser sich in Bewegung setzte, liefen auch Mom und ich langsam den Flur runter.

»Du weißt doch, dass die Zukunft der Ranch immer der größte Streitpunkt zwischen deiner Großmutter und mir war.« Wie hätte ich das jemals vergessen können! »Ich wollte die Leitung nie übernehmen. Womöglich dachte sie, dass Scott und du das gemeinsam gut meistern würdet.«

Ich schnaubte. »Das ist doch lächerlich. Scott und ich haben uns früher andauernd in die Haare gekriegt und waren selten einer Meinung. Wir wären wohl ein schlechteres Team als Pinky und der Brain.« Davon mal abgesehen, dass ich studierte, auf die Zusage für meinen Traumjob wartete und nicht vorhatte, hierzubleiben, um mit ihm zusammen die Ranch zu führen. Aber das war ein anderes Thema.

Grinsend hob Mom die Schultern. »Er ist ein ziemlich attraktiver junger Mann. Es hätte dich schlechter treffen können.«

»Und nur weil er gut aussieht, soll ich hierbleiben, mit ihm die Ranch führen, und dann? Reiten wir zusammen in den Sonnenuntergang, oder was?« Ich verdrehte die Augen, konnte mir ein zaghaftes Lächeln aber nicht verkneifen.

Mom schmunzelte und hakte sich bei mir unter. Eine eher freundschaftliche Geste, die unser Verhältnis allerdings ausmachte. Sie und ich – wir waren ein tolles Team! »Wäre ich in deinem Alter, würde ich keine Minute zögern.«

Prustend schüttelte ich den Kopf und drückte auf den Fahrstuhlknopf. »Du bist unmöglich!«

»Tja, das liegt wohl in der Familie.« Mom lächelte. »Und jetzt ab nach Hause. Vielleicht können wir auf dem Weg noch einen Happen essen gehen.«

In diesem Moment rumorte mein Magen. »Klingt gut, ich bin am Verhungern.«

Kapitel 5

Es war einer dieser Tage, an denen Kim mir ganz besonders fehlte. Zwar hatten wir eben kurz telefoniert, doch der Empfang auf der Insel war furchtbar, weshalb die Verbindung leider abgebrochen war. Dass wir es in der letzten Woche kaum hinbekommen hatten, miteinander zu sprechen, stimmte mich traurig. Besonders in Anbetracht der aktuellen Situation. Ich brauchte meine beste Freundin.

Der eingeschaltete Deckenfluter ließ die Anhänger an meinem Armband funkeln. Mit einem Lächeln auf den Lippen fuhr ich jeden einzelnen nach und dachte dabei an all die Ereignisse, die zu diesem Schmuckstück geführt hatten. Wann immer Kim und ich ein einschneidendes Erlebnis miteinander geteilt hatten, waren wir zum nächsten Juwelier gegangen, um uns einen passenden Anhänger zu besorgen, den wir dem Armband hinzufügen konnten. Derzeitig waren es einundzwanzig, aber ich hoffte, dass noch viele weitere dazukommen würden.

An der kleinen Palme, in deren Blätter glitzernde grüne Steinchen eingearbeitet waren, hielt ich einen Moment inne. Sie symbolisierte den Maledivenurlaub, in den wir nach dem Highschoolabschluss geflogen waren. Fast zwei Jahre hatte ich das Geld meines Nachhilfejobs gespart, um mir diese dreiwöchige Verschnaufpause leisten zu können, doch es hatte sich gelohnt. Es war die schönste Zeit meines Lebens gewesen.

Aber daran zu denken stimmte mich ebenso traurig, weshalb ich mich seufzend in meinem Kissen zurücklehnte und auf Jabba the Slug herumdrückte – mein Kuscheltier, das früher einmal eine Schnecke gewesen war. Heute war kaum mehr als ein miefender Stofffetzen übrig, aber ich brachte es nicht über mich, meine Kindheitserinnerung einfach in den Müll zu befördern. Das Kuscheltier begleitete mich schon seit Beginn meiner Schulzeit, ich hatte es zur Einschulung von meinen Eltern geschenkt bekommen. Schon oft hatte es mir in schwierigen Zeiten Trost gespendet, aber heute funktionierte es nicht, weshalb ich Jabba achtlos auf die Matratze warf. Dabei fiel der braune Umschlag herunter, den ich vorhin aufs Bett gelegt hatte.

Das Treffen mit Mr Haney lag schon sieben Stunden zurück, und doch war ich bisher nicht dazu in der Lage gewesen, den Brief herauszuholen und zu lesen. Aber wenn nicht jetzt, wann dann?

Ich schwang die Beine aus dem Bett und bückte mich nach dem Umschlag. Zaghaft fuhr ich die geschwungenen Linien nach. *Holly* stand sauber und mit schwarzer Tinte geschrieben darauf. Ich befeuchtete meine Lippen und schluckte. Zwischen den Fingern hielt ich Meemaws letzte Worte an mich.

Ehe ich es mir anders überlegen konnte, öffnete ich den Umschlag und holte das zusammengefaltete Papier heraus. Es kostete mich viel Mühe, meine zitternden Hände zu beruhigen, um das Geschriebene entziffern zu können. Langsam setzte ich mich auf die Matratze und las die Zeilen.

Meine liebste Holly,
mit Tränen in den Augen schreibe ich diese Zeilen an dich, meine einzige Enkelin. Wenn du dies liest, werde ich nicht mehr da sein, aber ich hoffe sehr, dass du den Verlust schnell überwinden wirst. Wenn ich eines nicht möchte, dann, dass du meinetwegen traurig bist. Ich hatte ein erfülltes Leben.
Es gibt nicht viele Dinge, die ich bereut habe. Doch ich habe es bereut, den Streit mit deiner Mutter nicht früher bereinigt zu haben. Das hat dazu geführt, dass mir unglaublich viel Zeit mit dir verloren gegangen ist. Aber ich bin unendlich froh darüber, dass wir es geschafft haben, uns hinzusetzen und einander zu vergeben. Dich nach all den Jahren wieder in die Arme zu schließen hat mich mit so viel Glück erfüllt.
Ich erinnere mich gern an die Sommer zurück, in denen du auf der Ranch warst. Du, der kleine Wirbelwind, dessen klangvolles Lachen selbst einen verregneten Tag erhellen konnte. Niemals werde ich vergessen, wie gern du ausgeritten bist oder wie gern du den Teig aus der Schüssel geschleckt hast, wenn ich deinen liebsten Kirschkuchen zubereitet habe. Erinnerst du dich an unsere Mehlschlacht, bei der dein Gramps versehentlich eine große Ladung abbekommen und mit uns geschimpft hat? Schon allein der Gedanke an sein mürrisches Gesicht bringt mich zum Lachen.

Ein Glucksen entfuhr mir, wobei eine Träne von meiner Wange perlte und auf dem Papier landete. Es war in dem letzten Jahr gewesen, in dem wir noch eine glückliche Familie gewesen waren – Mom, Dad, Gramps, Meemaw und ich.

Ich holte tief Luft und schüttelte den Kopf. Dann widmete ich mich wieder dem Brief in meiner Hand.

In den vergangenen Jahren ist viel passiert. Die Ranch ist nicht mehr das, was sie einmal war. Aber mir fehlte die Kraft, etwas daran zu ändern. Und das bricht mir das Herz, denn sie befindet sich schon seit Generationen im Besitz unserer Familie. Ich hatte deinem Urgroßvater versprochen, das Erbe bestmöglich weiterzuführen. Aber ich habe versagt.
Deswegen wünsche ich mir von ganzem Herzen, dass du, Holly, dieses Versprechen an meiner Stelle einlöst. Doch diese Last musst du nicht allein tragen, denn wie du weißt, gibt es noch einen zweiten Erben. Du wirst dich fragen, weshalb ich Scott Avari die Hälfte der Pierson Ranch übertragen habe, und das kann ich gut verstehen. Aber es gibt einen Grund, aus dem mir keine andere Wahl blieb.

Ich atmete tief durch und schluckte schwer. Nun würde ich also erfahren, was Meemaw sich dabei gedacht hatte, Scott als Teilerben einzusetzen. Das Herz klopfte mir bis zum Hals, während ich das Papier umdrehte und weiterlas.

Vor einigen Jahren stand ich kurz vor dem Bankrott. Der Zuchtbetrieb lief nicht mehr so gut wie früher, und auch die Touristengruppen wurden immer weniger, sodass wir uns kaum noch über Wasser halten konnten. Es war eine harte Zeit. Viele Mitarbeiter mussten entlassen werden, und doch reichten die Einnahmen kaum, um die Kosten zu decken. Aufgrund der finanziellen Lage der Ranch

haben die Banken mir keinen Kredit eingeräumt, weshalb ich eine Entscheidung treffen musste. Ich hatte mir vorgenommen, das Grundstück zu verkaufen.
Wären Scott und Frankie nicht gewesen, wäre es auch so weit gekommen. In den vergangenen Jahren sind die beiden zu einem Teil meiner Familie geworden. Wir haben an vielen Feiertagen zusammengesessen, einander in schwierigen Zeiten Trost gespendet und waren füreinander da. Und so haben sie mir das Geld aus der Lebensversicherung der verstorbenen Josephine Avari gegeben, um die Ranch zu retten. Erst wollte ich es nicht annehmen, aber du kennst Frankie, ein Nein hat er nicht akzeptiert. Mein Ziel war es, ihnen das Geld eines Tages zurückzuzahlen, aber es war zu viel. Daher habe ich mich dazu entschieden, Scott zum Teilerben zu ernennen.
Ich hoffe sehr, du kannst meine Beweggründe nachvollziehen.
Als ich deine Mutter und dich vor zwei Jahren besucht habe, wollte ich es euch erzählen, doch ich habe es nicht über mich gebracht, euch mein Scheitern zu gestehen. Ich wollte nicht, dass ihr mich als eine Frau in Erinnerung behaltet, die den Familienbesitz in den Ruin gewirtschaftet hat.
Ich glaube fest daran, dass Scott und du es schaffen werdet. Gemeinsam. Ihr könnt die Ranch in neuem Glanz erstrahlen lassen. Zusammen könnt ihr Großes bewirken, da bin ich mir sicher. Und ich freue mich darauf, euch vom Himmel aus zu beobachten und über euch zu wachen.
Scott hat in den letzten Jahren unglaublich viel Arbeit in die Ranch gesteckt, er hat hervorragende Ideen und

kämpft mit allen Mitteln für den Erhalt. Er hat auch dann noch gekämpft, als ich schon lange aufgegeben hätte. Daher bitte ich dich, ihm eine Chance zu geben. Ich kann mir vorstellen, dass dies eine Entscheidung ist, die du nicht leichtfertig treffen kannst. Aber es würde mir unglaublich viel bedeuten, wenn du einige Wochen auf der Ranch bleiben und dir das Leben in Bibury zumindest anschauen würdest. Und wer weiß? Vielleicht gefällt es dir doch viel besser, als du denkst. Ich zumindest glaube fest daran und hoffe, dass du dem nachkommen wirst. Zwar wünsche ich mir, dass die Pierson Ranch in Familienbesitz bleibt, aber noch viel mehr wünsche ich mir, dass du glücklich wirst, Holly. Sollte dies nicht die Richtung sein, die du einschlagen möchtest, verstehe und respektiere ich das. Ich möchte nicht diejenige sein, die deinem Glück im Wege steht. Aber ich hoffe, dass deine Liebe für Bibury auch heute noch so groß ist wie damals und du hier dein Zuhause finden kannst.
Ganz egal, wie du dich entscheiden wirst, ich bin unglaublich stolz auf dich. Dich meine Enkelin nennen zu dürfen hat mein Leben um einiges reicher gemacht.
Höre immer auf dein Herz, und tu die Dinge, die für dich richtig sind. Ich möchte nicht, dass du eines Tages auf dein Leben zurückblickst und bereust, es nicht gelebt zu haben.
Und wenn du nicht weiterweißt, dann schließe die Augen und denke daran: Wann immer du mich brauchst, ich werde da sein.
In ewiger Liebe
Meemaw

Schluchzend senkte ich das Papier, Tränen rannen über meine Wangen. Ich hatte nicht damit gerechnet, dass mir die Zeilen so nahegehen würden. Es schmerzte mich, dass Meemaw diese Information aus Angst zurückgehalten hatte. Nicht einmal im Traum hätte ich jemals schlecht von ihr denken können. Meemaw war eine so starke Frau, eine Kämpferin durch und durch. Ich hatte stets zu ihr aufgesehen und tat es noch. Es gab nichts, wofür sie sich hätte schämen müssen.

Aber ich verstand nun, weshalb Scott zum zweiten Erbe der Ranch ernannt wurde. An Meemaws Stelle hätte ich nicht anders gehandelt. Nicht nur waren die Avaris in der Zeit unserer Abwesenheit für sie da gewesen und zu einem festen Bestandteil ihres Lebens geworden, sondern hatten ebenfalls viel Geld in den Erhalt der Ranch gesteckt. Es war nur fair, wenn sie ein Mitentscheidungsrecht hatten. Nun blieb nur zu hoffen, dass Scott und ich morgen zu einer Einigung kommen würden.

Den Scheck von Richard Kingsley hatte ich unten im Wohnzimmer gelassen. Ob Scott einem Verkauf zustimmen würde? Ich wusste es nicht. Ebenfalls wusste ich nicht, was ich wollte. Meemaw lag so viel daran, dass die Ranch im Besitz unserer Familie blieb, doch ich war mir sicher, dass ich für eine solche Aufgabe nicht bereit war. Aber ich konnte auch nicht einfach Scott alles überlassen.

In meinem Kopf herrschte das reinste Chaos. Dort waren so viele Dinge, über die ich mir in den kommenden Tagen im Klaren werden musste. Es war nichts, was leichtfertig entschieden werden konnte, weshalb ich hoffte, dass Mom und Kim mir helfen würden. Ich schnaubte. Natürlich würden sie das, ohne zu zögern. Sie waren immer für mich da, wenn ich sie brauchte. Auf sie konnte ich mich verlassen. Doch dieses Mal konnten sie mir die Entscheidung nicht abnehmen, sondern mir lediglich Worte zusprechen, die mir eine Stütze sein würden.

Vorsichtig faltete ich den Brief wieder zusammen und schob ihn zurück in den Umschlag. Es brachte nichts, mir jetzt den Kopf zu zerbrechen. Nicht, solange ich nicht mit Scott und Frankie gesprochen hatte. Und womöglich würde eine Mütze Schlaf Wunder bewirken. Vielleicht war nach dem Aufwachen die Antwort plötzlich glasklar.

Zumindest hoffte ich das.

Trotz des Gedankenkarussells gelang es mir irgendwann einzuschlafen.

Kapitel 6

Das klappernde Geschirr katapultierte mich zurück ins Hier und Jetzt, wo Mom gerade dabei war, den Tisch für das anstehende Abendessen zu decken. Sie hatte heute nicht viel geredet, stattdessen war ihr Blick immer wieder etwas wirr umhergeschwirrt. Nachts hatte ich sie durch die dünnen Wände leise weinen hören. Aber als ich nach ihr gesehen hatte, hatte sie mir versichert, dass alles in Ordnung war. Doch das Papier in ihren Händen hatte mich anders vermuten lassen. Seither fragte ich mich, was Meemaws letzte Worte an Mom wohl gewesen waren.

Ich strich die Haare hinter die Ohren und half Mom dabei, alles anzurichten. Das Porzellan war nicht mehr im besten Zustand. Einige Teller hatten gesplitterte Ecken, an anderen war die Farbe abgeblättert. Das war typisch Meemaw. Sie hatte Dinge so lange genutzt, bis sie beinahe zu Staub zerfallen waren. Insgeheim hatte ich sie für diesen sparsamen Lebensstil immer bewundert.

»Holly?« Verwirrung lag in Moms Stimme. Erst da bemerkte ich, dass ich noch immer einen Teller in der Hand hielt und ins Leere starrte.

Ich räusperte mich und legte das Porzellan auf den Tisch. »Tut mir leid, ich war in Gedanken.«

»Holst du bitte den Braten aus dem Ofen?«

»Natürlich.«

Auf dem Weg in die Küche fing mein Magen laut zu knurren an. Der Geruch von gewürztem Hack hing in der Luft und trieb mir das Wasser in den Mund. Zwar war ich durch Kim Vegetarierin geworden, was aber nichts daran änderte, dass ich den Geruch von Fleisch liebte.

Ich stellte den Braten – ein klassisches Meatloaf mit Speckkruste – auf der Anrichte ab und schaute nach den Kartoffeln. Da sie bereits gar waren, nahm ich auch sie von der Herdplatte und rührte die Bohnensuppe um, die Mom extra für mich gekocht hatte.

Eigentlich hatten wir noch genug Essen im Kühlschrank, denn in den Tagen vor der Beerdigung war nicht nur Scott, sondern der halbe Ort vorbeigekommen, um uns Beleidsbekundungen auszusprechen und mit Lebensmitteln zu versorgen. Nichtsdestotrotz hatte Mom darauf bestanden, für Scott und Frankie etwas Frisches zuzubereiten und sie nicht mit aufgewärmten Resten abzuspeisen.

Es klopfte an der Tür. Ich zuckte zusammen und musste mich ermahnen, Ruhe zu bewahren. Trotzdem war da diese Nervosität, die mich fest im Griff hatte. Im Grunde war es nichts weiter als ein Geschäftsessen, bei dem wir über die Zukunft der Ranch sprechen würden. Das sollte nicht so schwer sein, oder? Das wilde Klopfen meines Herzens war da allerdings anderer Meinung.

Ich stieß den angehaltenen Atem aus, sammelte all meinen Mut zusammen und verließ die Küche. Als ich im Flur angekommen war, öffnete Mom gerade die Tür. »Kommt doch rein«, sagte sie mit freundlicher Stimme und trat einen Schritt zur Seite.

»Vielen Dank.« Scott hatte einen Arm bei seinem Vater

untergehakt und stützte ihn von hinten mit dem anderen. An seiner Schulter hing ein Beutel, bei dem ich mich fragte, was sich wohl darin befand.

Frankie war wackelig auf den Beinen und benötigte nicht nur seinen Sohn, sondern auch eine unterstützende Gehhilfe. Es brach mir das Herz, ihn so zu sehen. In meiner Erinnerung war er noch immer ein Cowboy durch und durch, der auf seinem Pferd durch die angrenzende Wüstenregion geritten war und mir beigebracht hatte, das Gleichgewicht zu bewahren und nicht aus dem Sattel zu fallen.

Ich lief den Flur hinunter und stellte mich neben Mom. Als Frankie mich sah, erhellte sich sein Gesicht. »Holly, es freut mich so, dich zu sehen.« Seine graublauen Augen funkelten, und seine Mundwinkel hoben sich. »Komm, lass mich dich in den Arm nehmen.«

Vorsichtig löste Scott sich von seinem Vater, sodass ich ihn in eine Umarmung schließen konnte. »Es freut mich auch so, dich zu sehen, Frankie.«

»Tut mir leid, dass ich nicht bleiben und mich mit euch unterhalten konnte«, sagte er leise in meine Haare hinein. Ich wusste auch so, dass er die Beerdigung meinte.

Sacht schüttelte ich den Kopf. »Mach dir bitte keine Gedanken.« Ich trat einen Schritt zurück und ließ langsam von Frankie ab. Scott sah seinem Vater unglaublich ähnlich. Natürlich war Frankies Haar mittlerweile leicht ergraut und sein Gesicht von Falten gezeichnet, dennoch erkannte man auch jetzt noch auf den ersten Blick die Ähnlichkeit zwischen den beiden.

»Hey«, sagte ich an Scott gewandt, als Mom Frankie begrüßte.

»Hey«, entgegnete auch er. Die Unsicherheit konnte man deutlich in seinen Augen erkennen. Dennoch lag ein freundliches Lächeln auf seinen Lippen.

Es folgte eine peinliche Stille, die ich gern mit Worten gefüllt hätte, doch ich wusste nicht, was ich sagen sollte. Etwas, das mir ganz und gar nicht ähnlich sah, da ich normalerweise wie ein Wasserfall plappern konnte.

»Das Essen ist fertig. Wollen wir uns nicht setzen?«, schlug Mom vor und reichte Frankie ihren Arm. »Darf ich dich ins Esszimmer führen?«

Grinsend hakte Frankie sich unter. »Ein Angebot von einer so schönen Frau kann ich doch schlecht ausschlagen.«

Mom kicherte wie ein kleines Mädchen und führte Frankie ins Esszimmer. Dabei unterhielten sie sich leise.

»Es ist schön, wie du dich um deinen Vater kümmerst.«

»Ich tu mein Bestes«, sagte Scott mit gesenkten Mundwinkeln. Dann hob er die Schultern. »Manchmal wünschte ich mir allerdings, mehr Zeit für ihn zu haben.«

Ich nickte lediglich. Kaum vorstellbar, was Scott alles durchmachen musste. Erst der Tod seiner Mutter vor einigen Jahren, und nun war auch sein Dad pflegebedürftig. Das musste unglaublich schwer sein. Ein wenig bewunderte ich ihn dafür, dass er das alles so gut gemeistert hatte.

»Kommt ihr?«, rief Mom aus dem Esszimmer.

»Klar!«, entgegnete ich und bedeutete Scott, voranzugehen. Dabei fiel mein Blick auf sein knackiges Hinterteil, das in seiner engen Bluejeans steckte. Das Gespräch mit Mom kam mir wieder in den Sinn. Von wegen, dass Scott und ich gemeinsam in den Sonnenuntergang reiten würden. Kopfschüttelnd vertrieb ich diesen Gedanken wieder. Das war so was von lächerlich. Ja, Scott war heiß und sah aus wie frisch aus einem *Nicholas Sparks*-Film entsprungen, aber das war's auch schon! Mit Männern hatte ich nichts am Hut, und daran würde sich auch sicher nichts ändern!

Ich hob den Kopf und ging zügig ins Esszimmer, wo Mom und Frankie bereits auf uns warteten.

»Das sieht köstlich aus«, sagte Scott lächelnd, während er sich neben Mom setzte. »Aber die Mühe wäre wirklich nicht nötig gewesen.«

Mom winkte ab. »Ach, das ist doch nichts.« Ich schob mir den Stuhl auf der anderen Seite des Tischs neben Frankie zurecht. »Esst, solange es noch warm ist.«

Der Duft von unterschiedlichen Speisen kitzelte in meiner Nase. Seit dem Mittag hatte ich nichts zwischen die Zähne bekommen und konnte es nun kaum erwarten, mir schüsselweise Suppe in den Mund zu schaufeln. Zeitgleich streckten Scott und ich unsere Finger nach der Kelle aus. Bei der Berührung wurde mein Körper von einem elektrischen Schlag durchzuckt, und meine Haut begann zu prickeln. Mein Herz hüpfte auf und ab. Das lag sicher nur daran, dass ich eben noch an einen kitschigen *Nicholas Sparks*-Film gedacht hatte. Eine andere logische Erklärung gab es nicht.

»Entschuldigung, mach du ruhig zuerst«, sagte Scott und zog seine Hand zurück, womit er eine ungeahnte Kälte hinterließ.

Leise räusperte ich mich. »Danke.« Ohne ihn noch einmal anzuschauen, schaufelte ich mir ein paar Kellen Suppe in die Schüssel. Als ich den Blick hob und zu Mom schaute, wackelte diese erst mit den Augenbrauen und schielte dann grinsend zu Scott. Ich kniff die Augen zusammen und streckte ihr einen Moment die Zunge raus, woraufhin sie leise lachte und sich wieder ihrem Teller widmete.

»Haben wir was verpasst?«, fragte Frankie verwirrt.

»Nein«, kam es von Mom und mir zeitgleich. Nun musste auch ich in ihr Lachen einstimmen. Dass Scott und Frankie uns vollkommen durcheinander musterten, ignorierte ich.

»Nun erzählt doch mal, wie geht es euch?«, fragte Mom, nachdem wir einige Minuten schweigend gegessen hatten.

Frankie schob sich ein Stück Hackbraten in den Mund. »Es gibt gute und schlechte Tage. Die schlechten überwiegen momentan zwar, aber es wird auch wieder bergauf gehen.«

»Das tut mir sehr leid.« Mom presste die Lippen aufeinander und schenkte sich etwas Wasser nach.

»Ach, schon okay.« Ein warmherziges Lächeln zeichnete sich auf Frankies Gesicht ab. »Dafür hat mein Junge alles im Griff.«

Als ich zu Scott schaute, sah ich seine geröteten Wangen. Wow, ich hätte nicht geglaubt, dass ihm jemals etwas unangenehm sein konnte. Aber Lobeshymnen von seinem Vater schien er nicht gut abzukönnen.

»Und was ist mit euch?«, lenkte Frankie das Gespräch in eine andere Richtung. »Wir haben uns so lange nicht gesehen.«

»Mom wurde zur Stationsschwester befördert«, sagte ich stolz.

»Das ist großartig, Selena, herzlichen Glückwunsch!« Frankie lehnte sich auf seinem Stuhl zurück.

Nun waren es Moms Wangen, die sich röteten. »Das ist doch nichts.«

»Sei nicht immer so bescheiden! Du hast so viele Jahre hart dafür gearbeitet. Da darfst du dir schon mal auf die Schulter klopfen!« Ich kratzte die letzten Reste Suppe aus der Schüssel und schlürfte sie vom Löffel.

Das stimmte. Seit Dad uns verlassen hatte, hatte Mom unglaublich schwer geschuftet. Sie hatte jede Extraschicht mitgenommen, die sie kriegen konnte, um die Kredite abzubezahlen, die sie hatte aufnehmen müssen. Die Arbeit im Krankenhaus von Pasadena, einem Vorort von Los Angeles, hatte an ihren Kräften gezehrt und ihr vieles abverlangt. Sie hatte diese Stelle mehr als verdient! Und dazu hatte sie unglaubliches Glück mit ihrem Chef, der ihr Sonderurlaub für die Beerdigung eingeräumt hatte. Das musste man ihm hoch anrechnen, denn bezahlten Urlaubsanspruch hatten in den USA nur die wenigsten. Aber er wollte, dass es seinen Mitarbeitern an nichts fehlte und sie gern zur Arbeit kamen.

Noch einen Moment sprachen wir über Moms Stelle, dann wandte Frankie sich mir zu. »Und du? Fotografierst du immer noch so gern?«

Ich nickte. »Ja, ich studiere Fotografie und Grafikdesign an der Jameson University. Gerade warte ich noch auf die Rückmeldung für einen Job bei der *L. A. Times*, auf den ich mich beworben habe. Drück mir die Daumen.«

»Bei deinem Talent bin ich mir sicher, dass du den Job kriegst«, sagte Mom lächelnd.

»Das denke ich auch. Du warst schon immer eine großartige Fotografin«, stimmte Frankie zu.

Scott, der die ganze Zeit über ziemlich still gewesen

war, machte sich durch ein Räuspern bemerkbar. »Vielleicht wollen wir zum eigentlichen Grund des heutigen Treffens übergehen?« Das nannte ich einen abrupten Themenwechsel. Da wir ihn alle etwas entsetzt anschauten, zog Scott verlegen den Kopf ein. »Tut mir leid. Es ist nur schon so spät, und ich glaube, wir haben einiges zu besprechen.«

»Natürlich. Wie wäre es, wenn wir ins Wohnzimmer gehen und ich uns eine Kanne Tee zubereite? Auf einer gemütlichen Couch lässt es sich doch viel besser über wichtige Angelegenheiten reden.« Mom erhob sich langsam von ihrem Stuhl und begann Teller und Schüsseln zu stapeln.

»Das Essen war wirklich himmlisch, Selena, vielen Dank.« Frankie rieb sich den vollen Bauch.

»Dem kann ich mich nur anschließen.« Scott stand auf und umrundete den Tisch, um seinem Vater auf die Beine zu helfen. Frankie musste sich zusätzlich an der Stuhllehne abstützen. Ich schob meinen Stuhl nach hinten und griff nach der Gehhilfe, die an der Wand hinter mir lehnte. Dankbar nahm Frankie sie entgegen.

Während Scott seinen Vater schon mal ins Wohnzimmer führte, half ich Mom dabei, das schmutzige Geschirr abzuräumen. In der Küche bereitete sie den Tee vor, während ich den Geschirrspüler belud.

»Ein ziemlich charmanter junger Mann, meinst du nicht?«

Ich stöhnte. »Fängst du jetzt schon wieder davon an?«

»Na ja, irgendwer muss dir ja zu deinem Glück verhelfen. Dafür sind Mütter da.«

»Danke, aber ich brauche keine Hilfe. Außerdem sollte

es eher deine Aufgabe sein, mich von Männern fernzuhalten.«

Sie versuchte schon seit Jahren, mich mit irgendwelchen Kerlen zu verkuppeln. Zuletzt war es der Sohn einer ihrer Arbeitskolleginnen gewesen, mit dem ich nicht eine Gemeinsamkeit hatte. Er hockte den ganzen Tag in seiner Zockerhöhle und widmete sich Videospielen ... was auch sein einziges Gesprächsthema gewesen war.

Mehr als einmal hatte ich Mom gesagt, dass ich keinen Freund wollte und auch nicht brauchte. Nach der Sache mit Dad sollte sie das eigentlich auch nachvollziehen können. So viele Jahre hatte sie unter der Trennung gelitten. Trotzdem fing sie immer wieder von dem Thema an. Ich wusste, dass sie es nur gut meinte, aber auf ein gebrochenes Herz – zu dem es früher oder später eh kommen würde – konnte ich verzichten. Wozu sollte ich es dann überhaupt verschenken?

Sie stellte eine Tasse auf das Tablett vor sich und betrachtete mich mit hochgezogener Braue. »Pff, und woher krieg ich dann meine Enkel?«

»Mom!«, zischte ich lachend und schüttelte ungläubig den Kopf. »Lass uns jetzt lieber schnell das Gespräch hinter uns bringen.«

Sie nahm das Tablett und lief zur Tür. Im Rahmen blieb sie einen Moment stehen und schaute mich über ihre Schulter hinweg an. »Sag doch einfach, dass du schnell zurück zu deinem Cowboy möchtest.«

Ich verdrehte die Augen. »Mit dir rede ich echt nie wieder.«

Gemeinsam steuerten wir das Wohnzimmer an, um uns dem Gespräch zu stellen.

Kapitel 7

Scott und Frankie hatten es sich auf der großen dunkelbraunen Couch gemütlich gemacht. Im Fernsehen lief irgendeine Crimeserie – ich musste vorhin vergessen haben, den TV abzuschalten, was ich nun nachholte.

Mom balancierte das Tablett zum rechteckigen Wohnzimmertisch, auf dem eine Mappe lag, die sich in Scotts Tasche befunden haben musste. Wir setzten uns zu den beiden auf die Couch.

Ich verschränkte die Hände ineinander und platzierte sie in meinem Schoß. So recht wollte mir nicht einfallen, wie wir dieses Gespräch überhaupt beginnen sollten. Mom nutzte den Moment der Stille, um jedem von uns eine Tasse Kräutertee einzuschenken. Der wohltuende Geruch von Pfefferminz legte sich über den Raum.

»Danke«, begann ich schließlich, um das unangenehme Schweigen zu durchbrechen. »Meemaw hat mir in ihrem Brief davon erzählt, was ihr getan habt. Dass ihr ihr ausgeholfen habt, als die Ranch beinahe bankrottgegangen ist. Und dass ihr für sie da wart, als Mom und ich es nicht sein konnten. Ich verstehe daher, warum sie so gehandelt und dich zum Teilerben ernannt hat.«

»Das war doch selbstverständlich. Die Pierson Ranch ist auch für uns ein Zuhause. Und Donna hat uns schon immer sehr am Herzen gelegen«, sagte Scott, ehrlich lächelnd. Er nahm seine Tasse und nippte vorsichtig am brühheißen Tee. Danach fuhr er sich mit der Zunge über die Lippen. Ich folgte der Bewegung genauer, als ich vermutlich sollte.

»Dennoch ist das nicht selbstverständlich, und dafür danke ich euch wirklich sehr.« Ich hob den Kopf wieder, um Scott anzusehen. »Trotzdem habe ich mir natürlich Gedanken über die Zukunft der Ranch gemacht.«

Zu viele Gedanken. So viele, dass ich nicht wusste, wo oben und wo unten war. Zu einer finalen Entscheidung war ich eigentlich nicht gekommen. Denn einen Betrieb aufzugeben, in den unsere Familie so viele Generationen lang ihr ganzes Herzblut gesteckt hatte, war wahrlich nichts, was man leichtfertig beschließen konnte. Aber das Geld, das Richard Kingsley uns angeboten hatte, war auch nicht zu verachten.

Scott schaute mich erwartungsvoll an. Mein Blick glitt über sein Gesicht hinweg zu Mom, die neben ihm Platz genommen hatte. Schweigend schlürfte sie ihren Tee, genau wie Frankie. Sie waren in dieser Situation lediglich unsere moralische Unterstützung, ließen Scott und mir aber freie Hand. Schließlich war es *unsere* Ranch, *unser* Erbe.

Doch als ich Mom sah, versetzte es mir einen Stich. Die leicht ergrauten Strähnen in ihren Haaren, die Fältchen um ihre Augen. Der Zahn der Zeit hatte an ihr genagt, aber ebenso war es die harte Arbeit gewesen, das körperliche Schuften, das sie an ihre Grenzen getrieben hatte. Mit diesem Geldsegen wäre ich in der Lage, ihr so vieles zurückzugeben.

»Und?«, hakte Scott vorsichtig nach.

Ich stand auf und holte den Scheck von der kleinen Kommode im Flur. Wieder auf der Couch reichte ich ihn Scott. »Vor unserem gestrigen Treffen kam ein Mann vorbei, der mir dieses Angebot für die Ranch gemacht hat.«

Scott zog die Brauen zusammen und musterte den Scheck. Als sein Blick über die Zahlen glitt, riss er die Augen auf. »Wow, das sind viele Nullen. Sicher, dass er sich nicht verschrieben hat?«

»Dasselbe habe ich ihn auch gefragt.« Mein Mundwinkel zuckte. »Aber nein, das ist das Angebot von Richard Kingsley, ihm gehört ...«

»Nein«, unterbrach Scott mich und warf den Scheck so plötzlich von sich, als hätte er sich an dem Papier verbrannt.

»Wie bitte? Warum? Ich habe nicht mal ausgeredet.« Irritiert schaute ich zwischen ihm und dem Scheck hin und her.

»Du willst die Ranch verkaufen, das kann ich durchaus nachvollziehen. Aber dieser Mann ist ein Monster. Er bekommt das Grundstück nicht, und wenn er noch mehr Nullen an sein Angebot hängt.« Scott presste die Zähne so fest aufeinander, dass sein Kiefer mahlte. Der charmante junge Mann war fort.

»Das ist nicht nur deine Entscheidung«, entgegnete ich.

»Genauso wenig, wie es nur deine Entscheidung ist.« Scott funkelte mich an.

»Möchtet ihr vielleicht auch etwas dazu sagen?«, fragte ich, doch Mom und Frankie schüttelten lediglich die Köpfe. Ich schnaubte. Ein wenig mehr Beistand hätte ich schon erwartet.

Um meine Aufmerksamkeit zu erlangen, legte Scott

seine Hand einen Moment auf meinen Unterarm. Als ich ihn anschaute, war das grimmige Funkeln in seinem Blick fort und stattdessen erkannte ich Mitgefühl und Verständnis in seinen Augen. Am liebsten hätte ich ihn zum Teufel gewünscht, aber ein solcher Blick ließ mich schwach werden. Verdammt, wieso konnte ich nicht einfach wütend auf ihn sein?

»Na schön. Was hast du dagegen, an Kingsley zu verkaufen?«, fragte ich möglichst ruhig, woraufhin Scott seine Hand zurückzog.

Bei Kingsleys Namen zuckte er kaum merklich zusammen. Allem Anschein nach musste er wirklich etwas gegen ihn haben. »Ich habe etwas vorbereitet.« Scott räusperte sich und sprang auf. Dann nahm er die Mappe vom Tisch und stellte sich mit hibbeligen Beinen davor. Er war sichtlich nervös.

»Was wird das denn?«, fragte ich verwirrt.

Frankie klopfte auf den nun freien Platz neben sich. Ich rutschte heran. »Hör es dir an, Holly. Er hat wirklich viel Arbeit in diese Pläne gesteckt. Von denen Donna übrigens ziemlich beeindruckt war.«

Ich zog die Brauen fragend zusammen. Doch bevor ich weiter nachhaken konnte, räusperte Scott sich ein weiteres Mal, wodurch er unsere Aufmerksamkeit auf sich lenkte. Er öffnete die Mappe und reichte mir einen Zeitungsartikel. Mom kletterte halb über Frankie herüber, um auch einen Blick darauf erhaschen zu können. »Richard Kingsley ist ein reicher Mann, der es geschafft hat, die Umsätze auf der *Kings and Queens Ranch* in den vergangenen drei Jahren um vierzig Prozent zu steigern. Das ist ihm dadurch gelungen, dass er Zebras aus Afrika einfliegen ließ, die er nun auf seiner Ranch züchtet und zur Trophäenjagd freigibt.«

»Wie bitte?«, entfuhr es mir entsetzt.

Scott presste die Lippen aufeinander und nickte. »Viele Ranchbesitzer gerade in Texas handhaben das so. Es ist ein Millionendollargeschäft und sorgt für einen massiven Anstieg an Touristen. Menschen kommen aus der ganzen Welt her, um einen Exoten zu schießen. Sie zahlen Tausende dafür, ein wildes Tier zu erlegen und es sich anschließend zu einem Präparat aufbereiten zu lassen. Für diese Tiere gibt es sogar einen Begriff – *Texotics.*«

»Das ist schrecklich«, murmelte Mom in ihre Tasse.

Mir hingegen waren die Worte im Halse stecken geblieben. Ich schüttelte lediglich den Kopf. Wie konnten Menschen nur so grausam sein? Und was dachten sich die Ranchbesitzer dabei nur? Wenn man den Großteil seines Lebens Seite an Seite mit Tieren verbracht hatte, sollte man diese doch zu schätzen lernen. Aber der Artikel und Scotts Worte machten mir deutlich, dass dort draußen viel zu viele Menschen herumrannten, die in den Lebewesen lediglich Profit sahen.

Meine Gedanken wanderten zu Bonnie und Clyde – den Kater und die Katze, die Kim und ich adoptiert hatten. Zwar war ich so verpeilt, dass wir einen automatischen Futterspender hatten kaufen müssen, nichtsdestotrotz bedeuteten mir die beiden alles. Sollte jemand nur auf die Idee kommen, ihnen etwas antun zu wollen, würde ich zur Furie werden.

Schon allein die Tatsache, dass Menschen ein so widersprüchliches Verhalten an den Tag legten, wollte ich nicht verstehen. Einerseits vergötterten sie ihre Haustiere, sahen ihre geliebten Vierbeiner als Familienmitglieder an, andererseits gingen sie auf die Jagd, um Tiere zum Spaß zu erlegen. Wie konnte man so etwas mit seinem Gewissen vereinbaren? Das würde ich nie begreifen können.

Ich hatte meine Hände vor Wut zu Fäusten geballt, was nicht unbemerkt blieb. »Genauso empfinde ich auch, wenn ich über dieses Thema nachdenke«, sagte Scott nickend. Sein Mundwinkel zuckte, und ich erkannte in seinen Augen, wie nahe ihm all dies ging. Ich verstand, weshalb er nicht an Kingsley verkaufen wollte. Einem solchen Menschen noch mehr Fläche für sein perfides Jagdgeschäft zu geben, könnte ich mir wohl auch nie verzeihen. Trotzdem war der Verkauf für mich damit nicht vom Tisch. Schließlich gab es noch immer die Möglichkeit, andere Käufer zu finden.

Ich legte den Zeitungsartikel ab und nahm meine Tasse. Dann bedeutete ich Scott mit einer Handbewegung, fortzufahren.

»Ich weiß, wie sehr du Tiere liebst, Holly. Daher bin ich mir sicher, dass du meine Auffassung teilst, nicht zu verkaufen. Du magst denken, ein anderer Käufer wäre eine gute Alternative, aber wer würde uns versichern, dass der neue Eigentümer das Grundstück nicht doch an Kingsley abtreten würde? Es gibt sicher nicht viele Menschen, die so einen Haufen Geld ausschlagen könnten.« Damit hatte er meine Gedanken nicht nur erraten, sondern ebenfalls ein gutes Gegenargument gefunden.

Ich nippte an meinem Tee, der mittlerweile fast kalt geworden war. »Ich bin mir ziemlich sicher, dass du einen anderen Vorschlag hast. Also los.«

Scott lächelte breit, sodass sich sein ganzes Gesicht erhellte. Er zog einige Papiere aus der Mappe und legte sie nebeneinander auf den Tisch. Wie sich herausstellte, waren es Zertifikate. »Ich habe nicht nur meine Ausbildung als Tierpfleger mit Bestnoten abgeschlossen, ich habe zusätzlich einige Fernkurse belegt und war ein Jahr in Namibia, wo ich als freiwilliger Helfer in einer Wildtierauffangstation gearbeitet habe.«

»Das ist beeindruckend«, sagte ich mehr zu mir selbst. Doch Scott hatte mich gehört.

»Danke.« Verlegen kratzte er sich am Kinn. Es war süß, dass meine Worte eine solche Wirkung auf ihn hatten. »Jedenfalls hat sich während dieser Zeit immer mehr der Wunsch verfestigt, selbst eine Rettungsstation zu gründen. Ich habe alle behördlich erforderlichen Unterlagen zusammengestellt und …«

»Warte, warte, was?«, unterbrach ich ihn. »Du willst die Ranch zu einer Rettungsstation umbauen?« Er nickte. »Und wer soll das bezahlen? Das ist ein riesiges Projekt, Scott. Ein schöner Gedanke, das muss ich zugeben, aber ich bezweifle, dass das realisierbar wäre. Die Betonung liegt hier auf *wäre*, denn ich bin mir nicht sicher, ob ich das auch möchte.«

Scott holte tief Luft, und einen Moment dachte ich, er würde explodieren, aber er blieb ruhig. »Das verstehe ich. Ich habe natürlich einen genauen Finanzplan aufgestellt. Dad hat mir dabei geholfen.«

Das stolze Lächeln auf Frankies Gesicht war herzerwärmend. Ihm bedeutete dieses Projekt vermutlich genauso viel wie Scott. Lediglich seine Erkrankung hinderte ihn daran, sich ebenso voller Elan hineinzustürzen.

»Außerdem gibt es zahlreiche Organisationen, die solche Projekte unterstützen. Um sich auf Fördermittel zu bewerben, muss man natürlich erst mal etwas vorweisen. Aber ich bin mir sicher, dass wir auch auf diese Weise einen großen, wenn nicht sogar den größten, Teil finanzieren könnten«, erklärte Scott weiter.

»Und wie genau stellst du dir das vor? Was soll in der Rettungsstation gemacht werden?«, fragte Mom neugierig. Ich war froh darüber, dass sie das Wort ergriff, denn ich war noch immer zu überrascht und verwirrt, um eine geeignete Reaktion hervorzubringen.

Scott nickte eifrig und legte weitere Papiere auf den Tisch. »Vorrangig wird es unsere Aufgabe sein, in Not geratene Wildtiere einzufangen und auf die Station zu bringen, wo sie wieder aufgepäppelt werden. Brooke Hansen ist die Tierärztin in Bibury. Sie bringt viel Erfahrung mit und unterstützt das Vorhaben voll und ganz. Bis das volle Potenzial der Station ausgeschöpft ist und wir uns ein Pflegeteam leisten können, arbeitet sie pro bono für uns. Des Weiteren werden verletzte Tiere selbstverständlich verarztet und verwaiste Jungtiere aufgezogen.«

»Was passiert dann mit ihnen?«, hakte ich nun nach.

»Das lässt sich pauschal nicht beantworten«, sagte Scott leise. »Manche Tiere kann man anschließend in die Wildnis entlassen, wieder andere müssen ihr Leben lang von Menschen betreut werden. Das kann bei uns oder in einer anderen Station geschehen. Es gibt auch einige Tierparks, in denen das Wohl der Tiere im Vordergrund steht, mit denen ich mir eine Kooperation vorstellen kann. Doch das sind Dinge, die bei jedem Tier ganz individuell entschieden werden müssen.«

»Das klingt aber nach einem ziemlich großen Vorhaben.« Damit hatte Mom absolut recht.

»Ich weiß. Es ist ein riesiges Projekt, ein Lebenswerk. Aber es ist für einen guten Zweck. Die Ranch muss ausgebaut werden, wir brauchen Innen- und Außengehege und später dann auch ein großes Pflegeteam. José und Miguel haben handwerkliche Erfahrung und gute Kontakte zu Monteuren und Fliesenlegern. Für die kleineren Ausbauten genügt das erst mal. Sobald es an das Vergrößern geht, hoffe ich auf die Unterstützung einer erfahrenen Organisation. Doch wie ich bereits sagte, müssen wir erst ein wenig vorweisen, ehe wir uns um die Förderungen bewerben können. Allerdings bin ich mir sicher, dass hier etwas Großartiges entstehen wird. Wenn wir alle Hand in Hand arbeiten.« Scott suchte meinen Blick. »Und nun wünsche ich mir, dass du auch für das Projekt zu begeistern bist und das gemeinsam mit mir angehst. Ich hoffe wirklich sehr, dass du dich dafür entscheidest und nicht nur stille Teilhaberin, sondern ein fester Bestandteil des Teams sein möchtest. Das hätte nicht nur Donna viel bedeutet, sondern auch mir.« Scott lächelte aufrichtig. Doch ich konnte das nicht erwidern.

Mir schwirrte der Kopf. Das war unfassbar viel Input, und ich hatte keine Ahnung, ob ich bereit hierfür war. Was Scott von mir verlangte, war keine kleine Gefälligkeit, sondern etwas Riesiges. Eine unglaubliche Last, die mich unter sich begrub.

Es war nicht so, dass ich nicht für Veränderungen zu haben war. Ich lebte in den Tag hinein, nahm an, was auf mich zukam. Aber das hier – die Rettungsstation – war nichts, was ich auf die leichte Schulter nehmen wollte. Nein, nicht konnte.

»Also, was sagst du?«

»Vielleicht solltest du ihr etwas Zeit geben«, sagte Mom in ihrem gewohnt sanften Tonfall. »Das ist nichts, was leichtfertig entschieden werden sollte, und du siehst doch, wie überfordert sie damit ist.«

Ich war Mom dankbar dafür, dass sie einschritt, denn ich wusste gerade wirklich nicht weiter. Es war ein bewundernswertes Projekt, in dessen Planung sicher viel Herzblut geflossen war. Ich brachte es nicht über mich, Scotts Träume mit einem Mal zu zerschmettern. Aber sollte er jetzt eine Antwort von mir verlangen, wäre es genau das, was ich tun müsste.

»Natürlich, das verstehen wir«, lenkte Frankie ein, gerade als Sott den Mund für eine Erwiderung öffnete. »Es liegt uns nicht daran, dass sofort Dinge entschieden werden, die morgen wieder bereut werden könnten. Dafür ist es zu wichtig. Nicht wahr, mein Junge?«

Scott stieß den angehaltenen Atem aus und nickte. Von seiner Euphorie von eben war nichts mehr zu sehen. »Natürlich. Lass dir Zeit, Holly. Das eilt nicht, und ich möchte dich auf keinen Fall zu etwas drängen, was du nicht willst.« Er versuchte sich an einem Lächeln, seine Augen erreichte es aber nicht. »Hier sind alle Informationen zusammengetragen. Lies es dir in Ruhe durch. Wenn du Fragen hast, meine Nummer steht drin, ruf einfach an.«

Ich nahm die Mappe und presste sie mir an die Brust. »Das mache ich, versprochen.«

»Sehr schön.« Mom klatschte in die Hände. »Kann ich euch dann noch einen Kaffee und ein Stück Kuchen anbieten? Oder ein anderes Dessert?«

»Nein, danke, Selena. Du hast wirklich schon genug

getan, und wir müssen auch langsam aufbrechen.« Mit zittrigen Beinen stand Frankie auf. Scott war sofort zur Stelle, um seinem Vater zu helfen.

»Ja, danke für alles«, stimmte er zu.

Mom winkte ab. »Ach, das ist doch nichts gewesen. Es freut mich einfach, dass ihr hier wart. Wir haben uns alle viel zu lange nicht gesehen.«

»Das stimmt.« Frankie nickte.

»Wir bringen euch noch zur Tür.« Mom ging voran. »Holly, Liebling, würdest du ihnen bitte noch die Reste einpacken?«

»Aber das ...«

»Doch, das ist nötig«, schnitt Mom Scott das Wort ab. Widerworte waren zwecklos, gegen Mom hatte man ohnehin keine Chance. Daher huschte ich schnell in die Küche, kramte einige Tupperdosen aus der Schublade und packte alles ordentlich ein. Als ich wieder in den Flur trat, stand Mom auf der Veranda und Scott und sein Dad waren schon beim Auto, weshalb ich zu ihnen hinunterging. Frankie winkte mir vom Beifahrersitz aus zu.

»Hier.« Ich reichte Scott die Dosen, die er dankend annahm und in den Kofferraum legte. Dann blieb er einen Moment vor der Fahrertür stehen und betrachtete mich einfach nur. »Was ist los?«, fragte ich amüsiert.

Scott schüttelte leicht den Kopf. »Nichts, ich bin einfach wirklich froh, dass du das Projekt nicht sofort abgeschmettert hast.«

»Ach, papperlapapp, das ist doch klar.«

Scott lachte leise. »Ist es nicht. Eigentlich habe ich damit gerechnet, dass du sofort Nein sagst und mich für verrückt erklärst.«

»Die Idee ist nicht verrückt. Ich finde sie wirklich großartig. Es ist schön, dass wenigstens du der Trophäenjagd entgegenwirken möchtest. Es müsste mehr Menschen wie dich geben«, sagte ich ehrlich.

Plötzlich zog Scott mich in die Arme und strich mir über den Rücken. »Danke, das bedeutet mir viel.«

Ich erwiderte die Umarmung und nickte. Mein Herz hämmerte wie wild, und ich verfluchte es dafür.

Als er wieder von mir abließ, musste ich mich dazu zwingen, mich nicht ein weiteres Mal an ihn heranzuschmiegen und seinen Ranchgeruch, der mich irgendwie an Freiheit erinnerte, in mich aufzunehmen. Aber ich widerstand dem Drang. »Gute Nacht, Holly.«

»Gute Nacht, Scott«, erwiderte ich. Erst als der Wagen vom Grundstück verschwand, konnte ich mich wieder in Bewegung setzen. Als ich hineinging, ignorierte ich das breite Grinsen auf Moms Gesicht, von dem ich genau wusste, was es zu bedeuten hatte.

Kapitel 8

Ich war eine schreckliche Freundin, und nun konnte ich Kim nicht erreichen. Gestern war der Akku von meinem Handy leer geworden, und nachdem ich es ans Kabel gestöpselt hatte, war ich nicht mehr auf die Idee gekommen, die eingegangenen Nachrichten zu lesen. Zu voll war mein Kopf von Scotts Plänen gewesen.

> Sorry, dass ich mich heute nicht gemeldet habe. Aidan und ich haben uns verirrt und sind beinahe von einer Klippe gefallen – dabei ist der Peilsender in die Tiefen gestürzt. Daher sind wir erst jetzt zurück im Camp.
> Aber wenigstens hat der Tag uns halbwegs zusammengeschweißt. Vielleicht können wir die Streitigkeiten damit endlich beiseiteschieben und neu anfangen.
> Ich hoffe, bei dir ist alles in Ordnung. Ihr wolltet euch doch heute mit Scott und Frankie zum Abendessen treffen, oder? Wie lief es?
> Hoffentlich schaffen wir es, morgen endlich wieder zu telefonieren. Du fehlst mir unglaublich.
> xoxo Blossom

Gehässig stierte mir Kims Nachricht entgegen. Was hatte ich mir nur dabei gedacht, sie allein in ein Survival-Camp zu schicken? Ich hätte wissen müssen, dass das viel zu gefährlich war. Zwar hatten wir uns mithilfe von Reality Shows auf den Urlaub vorbereitet, aber es war etwas völlig anderes, selbst in die Wildnis zu ziehen und im wahrsten Sinne des Wortes ums Überleben zu kämpfen. Ich machte mir schreckliche Vorwürfe, war zugleich aber erleichtert, dass ihr nichts weiter passiert war.

Schnell sprang ich aus dem Bett, warf mir frische Klamotten über und hechtete nach unten. Mom rief mir etwas aus der Küche zu, aber es war wichtiger, noch mal zu versuchen, bei Kim anzurufen.

Trotz der für meine Verhältnisse frühen Uhrzeit war es bereits drückend. Die Veranda führte einmal um das halbe Haus herum. Ich lief um die Ecke, damit ich mir einen Platz im Schatten suchen konnte. Gerade als ich mich auf den Schaukelstuhl setzte, der mit Blick zur Weide ausgerichtet war, klingelte mein Handy.

»Kim! Endlich erwischen wir uns. Ich bin so froh, dass es dir gut geht. Du kannst dir nicht vorstellen, wie schlecht ich mich fühle, dich mit diesem Urlaub allein gelassen zu haben!« Die Worte sprudelten ohne Punkt und Komma aus mir heraus.

Am anderen Ende der Leitung lachte Kim leise. »Du hast es dir ja nicht ausgesucht.«

»Das stimmt, aber trotzdem. Geht es dir wirklich gut?«, hakte ich nach.

Sie versicherte mir, dass sie lediglich ein paar Kratzer davongetragen hatte. Anschließend erzählte sie mir, was genau vorgefallen war. An der Klippe war ein Felsen abgebrochen, und Aidan war beinahe in die Tiefen gestürzt. Aber Kim gelang es, ihn festzuhalten, hochzuziehen und so zu retten.

Während sie sprach, musste ich hin und wieder lachen. Ich war so froh, dass es ihr gut ging. Wäre ihr etwas passiert, hätte ich mir das nie verzeihen können.

»Reden wir doch lieber über Scott«, wechselte sie schließlich das Thema.

Mir entfuhr ein leises Stöhnen, denn eigentlich war ich noch nicht bereit für diese Unterhaltung. Ich hatte die Nacht kaum ein Auge zugedrückt, weil ich seine Pläne genauestens studiert hatte. Bei jedem weiteren Wort, das ich gelesen hatte, war ich nur noch beeindruckter von seinem Vorhaben. Andererseits wusste ich nicht, ob das für mich wirklich das Richtige war. Es gab keinen Grund, der mich zwang, Teil des Projekts zu werden. Scott schien alles auch ohne meine Hilfe auf die Beine stellen zu können. Der Finanzierungsplan schien überwiegend stichhaltig zu sein, und er hatte sich Gedanken um mögliche Förderungen gemacht.

Er hatte sogar bereits ein rundes Logo entworfen, das ein Zebra und ein Gnu beim Grasen zeigte. Der Name für die Station sollte *Zebra's Field* sein.

»Er ist so ...«

Kim ließ mich gar nicht erst ausreden. »Heiß?«

»Nein!« Sie war ja schon wie meine Mutter, mit dem Unterschied, dass ich Kim lediglich grob erzählt hatte, inwiefern Scott sich optisch verändert hatte. Wie genau er heute aussah, wusste sie nicht. Ich verlagerte das Gewicht und wippte auf dem Schaukelstuhl vor und zurück. »Er ist einfach ... Ach, ich weiß auch nicht. Ich habe das Gefühl, er würde gern die Welt im Alleingang an einem Tag retten.«

Im Schnelldurchlauf erzählte ich Kim von dem Konzept, das Scott entwickelt hatte, und von den *Texotics*. Auch sie hatte keine Ahnung von deren Existenz gehabt. Als ich fertig war, konnte ich Kims zaghaftes Lächeln förmlich vor mir sehen. »Gib ihm zumindest eine Chance, für die Dinge einzustehen, an denen er festhält und an die er glaubt«, sagte sie. »Wenn du merkst, dass es nicht funktioniert, dann werdet ihr euch sicher anderweitig einig.«

»Meinst du wirklich?« Zwar wusste ich im Grunde, was ich zu tun hatte, aber Kim war für mich das, was Jiminy Grille für Pinocchio war. Sie war mein Gewissen, meine Rückversicherung, dass ich das Richtige tat. Und da auch Meemaw sich gewünscht hatte, dass ich dem Ganzen wenigstens eine Chance gab, sollte ich es mir zumindest anschauen. Ein paar Wochen sehen, wie Scott arbeitete, ob er wirklich in der Lage wäre, ein solches Projekt auf die Beine zu stellen. Denn die Planung einer Station schriftlich festzuhalten war etwas anderes, als einen solchen Bau wirklich sachgemäß auszuführen. Davon würde ich mir erst ein eigenes Bild machen müssen, ehe ich eine finale Entscheidung traf. Aber wenigstens das konnte ich für Meemaw tun.

»Ja. Natürlich wird es eine Umstellung für dich, Dinge planen zu müssen und nicht in den Tag hinein leben zu können. Aber du packst das, Bubbles.«

Schon der Gedanke an frühes Aufstehen ließ mich erschaudern. Während Gramps und Meemaw immer noch vor dem Sonnenaufgang aufgestanden waren, war mit mir vor neun absolut nichts anzufangen. Kim hatte schon mehr als einmal ein Kopfkissen von mir ins Gesicht geworfen bekommen, weil sie es gewagt hatte, um sieben Uhr trällernd in mein Zimmer zu kommen.

Trotzdem wusste ich, dass sie recht hatte. Wir sprachen noch ein paar Minuten miteinander, als Mom auf die Veranda trat. Ich deckte das Mikrofon einen Moment ab und hob den Kopf.

»Pfarrer Mitchell hat uns zum Essen eingeladen. Möchtest du mitkommen?«

»Nein, mir ist nicht danach. Musst du jetzt gleich los?«

»Etwa in einer halben Stunde, wieso?«

»Vorher würde ich gern noch etwas mit dir besprechen. Eine Sekunde.« Ich verabschiedete mich schnell von Kim und hoffte, wir würden nachher noch mal die Gelegenheit haben zu telefonieren.

»Du bist schon zu einer Entscheidung gekommen?«, fragte Mom, als wir wieder im Haus waren. Sie kannte mich zu gut.

»Ja.« Ich nickte und lächelte verhalten. Die richtigen Worte zu finden, fiel mir unglaublich schwer. Mom hatte sich bestimmt schon auf den unverhofften Geldsegen gefreut.

Auf dem Küchentresen stand eine Kanne Kaffee. Ich schenkte mir eine Tasse ein und setzte mich.

»Holly, du brauchst keine Angst vor meiner Reaktion zu haben. Ich bin immer für dich da, ganz egal, wie du dich entschieden hast.« Sie griff über den Tresen nach meiner Hand.

Ich atmete tief durch. »Diese Tiere ... Ich bin der Meinung, sie verdienen eine Chance. Es ist nicht so, als wäre der Verkauf für mich gänzlich vom Tisch, aber ich denke, ich sollte wenigstens probieren, ob es funktionieren kann, oder?«

Das Lächeln auf Moms Gesicht wurde breiter, strahlender. Ein glasiger Schimmer lag in ihren Augen. »Ich bin so stolz auf dich, Holly.«

»Bist du nicht sauer? Oder enttäuscht? Das Geld ... wir hätten damit deine Schulden begleichen können.«

»Wir brauchen dieses Geld nicht, Holly. Erst recht nicht, wenn das Blut unschuldiger Tiere daran klebt. Meine Gehaltserhöhung wird mir einen ordentlichen Puffer bescheren. Mach dir also bitte nicht so viele Gedanken.«

Ich schluckte schwer. Es hätte mich so glücklich gemacht, ihr endlich etwas zurückgeben zu können. »Da ist noch etwas ...« Ich fixierte die Tasse vor mir. »Scott hat einen detaillierten Finanzplan aufgestellt. Er hat Ersparnisse und möchte den Zuchtbetrieb einstellen. Der wirft ohnehin nicht mehr allzu viel ab, daher hält er es für das Beste, die meisten Pferde zu verkaufen und den Erlös für den Aufbau der Station zu nehmen. Außerdem fragt er, ob ich bereit wäre, unseren Teil von Meemaws Lebensversicherung in das Projekt zu investieren. Wenn du das nicht möchtest, ist das in Ordnung.«

»Natürlich. Das ist doch eine fantastische Investition.«

»Wirklich? Klar, es ist nicht viel, aber ...«

»Holly, was habe ich eben noch zum Thema Geld gesagt?« Mom lehnte sich zurück und schaute mich tadelnd an.

Mir entfuhr ein leises Lachen. »Deine Gehaltserhöhung reicht, und ich soll aufhören, mir Gedanken zu machen.«

Sie zwinkerte, dann legte sie die Lippen an die Tasse. »Na, siehst du.« Mit einem letzten kräftigen Zug trank sie den Kaffee aus und stand auf. »Ich muss los, wir sehen uns später. Ich hab dich lieb.«

»Ich dich auch, Mom.« Lächelnd beobachtete ich, wie sie aus der Küche trat. Kurz darauf fiel die Haustür ins Schloss und der Wagen wurde gestartet.

Nun musste ich nur noch Scott von meiner Entscheidung berichten.

Am frühen Nachmittag war ich das anstehende Gespräch mit Scott oft genug gedanklich durchgegangen, dass ich bereit war, ihn aufzusuchen. Nervös kaute ich auf meiner Unterlippe und lauschte dem unbeständigen Schlagen meines Herzens. Die kurze Hose klebte nach wenigen Schritten an meinen Oberschenkeln wie eine zweite Haut, und das dunkle T-Shirt war bei der Hitze die wohl schlechteste Wahl gewesen, die ich hätte treffen können. Nun war es aber zu spät, noch mal zurückzugehen ... wobei ...?

Gerade als ich schon dabei war, die Beine in die Hand zu nehmen, tauchte José vor mir auf. »Brauchst du was?«

Erschrocken fuhr ich zusammen. »Schleich dich doch nicht so an«, stieß ich keuchend hervor.

José lachte. »Tut mir leid, ich habe dich nicht so schreckhaft in Erinnerung.«

Ich bedachte ihn mit einem bösen Blick, woraufhin er nur lauter lachte. Pff, das würde er mir noch büßen! »Eigentlich war ich auf der Suche nach Scott, hast du ihn gesehen?«, fragte ich, als mein Puls sich wieder reguliert hatte.

José holte eine Zigarette aus seiner Hosentasche und nickte zur Weide. »Da kommt er.«

Ich folgte seinem Blick. Erst war das Galoppieren eines

Pferdes nur zu hören, wenige Augenblicke später tauchte es in meinem Sichtfeld auf.

Je näher Scott kam, desto aufgeregter wurde ich. Er würde sich über den Ausgang des Gesprächs freuen, dessen war ich mir sicher. Was ich hingegen nicht wusste, war, ob ich meine Entscheidung nicht morgen bereuen würde. Planen lag nicht in meiner Natur, ich änderte manchmal schneller meine Meinung, als irgendwer bis drei zählen konnte. Niemand konnte sich vorstellen, wie lange Kim und ich gebraucht hatten, uns auf Haustiere zu einigen. An einem Tag wollte ich ein Aquarium, am nächsten Schlangen und dann doch wieder Meerschweinchen. Als wir durch das Tierheim gelaufen waren, hatten wir uns aber beide zeitgleich in Bonnie verliebt und sie sofort adoptiert. Clyde folgte kurze Zeit später. Wären wir an jenem Nachmittag aber nicht zufällig ins Tierheim gegangen, hätten wir heute noch keine Haustiere, so viel stand fest.

»Hoo!« Es bedurfte nur dieses kurzen Befehls, damit Aramis zum Stehen kam. Als Scott mich sah, strahlte er über beide Ohren. Doch auch wenn seine Augen im Schatten seiner Hutkrempe lagen, war in ihnen ein Anflug von Unsicherheit zu erkennen. Er klopfte Aramis auf den Hals – eine Art Befehl, den man verwendete, um das Pferd ruhig zu halten. Anschließend schwang Scott das rechte Bein über den Sattel.

Seine Bewegungen waren elegant. Sehr beneidenswert. Wann immer ich von einem Pferd abstieg, sah ich aus wie ein nasser Sack. Aber ich war schließlich auch keine Reitlehrerin.

»Kümmerst du dich bitte um ihn?« Scott reichte José die Zügel.

Dieser drückte seine Zigarette im Aschenbecher aus und nahm sie entgegen. »Natürlich. Bis später, ihr beiden.« Mit diesen Worten verschwand José im Stall.

Scott verschränkte die Arme vor der Brust. Dabei spannte sein Bizeps sich etwas an, sodass ich mich zwingen musste, ihm ins Gesicht zu schauen, auf dem ein neugieriger Ausdruck lag. »Du möchtest mich sprechen, nehm ich an?«

Ich nickte. »Ja. Gehen wir ein Stück?« Ich deutete zur Weide.

»Na klar.«

Langsam entfernten wir uns von den Ställen. Scott drängte mich nicht, zu sprechen, sondern ließ mir Zeit, mich zu sammeln. Wir schlenderten über die Weide, vorbei an dem kleinen Teich, in dem zwei Wildenten ein abkühlendes Bad nahmen. Die leichte Brise trug Scotts unverkennbaren Duft zu mir herüber. Wie konnte man nach dem Ausreiten noch so gut riechen?

Als wir uns einige Meter vom nächsten Gebäude entfernt hatten, schaute ich zu ihm hoch. Noch immer lag der neugierige Ausdruck auf seinem Gesicht. Wie sollte ich nur anfangen?

»Ich bin dabei«, schoss es aus mir heraus. Allem Anschein nach hatte ich mich für die Pflaster-Methode entschieden.

»Du bist dabei? Du willst dieses Projekt mit mir aufziehen? Wirklich?« Die Worte sprudelten ungläubig aus Scott heraus.

Ich konnte mir ein Lächeln nicht verkneifen. »Ja, wobei es keine finale Zusage ist.« Ich befeuchtete meine Lippen und schluckte. Scott zog die Brauen fragend zusammen, wartete allerdings, bis ich weitersprach, anstatt dazwischenzugehen. »Mein Leben spielt sich in Kalifornien ab. Ich habe mein Studium, meine Wohnung mit Kim, meine Mom lebt ganz in der Nähe in Pasadena.«

»Okay«, sagte Scott vorsichtig und schob eine Hand in die Hosentasche. Durch die hoch am Himmel stehende Sonne sah ich, dass er eine Kette trug, die nun silbern glänzte. Sie lag unter seinem Hemd verborgen, weshalb ich sie nicht ganz erkennen konnte. Ich fragte mich, ob es ein besonderes Schmuckstück war. Als Scott die Hand wieder aus der Tasche zog, kam ein plattgedrückter Twinkie zum Vorschein. Er öffnete die Packung und biss hinein. »Sorry, wenn ich nervös bin, brauche ich was zum Naschen«, murmelte er leise.

»Schon okay, guten Appetit«, entgegnete ich lächelnd und fuhr dann mit dem eigentlichen Thema fort: »Nennen wir es ein Pilotprojekt. Dein Finanzplan hat mich sehr beeindruckt, trotzdem bin ich noch immer nicht hundertprozentig überzeugt, dass das alles so funktioniert, wie du dir das vorstellst. Auch wenn du eindeutig viel Zeit in die Planung investiert hast, ist es doch etwas anderes, das Ganze wirklich durchzuführen. Du und ich haben uns Jahre nicht gesehen – ich weiß nicht, wie du arbeitest oder wie zuverlässig du wirklich bist. Das sind alles Dinge, die ich erst herausfinden und mit eigenen Augen sehen muss. Denn wie du schon bei unserem gestrigen Gespräch sagtest, wäre das eine Lebensaufgabe. Aber ich bin bereit, einen Versuch zu starten. Du hast bis zum Ende des Sommers Zeit, mich voll und ganz zu überzeugen.«

»Und wenn du nicht überzeugt sein wirst, was dann?«

Das war eine berechtigte Frage, auf die ich keine Antwort hatte. »Lass es einfach nicht so weit kommen, dann brauchen wir uns darüber keine Gedanken zu machen. Aber egal, was passiert, wir werden eine geeignete Lösung finden, die für uns beide und auch die Tiere zufriedenstellend sein wird.«

Das Grinsen auf Scotts Gesicht wurde breiter. Er schob sich das letzte Stück der Süßigkeit in den Mund und zog mich dann so unverhofft an sich, dass mein Körper einen Moment erstarrte. Seine überschwängliche Freude brachte mich zum Lachen. Ich umschlang seine Taille und erwiderte die Umarmung. »Danke, Holly«, sagte er mit halb vollem Mund in meine Haare. Sein warmer Atem kitzelte meinen Nacken, wodurch sich eine angenehme Gänsehaut über mich legte.

Ganz langsam löste ich mich von Scott. »Schon okay, es ist schließlich für einen guten Zweck. Aber es wäre vermutlich vorteilhaft, würden wir unseren Konkurrenzkampf von früher in dieser Zeit beiseiteschieben und professionell arbeiten.«

Er presste die Lippen aufeinander und hob skeptisch eine Braue. »Wo bliebe denn da der Spaß?«

Ich zuckte mit den Schultern. »Eigentlich habe ich das nur dir zuliebe vorgeschlagen. Ich will nicht, dass ich dich in einer Woche heulend in der Ecke finde, weil ein so viel jüngeres Mädchen dich in allem fertiggemacht hat.«

Ein klangvolles Lachen drang aus seiner Kehle. Er legte den Arm um meine Schultern und zog mich an sich. »Also, zum einen bin ich vierundzwanzig und kein alter Opi. Und zum anderen, träum weiter. Wir wissen beide, dass ich schon immer in allem besser war.«

»Der war gut«, sagte ich lachend. »Ich glaube, dein

Sturz vom Pferd damals hat zu Gedächtnisverlust geführt.«

»Wir haben ja jetzt ein paar Wochen, um das auszudiskutieren.« Scott senkte den Arm und stellte sich vor mich. »Aber jetzt noch mal kurz im Ernst. Du kannst dir nicht vorstellen, wie froh ich über deine Entscheidung bin. Darauf müssen wir unbedingt anstoßen. Ich lade dich auf so viele Biere ein, wie du trinken kannst.«

»Oh, wenn das mal kein Fehler ist. Ich kann ganz schön viel trinken.«

»Sicher nicht so viel wie ich.«

Ich hob die Brauen. »Klingt, als wolltest du mich herausfordern.«

»Eigentlich nicht, denn hierbei kannst du nicht gewinnen«, entgegnete Scott lachend und steuerte wieder die Ställe an. »Ich muss noch etwas arbeiten. Treffen wir uns um sieben?«

»Klingt gut.«

»Alles klar. Und danke für alles, Holly.« Er hob die Hand zum Abschied und lief zurück.

Ich verweilte noch einen Moment am Teich und beobachtete die Wildenten. Es war genau wie damals. Aus allem hatten wir einen Konkurrenzkampf gemacht. Dieser war oft wirklich lustig gewesen, war aber auch nicht gerade selten in Streit ausgeartet. Dennoch hatte unser Wortgefecht von eben mich an diese Zeiten zurückerinnert. Und es waren die schönen Momente, die überwogen.

Auch mein Herz freute sich auf den Sommer in Bibury. Der Gedanke daran, einige Wochen hierzubleiben und mit Scott zu arbeiten, trieb meinen Puls in die Höhe. Ich hörte die dreizehnjährige Holly leise kichern, verbannte sie aber zurück in die tiefen Winkel meines Hirns – dort, wo sie hingehörte.

Nun blieb lediglich zu hoffen, dass ich keinen Fehler gemacht hatte und meine Entscheidung später wieder bereuen würde.

Kapitel 9

Mein Schädel brummte.

Auch die zweite Kopfschmerztablette bewirkte leider genau gar nichts, weshalb ich mit den Nachwirkungen des gestrigen Abends leben musste.

»Ich habe dich gewarnt«, sagte Scott zum wiederholten Mal und nippte an seinem Schwarztee. »Mich trinkt niemand so schnell unter den Tisch.«

»Mhm«, machte ich, zu mehr nicht in der Lage.

Seit mehreren Stunden saßen wir gemeinsam am Esstisch und gingen die Pläne für die Rettungsstation durch. Glücklicherweise hatte Scott sich bereits im Vorfeld um alles gekümmert, sodass ich jetzt nichts weiter tun musste, als ihm zuzuhören. Wobei mir selbst das heute unglaublich schwerfiel.

Ich hätte Amity nicht ignorieren sollen, die mir bereits nach dem dritten Bier gesagt hatte, dass ich keine Chance hatte, dieses Duell zu gewinnen. Aber davon hatte ich nichts wissen wollen. Tja, wer nicht hören wollte, musste umso stärker fühlen.

»Ein Kumpel von mir führt eine Ranch kurz hinter Charlesborough. Er würde uns die Pferde abkaufen und die drei Touristengruppen aufnehmen, die bei uns über den 4. Juli gebucht haben.« Scott lehnte sich im Stuhl zurück. »Fünf Pferde behalten wir.«

Ich nickte. »Klingt gut.«

»Wie wäre es mit einer Pause?«, schlug Scott vor. Er schaute mich zugleich mitleidig und belustigt an.

»Auch das klingt gut«, stimmte ich zu und massierte mir die Schläfen. Dann nahm ich mein Glas in die Hand und kippte den letzten Rest Wasser hinunter. Das passierte, wenn Kim nicht hier war, um mich von unklugen Entscheidungen abzuhalten. Manchmal wünschte ich mir, auch etwas besonnener zu sein.

Draußen wurde eine Wagentür zugeschlagen. Das Geräusch hallte wie ein dröhnender Presslufthammer in meinem Kopf wider. Als jemand auch noch klopfte, zuckte ich zusammen. Mom war oben in ihrem Zimmer, und die Angestellten wuselten auf dem Grundstück herum und gingen ihrer Arbeit nach, daher hatte ich keinen Schimmer, wer das sein konnte.

»Bin gleich zurück.« Ich stand auf und hechtete in den Flur, was meinen Kopfschmerzen nicht bekam. Als ich öffnete, stand Bruno vor der Tür – der Inhaber des *Paddocks Diner*. Für uns Kinder war er damals wie ein Großvater gewesen. In den heißen Sommermonaten hatte er uns oft eine Kugel Eis ausgegeben und uns erlaubt, uns mit dem Wasserschlauch hinter dem Diner abzuspritzen.

Trotzdem war ich kurz verwundert über sein plötzliches Auftauchen. Ich vergaß manchmal, dass es an einem Ort wie Bibury öfter vorkam, dass die Nachbarn einfach unangekündigt vor der Tür standen. So etwas passierte in Los Angeles nicht. Ich wusste nicht mal, wer alles im selben Haus wie Kim und ich lebte. Lediglich mit Mrs Newman von gegenüber wechselten wir hin und wieder ein paar Worte.

»Bruno, schön, dich zu sehen. Was verschafft mir die Ehre?« Der Duft von Frittierfett haftete seinem T-Shirt an. Er musste also direkt aus dem Diner hergekommen sein. »Es sieht dir gar nicht ähnlich, jemand anders in deine heilige Küche zu lassen.«

»Ich finde es auch schön, dich zu sehen.« Kleine Fältchen zierten seine Augenwinkel, als seine Lippen ein Lächeln formten. »Ja, manche Dinge ändern sich auch nicht. Deshalb muss ich jeden Moment wieder los, aber ich wollte euch schnell etwas vorbeibringen.«

Schritte ertönten. Kurz darauf tauchte Scott neben mir auf. »Bruno, habe ich es doch richtig gehört.«

»Ach, schön, dass du auch da bist, mein Junge. Ich habe hier etwas für euch.« Bruno trat einen Schritt zur Seite und deutete auf seinen blauen Truck. Es war derselbe, den er schon fuhr, seit ich denken konnte. Dass er ihm immer noch treue Dienste erwies, glich einem Wunder, denn Bruno hatte den Wagen schon damals gebraucht gekauft. Die Ladefläche war bis zum Bersten mit Holz gefüllt. »Ich habe noch so viel Holz vom Bau meines Schuppens übrig, das ihr womöglich gebrauchen könnt.«

Mein Mund öffnete sich einen Spaltbreit. »Das ist unglaublich nett von dir. Aber woher weißt du überhaupt von unserem Vorhaben?«

»Kind, wir sind in Bibury. Es würde mir zu denken geben, wenn irgendjemand noch nicht davon wüsste.« Er grinste, wobei seine strahlenden Dritten zum Vorschein kamen.

Lachend schüttelte ich den Kopf. »Nein, manche Dinge ändern sich wirklich nicht.«

»Das ist super, Bruno. Ich danke dir sehr«, sagte nun auch Scott. »Kommt, wir laden schnell ab, damit du wieder an die Arbeit kannst.«

Gemeinsam traten wir hinaus und stapelten das Holz vor der Veranda auf. Wobei ich zugeben musste, dass Scott und Bruno den Großteil erledigten. Ich war nicht sonderlich kräftig, und körperlich anstrengende Arbeit hatte mir noch nie gelegen. Daran würde ich in den nächsten Wochen dringend arbeiten müssen, wenn ich mit anpacken wollte. Und das wollte ich in jedem Fall. Ich hatte entschieden, dem Projekt eine Chance zu geben, und das würde ich tun. Zwar war ich selbst verwundert darüber, meine Meinung noch nicht geändert zu haben, aber ich hoffte einfach, dass die Euphorie eine Weile anhalten würde.

»Danke noch mal«, sagte ich, als auch der letzte Holzbalken von der Ladefläche verschwunden war.

»Nichts zu danken«, entgegnete Bruno liebevoll. »Ihr werdet in den nächsten Tagen wohl noch öfter Besuch erhalten.«

»Wie meinst du das?«

»Im Diner hat so gut wie jeder von eurem Projekt gesprochen. Viele wollen helfen und euch Materialien bringen, die sie nicht mehr benötigen. Oder euch mit Muskelkraft unterstützen.« Bruno zwinkerte.

Mein Mund formte ein O, aber kein Laut drang aus meiner Kehle. Eine Hand wäscht die andere. Hier konnte man aufeinander zählen.

Wir verabschiedeten uns von Bruno und gingen zurück ins Haus. Mein Herz machte einen freudigen Satz, denn mir kam zum ersten Mal der Gedanke, dass wir es womöglich doch schaffen konnten. Es konnte uns gelingen, die Ranch auf Vordermann zu bringen und das Projekt *Wildtierauffangstation* voranzutreiben.

Mit neu geschöpfter Motivation setzten wir uns wieder an die zeitliche Planung für das Projekt. Es war ein Haufen Arbeit, aber wir hatten ein Ziel vor Augen.

Ich ertappte mich dabei, zu lächeln, wann immer Scott sich eine blonde Strähne aus dem Gesicht pustete. Das sah zum Schießen aus. Als er den Kopf hob, schaute er zugleich amüsiert und verwundert. »Ist was?«

»Nein, nichts«, sagte ich vermutlich etwas zu schnell und widmete mich wieder dem Stapel vor mir. Doch mein Blick huschte andauernd in seine Richtung.

Die Stunden vergingen wie im Flug, und der Papierhaufen verkleinerte sich radikal. Es gab zwar weiterhin einiges zu tun, aber in den kommenden Tagen sollten wir zumindest das Gröbste erledigt haben, und dann ging es ans Eingemachte.

Bruno sollte recht behalten. Wann immer ich die Haustür schloss, klopfte es ein weiteres Mal. Ich hatte das Gefühl, dass die komplette Gemeinde sich formiert hatte, um uns unter die Arme zu greifen.

In einer Woche hatten wir so viele Materialien für den Bau erhalten, dass es uns einen enormen Puffer bescherte. Außerdem konnte Scott einen hervorragenden Preis für die Pferde herausschlagen, sodass ein Großteil der Anlage von dem Geld ausgebaut werden konnte. Natürlich gab es noch viele weitere Kosten, die auf uns zukommen würden.

Aber es war eine Erleichterung, sich fürs Erste nicht den Kopf über die Finanzen zerbrechen zu müssen.

Ich lief gerade den Flur entlang, da klopfte es schon wieder an der Tür. Stöhnend drehte ich mich um und ging zurück. Nicht mal die Gelegenheit, um in Ruhe aufs Klo zu gehen, hatte ich.

»Howdy, Ms Pierson«, ertönte es, kaum hatte ich geöffnet. Mir gefror das Blut in den Adern, als ich Richard Kingsley sah. Ich hatte ihm versprochen, mich zu melden, sobald ich wusste, was wir mit der Ranch machen würden. Allerdings hatte ich nicht mehr daran gedacht, da ich die verlorenen Millionen verdrängt hatte.

»Guten Tag«, erwiderte ich erstickt.

Aus seiner Miene waren keine eindeutigen Emotionen herauszulesen. Zwar lächelte Kingsley, aber es sah mehr erzwungen als freundlich aus. »Sie wollten sich bei mir melden. Da ich aber nichts mehr von Ihnen gehört habe, dachte ich, ich schaue mal vorbei. Ich war ohnehin in der Gegend.« Ein dunkles Lachen drang aus seiner Kehle. Eines, das mir durch Mark und Bein ging.

»Tut mir leid.« Meine Stimme klang unsicher, weshalb ich mich räusperte und den Rücken durchstreckte. Es gab keinen Grund, mich von meinem Gegenüber eingeschüchtert zu fühlen. »Ebenfalls tut es mir leid, dass Sie den Weg nun völlig grundlos auf sich genommen haben. Die Pierson Ranch steht nicht zum Verkauf.«

Ein gruseliges Lächeln zeichnete sich auf Kingsleys Gesicht ab. »Wir können dieses Tänzchen sehr gern aufführen, Ms Pierson.«

Ich legte die Stirn in Falten. »Was meinen Sie?«

Kingsley zog eine seiner buschigen Brauen in die Höhe

und schnalzte kopfschüttelnd mit der Zunge. Dann griff er hinter sich, vermutlich in seine Hosentasche, und zückte sein Scheckbuch. Mein Herz setzte einen Schlag aus. »Wie viel wollen Sie?« Er hob den Blick und taxierte mich mit einer aufdringlichen Intensität.

Ich schluckte schwer und verlagerte das Gewicht von einem Fuß auf den anderen. »Ich meine es ernst. Die Ranch steht nicht zum Verkauf. Es tut mir leid, aber Sie müssen sich ein anderes Grundstück suchen.«

Kingsley holte tief Luft und setzte die Miene seines Kugelschreibers so fest auf, dass sie ein Loch durch das dünne Papier des Scheckbuchs drückte. Dann befeuchtete er seine spröden Lippen und machte einen Schritt auf mich zu. Erschrocken trat ich rückwärts über die Schwelle ins Haus. »Hören Sie, Ms Pierson. Ich habe Geld, viel Geld. Jeder ist käuflich, sagen Sie mir einfach, was Sie wollen. Wir werden schon zu einer Einigung kommen.«

Sein dunkler Schatten ragte über mir auf, und ich fühlte mich unbehaglich in meiner Haut. Ich wollte Selbstbewusstsein ausstrahlen, aber ich war es nicht gewöhnt, dass mir jemand so auf die Pelle rückte. »Nein«, entgegnete ich mit erstaunlich fester Stimme. »Ich bin nicht käuflich.«

»Ich habe Mittel und Wege, Sie vom Gegenteil zu überzeugen, Ms Pierson.« Die Drohung jagte mir einen eisigen Schauer den Rücken hinunter.

Ich schluckte schwer. »Bitte verlassen Sie augenblicklich das Grundstück!«

Kingsley beugte sich nach vorn, stützte die Hand am Türrahmen ab. Wut flackerte in seinen Augen auf.

»Hey, ist bei euch alles in Ordnung?« Erleichterung durchflutete mich, als ich Scotts Stimme hörte, nachdem er die Wagentür hinter sich zugeschlagen hatte.

Kingsley wich einen Schritt von mir zurück, funkelte mich noch einmal wütend an, ehe er sein gespielt freundliches Lächeln wieder aufsetzte und sich zu Scott drehte. Dieser kam mit angezogenem Tempo auf uns zu. Die Werkzeuge in der Tasche über seiner Schulter klimperten bei jeder noch so kleinen Bewegung.

»Alles in bester Ordnung«, sagte Kingsley, neigte den Kopf und tippte sich an die Krempe. »Richard Kingsley, mein Name. Ms Pierson und ich haben uns nur nett unterhalten.«

Scotts Miene verfinsterte sich augenblicklich, und sein Kiefer mahlte. Der grimmige Ausdruck stand ihm nicht. Achtlos ließ er die Werkzeugtasche auf der Veranda fallen und trat so nah an Kingsley heran, dass ich meinte zu sehen, wie dieser sich kleiner machte.

»Verlassen Sie unser Grundstück auf der Stelle«, knurrte Scott mit zusammengezogenen Brauen.

Kingsley legte den Kopf schief und musterte Scott verwirrt. »Ihr Grundstück?«

»Genau. Männer wie Sie sind hier nicht willkommen, und sollte ich Sie noch einmal auf unserem Land sehen, kann ich für nichts mehr garantieren!« Selbst ich zuckte zusammen, obwohl die Worte nicht mir galten. Scott hatte die Hände zu Fäusten geballt. Es war bedrohlich, wie er vor Kingsley stand.

Kingsley schluckte. Ihm war unbehaglich zumute. Gut so, dann wusste er nun, wie ich mich eben noch gefühlt hatte. Zum Glück war Scott genau im richtigen Moment von seinem Einkauf zurückgekommen. Keine Ahnung, wie das Gespräch sonst ausgegangen wäre.

»Wir werden uns wiedersehen«, sagte Kingsley, stieß Scott im Vorbeigehen absichtlich gegen den Oberarm und ging die Stufen der Veranda hinunter zu seinem Jeep. Als er die Türen zuknallte, stieß ich den Atem aus.

»Danke«, sagte ich zu Scott. Der Ausdruck auf seinem Gesicht war noch immer ernst.

Die Reifen des Jeeps wirbelten Sand auf, als Kingsley Richtung Stadt verschwand. Erst als er vom Grundstück verschwunden war, drehte sich Scott zu mir um. »Hat er dich belästigt?«

Ich winkte ab. »Ach, schon gut.« Zwar war es das eigentlich nicht, aber ich wollte nicht, dass Scott sich unnötig sorgte.

»Okay.« Er presste die Lippen aufeinander und nickte. Dann schloss er die Augen und atmete tief durch. Als er die Lider wieder hob, erhellte sich sein Gesicht plötzlich. Er griff nach der Werkzeugtasche und schwang sie sich über die Schulter. »Ich bring das mal in den Schuppen.«

»Ich begleite dich«, sagte ich schnell. Nach dem Aufeinandertreffen mit Kingsley brauchte ich etwas Gesellschaft. Ich hoffte einfach inständig, dass er lediglich große Töne gespuckt hatte und wir ihn nie wiedersehen mussten.

Wir liefen zu einem der größeren Schuppen hinter dem Haus. Dort hatten wir all die von der Nachbarschaft angelieferten Materialien der letzten Tage gelagert. Neben massig Holz hatten wir auch Schrauben, Nägel und Scharniere erhalten, ausrangierte Möbel, die wir aufbereiten oder umfunktionieren konnten, und Amity hatte uns sogar ein Fass Bier geschenkt, damit wir auf unser *Trink-*

verhalten achteten. Alles, was noch an Werkzeugen benötigt wurde, hatte Scott heute im Baumarkt im nahe gelegenen Charlesborough geholt.

Als Scott die Tür des Schuppens öffnete, rannte ein schwarz-weißer Bordercollie bellend auf uns zu. Vor Schreck wich ich zurück und stellte mich schräg hinter Scott, dem ein amüsiertes Lachen entfuhr. Er kraulte das Fell des Hundes, woraufhin dieser verstummte und sich an ihn schmiegte.

Erst als ich mich von dem kurzen Schreck erholt hatte, bemerkte ich die Frau, die mit abgewandten Rücken zu uns stand und in einer Tasche herumwühlte, die vor ihr auf dem Boden lag. Sie zog den Reißverschluss zu, stand auf und drehte sich lächelnd zu uns um. Sie kam mir irgendwie bekannt vor, zuordnen konnte ich sie allerdings nicht. Ihre blonden Haare reichten ihr bis zur Hüfte, und sie musterte uns aus freundlichen braunen Augen.

»Holly, darf ich vorstellen? Brooke Hansen. Biburys Tierärztin, die ich für das Projekt gewinnen konnte.« Natürlich, es war die Frau, die am Tag der Beerdigung mit Scott am Tisch vor der Bar gesessen hatte.

Scott machte einen Schritt auf sie zu und umarmte sie einen Moment. Als er sich wieder von ihr löste, reichte sie mir die Hand, die ich kurz schüttelte. »Es freut mich, dass wir uns kennenlernen«, sagte sie freundlich.

»Ja, mich auch.«

Der Hund bellte ein weiteres Mal, so als wollte auch er vorgestellt werden. Brooke kraulte ihm grinsend den Kopf. »Und das hier ist Bucky. Tut mir leid, wenn er dich erschreckt hat.«

»Kein Problem, ich habe nur keinen Hund hier im Schuppen erwartet.«

Brooke lachte herzlich. »Es war auch nicht meine Absicht, hier so unangekündigt reinzuplatzen. Ich komme gerade von einer einwöchigen Konferenz und wollte auf dem Rückweg nur schon mal ein paar Utensilien hier lagern.« Sie deutete auf die Tasche hinter sich. »Ich hoffe, das ist in Ordnung?«, fragte sie an Scott gewandt.

»Natürlich. Aber das musst du nicht mich fragen.« Er zeigte lächelnd auf mich. »Holly ist eine alte Freundin und Donnas Nichte. Sie wird den Sommer über bleiben und mich als Leiterin des Projekts unterstützen. Und wenn alles nach Plan läuft, bleibt sie auch darüber hinaus.« Als ich zu Brooke schaute, entglitten ihre Gesichtszüge einen Moment.

»Vielleicht«, sagte ich nachdrücklich und schüttelte leicht den Kopf. »Das wird sich erst noch zeigen.«

»Wie schön, das freut mich sehr.« Zwar waren das die Worte, die ihre Lippen verließen, aber der Tonfall klang nicht gerade nach purer Freude. Aber womöglich dachte ich das nur, weil mir die Sache mit Kingsley noch in den Knochen steckte.

»Wie war die Konferenz?«, fragte Scott, woraufhin ihr Gesicht sich erhellte.

»Fantastisch.« Im Schnelldurchlauf erzählte sie ihm von den neuen Erkenntnissen der Tiermedizin. Da ich mich damit nicht auskannte und das ganze Fachchinesisch ohnehin nicht verstand, klinkte ich mich aus. Stattdessen beobachtete ich, wie Brooke, während sie sprach, immer mal wieder sacht über Scotts Unterarm strich. Und aus einem unerklärlichen Grund missfiel mir das.

»Nächstes Wochenende feiere ich meinen Geburtstag nach. Es wird nur ein Barbecue, nichts Großes. Ein paar Freunde und Nachbarn werden da sein«, sagte Brooke, nachdem die Einzelheiten der Konferenz durch waren. »Du kommst doch, oder?«

»Sofern nichts dazwischenkommt«, entgegnete Scott lächelnd. »Das muss ich davon abhängig machen, wie viel wir hier zu tun haben werden.«

»Ein *Nein* lasse ich nicht gelten. Holly kommt auch. Ihr nehmt euch den Tag einfach frei. Es wird sich schon wer anders finden, der übernehmen kann. Niemand sollte sieben Tage durcharbeiten. Oder, was sagst du, Holly?« Nun schaute sie mich direkt an. Zwar wurde ich das Gefühl nicht los, dass sie mich nur aus Pflichtgefühl einlud, aber ich hatte auch Lust, die Ranch mal zu verlassen und unter Leute zu kommen.

»Ja, das sehe ich auch so. Daher werden wir sehr gerne kommen.«

Scott presste die Lippen aufeinander und schüttelte gespielt verärgert den Kopf.

»Gut, dann wäre das geklärt!«, sagte Brooke schnell, bevor Scott doch noch widersprechen konnte. »Ich muss jetzt auch wieder los. Morgen würde ich vorbeikommen, dann können wir besprechen, wie wir den medizinischen Bereich der Station einrichten. Würde das für euch passen?«

Ich nickte. »Ja, natürlich.«

»Sehr schön. Dann sehen wir uns morgen.« Sie wandte sich Scott zu und legte die Arme um ihn. Dann verschwand sie zusammen mit Bucky aus der Tür. Der Duft ihres süßlich riechenden Parfums hing in der Luft.

»Sie ist nett«, sagte ich.

»Das ist sie. Und kriegt immer ihren Willen, wie es scheint«, entgegnete Scott lächelnd und schüttelte noch einmal den Kopf. Dann packte er die Werkzeuge aus der Tasche aus und räumte sie in die Regale. »Ihr werdet euch bestimmt gut verstehen.«

Ich hob die Mundwinkel. »Hoffentlich.« Ich war mir dessen nicht so sicher. Doch man sollte niemanden vorschnell verurteilen. Kim war der lebende Beweis: Hatte sie am Anfang ihres Trips Aidan noch zum Teufel gewünscht, war sie ihm mittlerweile verfallen. Sie nannte es zwar lediglich einen Urlaubsflirt, aber ich wusste es besser.

Doch wenn sie ihm eine Chance geben konnte, dann würde ich das auch mit Brooke tun. Und womöglich würde Scott recht behalten und ich mich wirklich gut mit ihr verstehen. Es wäre schön, ein paar neue Freundschaften während meiner Zeit hier zu knüpfen.

Bisher war ich, wenn überhaupt, im *Cockeyed Sheep* gewesen und hatte mich mit Amity unterhalten. Da sie in der Bar aber arbeitete, hatte sie nicht immer Zeit. Einmal konnte ich Mom überzeugen, mich zu begleiten, doch sie war kein Fan von Bars. Der Gestank von schwitzenden Menschen trieb sie buchstäblich in den Wahnsinn, weshalb ich sie nicht noch mal gefragt hatte.

Es fiel mir zwar nicht schwer, mich von Unbekannten in ein Gespräch verwickeln zu lassen, aber bisher hatte ich bis auf Amity niemanden gefunden, mit dem ich auf einer Wellenlänge gewesen wäre.

»Kommst du?« Scott wartete in der Tür auf mich. Ich schüttelte meine Gedanken fort und folgte ihm hinaus. Es gab noch Arbeit, die auf uns wartete.

Kapitel 10

»Holly, ich …«

»Raus hier!«, rief ich, griff nach meinem zweiten Kissen und schleuderte es Richtung Zimmertür. Leider hatte ich auch den armen Jabba the Slug zwischen die Finger bekommen, weshalb er ebenfalls einen Abflug machte.

»Hey!« Scott riss die Arme über seinen Kopf und duckte sich unter dem Geschoss hinweg. »Ich muss dich mit den Aufgaben vertraut machen, und du sagtest, ich soll einfach reinkommen und dich abholen, schon vergessen?«

Ich hob den Oberkörper an und warf einen Blick auf meine Uhr. »Es ist doch erst halb sechs! Bist du verrückt?«

»Tja, der Alltag auf einer Ranch beginnt zeitig. Also mach dich fertig. Ich warte unten auf dich.«

»Wehe, es steht kein Kaffee bereit, wenn ich unten ankomme!«, rief ich Scott hinterher, während er die Zimmertür schloss. Seine Schritte verklungen allmählich wieder. Wie zur Hölle konnte jemand noch vor Sonnenaufgang so gute Laune haben? Das wollte einfach nicht in meinen Schädel.

Gähnend streckte ich mich und stand auf. Aus dem Kleiderschrank holte ich eine Cowgirlmontur, die Mom mir besorgt hatte. Anfangs hatte sich dieser Aufzug fremd angefühlt, aber langsam gewöhnte ich mich daran. Ich kam mir vor wie im Wilden Westen.

Als ich die Tür öffnete, stand Scott an der Wand gelehnt da. Verlegen reichte er mir eine Tasse Kaffee, die ich ihm dankbar abnahm. Dabei berührten sich unsere Finger, und wie schon beim gemeinsamen Abendessen durchzog ein elektrischer Schlag meinen Körper.

Ich trank einen großen Schluck. Ich hatte das Gefühl, dass das Koffein auf direktem Weg in meinen Blutkreislauf drang und mich mit neuem Tatendrang erfüllte. »Sorry, dass ich so pampig zu dir war. Vor neun bin ich eigentlich zu nichts zu gebrauchen.«

»Schon okay.« Ein ehrliches Lächeln zierte seine vollen Lippen. Scotts Bart war in den letzten Tagen einige Millimeter gewachsen, wodurch er etwas Verwegenes ausstrahlte. In Kombination mit dem lässig an seinem Körper hinabhängenden Hemd und der engen Jeans sah das ziemlich sexy aus.

Bevor ich meinen Gedanken freien Lauf lassen konnte, hob ich den Blick. »Wollen wir? Bevor ich mich wieder ins Bett kuschle und weiterschlafe?«

Scott lachte. »Na, dann los.« Schnell kippte ich den Kaffee runter und steuerte mit ihm die Tür an.

Es war ein angenehmer Morgen. Der Himmel war in einen wunderschönen Rotton getaucht, der die vereinzelten Wolken aussehen ließ wie mit Aquarell gezeichnet. Ein wenig ärgerte es mich, dass ich meine Kamera nicht mitgenommen hatte, doch sie war relativ sperrig und würde mich dadurch beim Arbeiten nur behindern.

»Danke übrigens, dass du das machst«, sagte Scott, als wir den Pfad hinterm Haus nahmen und zu den Ställen liefen.

»Ach, papperlapapp, das ist doch wohl selbstverständlich.« Ich zuckte mit den Schultern. »Ich habe gesagt, dass ich helfe, also helfe ich.«

»Trotzdem. Du hättest auch einfach beim Bau der neuen Gelände und Anbauten mit anpacken können.«

»Glaub mir, du willst mir keinen Hammer in die Hand drücken. Da kümmere ich mich lieber um die Pferde.« Wie man Ställe ausmistete und Pferde versorgte, wusste ich wenigstens. Schließlich hatten Gramps und Meemaw mir früher einiges beigebracht. Natürlich war auch das körperlich anstrengende Arbeit, aber so konnte ich wenigstens etwas Zeit mit den Tieren verbringen und musste nicht den ganzen Tag Papierkram wälzen.

Hätte ich allerdings gewusst, dass man mich dafür so früh aus dem Bett scheuchen würde, hätte ich es mir vielleicht doch anders überlegt.

Einige Saisonarbeiter huschten an uns vorbei und grüßten uns leise. Es war erstaunlich, wie viele von ihnen hatten bleiben wollen. Scott hatte sie vor die Wahl gestellt – sie konnten uns auf freiwilliger Basis gegen Kost und Logis und eine kaum nennenswerte Aufwandsentschädigung beim Bau helfen oder stattdessen auf der Ranch seines Kumpels den Sommer über arbeiten und richtig Geld verdienen. Vorgestern hatte dieser die meisten Pferde abgeholt, und vier der Arbeiter waren mit ihm gegangen. Die übrigen neun waren geblieben, da sie das Projekt der Rettungsstation mochten und unbedingt ihren Teil dazu beitragen wollten. Gemeinsam mit Scott und José hämmerten sie, was das Zeug hielt, damit der medizinische Bereich schnell fertig wurde.

Das war auch der Grund, aus dem es nun an mir lag, die Pferde zu versorgen. Solange José anderweitig eingespannt war, sollte ich diese Arbeit übernehmen. Doch gewissermaßen freute ich mich darauf. Es war eine Herausforderung und würde mir sicher einiges abverlangen, aber so hatte ich das Gefühl, auch einen Beitrag zu leisten. Bisher war ich überwiegend mit dem Sortieren von Meemaws Unterlagen – besser bekannt als *ihr Chaoshaufen* – beschäftigt gewesen. Glücklicherweise hatte Mom mir hierbei helfen und mir Tipps geben können, da sie von ihrer Arbeit als Krankenschwester viel Erfahrung mit Papierkram mitbrachte.

Vor dem Stall blieb Scott stehen und deutete auf die Scheune am Ende des Geländes. »Von dort musst du das frische Stroh holen. Auch das Kraftfutter wird dort gelagert. Um Stroh und Futter zu transportieren, nutze bitte ausschließlich die Karre, die neben der Eingangstür steht.«

»Alles klar.«

»Etwas abgelegener hinter der Scheune findest du den Container für den Mist. Auch dort steht eine Sackkarre. Diese hat rote Griffe und ist nur für den Transport vom Mist.«

Ich nickte. »Ja, ich weiß. Damit keine Keime vom Mist aufs Futter übertragen werden.«

Scott hob die Mundwinkel. »Sehr gut.« Dann öffnete er die Tür zum Stall.

Es war merkwürdig, wie ruhig es dadurch war, dass kaum noch Pferde hier waren. Neben Aramis waren es lediglich vier weitere.

»Wir bauen den kleinen Stall um, damit wir die Pferde gemeinsam halten können. Das war aufgrund ihrer Anzahl in den letzten Jahren nicht möglich, was mir immer etwas leidtat. Bei fünf funktioniert das aber ganz hervorragend. Deswegen haben wir darauf geachtet, nur miteinander harmonierende Tiere zu behalten. Aber darum kümmert José sich, sobald wir mit der Praxis fertig sind.«

»Das klingt wundervoll«, sagte ich ehrlich. Pferde waren soziale Tiere, die Hör-, Geruchs- und Sichtkontakt zu ihren Artgenossen benötigten. Sie gemeinsam zu halten, sofern es möglich war, war eine großartige Idee, um die artgerechte Haltung zu wahren. Darauf hatte Meemaw immer viel Wert gelegt, und es war schön, dass auch Scott sich darüber Gedanken machte. Aber es war nicht anders zu erwarten bei jemandem, der sein Leben den Tieren verschrieben hatte.

Noch eine halbe Stunde erklärte Scott mir die Abläufe und zwang mich, alles Wort für Wort zu wiederholen. Er wollte sichergehen, dass ich verstand. Das war auf der einen Seite zwar irgendwie süß, aber ich kam mir auch etwas dumm vor. Schließlich war es nichts, was ich nicht schon unzählige Male gemacht hatte. Zugegeben, ich war lange nicht hier gewesen und hatte in den vergangenen acht Jahren keinen Kontakt zu Pferden gehabt, aber trotzdem!

»Wenn du irgendwelche Fragen hast, dann kannst du jederzeit rüberkommen oder anrufen. Um elf muss ich kurz meinen Dad zum Arzt fahren, aber gegen halb eins sollte ich zurück sein. In dieser Zeit steht José dir als Ansprechpartner zur Verfügung.« Scott schaute mich mahnend an, weshalb ich mir ein Grinsen nicht verkneifen konnte. »Was ist?«

»Die Lehrerrolle steht dir«, erwiderte ich weiterhin grinsend.

»Es war immer schon mein Traum, andere herumzukommandieren.«

»Oh, das glaube ich dir aufs Wort!« Ich strich mir eine Strähne hinters Ohr. Scott legte den Kopf schief und betrachtete mich etwas argwöhnisch.

»Das musst du während der Arbeit bitte abnehmen.« Er deutete auf mein Handgelenk, an dem mein Armband baumelte. »Du könntest irgendwo hängen bleiben und die Tiere verschlucken sich dann an den Kleinteilen.«

Oh, natürlich. Daran hatte ich gar nicht gedacht. Dennoch versetzte der Gedanke mir einen Stich. Ich nahm das Armband normalerweise nur zum Duschen ab, wenn überhaupt. Es war wie ein Teil von mir, ohne den ich mich unvollständig fühlte. Aber Scott hatte recht, und wenn ich eines nicht wollte, dann, den Tieren durch meine Unbedachtheit zu schaden.

Langsam fuhr ich die einzelnen Anhänger nach und versuchte dann den Verschluss zu öffnen, bekam ihn aber nicht zu greifen.

»Warte, ich helfe dir.« Scott trat auf mich zu und beugte sich herunter. Er war mir so nah, dass sein Atem meine Haut kitzelte, was meinen Puls in die Höhe trieb. Eine kleine Falte zog sich über seine Stirn, als er konzentriert versuchte, den Verschluss zu greifen zu bekommen. Der Anblick war purer Zucker.

»Shit«, entfuhr es ihm, als er abrutschte. Ich kicherte leise, woraufhin Scott mich kurz aus zusammengekniffenen Augen anschaute, ehe er sich wieder dem Armband widmete. Ich nutzte die Gelegenheit, ihn genauer zu betrachten. Aufgrund seiner sonnengebräunten Haut war mir vorher nicht aufgefallen, wie viele Sommersprossen er hatte. Besonders auf seiner Nase und seinen Wangenknochen.

Die Narbe an seiner Schläfe war heute besonders deutlich zu erkennen, da sie sehr hell im Vergleich zu seiner übrigen Haut war. Es war eine etwas schlecht verheilte Wölbung, die unglaublich weich aussah. Ob sie sich auch so anfühlte?

»So«, sagte Scott schließlich und reichte mir das Armband. Ich schob es in meine Hosentasche und hoffte inständig, es würde nicht herausfallen. In meiner Pause musste ich dringend daran denken, es in meinem Zimmer zu verstauen.

Noch einen Moment blieb Scott nah vor mir stehen und lächelte.

»Gibt es noch etwas zu beachten?«, fragte ich schnell.

Scott blinzelte ein paarmal und trat dann kopfschüttelnd einen Schritt zurück. Ich fragte mich, woran er eben gedacht hatte. »Nein, ich glaube, das war's.«

»Okay, danke für die Einweisung.«

»Nichts zu danken. Und wie gesagt, wenn …«

»Ja, ja, wenn was ist, schrei ich.«

»Gut.« Scott hob die Hand zum Abschied und verließ dann den Stall.

Ich drehte mich einmal um meine eigene Achse und betrachtete den Haufen an Arbeit, der auf mich wartete. Heute musste ich zum Glück nur etwas ausmisten, übermorgen wurde ich gezwungen, die kompletten Boxen einmal zu leeren und gründlich zu reinigen. Mir graute es schon jetzt davor. Aber ich hatte keine andere Wahl.

Langsam ging ich von Box zu Box, um die Pferde erst einmal in Ruhe zu begrüßen. Unter keinen Umständen wollte ich sie verschrecken. Ich war die Neue hier und musste ihnen beweisen, dass sie mir vertrauen konnten und dass ich ihnen nichts Böses wollte. Doch sie schienen sich nicht wirklich für mich zu interessieren, was eine Erleichterung war. Ich hatte schon fast damit gerechnet, dass es ein Kampf werden würde, aber sie ließen sich problemlos von mir aus ihren Boxen und auf die Weide führen. So hatte ich genug Ruhe, um meiner Arbeit nachzugehen.

Am frühen Vormittag kam Scott noch mal zurück. Vermutlich wollte er überprüfen, dass ich wirklich klarkam. Ich musste gestehen, dass ich mehrmals überlegt hatte, José oder ihn auf Knien um Hilfe anzubetteln, aber diese Blöße wollte ich mir nicht geben.

Ich war einfach verdammt unsportlich. Andauernd war mir die Sackkarre umgefallen, sodass sich Stroh oder Mist überall verstreut hatten. Dann hatte ich am Boden kriechend alles wieder einsammeln müssen. Außerdem waren meine Hände schon voller Blasen, wodurch ich kaum den Besen zum Fegen der Stallgasse halten konnte. Ich glaubte nicht daran, jemals wieder irgendetwas anheben zu können. Aber ich versuchte, mir nichts anmerken zu lassen.

Scott nickte, während er von Box zu Box lief und den Kopf kurz reinschob. »Sieht gut aus.«

»Freut mich«, sagte ich schnaufend.

»Futter und Tränke hast du auch schon vorbereitet?«

Ich nickte.

»Und Porthos hat seine Medikamente bekommen?«

Für einen Moment geriet ich in Panik. Ich war mir ziemlich sicher, dass das nicht das Pferd war, dem ich die Selen-Tablette unters Futter mischen sollte. »Fangfrage. Athos bekommt sie.«

Scott verschränkte die Arme vor der Brust und hob eine Braue. »Wirklich?«

Selbstsicher nickte ich ein weiteres Mal. »Jap. Und er bekommt sie gegen zwölf, wenn ich mit den Leckereien rumgehe, weil er sie nur in einer matschigen Banane frisst.«

Aus Scotts Miene konnte ich nicht ablesen, ob das wirklich richtig war. Ich war sehr vergesslich, das stritt ich nicht ab. Aber ich hatte vorhin gut aufgepasst, denn es ging hier um das Wohl der Tiere. Wenn ich mich selbst mit meiner Vergesslichkeit in Gefahr brachte, war das eine Sache. Bei anderen passierte mir das in der Regel nicht. Es geschah nur hin und wieder, dass ich mich nicht an Verabredungen erinnerte und andere versetzte, was mir schon jedes Mal schrecklich leidtat.

»Richtig«, sagte Scott schließlich und hob den Daumen. »Und da du schon so früh fertig bist, kannst du ja die Boxen in den anderen Ställen schon mal leeren. Dann ist das erledigt, und wir können zeitig mit dem Umbau starten.«

»Wie? Ich habe jetzt nicht Feierabend?« Stöhnend und komplett durchgeschwitzt lehnte ich mich gegen den stützenden Holzpfeiler in der Mitte des Stalls.

Scott lachte. »Es ist erst zehn Uhr. Was wolltest du denn jetzt stattdessen machen?«

»Kaffee trinken, mich auf die Couch schwingen und eine Crimeserie schauen. Das Reboot von *CSI: Vegas* wartet noch auf mich.« Ich rümpfte die Nase und schnupperte. Man hätte meinen können, ich hätte mich im Mist gewälzt. »Oder ich lasse mir ein Schaumbad ein und schrubbe mir den stinkenden Dreck vom Körper.«

»Tut mir leid, dich enttäuschen zu müssen. Arbeitsbeginn ist zum Sonnenaufgang und Dienstende zum Sonnenuntergang. Willkommen im Leben auf einer Ranch. Serie und Schaumbad müssen also noch etwas warten.«

Leise fluchte ich vor mich hin. Ich war selber schuld, ich hatte es ja nicht anders gewollt. »Gut, ich leere die anderen Boxen.«

Scott kam auf mich zu und legte mir seine Hand auf die Schulter. Mit der anderen zupfte er mir einen Strohhalm aus den Haaren, während er mich aufmunternd anlächelte. »Du schlägst dich gut, Holly. Zwar bist du nicht annähernd so schnell wie ich, aber vielleicht kommst du irgendwann in die Nähe von meinem Rekord. Aber nur vielleicht. Und dann musst du auch nicht mehr bis Sonnenuntergang arbeiten.«

Ich verdrehte die Augen und streckte ihm die Zunge raus, was ihm ein Lachen entlockte. »Jetzt geh schon, du lenkst mich nur ab!«

Scott hob die Hände und machte ein paar Schritte rückwärts. »Das wollen wir ja nicht. Ich fahr jetzt auch gleich los, nur damit du Bescheid weißt.«

»Ja, wenn was ist, geh ich zu José, ich weiß.«

»Okay, okay. Tut mir leid, ich will nur sichergehen, dass du klarkommst.«

»Tu ich«, versicherte ich noch mal mit Nachdruck. Glücklicherweise sagte Scott nichts mehr, sondern überließ mich meinem Schicksal.

Seufzend bückte ich mich nach meinen Arbeitsmaterialien und steuerte den nächsten Stall an.

Neue Boxen, neues Glück.

Kapitel 11

»Glaub mir, die Routine kommt mit der Zeit«, sagte Kim beruhigend. »Du musst dich halt erst daran gewöhnen, nicht mehr in den Tag hinein zu leben.« Sie räusperte sich leise. »Und an das frühe Aufstehen natürlich.«

Seufzend lehnte ich mich im Couchkissen zurück. »Das ist doch Mist.«

Kims Lachen war erheiternd. Sie musste nicht einmal neben mir sitzen, damit ich wusste, wie glücklich sie war. Es beruhigte mich, dass es ihr gut ging, aber sie fehlte mir trotzdem. Erst recht an Tagen wie heute, wo mir alles über den Kopf zu wachsen drohte.

Es war gerade mal früher Abend, und ich fühlte mich bereits jetzt, als hätte mich ein Lastwagen überrollt. Fünf Pferde, um die ich mich kümmern musste. Es waren nur fünf! Trotzdem schmerzte mir jeder einzelne Muskel, und von Tag zu Tag fiel es mir schwerer, überhaupt aufzustehen. Mein Blick glitt zu dem kleinen Kalender auf der Kommode. Waren wirklich erst drei Tage vergangen? O Gott. Ich bezweifelte, dass ich das noch weitere Wochen oder Monate, zumal bei den Rückenschmerzen, überleben konnte.

Mom bemühte sich zwar, mir zu helfen, aber da sie in wenigen Wochen zurück nach L. A. fahren würde, musste ich lernen, allein klarzukommen. Mehrere Aufgaben parallel zu jonglieren war eine absolute Katastrophe!

»Wie machst du das nur immer?«, stöhnte ich in den Hörer. »Das ist so anstrengend.«

»Organisation ist das A und O für ein entspanntes Leben.«

»Ach, papperlapapp. Dinge auf sich zukommen zu lassen, ist viel entspannter.« Für einen Moment träumte ich mich zurück nach Hause, wo ich mich an Kims Plänen entlanghangeln konnte. Zumindest, was Essen und Haushalt betraf. Alles andere hatte ich mehr oder weniger spontan entschieden und war damit immer gut gefahren. Na ja, okay, nicht immer.

Durch meine Spontaneität endete es meistens damit, dass ich erst auf den letzten Drücker mit dem Lernen anfing und meine Noten daher oft nicht das Gelbe vom Ei waren, aber ich stresste mich damit nicht. Ich wusste nicht, was die Zukunft für mich bereithielt, wollte es aber auch nicht wissen. Natürlich hatte auch ich Träume, aber sollten sich diese nicht verwirklichen, wäre das kein Weltuntergang.

»Ich stimme dir insoweit zu, dass es mal eine nette Abwechslung ist«, entgegnete Kim. Das Grinsen auf ihrem Gesicht konnte ich förmlich vor mir sehen.

»Tja, hättest du nicht auf mich gehört, dann hättest du jetzt keinen heißen Kerl an deiner Seite«, erwiderte ich lachend.

»Urlaubsflirt. Vergiss das nicht. Wir haben uns beide darauf geeinigt.« Zwar waren das die Worte, die sie sagte, aber ich konnte ihre Unsicherheit deutlich hören.

Ich schüttelte den Kopf, obwohl sie mich nicht sehen konnte. »Nur weil du es dir so vorgenommen hast, musst du nicht daran festhalten.«

»Doch, das muss ich. Ich habe keine Zeit für eine Fernbeziehung. Das passt nicht in meinen Lebensstil.«

Zu gern hätte ich sie ordentlich durchgeschüttelt und ihr ins Gesicht geschrien, dass Aidan und sie füreinander bestimmt waren. Ich kannte ihn zwar nur durch ihre Erzählungen, aber ich war mir so sicher, dass die beiden zusammengehörten. Er tat ihr gut, brachte sie zum Lachen und dazu, endlich mal wieder etwas zu fühlen. Sich jemandem zu öffnen.

Das hatten wir beide schon viel zu lange nicht getan. Seit der Highschool war Kim in keiner Beziehung mehr gewesen. Natürlich brauchte man keinen Partner, um glücklich zu sein, trotzdem war es schön, jemanden an der Seite zu haben. Jemanden, der nicht die beste Freundin war.

Ich hatte mich der Männerwelt allerdings ebenfalls losgesagt. Nach dem, was Dad unserer Familie angetan hatte, war es auch besser so.

Ehen gingen in die Brüche, solche Dinge passierten. Aber dass er sich so wenig um mich scherte, hatte mich mehr als einmal schwer verletzt. Anfangs hatten wir uns noch hin und wieder getroffen, aber nach einigen Monaten fing es dann damit an, dass Dad mich immer häufiger versetzte.

Nach vier Jahren hatte er angefangen, meinen Geburtstag zu vergessen, und zu den wichtigen Ereignissen in meinem Leben war er ebenfalls nicht aufgetaucht. Er hatte mir versprochen, dass er es zu meinem Highschoolabschluss schaffen würde. Zu dem Zeitpunkt hatte ich ihn bereits eineinhalb Jahre nicht gesehen. Aber alles Hoffen und Warten war vergebens. Statt seiner Tochter an einem der wichtigsten Tage ihres Lebens beizustehen, hatte er mit seiner neuen Familie die Seele auf Barbados baumeln lassen. Vier Wochen später kam eine Entschuldigungskarte mit einem Scheck, den ich zerrissen hatte. Seine Almosen konnte er sich dorthin schieben, wo keine Sonne schien.

Letztes Jahr hatte ich lediglich über seinen Instagram-Account mitbekommen, dass er wieder geheiratet hatte. Und ich war nicht eingeladen. Ich, die älteste Tochter. Das war der Moment gewesen, in dem etwas in mir endgültig gestorben war.

Ich war Kim dankbar, als sie meine Gedanken durchbrach. Denn das Thema Dad war eines, über das ich bis heute nicht hinweggekommen war und über das ich ungern nachdachte oder sprach. »Treibt dich Scotts Nettigkeit immer noch so in den Wahnsinn?«

Ich lachte leise. »Ja! Er hat es letztens doch ernsthaft gewagt, mich morgens ohne einen Kaffee in der Hand zu wecken!«

»Autsch. Hast du ihm ein Kissen ins Gesicht geworfen?«,

»Na, was glaubst du denn?«

Wir verfielen in einen gemeinsamen Lachanfall. Mit Morgenmuffeln sollte man sich besser nicht anlegen!

»Holly, Essen ist fertig!«

Ich seufzte.

»Ich habe es gehört«, entgegnete Kim leise. »Du fehlst mir, Bubbles. Keine Ahnung, wie ich es in L. A. noch ohne dich aushalten soll.«

»Du kannst herkommen, das weißt du.«

»Ich weiß, aber ihr habt viel zu tun. Da möchte ich nicht im Weg rumstehen.«

»Ach, papperlapapp, Blossom. Als würdest du im Weg

rumstehen. Überlege es dir einfach, du bist jederzeit willkommen.« Ich hoffte, sie würde das Angebot annehmen, denn noch weitere Wochen ohne Kim würde ich nicht überstehen.

Notgedrungen verabschiedeten wir uns voneinander. Als ich die Hand sinken ließ, stießen die Anhänger meines Armbands aneinander. Vor ihrer Abreise hatte ich Kim und mir ein kleines Smartphone gekauft, da wir einen Monat lang nur mittels Handy kommunizieren konnten. Es bei der Arbeit abnehmen zu müssen war noch immer ungewohnt, aber es musste sein.

»Holly, hast du mich gehört?«, rief Mom ein weiteres Mal. Ächzend stand ich auf und ging ins Esszimmer, wo der Tisch bereits gedeckt war.

»Sorry, ich habe mit Kim telefoniert«, sagte ich und schob mir den Stuhl zurecht.

»Bald habt ihr es geschafft«, entgegnete Mom. »Sie kommt doch nach dem Urlaub her, oder?«

Ich hob die Schultern und setzte mich. »Keine Ahnung. Bisher sieht es nicht danach aus.«

Schatten lagen unter Moms Augen. Sie sah müde und kraftlos aus. In den vergangenen Tagen war sie viel unterwegs gewesen, hatte alte Bekannte besucht und Erledigungen gemacht. Vorgestern hatte ich gesehen, dass sie Meemaws Brief abermals gelesen hatte. Noch immer wusste ich nicht, was drinstand, aber ich wagte es auch nicht, danach zu fragen.

»Brauchst du mich in den nächsten Tagen?«, wollte Mom wissen. Sie schaufelte sich eine Kelle Ofengemüse auf den Teller. »Danielle hat gefragt, ob ich sie nach Dallas begleiten möchte.«

»Geh ruhig und hab viel Spaß!«, entgegnete ich ehrlich. Danielle und Mom waren früher enge Freundinnen gewesen. Es freute mich, wenn sie sich jetzt nach all der Zeit endlich wieder annäherten.

»Danke«, sie nickte, »und kommt ihr gut mit allem voran?«

»Im Grunde schon. Die Praxis ist so gut wie fertig, und auch einige neue Gehege stehen in der Planung. Aber dieses frühe Aufstehen ...« Ich stöhnte theatralisch und pickte ein Stück marinierten Tofu mit der Gabel auf.

Überraschenderweise lachte Mom. »Ach, Holly. Das ist alles nur Routine.«

»Genau dasselbe hat Kim auch gesagt.«

»Vielleicht würde es dir helfen, dich jeden Morgen von Scott wecken zu lassen.« Mom wackelte verschwörerisch mit den Augenbrauen.

»Du spinnst doch.« Ich streckte ihr die Zunge heraus. Glücklicherweise pflegten wir ein freundschaftliches Verhältnis zueinander, sodass wir locker miteinander umgehen konnten.

»Ich mein ja nur.« Mom zuckte mit den Schultern und schenkte sich ein Glas Rotwein ein. »Aber vielleicht würdest du dann lieber mit ihm ausreiten gehen? Du könntest deine Kamera mitnehmen und ein paar Landschaftsbilder knipsen. Bisher hattest du sie ja eher selten in der Hand.«

»Mom, hör auf, mich mit Scott verkuppeln zu wollen! Wenn er dir so gefällt, nur zu, du hast freie Bahn. Kann nur sein, dass du ihn dir mit Brooke teilen musst.«

»Brooke?«

»Ja, die Tierärztin. José sagt, die beiden hatten mal was miteinander, und es ist ziemlich offensichtlich, dass sie immer noch auf ihn steht. Wundert mich, dass diese Info noch nicht zu dir durchgedrungen ist.« Ich schaufelte mir eine Kartoffel und ein Stück Brokkoli in den Mund. Moms Ofengemüse war einfach das beste weit und breit!

»Ach, sie hat keine Chance.« Mom winkte ab. »Ich habe euch zwischendurch beobachtet und bin sicher, dass Scott nur Augen für dich hat.«

Auch wenn ich wusste, dass sie das einfach nur so sagte, weil sie ihn mir schon seit unserer Ankunft aufschwatzen wollte, machte mein Herz einen kleinen Hüpfer bei ihren Worten. Ich hasste mich dafür. Wieso musste Scott auch so heiß sein? Und wieso musste ich so eine Schwäche für blonde Cowboys haben? Dafür machte ich Mom verantwortlich!

»Du hast schon recht damit, dass ich die Kamera in letzter Zeit viel zu selten in die Hand genommen habe.«

»Du warst noch nie sonderlich gut darin, das Thema zu wechseln.« Mom schüttelte grinsend den Kopf und widmete sich dann wieder dem Essen auf ihrem Teller.

Zwar hatte ich wirklich lediglich das Thema wechseln wollen, aber es war trotzdem schade. Durch die Arbeit fehlte mir einfach die Zeit, mich diesem Hobby zu widmen. Da mein Tag morgens begann, hatte ich zwar halbwegs früh Feierabend – und nicht erst zum Sonnenuntergang, wie Scott mir hatte weismachen wollen, dieser fiese Lügner! –, aber wenn mir jeder Muskel und jeder Knochen so wehtat, war ich nicht in der Lage, mich weiter als von der Couch ins Bett zu bewegen. Und selbst das war schon hart an der Grenze!

Noch eine Weile unterhielten wir uns über die Rettungsstation. Anschließend fragte Mom, ob ich schon etwas von der *L. A. Times* gehört hatte. Aber leider war der erlösende Anruf bisher nicht gekommen.

Um mich auf andere Gedanken zu bringen, brachte Mom mich auf den neuesten Stand, was den dörflichen Klatsch und Tratsch betraf. Sie war unverbesserlich. Ich konnte mir richtig gut vorstellen, dass sie eines Tages eine der älteren Damen sein würde, die mit Fernglas am Fenster ihre Nachbarschaft ausspionierten und beim nächsten Bingo-Abend mit ihren Freundinnen ablästern würde.

Nachdem wir abgeräumt hatten, setzte ich mich kurz auf die Couch und schaltete den Fernseher ein. Doch meine Augen wurden schnell immer kleiner, sodass ich von der Sendung nichts mitbekam.

Kapitel 12

Auch drei Tage später fiel es mir schwer, den Wecker um sechs Uhr nicht mit Karacho gegen die Wand zu befördern. Das schrille Piepen war Krach in meinen Ohren, und auch das Kissen, das ich mir auf den Kopf drückte, hielt das nervtötende Geräusch nicht davon ab, in meinen Gedanken widerzuhallen.

Kim hatte mir dazu geraten, das Handy außer Reichweite hinzulegen, damit ich gezwungenermaßen aufstehen *musste*, um den Wecker auszuschalten. So lieb ich meine beste Freundin auch hatte, für diesen Tipp hasste ich sie.

Mit schlurfenden Schritten lief ich zum Schreibtisch und schaltete das störende Piepen ab. Dann streckte ich meine müden Glieder durch, ging ins Bad und spritzte mir fünf Minuten lang kaltes Wasser ins Gesicht. Das half nur bedingt.

»Ich hasse mein Leben«, murmelte ich schlaftrunken und torkelte die Stufen hinunter in die Küche. Der Duft von Kaffee stieg mir in die Nase. War Mom doch schon wieder da? Eigentlich hatte ich geglaubt, sie würde erst heute Abend von ihrem Ausflug mit Danielle zurück sein.

Als ich nach der Kanne griff, hielt ich inne. Ein quietschgelbes Post-it klebte daran. Ich kniff die Augen zusammen, um die Buchstaben lesen zu können.

Guten Morgen. Aus Angst, noch einmal beworfen zu werden, bin ich lieber nicht nach oben gekommen. Hier ein frischer Kaffee für dich. Ich bin im Schuppen, sag Bescheid, wenn du wach bist ☺

Scott hatte eine unglaublich saubere Handschrift. Trotz meiner Müdigkeit hob seine Nachricht meine Laune schlagartig.

Kopfschüttelnd befüllte ich meine Tasse und trank sie zügig aus. Dann huschte ich wieder nach oben und streifte mir ein ausgeleiertes *König der Löwen*-T-Shirt über, das ich mir in Disneyland gekauft hatte, und schlüpfte in eine Jogginghose. Gestern hatten Scott und die Helfer die Wandverkleidung in der Praxis angebracht, die wir heute gemeinsam streichen wollten. Na ja, von *wollen* konnte bei mir keine Rede sein. Allerdings hatten wir uns dazu entschieden, dass José und die anderen schon mal mit dem Umbau der Ställe beginnen sollten, nachdem sie sich flott zusammen um die Pferde gekümmert hatten. Daher half ich Scott beim Streichen.

Noch immer konnte ich kaum glauben, dass die Praxis bereits fertig war. Es hatte nicht annähernd so lange gedauert, wie ich gedacht hätte. Dort würde Brooke ihre Utensilien und Akten aufbewahren und Untersuchungen an Kleintieren durchführen, sofern welche auf die Station kamen. Wir würden uns zwar auf größere Exoten spezialisieren, aber natürlich sollte kein Tier in Not abgewiesen werden. In den nächsten Wochen würde dann der weiträumigere Untersuchungsbereich hinter der Praxis gebaut werden.

Ich bewunderte Brooke dafür, dass sie diese Arbeit zusätzlich zum Job in ihrer eigenen Praxis angenommen hatte, ohne Geld zu verlangen. Natürlich kamen wir für die Medikamente und sämtliche Gerätschaften auf, die sie benötigte, aber bis die Station ihre volle Größe erreicht hatte, half sie uns aus reiner Nettigkeit. Nun ja, und womöglich, um Scott näher zu sein.

Als ich mich schließlich halbwegs wach fühlte, ging ich zum Schuppen. Scott stand an der Werkbank und machte sich an dem Holz zu schaffen. Mit kräftigen Bewegungen zersägte er es, um es auf die passende Größe für die Zäune zu bringen.

Scott hatte sein Hemd abgestreift und trug nun lediglich ein schwarzes ärmelloses Shirt. Ich beobachtete das Muskelspiel seiner Oberarme, während er die Säge führte. Schweiß glitzerte auf seiner Haut, und ich konnte mich nicht davon abhalten, bei dem Anblick leise zu seufzen. Aber wohl nicht leise genug.

Langsam drehte sich Scott zu mir um, dabei senkte er die Säge. Mit dem Handrücken wischte er sich die Haare aus dem Gesicht. »Guten Morgen, ich hoffe, du hast gut geschlafen.«

»Es geht. Aber dein Kaffee hat Wunder bewirkt. Danke dafür.«

Das Lächeln auf seinem Gesicht wurde strahlender. »Nichts zu danken. Bist du denn jetzt für Schandtaten bereit?«

Ich hob eine Braue. »Wenn du damit meinst, den Anbau zu streichen, dann mehr oder weniger, ja.«

Scott legte die Säge zurück aufs Regal, nahm sein Hemd von der Werkbank und schwang es sich über die Schulter. »Natürlich, oder was sollte ich sonst meinen?«, fragte er amüsiert.

Ich blieb ihm eine Antwort schuldig.

Vor der Praxis lagen schon sämtliche Materialien bereit. Die grüne Farbe, für die Brooke sich entschieden hatte, war unglaublich schön. Ich konnte mir gut vorstellen, mein Zimmer in L. A. in einem ähnlichen Ton zu streichen. Er war kräftig, weder zu hell noch zu dunkel, und erinnerte an den Wald.

»Planen müssen wir nicht auslegen«, erklärte Scott und öffnete die Tür. Die Praxis war deutlich größer, als es von außen den Anschein machte. »Der Boden wird erst gemacht, wenn wir mit den Wänden fertig sind. Bruno hat mit seinem Bruder gesprochen. Er ist Fliesenleger und wird uns das zu einem Sonderpreis machen. Die genauen Konditionen schickt er uns.«

»Wow, das ist aber nett von ihm.«

Scott lachte. »Wir sind in Bibury. Eine Hand wäscht die andere, oder hast du das vergessen?«

Es war schön, wenn man sich aufeinander verlassen konnte. Hier wurde niemand zurückgelassen, es wurde einander unter die Arme gegriffen, wann immer man Hilfe benötigte. Das war eines der Dinge, das mir in den letzten Jahren gefehlt hatte. »Nein, hab ich nicht.«

Wir machten uns erst daran, die Steckdosen mit Malerkrepp abzukleben, ehe wir uns Pinsel und Farbrollen aus dem Beutel holten.

»Du weißt, wie man streicht?«

»Denkst du, ich hätte mit einundzwanzig noch nie eine Wand gestrichen?«

»Ich wollte nur auf Nummer sicher gehen.« Scott zwinkerte und öffnete den großen Farbeimer. Sofort setzte sich der typisch beißende Geruch in meiner Nase fest.

Seufzend betrachtete ich die großen Wände. Das war echt massig Arbeit, die auf uns wartete. Und meine Arme waren vom Ausmisten der Ställe in den letzten Tagen noch immer bleischwer.

Scott schien meine Gedanken gelesen zu haben. »Wie wäre es mit einer kleinen Wette?« Als ich ihn anschaute, wackelte er mit den Brauen.

Ich schlug die Arme übereinander und lehnte mich an die Wand. »Lass hören.«

»Zwei Wände pro Person. Weil du weniger Kraft hast, bekommst du auch die kleineren Wände.«

»Hey!«, protestierte ich, was Scott nur zum Lachen brachte. »Nur weil ich kleiner bin, heißt das nicht, dass ich keine Kraft habe!«

»Heb mal die Arme über den Kopf.«

»Was?«

»Du hast mich schon verstanden.« Scott betrachtete mich erwartungsvoll.

Langsam hob ich die Arme, aber jeder Zentimeter kostete mich größte Mühe. Nichtsdestotrotz wollte ich mir nicht die Blöße geben und Schwäche zeigen. Als meine Arme schlussendlich über meinem Kopf waren, jubelte ich innerlich.

»Okay, ich nehme es zurück, aber deine Muskeln zittern. Du bist es nicht gewöhnt, so viel zu arbeiten.«

»Bla, bla, kommen wir jetzt zum Wetteinsatz?« Ich ließ meine Arme wieder sinken. Es war eine Erleichterung.

»Schön, dass du noch ganz die Alte bist.« Scott grinste verschmitzt. »Der Verlierer gibt einen Abend lang die Drinks aus?«

Ich schnaubte. »So viel, wie du trinken kannst, wäre ich danach pleite.«

»Dann solltest du besser nicht verlieren.« Scott streckte mir die Hand entgegen. »Deal? Aber es muss ordentlich gemacht werden.«

Eigentlich konnte ich nur verlieren, und das wusste ich. Aber ich brachte es nicht über mich, mir das laut einzugestehen. Dann hätte Scott nur genau das, was er wollte, und würde mich vermutlich den restlichen Sommer damit aufziehen. Daher schlug ich ein. »Deal.«

Zügig bereiteten wir alles vor. Ich legte mein Handy in sicherer Entfernung auf den Boden, aber nicht ohne vorher meine *Let's get wild*-Playlist einzuschalten. Zufrieden nickte ich, als Miley Cyrus *Born in the U.S.A.* schmetterte. Scott betrachtete naserümpfend das Handy. Vermutlich war das nicht unbedingt sein Musikgeschmack, aber ich brauchte Motivation, wenn ich gewinnen wollte.

Ich dehnte noch einmal meine Glieder und ließ die Knochen knacken. Dann griff ich nach einer Farbrolle. »Kann es losgehen?« Scott nickte. »Auf die Rolle, fertig, los!«

Schnell tunkte ich die Rolle in den Eimer und entfernte die überschüssige Farbe mithilfe des Abstreifgitters. Dann widmete ich mich der ersten Wand. Ausreichend Druck, von oben nach unten, damit es keine unsauberen Flecken gab. So wie Mom es mir damals beigebracht hatte, als wir umgezogen waren.

Ich spürte Scotts Blick auf mir ruhen, doch als ich den Kopf zu ihm drehte, schaute er weg und widmete sich wieder der Arbeit. Dass er mich dennoch zwischendurch verstohlen von der Seite musterte, bemerkte ich trotzdem.

Vermutlich wollte er damit lediglich sichergehen, dass ich ihn nicht einholte, weshalb ich mich bemühte, schneller zu machen.

Es dauerte nicht lange, bis ich von oben bis unten eingesaut war. Meine Hose und mein Oberteil waren übersät von Farbspritzern, und dass meine Stoffschuhe einmal weiß gewesen waren, konnte man nicht mehr erkennen. Glücklicherweise hatte ich mich für das Paar entschieden, das ohnehin schon eingestaubt war.

Ich schielte zu Scott, der mit seiner Wand gerade fertig geworden war. So ein Mist, an meiner fehlte noch ein dünner Streifen unter der Decke, an den ich wegen meiner Größe nicht rankam. Entschlossen schnappte ich mir die Leiter und füllte etwas Grün in die Farbwanne, die ich die Sprossen hochbalancierte. Begleitet wurde mein Marsch passenderweise von dem Song *I'm gonna be (500 miles)* von *The Proclaimers.*

»Pass bloß auf, das Teil ist nicht mehr das neueste«, sagte Scott und deutete mit dem Pinsel auf die wackelige Holzleiter.

»Hör auf. Du willst mich nur verunsichern, damit ich noch langsamer mache und du den Sieg sicher hast!«

»Hältst du mich wirklich für so berechnend?«

»Erwartest du darauf ernsthaft eine Antwort?«

Scott grinste breit. »Sag nicht, ich hätte dich nicht gewarnt.«

Ich ignorierte seine Worte und konzentrierte mich stattdessen auf die Arbeit. Um besser an die Ecke zu kommen, verlagerte ich das Gewicht und streckte den mit dem Pinsel bewaffneten Arm durch. Mein Herz rutschte mir in die Hose, als die Leiter einen Moment bedrohlich schwankte. Womöglich hatte Scott sich doch nur Sorgen um mich gemacht.

Ich lehnte mich ein paar weitere Zentimeter nach vorn, die Leiter knarzte gefährlich. Rasch pinselte ich die Farbe an die Wand. Erleichtert atmete ich auf. Nichts war passiert. Die Farbwanne und den Pinsel ließ ich auf der Ablagefläche stehen und schob die Leiter wieder in die Mitte des Raums. Ich würde sie schließlich gleich noch mal für die andere Wand benötigen.

Ein siegessicheres Lächeln breitete sich auf meinem Gesicht aus. Denn anstatt weiterzuarbeiten, hatte Scott mich bei dem eher wackeligen Manöver beobachtet. »Du hängst hinterher.«

»Ich will dir nur einen kleinen Vorsprung lassen. Du wirkst jetzt schon ganz außer Puste.«

Ja, mein Herz raste und Schweiß rann mir von der Stirn, aber das bedeutete noch lange nicht, dass ich nicht mehr konnte. Wem machte ich hier eigentlich etwas vor? Ich war fix und fertig, hätte mich am liebsten in der nächsten Ecke eingerollt und mich nie wieder auch nur einen Millimeter bewegt. Aber ich hatte auch keine Lust, meine Ersparnisse für einen Kneipenabend zu verschleudern. Vor allem, da das Fass, das Amity uns geschenkt hatte, noch nicht mal ansatzweise leer war.

»Weiter geht's«, sagte ich entschieden und summte zur Melodie, die aus meinem Handy dröhnte. Mit Musik machte die Arbeit gleich um einiges mehr Spaß, und die Zeit verging schneller als bei Stille.

Ich war ganz froh darüber, dass Scott auf kein Gespräch bestand, denn ich wusste nicht, ob ich mit dem Seitenstechen in der Lage wäre, zu reden. Es fiel mir schon schwer, halbwegs gleichmäßig zu atmen und nicht zu fiepen wie ein Teekessel.

»So«, sagte Scott irgendwann. »Ich wäre dann ...« Bevor er den Satz beenden konnte, ertönte ein lautes Scheppern. Ich drehte mich um und sah, wie Scott versuchte, die Leiter festzuhalten, gegen die er eben gerannt sein musste. Aber die glitschigen Metallsprossen entglitten ihm. Die alte Klappleiter fiel um, wobei die Farbwanne, die ich oben stehen gelassen hatte, Bekanntschaft mit Scotts Kopf machte. Der komplette Inhalt ergoss sich über ihn. Glücklicherweise schien ihm auf den ersten Blick sonst nichts weiter passiert zu sein.

Ich schlug mir die flache Hand vor den Mund, um mich nicht lautstark über ihn lustig zu machen. Aber das gelang mir eher schlecht als recht. Mit der freien Hand hielt ich mir den Bauch und krümmte mich vor Lachen.

Scott schien das dagegen nicht ganz so witzig zu finden. Angewidert hob er die Farbwanne an und legte sie beiseite. Dann strich er sich mit dem Handrücken die überschüssige Farbe aus den Augen. Dass er eigentlich blond war, konnte man nicht mehr erkennen. Stattdessen sah er nun aus wie ein Punker auf dem Weg zum nächsten Rockkonzert.

»Sehr witzig«, presste Scott zwischen zusammengebissenen Zähnen hervor. Dass er den Mund nicht weiter öffnen wollte, konnte ich ihm nicht verdenken. Dann ansonsten würde er wohl oder übel einen Liter Farbe verschlucken.

»Ja, das finde ich auch«, erwiderte ich erstickt. Erneut versuchte ich vergeblich, mir das Lachen zu verkneifen.

»Bist du fertig?«

Ich wischte mir ein paar Tränen aus den Augenwinkeln. »Eigentlich nicht.« In dem Beutel mit den Arbeitsmaterialien hatte ich vorhin auch einige Papier- und Handtücher gesehen. Um den armen Kerl nicht weiter zu ärgern, holte ich sie hervor und reichte sie ihm.

»Danke«, grummelte er und schrubbte sich über das Gesicht. Damit machte er es allerdings keinen Deut besser.

»Lass mich mal«, sagte ich und nahm ihm das Handtuch wieder ab. Scott schürzte die Lippen und nickte. Da er mich um einen Kopf überragte, musste ich mich auf die Zehenspitzen stellen, um alle Rückstände richtig zu entfernen. Als ich sein Gesicht zwischen die Finger nahm und die Farbe von seiner Wange strich, kräuselte sich seine Nase, und er hob die Mundwinkel.

»Das kitzelt«, sagte er grinsend.

»Entschuldigung«, entgegnete ich und machte weiter. Schnell entfernte ich auch die Farbe von seinen Augen, die sich bereits in seinen vollen Wimpern angesammelt hatte. Als ich schließlich das Gröbste abgetupft hatte, nickte ich meine Arbeit ab. »Erledigt.«

»Danke.« Während er das sagte, bückte er sich nach dem Pinsel, der ebenfalls von der Leiter geflogen war. Da ich direkt vor ihm stand, bekam ich eine Ladung seiner noch immer farbverschmierten Haare ins Gesicht.

»Ey, was soll das? Ich habe dir geholfen und so dankst du es mir?«, quietschte ich. Toll, jetzt musste ich aussehen wie die böse Hexe des Westens aus dem *Zauberer von Oz*.

Als Scott die Lider hob und mich anschaute, war es nun er, der zu lachen anfing. »Jetzt siehst du aus, wie ich mich fühle«, prustete er. »Das ist nur fair.«

»Fair nennst du das?«

Ein amüsiertes Funkeln lag in seinen Augen, die so blau waren wie der Ozean. »Und ob, schließlich hast du die Leiter mitten in den Weg gestellt. Daher wäre es eigentlich nur noch fairer, wenn …« Er schaute auf den Pinsel in seiner Hand, dann zu mir. Das Grinsen auf seinem Gesicht wurde breiter, und da verstand ich.

»Wag es nicht!« Unbeholfen stolperte ich ein paar Schritte zurück. Scott kam direkt auf mich zu und wedelte mit dem Pinsel herum. »Bleib weg von mir!«

Anstatt meiner Bitte nachzukommen, stürmte Scott mit erhobenem Pinsel auf mich zu. Kreischend wie ein Kleinkind rannte ich vor ihm weg, wobei ich beinahe wegrutschte, denn der Boden war in Farbe getränkt. Gerade als ich mich nach draußen flüchten wollte, wurde die Tür schwungvoll aufgerissen, und ich stolperte nach vorn … und direkt in Brookes Arme.

»Igitt, was für eine Sauerei!«, sagte sie angewidert und verärgert zugleich.

»So ein Mist. Es tut mir leid, das war nicht meine Absicht!«, stammelte ich und trat sofort von ihr zurück. Als ich über meine Schulter schaute, versteckte Scott schnell den Pinsel hinter seinem Rücken. Dieser verdammte Verräter lieferte mich einfach aus. Ich konnte es nicht fassen!

Seufzend wischte sie sich die Farbe von der Bluse. Na ja, es war mehr ein Versuch, aber sie machte es nur schlimmer. Trotzdem meckerte sie mich nicht an. Doch Blicke sagten bekanntlich mehr als tausend Worte, und so, wie sie mich aus zusammengezogenen Brauen anfunkelte, war sie alles andere als begeistert. »Ich wollte eh morgen nach Charlesborough in die Reinigung fahren. Dann nehme ich das gleich mit.«

»Bring mir gern die Rechnung vorbei.«

Brooke winkte ab. »Schon in Ordnung.« Dann machte sie ein paar Schritte in die Praxis. Ihre schmalen Absätze klackerten auf dem Boden. »Das ist eine wirklich wundervolle Farbe. Schön, dass ihr es trotz eurer Spielchen geschafft habt. Danke.«

War das Sarkasmus? Ich kannte sie nicht gut genug, um das auszumachen.

Scott räusperte sich. »Natürlich. Ich habe es dir doch versprochen. Habe ich jemals eines meiner Versprechen gebrochen?«

Brooke lächelte leicht verlegen. »Nein, hast du nicht.«

»Bist du deswegen hergekommen?«, fragte Scott. »Um sicherzugehen, dass wir wirklich arbeiten?«

»Auch.« Sie nickte grinsend. »Aber eigentlich wollte ich dich fragen, ob du Lust auf Lunch hast. Aber so, wie du aussiehst, bräuchtest du erst mal eine heiße Dusche.« Dann schaute sie an ihrem Körper hinab. »Ich muss wohl auch noch mal nach Hause und mich für den Nachmittagsdienst umziehen.«

Das schlechte Gewissen nagte an mir.

»Wir holen das nach, in Ordnung?«

»Selbstverständlich. Ich freue mich schon darauf.« Noch einmal schaute sich Brooke die frisch gestrichenen Wände an. »Dann habt noch einen schönen Tag. Wir sehen uns am Samstag!«

»Bis dann!«

Kurz darauf war Brooke wieder verschwunden.

»Sie hat recht, ich brauche eine Dusche.«

»Du kannst mein Bad benutzen«, sagte ich, ohne darüber nachzudenken.

»Wirklich? Ich habe zwar Wechselsachen im Wagen, kann aber auch nach Hause fahren«, hakte Scott vorsichtig nach.

Lächelnd schüttelte ich den Kopf. »Damit du deine Sitze einsaust? Ach Quatsch, ist doch nicht nötig.«

Er nickte. »Okay, danke.«

»Papperlapapp, das ist doch selbstverständlich. Aber lass uns erst die Sauerei vom Boden aufwischen.«

Eine Stunde später waren die gröbsten Farbflecken entfernt. Ich sah aus, als hätte ich mich einmal im Grün gewälzt, und ich war mir sicher, dass meine Haut für die nächsten Tage einen leichten Schimmer behalten würde, aber das war es wert. Die Wände waren relativ sauber gestrichen worden, und alles in allem war es ein schöner, wenn auch anstrengender Tag gewesen. Und bisher hatte Scott mich nicht noch mal darauf angesprochen, dass er unsere kleine Wette gewonnen hatte. Blieb also nur zu hoffen, dass er es vergessen würde.

Nachdem Scott seine Wechselsachen aus dem Auto geholt hatte, gingen wir gemeinsam ins Haus. Ich reichte ihm ein großes Handtuch und deutete die Treppen nach oben. »Nimm das Bad gegenüber von meinem Zimmer. Duschzeug liegt bereit, du kannst dich an allem bedienen.«

»Und du wartest so lange?«

»Willst du etwa, dass ich mitkomme?«, fragte ich herausfordernd.

Er scannte mich auf eine beinahe anzügliche Art und Weise, die mir die Schamesröte in die Wangen trieb. Dabei fuhr er sich langsam mit der Zunge über die Lippen, ehe er lächelte. »Ich bezweifle, dass es sonderlich viele Männer dort draußen gibt, die ein solches Angebot ablehnen würden.«

»Du bist doch bescheuert«, sagte ich lachend und gab ihm einen leichten Boxhieb gegen den Oberarm. »Jetzt geh, bevor ich dich doch wie Shrek aussehend nach Hause jage!« Damit versuchte ich, meine Verlegenheit zu verbergen, und hoffte, dass Scott mir mein kaum vorhandenes schauspielerisches Talent nichtsdestotrotz abkaufte.

»Ich gehe ja schon.« Er schwang sich das Handtuch über die Schulter und nahm zwei Stufen auf einmal. Am oberen Treppenabsatz angekommen, drehte er sich zu mir um, ehe er aus meinem Blickfeld verschwand.

Mein Herz klopfte aufgeregt gegen meine Rippen. Ich legte die Hand darauf, in der Hoffnung, die Schläge damit zu regulieren, aber es funktionierte nicht. Ich sollte es besser wissen und mich nicht von seinem Charme und dem guten Aussehen um den kleinen Finger wickeln lassen. Hatte ich denn nichts aus der Vergangenheit gelernt? Hatte es nicht gereicht, Mom all die Jahre leiden zu sehen? Das war nichts, was ich jemals für mich wollte. Daher durfte ich mir nicht mal erlauben, an Scott zu denken, es sei denn, es ging um die Arbeit.

Um nicht nur die Farbe, sondern auch die Gedanken abzuspülen, ging ich ins Gästebad am Ende des Flurs. Dort gab es zwar nur eine kleine Duschkabine, in der ich mich kaum um die eigene Achse drehen konnte, aber das war besser als nichts. Als der warme Strahl meine Haut berührte, fühlte ich mich schon besser. Es dauerte eine Ewigkeit, die Farbe vom Körper zu schrubben, aber ich hatte alle Zeit der Welt. Ich seifte mich mehrfach von Kopf bis Fuß ein, so lange, bis ich wenigstens halbwegs das

Gefühl hatte, sauber zu sein. Dann schlüpfte ich in Moms etwas zu kurz geratenen Bademantel und trat wieder in den Flur.

Aus der ersten Etage hörte ich kein Wasser mehr laufen. Vermutlich war Scott bereits fertig. Kein Wunder, ich war sicher dreißig Minuten unter der Dusche gewesen. Gerade als ich auf der obersten Stufe angekommen war, öffnete sich allerdings die Badezimmertür und Scott kam heraus. Ich war so perplex, dass ich über meine eigenen Füße stolperte und mich gerade im letzten Moment am Treppengeländer festhalten konnte.

Scott hatte sich das Handtuch eng um die Hüfte gewickelt. Da seine Haare relativ kurz waren, waren diese bereits getrocknet. Mein Blick glitt über seinen Oberkörper. Während seine Arme und die Brust durchtrainiert waren, hatte er entgegen meiner Erwartung ein kleines Wohlfühlbäuchlein, das sicher davon kam, dass er viel zu gern ein bis drei – oder mehr – Feierabendbier im *Cockeyed Sheep* kippte ... und bei Nervosität Twinkies in sich reinschaufelte.

Leider musste ich zugeben, dass mir das ziemlich gut gefiel. Ich war kein großer Fan von einem harten Sixpack, sondern wollte lieber etwas haben, an das ich mich bequem herankuscheln konnte.

»Du hast da noch etwas Farbe«, sagte Scott und zeigte auf mein Gesicht.

»Oh!« Ich wischte mir mit dem Handrücken über die Wange, aber er schüttelte den Kopf und kam zu mir herüber.

Von der Situation völlig überfordert, blinzelte ich ein paarmal und ließ Scott gewähren. Seine Haut war von der

Dusche aufgewärmt und sonderte eine Hitze ab, die mich erneut ins Schwitzen brachte. Zumindest redete ich mir ein, dass es einzig und allein daran lag.

Mit dem Daumen fuhr Scott ganz sanft meine Kieferpartie nach. »Fertig«, sagte er leise und fing meinen Blick auf. Sein warmer Atem prickelte an meinen Lippen, und der Duft von Zitrone kitzelte in meiner Nase.

Bevor ich noch etwas Dummes tun oder sagen konnte, deutete ich zu meinem Zimmer und öffnete die Tür. »Ich geh mich mal anziehen.«

»Gibst du mir meine Tasche? Ich habe sie vors Bett gestellt.«

Ich drehte mich um, griff nach der Tasche und drückte sie ihm in die Hand. »Hier.«

»Danke. Und vergiss nicht unsere Verabredung«, sagte er. »Du stehst in meiner Schuld.«

»Keine Sorge«, entgegnete ich lächelnd und schloss die Tür hinter mir. Doch das Bild von Scott und das Gefühl, das seine Berührung in mir ausgelöst hatte, wollten nicht verschwinden.

Was aber noch viel schlimmer war, war die Tatsache, dass ich jetzt doch an meine Ersparnisse gehen musste. Wie hatte ich auch glauben können, er würde unsere Wette je vergessen?

Kapitel 13

Der Blick in die Speisekarte ließ meinen Magen lautstark knurren. Dafür, dass es sich beim *Hemingway's* um ein eher kleines Diner handelte, war die Auswahl riesig. Zwar waren viele Gerichte sehr fleischlastig, aber es wurden auch einige vegetarische und vegane Alternativen angeboten. Hier wurde sicher jeder fündig.

Als die Bedienung, auf deren Namensschild Whitney stand, zu uns an den Tisch kam, bestellte ich einen Quinoa Burger mit hausgemachten Süßkartoffelpommes und einen Schokoladen-Milchshake. Mom entschied sich bloß für einen New York Cheesecake und einen Eiskaffee.

Flink kritzelte Whitney unsere Bestellung auf ihren Notizblock, ehe sie sich wieder umdrehte und den Weg zum nächsten Tisch antrat. Doch nicht, ohne sich die orangefarbene Schürze über dem weißen Kleid noch einmal glatt zu streichen. Das war zwar eine schöne Farbkombination, aber ich fragte mich, was der Inhaber sich bei dieser Uniform gedacht hatte. In einem Diner war es nicht unüblich, dass Fett herumspritzte oder Kaffee überschwappte. Weiß würden die Kleider am Ende des Tages also vermutlich nicht mehr sein.

Ich lehnte mich in der ebenfalls orangefarbenen Sitzbank zurück. »Hast du gar keinen Hunger?«

Mom seufzte und stützte die Ellbogen auf dem Tisch ab. »Es ist zu heiß. Da krieg ich nichts runter.«

»Mhm«, machte ich. Sie hatte recht. Heute waren es knapp vierzig Grad Celsius, aber wenigstens wehte ein laues Lüftchen. Gott sei Dank, denn ansonsten hätte ich den Tag nicht überstanden. Und hier im Diner war die Klimaanlage glücklicherweise eingeschaltet und blies ihre kalte Luft in den Gastraum.

Mom und ich waren am Vormittag los nach Charlesborough gefahren, um mir noch ein paar Wechselklamotten zu holen. Ich hatte zwar ohnehin viel zu viel eingepackt, aber da wir nicht mit der Intention nach Bibury gefahren waren, lange zu bleiben, brauchte ich noch ein paar Sachen. Ganz oben auf der Einkaufsliste hatten ordentliche Schuhe gestanden, da mir die Füße von den Stofflatschen allmählich schmerzten. Darin arbeitete es sich einfach nicht sehr gut.

Anschließend waren wir durch einen gemütlichen Park in der Nähe der Mall geschlendert, wo wir uns an einen Teich gesetzt und die darauf schwimmenden Enten beobachtet hatten. Einfach nur die Seele baumeln lassen. Das hatten wir nach den anstrengenden Wochen gebraucht.

Whitney kam an den Tisch und stellte die Getränke vor uns ab. »Essen bringe ich Ihnen jeden Moment.«

Wir bedankten uns bei ihr, woraufhin sie lächelnd wieder verschwand. Ihr schwarzer Zopf baumelte bei jeder Bewegung hin und her. Ich schaute ihr kurz nach, wobei mein Blick auf einen Mann fiel, der am Tresen saß. Mit der Gabel stocherte er auf seinem Teller herum, und in der Hand hielt er eine Zeitung, die er mehr zu überfliegen als zu lesen schien.

Ich sah ihn nur im Profil, trotzdem glaubte ich, zu wissen, wer er war. »Ist das nicht unser Nachlassverwalter?«

Mom folgte meinem Blick und nickte. »Du hast recht.« Dann stand sie, ohne ein weiteres Wort zu verlieren, auf und ging zu ihm herüber. Behutsam legte sie ihre Hand auf seine Schulter. Als er den Kopf hob und sie erkannte, lächelte er. Die beiden sprachen kurz miteinander, dann stand Peter Haney auf und kam mit Mom zu uns an den Tisch. »Es macht dir doch nichts aus, wenn Mr Haney uns beim Essen Gesellschaft leistet, oder?«

Ich hasste solche Situationen. Einerseits hätte ich gern gesagt, dass es mir doch etwas ausmachte, da ich es nicht mochte, wenn Fremde mir beim Essen zusahen. Andererseits wäre es unglaublich unhöflich, würde ich ihn nun wieder fortschicken. Daher schüttelte ich den Kopf. »Nein, natürlich nicht.«

»Es freut mich sehr, Sie wiederzusehen, Ms Pierson«, sagte Haney, als er sich den Stuhl am Kopfende zurechtschob und setzte. Die Zeitung legte er auf den Tisch. Mein Blick fiel auf die Titelseite. Mit zusammengekniffenen Augen versuchte ich die Worte zu lesen. Haney schien meinen kläglichen Versuch zu bemerken, weshalb er mir das Blatt reichte. »Hier, nehmen Sie ruhig. Ich bin fertig damit.«

»Danke«, sagte ich leise. Ich hatte mich nicht getäuscht. Auf der Titelseite der Zeitung prangte mir das Gesicht von Richard Kingsley entgegen. Mit in die Höhe gereckten Daumen grinste er in die Kamera. Die Fotografie musste im Innenraum seiner Ranch aufgenommen worden sein, denn im Hintergrund stand der Name an der Wand, und darüber hing ein präparierter Hirschkopf, bei dem sich mir der Magen umdrehte.

In dem Artikel hieß es, dass Kingsley in diesem Jahr Rekordumsätze erzielte und bis zum Ende der Saison ausgebucht war. Menschen aus aller Welt reisten auf die *Kings and Queens Ranch*, um die Möglichkeit zu erhalten, ein Zebra zu erlegen. Das mochte vulgär klingen, doch am liebsten hätte ich gekotzt.

»Alles in Ordnung, Holly?«, fragte Mom besorgt.

Mit dem Strohhalm stocherte ich in meinem Milchshake herum. »Nein. Dieser Widerling Kingsley …« Ich ballte die Hand zur Faust, woraufhin das Zeitungspapier zwischen meinen Fingern zerknitterte.

Vorsichtig nahm Mom es mir ab und überflog den Artikel. Dabei schüttelte sie ungläubig den Kopf und legte die Zeitung zurück auf den Tisch, als sie fertig war.

»Dürfte ich wissen, worum es geht?«, fragte Haney behutsam.

»Scott und ich sind gerade dabei, die Ranch zu einer Wildtierauffangstation umzubauen. Männer wie dieser Kingsley sind der Grund«, erklärte ich und verengte die Augen zu schmalen Schlitzen.

»Das ist ja großartig!«, entgegnete Haney. »Natürlich meine ich damit Ihr Projekt. Von Jagdtourismus halte ich nichts und finde es faszinierend und bereichernd, dass Sie dem entgegenwirken möchten. Für wann haben Sie die Eröffnung geplant?«

»In ein paar Wochen vielleicht«, gab ich schulterzuckend zurück. »Es ist viel Arbeit. Wir haben zwar einige Helfer, aber es wird noch etwas dauern, ehe wir die ersten Tiere aufnehmen können. Dafür muss erst das Gröbste fertig sein.«

»Verstehe. Wenn ich Ihnen irgendwie behilflich sein

kann, sagen Sie Bescheid. Ich lasse gern meine Verbindungen spielen, damit Sie einen Fuß in die Tür bekommen. Projekte wie dieses sollten unterstützt werden.«

Ich verschluckte mich an dem Milchshake. Hustend schaute ich Haney überrascht an. »Das würden Sie tun?«

»Selbstverständlich. Ich kenne jemanden vom *AWS*, dem *American Wildlife Shelter*. Gern leite ich Ihre Dokumente an die zuständige Abteilung weiter, und womöglich erhalten Sie Fördermittel.« Auf Haneys Gesicht zeichnete sich ein ehrliches Lächeln ab, das seine dunklen Augen zum Strahlen brachte.

»Das wäre wirklich der Wahnsinn«, hauchte ich. Bisher hatten Scott und ich uns noch nicht weiter mit Förderungen auseinandergesetzt, da wir erst etwas vorzuweisen haben wollten, ehe wir mit dem Projekt an Organisationen traten. Und dafür hatte ich erst sicher sein müssen, dass die Station nicht zum Scheitern verurteilt war. Bisher machten aber sowohl Scott als auch sämtliche Helfer einen professionellen Eindruck, weshalb ich zuversichtlich war, dass wir den nächsten Schritt wagen konnten. Dass Mr Haney dieses Angebot machte, kam also zum genau richtigen Zeitpunkt.

»Sie muss der Himmel geschickt haben«, stimmte Mom mir zu.

Haney winkte ab. »Ich bin einfach der Meinung, es sollte mehr Menschen auf der Welt geben, die sich um die Lebewesen auf unserem Planeten kümmern.«

Bevor ich noch etwas erwidern konnte, stellte Whitney die Teller vor Mom und mir ab. Der Burger war beinahe so groß wie mein Kopf, keine Ahnung, wie ich den schaffen sollte. Aber die Größe war nach dem ersten Bissen vergessen, denn er schmeckte einfach köstlich.

Während wir aßen, fragte Haney uns weiter über das Projekt aus, womit er es schaffte, mich von dem Artikel abzulenken. Er war ehrlich interessiert, und das gab mir das gute Gefühl, dass es die richtige Entscheidung gewesen war, dem Projekt wenigstens eine Chance zu geben. Die Station schien bei den meisten Anklang zu finden.

Allerdings fragte ich mich, wie begeistert Richard Kingsley und seine Anhängerschaft sein würden, sobald sie davon erfuhren. Bisher war er nicht noch mal auf der Ranch aufgetaucht, daher hoffte ich, dass er nichts als leere Drohungen ausgesprochen hatte. Dennoch bereitete es mir Bauchschmerzen.

»Und möchten Sie den Fokus auf bestimmte Tierarten legen?«, fragte Haney, nachdem Whitney seinen Kaffee aufgefüllt hatte. Er riss vier Tütchen Zucker auf und kippte sie in das Getränk. Angewidert verzog ich den Mund.

»Scott hat während seiner Zeit in Afrika Erfahrungen mit Zebras und Gnus gemacht«, erklärte ich und schob mir eine Süßkartoffelpommes in den Mund. »Daher, denke ich, wird es erst mal darauf hinauslaufen. Das passt auch ganz gut, da beide Tiere mit Pferden gut auskommen. Zebras beißen wohl ab und zu, wenn ihnen etwas nicht in den Kram passt, aber wer tut das nicht?« Grinsend zuckte ich mit den Schultern.

Mr Haney lachte. »Das klingt nach einem guten Plan.«

Ich war glücklich, dass Scott sich im Vorfeld über alles erkundigt hatte und mit so vielen persönlichen Erfahrungen glänzen konnte. Da ich von Wildtieren kaum Ahnung hatte, hätte ich nicht einmal gewusst, welche man zusammen halten konnte.

Aber durch ihn hatte ich einiges gelernt. So wusste ich nun, dass Zebras und Gnus auch in der freien Natur gemeinsam wanderten und sich dabei gegenseitig unterstützten. Da Zebras alles an Gräser fraßen, was ihnen vor die Nase kam, Gnus hingegen nur an stummeligen Überresten interessiert waren, kamen sie einander essenstechnisch nicht in die Quere. Das sorgte dafür, dass ihr Miteinander sehr gut funktionierte.

»Es ist eine aufregende Zeit«, entgegnete ich nach einer Weile. »Ich kann es kaum erwarten, die ersten Tiere zu beherbergen.«

Überraschenderweise meinte ich die Worte ernst. Obwohl ich noch nicht wusste, wie es nach dem Ende des Sommers weitergehen würde. Bisher lief das Projekt gut. Scott und ich hatten uns erstaunlicherweise noch nicht einmal ernsthaft in die Haare gekriegt. Ich genoss die Zeit in Bibury und die Arbeit auf der Ranch – wobei ich auf den schrecklichen Muskelkater durchaus hätte verzichten können. Aber ob es dieser Ort war, für den mein Herz wirklich schlug, wusste ich nicht. Zu viele Dinge gab es noch, über die ich mir sicher werden musste. Auch die *L. A. Times* hatte ich bisher nicht abgeschrieben, aber während ich anfangs noch bei jedem Anruf aufgeregt gewesen war, dass es das Jobangebot sein konnte, hatte sich diese Aufregung mittlerweile gelegt. Nichtsdestotrotz gab es noch den kleinen Silberstreifen am Horizont, der Traum davon, groß rauszukommen und meine Wünsche zu verwirklichen.

Trotzdem hoffte ich, ich würde hier sein, sobald das erste Tier eintraf. Wann das geschehen würde, kam aber auf einige Dinge an, unter anderem, wann der grobe Bau abgeschlossen war und wann jemand ein verletztes oder in den USA nicht heimisches Tier fand.

Leider konnten wir nicht einfach in die *Kings and Queens Ranch* einmarschieren und die Tiere mitnehmen. So gern ich das auch tun würde. Allerdings wäre es dann mit unserer Station vorbei gewesen, da wir nicht nur aufgrund von Hausfriedensbruch, sondern ebenfalls schweren Diebstahls im Gefängnis landen würden. Also blieb uns nichts weiter übrig, als zu warten. Früher oder später würde sich eines der zur Jagd freigegebenen Tiere auf unser Grundstück verirren oder von Kingsleys Ranch fliehen. Und dann wären wir sofort zur Stelle.

»Wie wäre es eigentlich mit einer Eröffnungsfeier, wenn alles fertig ist?«, schlug Mom vor. »Ich würde mir das Wochenende dann freinehmen und euch bei allem helfen.«

»Darüber hatte ich mir auch schon Gedanken gemacht! Es wäre eine schöne Gelegenheit, den freiwilligen Helfern noch mal unseren Dank auszusprechen und den Menschen die Station zu zeigen.« Ich stellte mir vor, was für ein schönes Fest das werden könnte. Ob Kim mit Aidan vorbeikommen würde? Ich konnte es schließlich kaum erwarten, ihn kennenzulernen. Außerdem wäre ihr Organisationstalent hilfreich bei der Planung einer solchen Feier. Ich musste unbedingt mit Scott darüber sprechen. Sicher würde auch er die Idee großartig finden!

»Sehr gut.« Sie nickte und schob sich den letzten Bissen New York Cheesecake in den Mund.

Noch eine Weile blieben wir sitzen und unterhielten uns mit Mr Haney. Er machte einen sehr netten Eindruck, und Mom und er verstanden sich prächtig. Die beiden waren etwa im selben Alter, und er schaffte es, sie mit einer Anekdote über seinen trockenen Beruf zum Lachen zu bringen. Schade, dass er in Texas und sie in Kalifornien lebte. Seit Dad uns verlassen hatte, war Mom nicht mehr in einer ernsthaften Beziehung gewesen, was ich auch verstand.

Sie war Dad bei einem Ausflug in Austin begegnet, wo er ein Semester lang studiert hatte. In den darauffolgenden Wochen hatten sie sich immer häufiger getroffen und sich ineinander verliebt. Als Dad dann wieder nach L. A. gegangen war, hatte Mom ihre Siebensachen gepackt und war ihrer großen Liebe gefolgt. Sie hatte alles stehen und liegen gelassen und sich voll und ganz auf die Beziehung eingelassen. Eine Zeitlang war das auch gut gegangen, aber nicht jede Geschichte hatte ein Happy End. Mom hatte es nicht verdient, betrogen und sitzen gelassen zu werden, sondern glücklich zu sein.

Als es langsam spät wurde, winkte Mom die Bedienung heran und bezahlte. Gemeinsam verließen wir drei das Diner. Mr Haney brachte uns noch zu unserem Wagen und verabschiedete sich. Ich versprach ihm, so schnell wie möglich die Unterlagen zusammenzustellen, damit er diese ans *AWS* weiterleiten konnte.

Während Mom der Interstate nach Bibury folgte, summte sie.

»Alles in Ordnung?«, fragte ich und warf ihr einen skeptischen Seitenblick zu.

Verwirrt blickte sie zu mir. »Was sollte sein?«

»Du summst.«

»Tu ich nicht.«

»Und ob. Bist du etwa verliebt?«

Sie schob sich eine Strähne hinter das Ohr und fixierte die Straße. Autos und Sträucher rasten an uns vorbei. »So ein Quatsch. Woher hast du nur immer solche Hirngespinste?«

»Dafür hat deine Antwort aber ganz schön lange auf sich warten lassen.« Ermahnend hob ich den Zeigefinger. »Lass dir bloß nicht das Herz brechen, wenn ihr gemeinsam in den Sonnenuntergang reitet.«

Moms Mundwinkel hoben sich, doch sie schaute starr auf die Straße. »Du bist eindeutig meine Tochter.«

Grinsend beugte ich mich nach vorn und drehte das Radio lauter. Ein mir unbekannter Sommerhit mit rhythmischem Beat ertönte. Ich trommelte mit den Fingern auf dem Armaturenbrett und wippte den Kopf im Takt der Musik.

Das leicht geöffnete Fenster ließ die lauwarme Brise ins Wageninnere. Meine Haare wirbelten auf. Sie waren in den letzten Wochen ein gutes Stück gewachsen, sodass sie mir bald auf die Schultern fallen würden. Es war also an der Zeit, die Schere zu zücken und die Frisur wieder in Form zu bringen. Ich war einfach zu faul für längere Haare.

Je weiter wir fuhren, desto näher kam die Bergkette, die hinter Bibury aufragte. Das Gespräch mit Peter Haney hatte mich beflügelt, und ich wurde vom Ehrgeiz gepackt. Ich konnte es kaum erwarten, Scott davon zu erzählen.

Kapitel 14

Es war bereits kurz vor zwölf am Mittag, womit die Party bei Brooke bald starten würde. Ich entschied mich für das dunkelbraune Paar Cowboystiefel und klemmte meine Haare mit Spangen hinter die Ohren. Ausnahmsweise legte ich mir auch kleine Creolen an. Normalerweise war mein Armband das einzige Schmuckstück, das ich trug.

Das war früher noch anders gewesen. Mit sechzehn hatte ich mir ein Bauchnabelpiercing stechen lassen, woraufhin Mom einer Ohnmacht nahe gewesen war. Eigentlich war sie unglaublich entspannt und hatte mir immer einiges durchgehen lassen. Damit war ich dann aber doch zu weit gegangen. Tja, sie hatte mich gezwungen, das Piercing herauszunehmen. Binnen weniger Tage war es zugewachsen, und ich hatte die Sonne mitten in den Sommerferien zwei Wochen nur durchs Fenster gesehen. Das war die härteste Bestrafung gewesen, die ich je erhalten hatte.

Manchmal überlegte ich allerdings, ob ich es mir noch einmal durchstechen lassen sollte. Gerade jetzt, da ich das rote über dem Nabel geknotete Hemd betrachtete. So ein Piercing würde dem Look noch mal einen draufgängerischeren Touch verleihen, was eigentlich zu mir passte.

Nachdem ich mein Outfit abgenickt hatte, suchte ich meine Kamera. Stöhnend hob ich Kissen und Bettdecke an, wühlte im Koffer, in dem immer noch Klamotten lagen, die ich nicht ausgepackt hatte, und schaute in der Nachttischschublade nach. Nichts.

»Ich hatte sie doch eben noch in der Hand«, murmelte ich leise und kratzte mir den Kopf. Gedanklich ging ich jeden Schritt durch, den ich in der letzten halben Stunde getan hatte. Als ich den Kleiderschrank öffnete, lag die Kamera in einem der Fächer. Keine Ahnung, wieso ich sie gerade dort abgelegt hatte.

Schnell holte ich sie heraus und legte sie mir um den Hals. Bisher war ich immer noch nicht dazu gekommen, sonderlich viele weitere Fotos zu schießen. Mittlerweile vermisste ich das berauschende Gefühl, das die perfekte Aufnahme in mir auslöste. Hoffentlich würde sie mir heute gelingen.

Als ich die Stufen hinunterging, stand Amity bereits an der Tür und wartete auf mich. Sie begleitete mich zu Brooke, damit ich dort nicht allein auftauchen musste. Scott war schon seit dem Morgen bei ihr, um bei den Vorbereitungen zu helfen. Ich hatte ihr zwar gesagt, dass wir uns auch vor Ort hätten treffen können, aber Amity hatte darauf bestanden, erst herzukommen, damit sie sich auf der Ranch umsehen konnte.

»Du siehst super aus. Beinahe schon wie ein echtes Cowgirl!«, sagte sie und zog mich in eine Umarmung.

»Danke, du hast dich auch echt schick gemacht.« Sie trug Skinny Bluejeans und dazu ein eng anliegendes grünes Top. Da wir uns bisher überwiegend in der Bar getroffen hatten, wo sie immer Schwarz trug, war ihr heutiges Outfit im Gegensatz dazu die reinste Farbexplosion.

Mom kam aus der Küche. In der Hand hielt sie die Tortenglocke, in der sich der Kuchen für Brooke befand. Ich hatte nicht mehr daran gedacht, Scott zu fragen, was ich ihr schenken konnte, daher hatten Mom und ich uns gestern noch in die Küche gestellt und einen Schokokuchen gebacken. Schokolade ging schließlich immer, oder?

»Ihr nehmt unseren Wagen, oder?«, fragte Mom, während ich ihr das Gebäck abnahm.

»Ja, genau«, sagte ich. Amitys Vater hatte sie vorhin bei uns abgesetzt, da er ohnehin in die Stadt musste und die Ranch auf dem Weg lag. Mit dem Kuchen gewappnet, drehte ich mich um meine eigene Achse, um nach dem Schlüssel Ausschau zu halten. »Ähh, Amity, kannst du die Schlüssel nehmen?« Nickend deutete ich zur kleinen Kommode, die direkt neben der Wohnungstür stand.

»Klar.«

»Dann habt viel Spaß!«, rief Mom uns hinterher. Wir liefen die Stufen der Veranda hinunter und steuerten das Auto an. Amity öffnete die Wagentür, damit ich den Kuchen vorsichtig auf der Rückbank platzieren konnte. Hoffentlich würde die Glasur bei dieser Affenhitze nicht schmelzen.

Ich setzte mich hinters Steuer und schaltete das Radio ein. Amity ließ sich neben mir auf dem Beifahrersitz nieder. »Weißt du, wo es hingeht?«

»Ungefähr. Am Diner links, oder?«

»Genau.« Sie nickte, woraufhin ich den Motor startete und vom Grundstück fuhr. Amity schwang die Boots aufs Armaturenbrett. Sie konnte sich glücklich schätzen, dass Mom das nicht sah, ansonsten wäre sie gleich einen Kopf kürzer. »Und hast du schon entschieden, wie es nach dem

Sommer weitergehen soll?« Sie streckte ihr Gesicht halb aus dem geöffneten Beifahrerfenster.

Ich presste die Lippen aufeinander und schüttelte sacht den Kopf. »Nein, keine Ahnung.«

»Was hält dich in L. A.? Ist ja nicht so, als hätten wir in Texas keine Unis, an denen du dein Studium beenden könntest.« Amity zuckte mit den Schultern und wischte sich eine Strähne aus der Stirn.

»Es ist …«, begann ich, »… alles? Mein Leben spielt sich in Kalifornien ab. Dort ist meine beste Freundin, meine Mom, womöglich bald mein Job.« Wobei, je mehr Tage vergingen, desto mehr schwand meine Hoffnung, die Stelle zu erhalten. Meine Bewerbung lag mittlerweile sieben Wochen zurück. Ich konnte mir beim besten Willen nicht vorstellen, dass sie noch niemanden eingestellt hatten. »Außerdem bin ich nicht sicher, ob das hier wirklich dauerhaft was für mich ist. Es ist eine große Verantwortung, der ich vielleicht gar nicht gewachsen bin.«

»Das verstehe ich. Aber schade ist es trotzdem. Ich hab mich so an dein Gesicht gewöhnt. Wäre ärgerlich, es bald nicht mehr jeden Abend am Tresen zu sehen.« Amity lachte. Ich stimmte mit ein.

»Du tust ja so, als würde ich nur in der Kneipe abhängen.«

»Ich kann gern deine Rechnungen aufbewahren und sie dir als Andenken mitgeben, falls du wieder nach Hause fährst.«

»O Gott, bitte nicht«, entgegnete ich gespielt erschrocken.

Hinter dem Diner bog ich ab und folgte dem Straßenverlauf.

»Das ist es«, sagte Amity und deutete auf das große Einfamilienhaus. Brooke war in das Haus gezogen, das früher der Familie Anderson gehört hatte. Mit deren Sohn Xavier war ich als Kind gut befreundet gewesen. Er war mit Scott zur Schule gegangen, wodurch wir alle gemeinsam in den Sommermonaten Zeit auf der Ranch oder im Ort verbracht hatten. Mittlerweile lebten sie wohl in Houston oder Dallas, so genau wusste ich das nicht.

Da es direkt vor dem Haus keine Parkmöglichkeit gab, fuhr ich einmal um den Block und hielt in einer Seitenstraße. Amity stieg aus und nahm die Tortenglocke an sich.

»Dann wollen wir mal«, sagte ich und schloss das Auto ab. Hier würde es zwar niemand wagen, jemandem das Fahrzeug zu stehlen, aber als Großstädterin war ich trotzdem etwas paranoid.

Das Stimmengewirr wurde lauter. Zahlreiche Partygäste hatten sich in Brookes Vorgarten versammelt. Viele Gesichter kamen mir von den Abenden im *Cockeyed Sheep* bekannt vor, andere hatte ich in Bibury bisher nicht ein einziges Mal gesehen.

Der Geruch von frisch gegrilltem Fleisch hing in der Luft. Mir lief das Wasser im Mund zusammen, und mein Magen rumorte. Barbecues waren wohl das, was mir am meisten fehlte, seit ich kein Fleisch mehr aß. Mit dem Verzicht begonnen hatte ich eigentlich nur Kim zuliebe. Seit sie in der Highschool eine Dokumentation über Massentierhaltung gesehen hatte, konnte sie Tiere nicht mehr essen. Als wir dann zusammengezogen waren, hatte sie mich gebeten, Fleisch nur in ihrer Abwesenheit zu braten, da ihr schon bei der Zubereitung und dem Geruch ganz anders wurde. Das war für mich ein ziemlicher Schritt gewesen, aber ich hatte diesen Wunsch respektiert. Nach wenigen Wochen war ich dann ebenfalls auf vegetarische Alternativen umgestiegen, die gar nicht so schlecht schmeckten! Ein veganes Schnitzel konnte ich kaum von einem Hähnchenschnitzel unterscheiden, weshalb ich nur noch selten an die alten Zeiten dachte. An einem Tag wie diesem fiel es mir aber deutlich schwerer, denn ein echtes Texas-Barbecue war schon etwas Feines.

Amity lief vor mir um das Haus herum und in den hinteren Garten. Vier riesige Smoker waren auf der weitläufigen Terrasse aufgebaut. Lichter Rauch schlängelte sich aus den Ritzen und verströmte den Duft nach Spareribs und marinierten Teriyaki-Steaks.

»Holly, Amity, wie schön, dass ihr hergefunden habt.« Mit erhobenem Sektglas kam Brooke auf uns zu, dabei wich ihr Vierbeiner Bucky ihr nicht von der Seite. Ihr hautenges rotes Kleid ließ keinen Spielraum für Fantasien.

»Happy Birthday«, sagten wir beide. »Der Kuchen ist für dich«, fügte ich noch hinzu.

Brooke lächelte. »Vielen Dank, das ist lieb. Kommt, ich zeige euch die Küche, wo ihr ihn abstellen könnt.«

Wir folgten ihr durch die geöffnete Terrassentür.

Es war lange her, dass ich zuletzt in diesem Haus gewesen war. Im Grunde hatte sich die komplette Innengestaltung geändert. Brooke schien es schlicht zu bevorzugen. Der Steinboden war auf Hochglanz poliert, und die Möbel erstrahlten in sattem Weiß. Dafür, dass sie so jung war, hatte Brooke einen protzigen Lebensstil, um den ich sie ein klein wenig beneidete. Die Einrichtung war zwar nicht nach meinem Geschmack, aber ich musste vermutlich für ein einziges dieser Möbelstücke ein Jahr lang sparen.

An der Wand des kleinen Vorraums waren zahlreiche Fotos und Urkunden befestigt, die Brookes Leistungen im Gebiet der Tiermedizin aufzeigten. Nach ihrem Doktortitel hatte sie als mobile Tierärztin im Outback Australiens gearbeitet, wo sie sich überwiegend um verletzte Koalabären kümmerte. Ihre Arbeit war beeindruckend, und es faszinierte mich, wie aufopferungsvoll sie den Tieren gegenüber war.

»Ihr könnt den Kuchen auf die Theke zu den anderen stellen«, sagte Brooke und deutete auf die zahlreichen Speisen, die sich in der Küche türmten. Sie legte mir die Hand auf die Schulter. »Habt viel Spaß. Ich gehe dann mal die anderen begrüßen.« Daraufhin stöckelte sie aus der Tür. Ich hörte nur noch, wie sie den Namen einer ihrer Freundinnen rief.

»Ich dachte, es sollte nur eine kleine Runde werden.« Amity ließ den Blick erst über die Speisen schweifen, ehe sie aus dem Fenster zum Garten schaute.

»Dachte ich auch. Umso schöner, dass du hier bist ...« Ich fühlte mich etwas deplatziert. Zwischen den wenigen Leuten aus der Nachbarschaft waren zahlreiche Anzugträger vertreten. Die meisten Frauen trugen schicke Cocktailkleider und waren aufgestylt, als wären sie auf einer Gala. Womöglich waren das Freunde von Brooke, die sie während ihres Studiums kennengelernt hatte. Nur fragte ich mich, weshalb sie dann an einen Ort wie Bibury gekommen war, wenn eher das hier ihre Welt war.

Ich schaute zurück zur Anrichte, auf der eine doppelstöckige Torte stand, die mir schon aus der Ferne das Wasser in den Mund trieb.

»Lass uns den Kuchen dorthin stellen«, sagte ich. Die Geburtstagstorte war mit weißem Fondant und roten Zuckerrosen bedeckt. Eine 30 aus Zartbitterschokolade prangte darauf.

»Das erklärt, weshalb sie das so groß aufzieht«, sagte Amity, als ihr Blick auf die Zuckerbombe fiel.

»Mhm«, machte ich nickend. Nun fühlte ich mich blöd, dass ich nur den Kuchen gebacken hatte. Zum Dreißigsten hätte es etwas Besonderes sein sollen. Nur hatte mir niemand gesagt, dass es sich um einen runden Geburtstag handelte.

»Na, ihr zwei Hübschen, amüsiert ihr euch?« Scott stand mit einer Bierflasche in der Hand hinter uns.

»Nicht so gut wie du, allem Anschein nach.« Amity hob den Zeigefinger. »Fängst du mittlerweile schon mittags an, ja?«

Scott lachte. »Was beschwerst du dich? Ohne mich wärst du schon lange pleitegegangen.«

»Da hast du wohl recht. Ich kann mich glücklich schätzen, dass es hier im Kaff kaum eine andere Beschäftigungsmöglichkeit gibt.«

Den beiden bei ihren Kabbeleien zuzusehen, amüsierte mich, versetzte mir zugleich aber einen Stich. Ich verstand mich gut mit Amity und auch mit Scott und José, aber es war nicht das Gleiche. Wir kannten uns zwar alle aus Kindertagen, doch diese Zeiten waren lange vorbei. Wir hatten uns verändert, weshalb ich mich keinem von ihnen wirklich nahe fühlte. Nicht so wie mit Kim.

»Möchtet ihr auch etwas trinken?«, fragte Scott und

schaute mich direkt an. Wenn er so herzlich lächelte, brachte das seine Augen zum Funkeln. Das schicke blaue Hemd, das er heute dem Anlass entsprechend trug, tat sein Übriges. Zwar gefiel mir an ihm besonders der Cowboylook, aber auch dieses Outfit stand ihm gut.

»Sehr gerne«, entgegnete ich lächelnd.

»Die Eiskübel stehen draußen.«

Wir folgten Scott wieder hinaus und vorbei an den Smokern, in denen das Fleisch langsam vor sich hin garte. Dem Geruch nach zu urteilen, durfte es aber nicht mehr lange dauern, bis es durch war. Scott deutete mit der Bierflasche ans Ende vom Garten. Unter einem Schatten spendenden Baum waren ein paar Bierbänke aufgestellt, auf denen sich die Getränkekübel türmten.

»Und das hier ist Scott!«, rief Brooke und kam direkt auf uns zu. Ihre gelockten Haare wippten im Takt ihrer Schritte. Zwei gleichaltrige Frauen liefen hinter ihr her und ließen sich vermutlich gerade alles zeigen.

Als Brooke bei uns angekommen war, blieb sie nicht stehen. Stattdessen schlang sie die Arme um Scotts Nacken, zog ihn an sich und legte ihre Lippen auf seine. Er erstarrte einen Moment, ehe er ihr die Hände auf die Schultern legte und sie von sich schob.

Ich drehte mich von den beiden weg. Das war nichts, was ich mir ansehen musste. »Wollen wir?«

»Auf jeden Fall!«, sagte Amity schnell und schaute mitleidig zwischen Scott und mir hin und her. Dann hakte sie sich bei mir unter und führte mich zu den Bierbänken.

Mit einem Ploppen öffnete ich mir ein Bud Light. Der Geruch von Zitrus stieg mir in die Nase, und ich bereute es augenblicklich, mich nicht für ein stinknormales Bier entschieden zu haben. *Zitrus.* So hatte Scott nach der ausgiebigen Dusche bei mir zu Hause gerochen …

Kopfschüttelnd wandte ich mich Amity zu und ließ mich von ihr in ein Gespräch verwickeln. Wir waren uns in vielen Dingen glücklicherweise sehr ähnlich. Auch sie liebte es, sich von Crimeserien oder True Crime Dokus berieseln zu lassen. Amity erzählte mir von einem Mordfall, der vor Jahren ganz in der Nähe von Bibury stattgefunden hatte und bis heute nicht gelöst werden konnte. Eine Weile spekulierten wir darüber, wer der Täter sein konnte und ob es jemand war, den wir zumindest vom Sehen her kannten. Der Gedanke daran ließ mich erschaudern.

Sobald ein Bier leer war, öffnete Amity bereits das nächste. Wir schossen ein paar Selfies, die eher zum Fremdschämen einluden, aber hatten wenigstens unseren Spaß dabei. Für zwei Stunden waren José und sein Bruder vorbeigekommen, mit denen wir einige Runden Karten gespielt hatten, ehe sie wieder losmussten. Sie wollten die Saisonarbeiter nicht zu lange mit den Pferden allein lassen.

Zwischendurch erwischte ich mich dabei, nach Scott Ausschau zu halten. Er war zwar einmal kurz zu uns an den Tisch gekommen, aber die meiste Zeit zerrte Brooke ihn durch die Menge, um ihn ihren Freundinnen vorzustellen. Er sah dabei etwas genervt aus und verdrehte hin und wieder die Augen, wenn sie nicht hinschaute, aber er beschwerte sich auch nicht. Womöglich wollte er sie nicht verärgern, weil es ihr Geburtstag war? Trotzdem stellte ich es mir ziemlich ätzend vor, die ganze Zeit von der Ex herumgezerrt und belagert zu werden.

»Meinst du, wir können abhauen? Langsam herrscht Aufbruchstimmung.«

Mein Blick huschte über den Garten. Amity hatte recht. Im Vergleich zur letzten Stunde waren kaum noch Menschen da.

Mein Rücken knackte, als ich ihn durchstreckte. All meine Glieder waren taub und schmerzten. Das kam davon, wenn man sich stundenlang kaum vom Fleck bewegte. Vor allem in Kombination mit höllischem Muskelkater.

»Hupps.« Amity hickste.

»Wie viel Bier hast du getrunken?«, fragte ich lachend.

Sie schaute nach oben und zählte mit den Fingern. Bei vier hörte sie auf. »Keine Ahnung. Als Barkeeperin trinke ich normalerweise selbst nicht viel und vertrage daher nichts.«

Ich lachte. Die Worte kamen nur nuschelnd von ihren Lippen. Als wir gemeinsam über den Rasen schlenderten, merkte ich aber auch den Alkoholpegel. In diesem Zustand konnte keine von uns mehr fahren.

Im Haus suchten wir nach Brooke. Da sie aber unauffindbar war, entschieden wir, uns einfach aus dem Staub zu machen.

»Ich hoffe nicht, dass ihr euch so hinters Steuer klemmen wollt.« Scott stellte sich mit verschränkten Armen vor uns. Seine oberen beiden Hemdknöpfe hatte er geöffnet. Die restlichen konnte er meinetwegen auch ruhig öffnen. Oder das Ding gleich ausziehen. Da sprach wohl der Alkohol aus mir.

»Wer bist du? Unser Vater?«, nuschelte Amity und legte den Arm um meine Schultern. »Aber keine Sorge, Holly schläft auf meiner Couch.«

»Ach, tu ich das? Ich kann auch nach Hause laufen, das ist kein Problem.«

»Das dauert mindestens eine Stunde«, entgegnete Scott. »Wobei, in deinem Zustand vielleicht eher zwei.«

Ich streckte ihm die Zunge raus.

»Du willst doch nicht etwa gehen?« Brooke hängte sich mit vollem Körpereinsatz an Scotts Arm. »Du bleibst doch heute Nacht, oder?« Sie klimperte mit den Wimpern und biss sich verführerisch auf die Unterlippe. Scott folgte der Bewegung mit den Augen.

»Amity und ich gehen jetzt. Vielen Dank noch mal für die Einladung.«

Brooke winkte. »Gern, kommt gut nach Hause.«

»Holly. Lasst mich euch fahren«, sagte Scott eindringlich.

»Ach, papperlapapp. Wir schaffen das schon.«

»Hörst du, sie schaffen das schon«, säuselte Brooke an sein Ohr. »Außerdem habe ich noch was mit dir vor.«

Damit ich mir das nicht weiter ansehen musste, zerrte ich Amity förmlich über die Schwelle und den Steinpfad des Vorgartens entlang. Ich meinte, dass Scott noch etwas sagte, aber seine Worte kamen nicht bei mir an.

Lachend und singend traten Amity und ich den Heimweg an. Dass wir vermutlich ganz Bibury mit unseren lauten Stimmen erheiterten, war uns egal. Zum Glück wohnte sie nicht sonderlich weit, sodass wir eine halbe Stunde später endlich ins Bett fallen konnten.

Kapitel 15

Am nächsten Morgen holte ich den Wagen ab und fuhr nach Hause. Da ich etwas zu spät aufgestanden war, hatte ich José geschrieben und ihn darum gebeten, schon mal zu den Pferden zu gehen.

Als ich schließlich angekommen war, war er gerade dabei, Aramis auf die Weide zu führen.

»Ah, da bist du ja«, sagte José und grinste mich an. »War wohl eine lange Nacht?«

»Wem sagst du das«, nuschelte ich und rieb mir über die müden Augen. Ich wusste schon jetzt, dass ich heute ausgesprochen lang brauchen würde. Mein Schädel pochte noch von der gestrigen Party, weshalb ich mir schwor, nie wieder so tief ins Glas zu gucken. Im selben Moment lachte ich in Gedanken über mich selbst, denn diesen Schwur hatte ich schon mehr als einmal gebrochen.

»Wenn du willst, kümmere ich mich heute um alles«, schlug José vor, während er Aramis durch die Mähne fuhr.

Ich winkte ab. »Ach Quatsch. Die frische Luft wird mir guttun.

José rümpfte die Nase. »Nun ja, heute müssen die Boxen einmal komplett geleert werden. Dementsprechend riechen tut es da drin. Von frischer Luft wirst du also nicht allzu viel haben.«

»Musstest du mir jetzt wirklich auch noch das letzte bisschen Hoffnung nehmen?«, fragte ich seufzend.

Lachend lief José weiter. »Ich habe es dir angeboten. Jetzt ist es zu spät.«

Um etwas Zeit zu schinden, beobachtete ich noch, wie er Aramis zu den anderen Pferden auf die Weide führte. In der Nacht hatte es geregnet, weshalb die Tropfen auf den Grashalmen in der Sonne glitzerten. Ich holte mein Handy aus der Hosentasche und knipste ein Foto.

Nachdem ich in die Arbeitshose geschlüpft war und alle Werkzeuge zusammengesucht hatte, machte ich mich an die Boxen. Während ich ausmistete und eine Schubkarre nach der anderen zum Container schob, hatte ich genügend Zeit, mir ein paar Gedanken zur Rettungsstation zu machen.

Der Bau schritt voran, sodass wir uns allmählich einige Marketingmaßnahmen überlegen mussten. Schließlich sollten die Menschen wissen, dass es uns gab. In einer kleinen Gemeinde wie Bibury mochte Mundpropaganda gut funktionieren, aber es wäre sinnvoll, wenn man auch außerhalb dieses Orts von der Station erführe. Das konnte beispielsweise über die Eröffnungsfeier klappen, die wir auch unbedingt noch planen mussten.

Ich schob die nächste Karre über den kleinen Pfad zum Container. Meine Arme fühlten sich an wie Wackelpudding. Dazu war es auch noch unglaublich schwül. Ich hielt einen Moment an und wischte mir den Schweiß von der Stirn. Die Arbeiten an den anderen Ställen waren bereits in vollem Gange. Die Helfer hämmerten, was das Zeug hielt, sodass es sicher nicht mehr lange dauern würde, bis sie fertig waren.

Als meine kurze Verschnaufpause vorüber war, schob ich die Karre weiter. Ich entleerte sie im Container und ging zurück. Das tat ich in den nächsten zwei Stunden noch unzählige Male. Aber immerhin hatte ich mittlerweile einige Ideen fürs Marketing, die ich mit Scott unbedingt besprechen wollte.

Am frühen Nachmittag war ich endlich fertig. Nun musste ich nur noch die Pferde zurück in den Stall bringen.

Kaum war ich auf der Weide, kam Porthos langsam auf mich zu. Bei ihm handelte es sich um einen schwarzen Hengst, dessen Fell glänzte wie der Nachthimmel. Natürlich gab es auch noch Athos, unseren Kupferfuchs. Da die beiden und Aramis unzertrennlich waren, wurden sie nach den drei Musketieren benannt. Deshalb hatten wir auch unter anderem sie behalten.

Porthos senkte schnaubend den Kopf und genoss die Streicheleinheiten. Ganz besonders liebte er es, wenn man ihn hinter dem Ohr kraulte. Ich holte eine Möhre aus meinem Beutel und hielt sie ihm vor das Maul. Genüsslich knabberte er darauf herum.

Da die Pferde ihre Zeit hier draußen in vollen Zügen genossen, brachte ich es noch nicht über mich, sie wieder hineinzubringen. Stattdessen hockte ich mich in das trockene Gras. Für einen Moment schloss ich die Lider, konzentrierte mich auf nichts weiter als meine Gedanken und meine Atmung. Zwar vermisste ich L. A. zwischendurch, was mir allerdings nicht fehlte, war die stickige, durch Abgase verseuchte Luft. Es war ein enormer Unterschied, den man schon beim ersten Atemzug registrierte. Ob es Kim auf Jeopardy Island auch so ging? In wenigen

Tagen endete das Survival-Camp, und bisher wusste ich nicht, wann wir uns wiedersehen würden. Noch immer hoffte ich, sie würde mich in Bibury besuchen kommen, wenn Mom wieder zurück nach Kalifornien musste.

Ich vergrub die Finger hinter mir in der Erde. Dabei genoss ich die kühle Brise auf meiner Haut, lauschte dem Krächzen der Hühner und dem Wiehern der Pferde, dem Hämmern der Arbeiter in der Ferne. Aber über all diese Geräusche hinweg hörte ich noch etwas anderes. Das Knirschen von Gras – Schritte, die sich näherten und schließlich zum Stehen kamen.

Meine Mundwinkel hoben sich, als ich den Duft von Erde, Sand und Stroh wahrnahm. Man sollte meinen, dass jeder auf der Ranch so roch, aber während José der Geruch von den zahlreichen Kippen, die er rauchte, anhaftete, handelte es sich hierbei unverkennbar um Scott.

»Möchtest du mich einfach nur beobachten, oder gibt es einen Grund, weshalb du hier bist?«, fragte ich mit weiterhin geschlossenen Augen.

Scott räusperte sich. »Tut mir leid, ich wollte dich nicht stören.«

»Tust du auch nicht.« Nun hob ich doch den Kopf und schaute ihn an. Dunkle Schatten lagen unter seinen Augen. »Alles okay?«

»Ja, ich bin nur etwas müde.«

»Das kann ich mir vorstellen. War sicher eine kurze Nacht für dich.« Die Worte waren schroffer herausgekommen, als ich beabsichtigt hatte. Scott zuckte ein wenig zusammen.

»Eigentlich bin ich auch hier, um mich zu entschuldigen. Brooke und ich sind nur Freunde. Ich weiß auch nicht, was gestern mit ihr los war. Sie war einfach sehr betrunken.«

»Und du denkst wirklich, dass es nur am Alkohol lag?«

Scott legte die Stirn in Falten. »Ja, natürlich. Woran denn sonst?«

Es war ziemlich offensichtlich, dass Brooke mehr von ihm wollte. Ich konnte nur nicht verstehen, warum er das nicht selbst bemerkte. Das schien so ein Männerding zu sein. Wenn man ihnen keine Leuchtreklame vors Gesicht hielt, auf der stand, dass man Gefühle für sie hatte, merkten sie nichts. Ich wollte aber auch nicht diejenige sein, die es ihm sagte. Daher zuckte ich lediglich die Schultern und wechselte das Thema. »Ach, keine Ahnung. Aber wieso entschuldigst du dich jetzt bei mir?«

»Ich weiß nicht. Ich hatte einfach das Gefühl, dass es dich gestört hat?« Er fing meinen Blick auf. Hitze stieg mir in die Wangen, von denen ich hoffte, dass sie sich nicht röteten.

»So ein Unsinn.« Ich lachte leicht verunsichert. »Amity und ich haben uns so gut amüsiert, da ist mir das nicht mal aufgefallen.« Lüge. Aber das brauchte er nicht zu wissen.

Scott lächelte zaghaft. »Gut. Ich wollte nur sicher sein, dass zwischen dir und mir alles in Ordnung ist.«

Ich erwiderte sein Lächeln und nickte. »Natürlich.« Dann stand ich langsam auf und klopfte mir die Erde von der Hose. »Was war der zweite Grund, aus dem du gekommen bist?«

Er ging zu Aramis und sprach einige Worte mit ihm. »Wir wollten wissen, ob du uns begleiten möchtest.«

»Ihr?«

»Ja, ich würde mich freuen. Und Aramis natürlich auch.« Scott wandte sich an das Pferd. »Nicht wahr?«

Aramis neigte den Kopf, woraufhin ich lachte. »Wohin soll ich euch begleiten?«

»Ein wenig ausreiten, den Kopf freikriegen?«

Ich bekam ganz schönes Muffensausen. Seit vier Wochen war ich in Bibury, und bisher hatte ich die Pferde lediglich versorgt, war aber nicht mit ihnen ausgeritten. Das hatten die anderen Mitarbeiter übernommen. »Ich weiß ja nicht ...«

»Hast du etwa Angst?«, neckte Scott mich.

»Pff, als hätte ich vor irgendetwas Angst!« Ich schaute ihn entsetzt an und schüttelte den Kopf.

»Hast du nicht Angst vor Clowns?«

»Das weißt du noch?«

»Wie ich schon einmal gesagt habe, ich habe ein hervorragendes Gedächtnis.«

»Clowns sind aber auch echt gruselig. Bis heute kann ich an keinem Gully vorbeigehen, ohne Angst zu haben, dass Pennywise mich von dort anstarrt.«

Scott lachte. »Gut, wenn du keine Angst hast, dann kannst du uns ja begleiten.« Er schaute mich so flehend an, dass ich einknickte.

»Na schön«, seufzte ich. Hoffentlich würde ich das nicht noch bereuen.

Wir brachten die Pferde zurück in die Boxen. Anschließend sattelten wir Aramis und Porthos. Von Minute zu Minute wurde ich nervöser, was Porthos zu bemerken schien, denn er stupste mich behutsam an, so als würde er mich beruhigen wollen. Ich vermisste es, auszureiten, aber noch immer bezweifelte ich, dass ich es noch konnte. Zwar hatte José mir versichert, Reiten sei wie Fahrradfahren, doch das konnte ich mir nicht vorstellen.

Ich hielt mich am Sattelknopf fest und hob den linken Fuß in den Steigbügel. »Warte, ich helfe dir«, kam es von Scott.

»Du willst doch nur meinen Hintern abchecken«, sagte ich schelmisch.

»Du bist seit einem Monat hier. Hätte ich es darauf angelegt, dann hätte es schon viele Möglichkeiten dazu gegeben.« Ein Hauch von Belustigung schwang in seiner Stimme mit. »Aber wenn es dich beruhigt, schließe ich auch die Augen.«

Ganz der Gentleman kniff Scott die Lider zusammen, während er vor mir in die Hocke ging und mir in den Sattel half. Als ich das rechte Bein über Porthos' Rücken schwang und fest aufsaß, stieß ich Scott gegen die Schulter. »Du darfst wieder.«

Grinsend öffnete er die Augen und setzte sich auf Aramis. Es war eine einzige fließende Bewegung – ganz der Cowboy.

»Bereit?«

»Mehr oder weniger«, murmelte ich.

»Das genügt mir.« Scott schnalzte mit der Zunge und setzte Aramis in Bewegung.

Ich atmete tief durch und konzentrierte mich auf Porthos. Der Hengst wartete auf meinen Befehl. Noch einmal strich ich ihm sacht über den Hals. Als ich mich aufrecht hinsetzte, nahm ich die Zügel in die Hand und intensivierte den Druck meiner Schenkel an seinem Bauch, woraufhin er im Schritttempo losging.

Mir entfuhr ein überraschter Quietschlaut, der Scott dazu veranlasste, leise zu lachen. Mein Herz polterte im selben Takt wie Porthos' Hufen. Wir waren langsam, und doch keimte in mir das Gefühl von Freiheit auf.

»Und? Alles gut bei dir?«, rief Scott über seine Schulter, als wir den Stall verlassen hatten.

»Ja, alles bestens.« Das Grinsen auf meinem Gesicht wurde immer breiter. Wie hatte ich es nur so viele Jahre ohne Reiten ausgehalten? Ich vergrub die Finger in Porthos' dichter Mähne. Genoss es, wie geschmeidig sie sich an meiner Haut anfühlte. Dabei lauschte ich dem rhythmischen Trommeln seiner Hufen auf dem erdigen Untergrund.

Scott verlangsamte Aramis' Tempo, bis ich neben ihm angekommen war. Ein unbeschwertes Lächeln zierte seine Lippen. »Traust du dir zu, in den Trab zu wechseln?«

»Was für eine Frage! Los!«, entgegnete ich und trieb Porthos an. Scotts Protest wurde vom Wind davongetragen.

Auf den ersten Metern hatte ich ein wenig Schwierigkeiten, nicht aus dem Sattel zu fallen. Der Hengst schüttelte mich ordentlich durch, was für meinen verkaterten Magen nicht so schön war. Ich versuchte, nicht daran zu denken, und krallte mich in seine Mähne, während ich seinen Bewegungen mit den Hüften folgte.

Als wir die Koppel hinter uns ließen und weiter Richtung Berge ritten, hatte ich mich allmählich an die Geschwindigkeit gewöhnt. Nun konnte ich dieses Erlebnis voll und ganz auskosten.

Ich liebte es, wie der Wind durch meine Haare blies. Liebte das Geräusch der kleinen Steinchen, die auf dem

Boden hüpften. Und ich liebte es, dass Scott mich dazu überredet hatte. Wäre es jetzt nicht so heiß, wäre es absolut perfekt!

Eine Weile ritten wir über das Gelände, mal schneller, mal langsamer. Ich hatte das Gefühl, alle Sorgen, alle Gedanken hinter mir gelassen zu haben. Kaum hatte ich mich in den Sattel gesetzt, waren meine Probleme am Boden geblieben.

Zwischendurch schielte Porthos zu mir nach oben, als wollte er sichergehen, dass ich noch da war. Dann fuhr ich ihm durch die Mähne oder strich ihm kurz über den Hals. Auch Scott beobachtete mich aus dem Augenwinkel.

Am Ende unseres Grundstücks, kurz vor der Bergkette, wechselten wir wieder in den Schritt. Stirnrunzelnd betrachtete ich eine abgesteckte Anlage, die ich noch nie gesehen hatte. Darauf befanden sich einige Strohpuppen, auf denen Zielscheiben befestigt wären, ein paar Meter weiter waren in den Boden geschlagene Holzpflöcke unterschiedlicher Höhe.

»Was ist das alles?«, fragte ich.

Scott hielt Aramis an. »Das war ein Versuch, mehr Touristen anzulocken. Du weißt ja, dass wir uns auf Reiterurlaub fokussiert hatten, allerdings wollten wir Menschen die echte Wildwest-Erfahrung bieten. Ihnen beibringen, mit Pfeil und Bogen zu schießen oder ein Lasso zu schwingen, beispielsweise. Doch irgendwie haben wir die Planung schleifen lassen.«

»Zeigst du es mir? Du als waschechter Cowboy kannst doch sicher mit einem Lasso umgehen.« Scott lachte und sprang mit einem Mal aus dem Sattel. Dann öffnete er die Tasche, die daran befestigt war, und holte ein Seil heraus.

Nun musste auch ich lachen. »Schleppst du das Teil echt immer mit dir rum?«

»Natürlich, man kann nie wissen, wann man ein entlaufenes Pferd einfangen muss«, entgegnete er schulterzuckend und positionierte sich vor den Holzpflöcken.

Ich hielt mich am Sattelknauf fest und sprang von Porthos' Rücken. Er wieherte leise, als ich zu Scott ging, der gerade dabei war, das Seil zu einem Lasso zu knoten. Für mich sah das wie eine eigene Wissenschaft aus.

»Etwa drei Viertel des Seils sollten in der Schlinge stecken«, erklärte er und öffnete sie ein wenig mehr. »Mit der Wurfhand greifst du an den unteren Teil der Schlinge und greifst zusätzlich noch etwas vom losen Seil. Sonst fällt das Konstrukt in sich zusammen. Verstanden?«

Das sah bisher nicht sonderlich kompliziert aus, daher nickte ich.

»Gut. Wichtig ist, dass das Seil bei jeder Umdrehung zwischen Zeigefinger und Daumen gerollt wird, damit es sich nicht verheddert. Du führst das Lasso von vorn über deinen Kopf und schwingst es.« Scott stellte sich lässig etwas breitbeinig hin und führte das Lasso über seinen Kopf. Das sah bei ihm so geschmeidig aus, dass ich beinahe vor Neid erblasste. Nach wenigen Umdrehungen warf er das Lasso perfekt um den mittleren Holzpflock. »Siehst du? Ganz einfach.«

»Wenn man sein Leben lang nichts anderes getan hat, bestimmt«, nuschelte ich und stellte mich an den Punkt, an dem Scott eben gestanden hatte. Er sammelte das Lasso wieder ein und legte es mir in die Hand. Das Seil war deutlich schwerer, als ich gedacht hatte. Ich wog es kurz in der Hand, um ein besseres Gefühl dafür zu bekommen, dann streckte ich den Arm leicht von mir, so wie Scott es vorgemacht hatte.

»Die Beine etwas auseinander und ein wenig seitlich stehen.« Ich spürte Scotts Atem in meinem Nacken. Sofort stellten sich meine Armhärchen auf. Als er dann auch noch die Hände an meine Taille legte und meine Hüfte etwas drehte, wurde mein Puls in ungeahnte Höhen getrieben. Vor allem, da er sie länger an meiner Hüfte ließ, als nötig gewesen wäre.

»Okay«, sagte ich leise und schluckte.

»Gut.« Mir war, als konnte ich das Lächeln aus seiner Stimme heraushören. »Jetzt greifst du es so.« Er griff nach meiner Hand und platzierte sie so, dass meine Finger Seil und Schlinge umfassten. Aufgrund von Scotts Körper an meinem Rücken, seinem warmen Atem in meinem Nacken und seiner Haut auf meiner konnte ich gerade allerdings an vieles denken, nur nicht mehr ans Lassowerfen.

»Alles klar, kapiert. Jetzt tritt mal zur Seite, damit ich loslegen kann.«

Lachend machte Scott ein paar Schritte zurück. Ganz langsam entspannte mein Körper sich wieder. Was mir Sorgen bereitete, war, dass ihm Scotts Nähe ganz und gar nichts ausgemacht hatte. Ganz im Gegenteil. Obwohl ich mir geschworen hatte, niemals jemanden an mich heranzulassen. Na gut, auch ich hatte mal eine wildere Phase gehabt, aber das war nie etwas Ernstes gewesen. Dass mein Herz in Scotts Gegenwart heftiger klopfte, gefiel mir nicht. Ich musste das unbedingt wieder abgeschaltet kriegen.

Ich fokussierte die Holzpflöcke vor mir. Mein Arm zitterte ein wenig, als ich das Lasso über den Kopf schwang. Als ich es losließ, waberte es Richtung Pflöcke. In meiner

Vorstellung hatte ich Scott gleich beim ersten Versuch bewiesen, dass ein waschechtes Cowgirl in mir steckte. Die Realität sah aber anders aus. Das Lasso war gefühlt meilenweit entfernt im Sand gelandet.

»Mist«, murmelte ich und zog es wieder heran. Ich probierte es noch dreimal, aber ich war eine absolute Vollkatastrophe. »Na ja, man muss ja nicht alles können.«

»Genau. Du hast sicher ganz andere Talente«, entgegnete Scott grinsend. »Wollen wir zurück, oder möchtest du noch etwas üben?«

Mein Magen grummelte. »Zurück klingt gut, ich brauch dringend etwas zu essen.«

Wir schwangen uns wieder auf die Pferde und ritten im Schritttempo zurück. Es war später Nachmittag, und die Sonne knallte nicht mehr herunter. Trotzdem schmerzte mir der Kopf. Ich durfte nicht andauernd den Hut im Haus vergessen, sonst würde ich wohl oder übel irgendwann einen Sonnenstich bekommen!

»Was hältst du davon, wenn wir eine Website einrichten und einen Flyer mit ein paar Infos zur Station drucken lassen?« Das war es, was ich mir vorhin als Marketingideen überlegt hatte. »So könnten wir eine breitere Masse erreichen und nicht nur die Handvoll Menschen hier in Bibury.«

»Das ist eine richtig gute Idee. Kennst du dich damit aus? Ich muss zugeben, mit Technik habe ich mich noch nie wirklich beschäftigt.«

»Ja, ich kann das ganz gut.« Ich warf Scott einen raschen Seitenblick zu und grinste. »Hast du gerade zugegeben, etwas nicht zu können, und damit eingestanden, dass ich darin besser bin als du?«

Er schnaubte und schnalzte mit der Zunge, um Aramis weiter anzutreiben. Kurz darauf sah ich nur noch dessen Schweif.

»Wow, bist du jetzt eine beleidigte Leberwurst, ja?«, sagte ich lachend und schloss zu ihm auf.

»Okay, ich geb's zu. Du bist in dieser einen Sache *womöglich* besser als ich.«

Etwas unbeholfen kramte ich nach meinem Handy und schaute übertrieben lange und mit dramatischen Gesten auf die Uhr. Auf Porthos' Rücken war es leider etwas wackelig, weshalb ich mich bemühen musste, das Gleichgewicht zu behalten, und meine Showeinlage vielleicht etwas zu albern wirkte.

»Was wird das?«, fragte Scott verwirrt.

»Oh, dieser Moment muss doch festgehalten werden. Der Tag wird in die Geschichte eingehen als der Tag, an dem Scott Avari zugegeben hat, dass ich, Holly Pierson, viel cooler und besser bin als er!«

Auf einmal lachte er so laut und inbrünstig, dass ich zusammenzuckte und beinahe aus dem Sattel gefallen wäre. Gerade im letzten Moment konnte ich mich noch am Knauf und Porthos' Mähne festhalten.

»Du bist verrückt, Holly.«

»Ist das gut oder schlecht?«

Scott drehte sich zu mir um und zwinkerte. »Sehr gut sogar.«

Ich biss mir auf die Lippen und lenkte den Blick wieder geradeaus. Das Flattern in meinem Magen schob ich auf meinen Hunger.

Auf dem Rückweg unterhielten wir uns noch ein wenig über Website und Flyer, überlegten, welche Informationen wir einpflegen sollten und wann der ideale Zeitpunkt war, um ein Spendenkonto einzurichten. Außerdem wollte Scott ein großes Schild mit Namen und Logo der Station anfertigen lassen, was ich ebenfalls für eine gute Idee hielt.

Trotzdem erwischte ich meine Gedanken immer wieder dabei, zu anderen Dingen zu wandern. Dinge, die nicht sein durften und die ich dringend unter Kontrolle bringen musste.

Kapitel 16

Nachdem ich heute früh die Pferde versorgt hatte, war ich direkt ins Wohnzimmer gegangen, um ausstehende Rechnungen zu bezahlen und mich an die Unterlagen für Mr Haney zu setzen.

»Mom, wo ist der Ordner?«, rief ich quer durchs Haus.

»Welcher Ordner?«, kam es aus der Küche.

»Du weißt schon! Dieser große blaue, in den ich letztens Zeug reingeworfen habe.«

Mom seufzte theatralisch. Kurz darauf stand sie im Türrahmen und scannte das Zimmer. »Du lebst seit drei Jahren mit Kim zusammen und hast doch nichts von ihr gelernt.« Mom presste die Lippen aufeinander und schüttelte den Kopf. »Hätte alles seinen festen Platz, müsstest du auch nicht immer suchen. Oder du merkst dir in Zukunft einfach, wo du Dinge abgelegt hast.«

Ich stöhnte. »Hilfst du mir jetzt, oder willst du mir nur eine Moralpredigt halten?«

»Werd jetzt bloß nicht frech. Ich bin immer noch deine Mutter.«

»Sorry«, nuschelte ich und feuerte das Couchkissen in die nächste Ecke. Als ich den Blick hob, musste ich mir allerdings eingestehen, dass Mom recht hatte. Das Zimmer sah aus wie ein Saustall. Ich hatte es nicht mal geschafft, mein schmutziges Geschirr der letzten Tage in die Küche zu räumen. Und überall flogen Papiere herum. Kein Wunder, dass schon Meemaw mich immer ihren kleinen Wirbelwind genannt hatte. Schließlich hinterließ ich nichts als Chaos.

»Hier ist er.« Mom ging in die Hocke und griff unter die Couch. Zum Vorschein kam ein eingestaubter blauer Aktenordner. »Sicher, dass du ohne mich klarkommst, wenn ich in eineinhalb Wochen zurück nach Hause fahre?«

Ich nahm ihr den Ordner ab und pustete die Staubschicht herunter. »Na klar. Von ein bisschen Schmutz und Unordnung ist noch niemand gestorben.«

»Also, das hast du nicht von mir geerbt«, entgegnete Mom und steuerte wieder den Flur an. »Wenn du noch was brauchst, sag Bescheid. Aber nicht, bevor du selbst unter den Möbeln nachgeschaut hast.«

»Sehr witzig!«

Mit dem Ordner gewappnet setzte ich mich auf die Couch, auf der weitere Papiere warteten, die ich noch sortieren und einheften musste. Gestern hatte ich bereits Scotts Mappe zum *Zebra's Field* kopiert. Nun wollte ich einen genaueren Finanzplan aufstellen und eine Tabelle erstellen mit den Plänen, die wir noch hatten. Schließlich sollte das *AWS* begeistert von dem Projekt sein und uns die Förderung geben!

Ein paar Minuten später kam Mom herein und drückte mir einen Kaffee in die Hand. Damit ließ es sich schon besser arbeiten.

Nach und nach wurde der Berg Papiere kleiner und der Ordner dicker. Als auch die letzten Unterlagen abgeheftet waren, ging ich noch mal alles durch, um sicherzugehen, nichts vergessen zu haben. Auf der ersten Seite prangte das Logo, das Scott mithilfe von Frankie entwickelt hatte. Danach folgten die allgemeinen Informationen, dann der Finanzierungsplan, und all das wurde vom Marketing abgerundet.

»Bist du fertig?«

Ich nickte und schaute zu Mom, die neugierig hinter mir stand. »Willst du es sehen?«

»Da fragst du noch?« Sie nahm den Ordner und setzte sich auf die Couchlehne. Sie studierte jede Seite regungslos, sodass ich nicht recht wusste, ob sie es nun gut oder schlecht fand. Doch als sie den Ordner zuklappte, strahlte sie übers ganze Gesicht. »Holly, ich bin so stolz auf dich.«

»Also gefällt es dir?«, hakte ich vorsichtig nach.

»Und ob. Das *AWS* wird begeistert sein!«

»Danke.« Es erleichterte mich, dass Mom so empfand. Sie gehörte zum Glück zu der Sorte Mutter, die ehrlich sagte, wenn ihr etwas nicht gefiel. Dass sie so begeistert sein würde, hätte ich allerdings nicht geglaubt. »Brauchst du morgen den Wagen? Sonst würde ich ihn gern leihen und Mr Haney den Ordner bringen.«

»Ach, das brauchst du doch nicht«, sagte Mom und schüttelte den Kopf. »Du hast so viel anderes zu tun. Das erledige ich gern für dich.«

Ich lehnte mich in der Couch zurück. Dann zog ich die Braue hoch und bedachte Mom mit einem mütterlichen Blick, den sie sonst nur für mich übrig hatte. »Kann es sein, dass du ein Auge auf Mr Haney geworfen hast?«

»Was? Wie kommst du denn darauf?«, fragte sie quietschend.

»Wieso beantwortest du eine Frage mit einer Gegenfrage?«

Mom strich sich die Haare hinters Ohr und wich meinem Blick aus. »Du bist verrückt.«

»Das hat Scott gestern auch gesagt«, entfuhr es mir, bevor ich darüber nachdenken konnte.

»Ha! Das war also nur dein kläglicher Versuch, von dir selbst abzulenken.« Mom fing beinahe hysterisch an zu kichern, sodass ich gar nicht anders konnte, als mitzulachen.

»Aber im Ernst, ich fänd's schön, wenn du mal wieder Interesse an einem Mann hättest«, sagte ich, als unser Lachanfall abgeebbt war. »Seit Dad ...«

»Ach, Holly«, sagte Mom und strich mir über die Haare. »Mach dir doch keine Gedanken um mich und mein Liebesleben. Ich bin glücklich so, wie es ist. Aber du ...«

Ich schüttelte vehement den Kopf. »Auch ich könnte nicht glücklicher sein.«

»Sicher? Die Arbeit hier scheint dir Spaß zu machen, und dann ist da noch ein gewisser Cowboy.«

»Ich habe es schon mal gesagt: wenn du wieder davon anfängst, rede ich nicht mehr mit dir.«

»Na schön, dann höre ich halt auf, mir Sorgen um meine Tochter zu machen.«

»Wieso machst du dir Sorgen um mich?« Ich legte die Stirn in Falten.

Mom hob die Schultern. »Manchmal habe ich das Gefühl, dass du Männern nur aus dem Weg gehst wegen all der Dinge, die dein Vater uns angetan hat. Nicht alle Männer sind gleich, weißt du?«

Sie hatte mit dieser Vermutung nicht unrecht. Wann

immer mir jemand zu nahe gekommen war, hatte ich ihn auf Abstand gehalten, und wann immer ich Gefühle entwickelt hatte, hatte ich die Flucht ergriffen. Es war nicht so, dass ich die Gesellschaft von Männern nicht genoss, aber in mein Herz lassen wollte ich niemanden. Deutlich einfacher war es, mir selbst das Herz zu brechen, indem ich frühzeitig ging, anstatt es mir von wem anders brechen zu lassen. Und das würde unweigerlich geschehen ... irgendwann.

»Ach, so ein Unsinn. Mir ist nur noch nicht der Richtige über den Weg gelaufen«, sagte ich, um Mom zu beschwichtigen.

In ihrem Blick erkannte ich Fürsorge. Sie meinte es nur gut, das wusste ich. »Na schön. Aber du kannst immer mit mir reden, das weißt du, ja?«

»Natürlich, Mom.«

»Gut. Soll ich uns was zu essen von Bruno holen, und dann machen wir uns einen gemütlichen Filmabend?«

Ich war Feuer und Flamme für die Idee. Nach den anstrengenden Tagen und Wochen wäre es schön, wenigstens einen Abend mal nur die Seele baumeln zu lassen. »Auf jeden Fall!« Schon jetzt konnte ich es kaum erwarten.

Das Klingeln meines Handys riss mich aus dem Schlaf. Unbeholfen tastete ich nach dem Telefon, bekam es aber erst zu greifen, als ich den Kopf mit zusammengekniffenen Augen hob und es anstarrte. Es war mitten in der Nacht.

»Kim, weißt du, wie spät es ist?«, nuschelte ich schlaftrunken in den Hörer.

»Ja, es tut mir leid. Es ist nur …« Ihre Stimme brach. Am anderen Ende der Leitung hörte ich ein leises Schniefen. Das Herz hämmerte mir plötzlich gegen den Brustkorb.

»Was ist passiert?«, fragte ich alarmiert und richtete mich im Bett auf. Ich war sofort hellwach.

Im Schnelldurchlauf erzählte Kim mir, dass Aidan nicht der war, der er vorgegeben hatte zu sein. Da sie die meisten Details wegließ, verstand ich nur die Hälfte, aber es bereitete mir unsäglichen Kummer, zu hören, wie aufgelöst sie war. Dass Aidan bei irgendetwas gelogen hatte, ging ihr sehr nahe.

»Natürlich, schick mir einfach noch mal die genauen Daten. Ich werde da sein«, antwortete ich auf ihre Frage, ob ich sie nachher vom Flughafen in Dallas würde abholen können. »Es tut mir so leid, Blossom. Aber ich freue mich unglaublich, dich wiederzusehen.«

»Danke, Bubbles. Ich mich auch.« Kim legte auf. Unzählige Schreckensszenarien gingen mir durch den Kopf. Ich wünschte, uns wäre mehr Zeit für das Telefonat geblieben. Nun wusste ich leider so gut wie nichts über die Dinge, die vorgefallen waren. Und die Unwissenheit trieb mich nicht nur in den Wahnsinn, sondern hielt mich auch vom Schlafen ab.

Noch ein paarmal versuchte ich die Augen zu schließen. Doch mehr als Dösen war nicht möglich. Ich wusste, dass das nicht Kims Absicht gewesen war, aber sie hätte wissen müssen, dass ich mir viel zu viele Gedanken machen würde.

Nachdem ich mich also noch einige Stunden hin und her gewälzt hatte, stand ich schließlich auf und machte mich für den Tag fertig.

»Es ist noch vor sechs. Du bist heute aber früh auf, dafür, dass du frei hast«, sagte Mom, kaum war ich in die Küche geschlurft.

»Du aber auch.« Ich rieb mir über das Gesicht und nickte. »Kim kommt nach Bibury.«

»Das ist doch großartig!«, unterbrach Mom mich, ehe ich zu Ende sprechen konnte.

»Nein.« Ich schüttelte den Kopf. »Irgendetwas ist passiert. Es geht ihr nicht gut. Kann ich den Wagen nachher haben? Ich weiß, du wolltest zu Mr Haney nach Hillsfield fahren, aber ich muss Kim vom Flughafen abholen.«

»Natürlich, ich werde José einfach fragen, ob ich mir seinen Wagen leihen kann«, sagte Mom schnell. »Was ist denn passiert?«

»Keine Ahnung, sie hat es mir nicht so genau erzählt.«

»Hoffentlich ist es nichts Schlimmes.«

»So schlimm, wie ein gebrochenes Herz sein kann«, gab ich zurück und musste wieder an unser Gespräch von gestern Abend denken.

Das schlechte Gewissen nagte an mir. Ich sollte dringend aufhören, mich in das Leben anderer einmischen zu wollen. Vor allem, da ich doch selbst nichts auf die Reihe bekam. Kim war durchweg organisiert und strukturiert. Sie hatte für alles Pläne gehabt, und ich hatte sie gezwungen, diese zu ignorieren und sich stattdessen Hals über Kopf ins Unbekannte zu stürzen. Hätte ich ihr nicht eingeredet, sich Aidan zu öffnen, wäre es vielleicht nie so weit gekommen.

Nach dem Frühstück ging ich zu den Ställen und erzählte José und Scott kurz, was geschehen war. Eigentlich nur, damit sie Bescheid wussten, weshalb ich heute nicht da sein und auch in den nächsten Tagen anderweitig beschäftigt sein würde.

»Lass dir alle Zeit der Welt. Die gröbsten Arbeiten sind ohnehin erledigt, daher können wir uns in den nächsten Tagen um alles kümmern.« Einfühlsam legte Scott seine Hand auf meinen Unterarm. Er strich mir beruhigend über die Haut und schaffte es damit, dass ich mich zumindest ein wenig besser fühlte.

»Danke. Wenn etwas sein sollte, könnt ihr mit Mom sprechen oder anrufen. Ich sitze eine Weile im Auto.«

»Auf gar keinen Fall. Wir schaffen das ohne dich. Du sorgst erst mal dafür, dass es deiner Freundin besser geht«, entgegnete José.

Ich holte tief Luft und lächelte. »Ich danke euch wirklich sehr.«

Es war nicht selbstverständlich, dass sie mir die nötige Zeit gaben, mich um Kim zu kümmern. Wir hatten so viel zu tun, die Arbeit stand uns bis zum Hals, aber ich hatte dafür keinen Kopf, bis es Kim besser ging. Es war meine Aufgabe, für sie da zu sein, so gut ich konnte.

Kapitel 17

Kim verließ das Zimmer kaum. Ich wusste nicht, wann ich sie zuletzt so erlebt hatte. Dass sie starke Gefühle für Aidan hatte, war offensichtlich. Aber sein Verhalten hatte sie sehr verletzt. Verständlicherweise. Als sie mir die Geschichte erzählte, konnte ich es kaum glauben.

Jeopardy Island war schon immer eine Privatinsel gewesen, die dem Zweck eines Survival-Urlaubs diente. Bevor wir den Trip buchten, hatten Kim und ich uns viel über die Insel informiert. Allerdings wurde die Insel verkauft, und der neue Inhaber war ein stinkreicher Hotelier, der einen Großteil des Waldes abholzen wollte, um ein Luxusresort mit Freizeitpark zu bauen. Und Aidan? Tja, er war kein Geringerer als der Sohn des Hoteliers Callum Beaufoy und Leiter dieses Großprojekts. Ein Projekt, das zahlreichen endemischen Tierarten ihren Lebensraum nehmen sollte.

Dass Kim dieser Vertrauensbruch schwer getroffen hatte, war nachvollziehbar. Dennoch wurde ich das Gefühl nicht los, dass sie und Aidan dringend ein klärendes Gespräch führen sollten. Sie brauchte einen richtigen Abschluss.

Auch am vierten Tag konnte ich sie nicht dazu überreden, wenigstens mal an die frische Luft zu gehen. »Bist du sicher? Es ist so ein schöner Tag.« Ich drehte mich zu ihr auf die Seite.

Kim lag mit unter dem Kopf verschränkten Armen neben mir im Bett und betrachtete die Decke. »Ich weiß nicht.«

»Wir könnten wenigstens ein bisschen über die Ranch laufen? Ich zeige dir, woran wir im letzten Monat gearbeitet haben? Oder wir gehen die Pferde besuchen?«, versuchte ich es weiter.

Doch sie zuckte lediglich mit den Schultern. »Vielleicht nachher.«

Es stimmte mich traurig, sie so zu sehen. Kim war meistens fröhlich, zwischendurch etwas gestresst, wenn nicht alles nach Plan verlief, aber sonst hatte sie fast immer ein Lächeln auf den Lippen. Nicht so jetzt.

Ich robbte mich an sie heran und zog sie einen Moment fest in die Arme. »Wenn du bereit bist zu reden, Blossom, dann sag Bescheid. Ich bin da.«

»Danke«, seufzte sie. »Ich weiß auch nicht, warum mich das so mitnimmt.«

»Weil du ganz schön verknallt bist, rate ich mal ins Blaue hinein.«

Nun drehte sie mir den Kopf doch zu, ihre Augen verengten sich zu schmalen Schlitzen, und das Blau darin funkelte beinahe gefährlich. Ein Ausdruck, den ich nicht mit Kim in Einklang bringen konnte, weshalb ich mein Kichern hinter der Hand erstickte.

»Sehr witzig«, stieß sie hervor.

»Ich will dich nur etwas aufheitern.«

»Und das weiß ich sehr zu schätzen. Gib mir noch ein paar Tage, dann bin ich wieder ganz die Alte.«

Nickend drehte ich mich zurück auf den Rücken. »Okay. Aber du musst wenigstens etwas frühstücken. Und dir mal etwas Wasser ins Gesicht spritzen.« Ich rümpfte die Nase. »Womöglich nicht nur ins Gesicht.«

Kim holte aus und schleuderte mir ein Kissen an den Kopf. »Du bist so gemein!«

Lachend warf ich das Geschoss zurück. »Irgendjemand muss es dir ja sagen.«

Sie grummelte unverständliche Worte und stand auf. Dann schlurfte sie ins Bad, ohne mich eines weiteren Blickes zu würdigen. Erleichtert atmete ich auf, als ich hörte, dass sich die Dusche einschaltete. Immerhin ein erster Schritt in die richtige Richtung.

Während sie im Bad war, suchte ich Kim ein paar Klamotten raus. Ich hatte sie bei ihrer Ankunft bereits darauf vorbereitet, dass ich sie ebenfalls in den Cowgirllook stecken würde. Vermutlich hatte sie mir das nicht abgekauft. Nun legte ich ihr aber ein Rüschenkleid und Boots bereit. Kurz überlegte ich, ob ich ihr auch den beigen Stetson geben sollte, doch den würde sie mir mit großer Wahrscheinlichkeit um die Ohren pfeffern.

»Du bist ein Monster«, hörte ich Kim sagen, als sie in ein Handtuch gewickelt wieder hereinkam.

»Ich habe dich gewarnt«, erwiderte ich kichernd. »Zieh dich in Ruhe an, ich warte unten auf dich.« Damit hüpfte ich aus dem Zimmer und überließ Kim ihrem Schicksal.

Wenig später kam sie die Stufen hinunter. Die Dusche hatte ihr gutgetan. Ihre Haut wirkte nicht mehr so fahl, und ihre blonden Haare hatten eine angenehme Frische angenommen. Sie fielen ihr in leichten Wellen über die Schultern und den Rücken hinab.

»Du siehst heute aber schick aus«, sagte Mom, als Kim ins Esszimmer kam.

»Danke, Selena.« Sie setzte sich ans Kopfende und griff nach einem Sesambagel, den sie mit Meemaws selbst gemachter Erdbeermarmelade beschmierte. Wir hatten noch einige Gläser im Vorratsschrank gefunden. Leider hatte Meemaw uns das Rezept nicht hinterlassen, und wir konnten einfach nicht herausschmecken, was die Geheimzutat war. *Liebe*, hatte sie stets augenzwinkernd gesagt. So wie es Großeltern wohl immer taten. Aber das war es nicht, denn die Marmelade hatte eine leicht scharfe Note im Abgang.

»Habt ihr heute etwas vor?«, fragte Mom, um das Gespräch am Laufen zu halten. Auch sie hatte sich in den letzten Tagen wirklich Mühe gegeben, Kim aus dem Tunnel zu locken, in dem sie gefangen war.

»Vielleicht laufen wir nachher etwas über die Ranch«, sagte ich schnell, bevor Kim den Kopf schütteln konnte. »Dann zeige ich ihr, was wir schon alles geschafft haben. Die Praxis ist zum Beispiel endlich fertig eingerichtet.«

»Ja, macht das auf jeden Fall.« Mom nickte eifrig und lächelte.

Kim erwiderte es zwar, aber von der Leichtigkeit, die ihr normalerweise anhaftete, war nichts zu sehen.

Die Haustür wurde geöffnet, schnelle Schritte klangen durch den Flur. »Selena, weißt du, wo Hollys Lieferkalender ist?«

»Wir sind im Esszimmer!«, rief ich über meine Schulter.

Kurz darauf tauchte Scott im Türrahmen auf. Ich schaute zu Kim, die ihn interessiert musterte. Bisher hatte sie Scott nur vom Fenster aus gesehen, da sie das Haus ja nicht verlassen hatte. Nun standen sie sich zum ersten Mal nach vielen Jahren wieder von Angesicht zu Angesicht gegenüber.

»Howdy«, sagte Scott und neigte den Kopf. Dann machte er ein paar Schritte auf den Tisch zu und streckte seine Hand aus. »Du musst Kim sein. Sorry, es ist so lange her. Ich bin jedenfalls Scott, freut mich.«

Sie schüttelte seine Hand und lächelte. Dieses Mal wirklich aufrichtig. »Ja, genau. Freut mich auch, dich kennenzulernen – oder vielmehr: dich wiederzusehen.«

Für den Bruchteil einer Sekunde warf sie mir einen Blick zu, den man als anerkennend beschreiben konnte. Darauf bedacht, dass Scott mich nicht sah, streckte ich ihr schnell die Zunge raus und schüttelte den Kopf, was sie zum Lachen brachte. Na, wenigstens hatte ich es geschafft, ihr diesen Klang endlich wieder zu entlocken. Das hatte mir gefehlt.

»Der Kalender liegt auf dem Wohnzimmertisch«, sagte ich, hielt dann aber einen Moment inne. Ich glaubte mich zu erinnern, dass er dort doch nicht mehr lag. »... oder in der Küche? Schau einfach nach, du findest ihn schon. Nachher müsste das Schild angeliefert werden, wenn mich nicht alles täuscht.«

»Ah! Genau darauf habe ich gewartet«, entgegnete Scott euphorisch. »Dann schau ich gleich mal nach. Kim, ich hoffe, wir haben in den nächsten Tagen noch die Gelegenheit, uns besser kennenzulernen.«

»Bestimmt.« Sie nickte und schaute Scott nach. Als die Haustür wenige Minuten später wieder ins Schloss fiel, grinste sie mich breit an. »Er ist echt süß. Und so höflich.«

»Nicht wahr?«

»Mom!«, zischte ich.

»Na, was denn? Es ist nur die Wahrheit.« Sie legte sich die Tasse an die Lippen. Doch das Grinsen konnte sie dahinter nicht verbergen.

Seufzend widmete ich mich wieder Kim. »Ja, er ist nett, höflich und sieht ganz gut aus. Aber wir sind nur Arbeitskollegen.«

»Wenn du das glaubst ...«

Mom kicherte wie ein kleines Mädchen, und Kim stimmte mit ein.

»Freut mich, dass ihr euch gegen mich verschworen habt.« Um meinen Standpunkt zu untermauern, hätte ich am liebsten bockig auf den Boden gestampft. »Es ist mein Ernst. Oder habt ihr schon vergessen, dass das hier nur ein Pilotprojekt den Sommer über ist?«

»Wir sagen doch gar nichts«, betonte Mom.

»Ich weiß aber genau, was ihr denkt. Hört damit auf.« Schnell schob ich mir das letzte Stück Bagel in den Mund und stand auf. Das Lachen der beiden begleitete mich, als ich das Esszimmer verließ und die Küche ansteuerte.

Kapitel 18

Auch heute hatte Kim kein Interesse daran, das Haus zu verlassen. Dabei war es ein so schöner Tag. Ausnahmsweise war der Himmel wolkenverhangen und ließ nur zwischendurch einige wenige Sonnenstrahlen durch. Perfekt, um durch Bibury zu schlendern. Gern hätte ich Kim den Ort gezeigt. Zwar war sie schon mehrere Male hier gewesen, aber das war schon viel zu lange her.

Mom war mit Danielle verabredet, die sie mittags abgeholt hatte. Die Autoschlüssel hatte Mom extra liegen gelassen, falls ich doch noch alleine wo hinwollte.

Da Kim ein Nickerchen hielt, entschied ich, zum Markt zu fahren, der noch ein paar Stunden geöffnet sein würde. Aufgrund der Arbeit hatte ich es bisher nicht geschafft, mal vorbeizuschauen. Nun lud ich mir einen leeren Korb hinten ins Auto und fuhr los.

Ich kurbelte das Fahrerfenster runter. Es war angenehm, fast schon frisch, weshalb ich froh über die langärmelige Bluse war. Durch die Straßensperrung musste ich den Wagen zwei Blocks vom *Paddocks Diner* entfernt parken. Mit dem Korb gewappnet, schlenderte ich die Hauptstraße entlang.

Halb Bibury hatte sich versammelt, um Waren zu tauschen oder einzukaufen. Eigentlich benötigten wir kaum etwas, da Mom immer für einen vollen Kühlschrank sorgte. Aber durch Kim hatten wir nun einen weiteren Esser, weshalb ich ein bisschen frisches Obst und Gemüse einkaufen wollte.

Ich tauchte in der Menschenmenge unter und schaute mir alles erst mal in Ruhe an. Mrs Wallace arrangierte einige Blumensträuße neu und summte dabei leise ein Lied. Wie schon die Blumen bei Meemaws Beerdigung sahen diese hier ganz fantastisch aus. Ich blieb stehen und vergrub die Nase in einem Strauß pastellfarbener Lilien.

»Holly, wie schön, dich zu sehen.« Mrs Wallace lächelte aufrichtig. Dabei zeichneten sich kleine Fältchen an ihren Augenwinkeln ab. Ihre grau melierten Haare lugten unter ihrem gemusterten Kopftuch hervor, das sie vor der Sonne schützte.

»Es freut mich auch. Die Sträuße sehen heute wieder ganz besonders schön aus.«

Mrs Wallace' Wangen färbten sich rosa. »Danke, das ist so lieb von dir!«

»Ich komme sicher auf dem Rückweg noch mal vorbei!«, versprach ich und hob die Hand zum Abschied.

Es folgte der Stand des Metzgers, an dem ich schnell vorbeihuschte und weiter zum Obst und Gemüse lief. An der Kasse stand ein junger Mann, den ich hier noch nie gesehen hatte. Womöglich war er zugezogen oder kam aus einem der umliegenden Dörfer. Die Auswahl war jedenfalls riesig, weshalb mein Korb schnell mit einer Vielzahl an unterschiedlichen Obst- und Gemüsesorten gefüllt war. Kim würde sich bestimmt darüber freuen.

Ich stöberte noch eine Weile und bestaunte die Handwerkskunst von den Bewohnern Biburys. Während einige von ihnen selbstgemalte Bilder verkauften, gab es auch zwei Stände mit einzigartigen Kleidungsstücken. Wenn ich solche Dinge sah, bereute ich es manchmal, mir früher nicht mehr Hobbys gesucht zu haben. Bis auf das Reiten und Fotografieren hatte ich nie großartig etwas gemacht. Weder konnte ich ein Instrument spielen noch zeichnen. Wassersport und Escape Rooms bereiteten mir Freude, aber ich konnte nicht behaupten, sonderlich gut darin zu sein. Ohne Kim hätte ich es vermutlich nie geschafft, die Rätsel eines Raums zu knacken.

Als mein Arm vom Gewicht der Lebensmittel langsam träge wurde, steuerte ich wieder den Stand von Mrs Wallace an. Sie war gerade dabei, einen Kunden zu bedienen. Mein Blick fiel auf den Gehstock in seiner Linken. Sacht legte ich ihm meine freie Hand auf die Schulter und begrüßte Frankie.

»Ach, Holly, du bist es!«, sagte er, als er mich erkannte. »Hast du auch ein paar Einkäufe getätigt?«

Ich hob den vollen Korb an. »Ein paar ist noch untertrieben.«

Frankie lachte freundlich und reichte Mrs Wallace das Geld für den Strauß aus einigen gelben Sonnenblumen. »Der ist für Josephine. Gelb war immer ihre Lieblingsfarbe«, erklärte er und senkte die Mundwinkel. »Begleitest du mich?«

»Zum Friedhof?«

»Ja. Aber wenn du noch Pläne hast, ist das völlig in Ordnung. Fühl dich zu nichts gezwungen.« Frankie war ein so herzlicher Mann, dass ich nicht in der Lage war, ihm diesen Wunsch abzuschlagen. Auch wenn sich alles in mir dagegen sträubte.

Seit Meemaws Beerdigung war ich nicht dort gewesen.

Ich hatte deshalb ein schlechtes Gewissen, aber es kostete mich jedes Mal Überwindung, einen Friedhof zu betreten. Manch einer konnte den Gedanken beiseiteschieben, dass dort Hunderte Menschen beerdigt lagen, aber mir gelang das nicht. Friedhöfe standen neben dem Tod auch für Trauer und Verlust. Dinge, denen ich schon im Leben möglichst aus dem Weg ging. Trotzdem sollte ich hingehen.

»Ich begleite dich gern«, sagte ich. Einen Moment scannte ich die Sträuße und entschied mich dann für die bunten Lilien, deren Farben nicht ganz harmonierten. Genau das machte sie perfekt für Meemaw.

Frankie wartete auf mich, während ich den Korb schnell zum Wagen brachte. Wieder am Stand, reichte ich ihm den Arm, damit er sich bei mir unterhaken konnte.

»Danke, dass du mitkommst«, sagte er und strich mir über die Hand. »Donna wird sich freuen, dich zu sehen.«

»Bestimmt«, gab ich zurück, doch an ein Leben nach dem Tod hatte ich nie geglaubt. Aber ich wusste, wann es besser war, die eigenen Gedanken für sich zu behalten. »Wie geht es dir?«, fragte ich stattdessen.

»Heute ist ein guter Tag. Das Wetter ist großartig, ich habe kaum Schmerzen und kann meine geliebte Josie besuchen.« Frankie strahlte bei jedem dieser Worte. Ich wollte gar nicht wissen, wie sehr es ihm wehtun musste, dass sie nicht mehr unter uns weilte. Ich erinnerte mich nur dunkel an ihre Geschichte, glaubte aber, dass sie seit der Highschool ein unzertrennliches Paar gewesen waren. Sie waren beide in Bibury geboren und aufgewachsen, wodurch sie sich noch aus dem Sandkasten kannten. Die große Liebe auf so tragische Weise zu verlieren musste furchtbar sein.

»Das ist schön zu hören.«

Frankie nickte. »Und ihr kommt gut voran, hat Scott erzählt. Wie gefällt dir die Arbeit? Konntest du dich schon damit anfreunden?«

»Es macht Spaß«, erwiderte ich ehrlich. »Ich kümmere mich um die Pferde und den Papierkram. Anfangs war es eine Herausforderung, und auch jetzt komme ich morgens kaum aus dem Bett, aber wenigstens leide ich nicht mehr unter diesem grausamen Muskelkater.«

»Ja, der ist anfangs eine ganz schöne Tortur. Aber es freut mich sehr, dass du Spaß hast. Bedeutet das, du hast dich entschieden?«

»Nein.« Ich schüttelte den Kopf. »Und es tut mir auch wirklich leid, dass ich noch nichts Konkretes sagen kann. Bisher läuft es gut, aber ich möchte wirklich die nächsten Wochen abwarten.«

»Das verstehe ich. Es ist sicher keine leichte Entscheidung.«

Das war es in der Tat nicht. Vor allem jetzt, da es Kim so schlecht ging. Wie sollte ich es über mich bringen, hier ein neues Leben zu beginnen, wenn sie so litt? Das funktionierte nicht. Sie war meine beste Freundin, meine Schwester. Ich musste für sie da sein und ihr Trost spenden. Die letzten Wochen, in denen wir getrennt waren, waren schon der pure Horror gewesen.

Als wir abbogen, kamen wir beim Hintereingang der weißen Kirche heraus. Die silbrige Turmspitze schimmerte im leichten Sonnenlicht. Der Geruch von frischer Farbe hing in der Luft. Pfarrer Mitchell musste Maler engagiert haben.

Mit seinem Gehstock stieß Frankie das kleine gusseiserne Tor zum Kirchenfriedhof auf. Es war unglaublich still, lediglich die Vögel hörte ich in den Bäumen zwitschern. Je näher wir dem Grab kamen, desto mehr verlangsamte ich meine Schritte. Frankie passte sich wortlos meinem Tempo an.

»Was mache ich hier eigentlich?«, flüsterte ich mehr zu mir selbst.

»Sprich mit ihr. Du wirst sehen, wie Trost spendend es sein kann.« Frankie drückte sanft meine Hand, ehe er von mir abließ und das Grab seiner Frau ansteuerte.

Na gut. Ich atmete tief durch und lief den kleinen Hügel hinauf bis zu Meemaws Grab – direkt neben dem von Gramps.

Ich hockte mich in das Gras und lächelte. Unzählige frische Blumen lagen vor dem Stein. Auch einige größere Sträuße mit Karten waren darunter. Ich legte meine Lilien zwischen ein paar rote Rosen.

Mein Blick wanderte zu Frankie, der die Hände ineinander verschränkt hatte und auf Josephines Grabstein hinunterblickte. Seine Lippen bewegten sich, doch er war zu weit entfernt, als dass ich ihn hätte hören können. Ich fühlte mich seltsam dabei, hier zu sitzen und Selbstgespräche zu führen.

Vorsichtig strich ich über eines der Lilienblätter und nahm es zwischen die Finger. Die Blüten verströmten einen angenehmen Duft, der den der anderen Blumen überdeckte. »Du fehlst mir«, flüsterte ich leise. »Es ist viel passiert in den letzten Wochen. Die Rettungsstation, die Scott und Frankie geplant haben, nimmt langsam Gestalt an. Noch sind keine Tiere da, aber bestimmt dauert es nicht mehr lange.«

Ich hielt inne und schnaubte. Das war doch bescheuert. Wieso redete ich jetzt drauflos? Meemaw konnte mich doch eh nicht hören. Dennoch war da ein Ziehen in meiner Brust, das mich dazu veranlasste weiterzusprechen.

»Ich glaube, Mom hat sich in deinen Nachlassverwalter verschossen. Du müsstest mal sehen, wie rot sie wird, wenn man sie darauf anspricht. Es freut mich für sie, wirklich. Du weißt ja, wie einsam sie ist, seit Dad uns verlassen hat. Auch wenn sie es nie zugeben würde, aber ich habe sie oft nachts weinen hören.« Ich schluckte. Tränen rollten über meine Wangen. »Keine Ahnung, warum ich jetzt heule. Du musst mich für ein Baby halten.«

Ich war kein emotional veranlagter Mensch. In den letzten Jahren hatte ich kaum eine Träne vergossen. Warum ich sie ausgerechnet jetzt nicht zurückhalten konnte, war mir schleierhaft.

»Kim ist übrigens auf der Ranch. Ich soll dich ganz lieb von ihr grüßen«, fuhr ich fort. Anschließend erzählte ich Meemaw, was alles vorgefallen war. Ich redete mir alles von der Seele, bis mir nichts mehr einfiel, was ich ihr noch erzählen konnte. Und von Minute zu Minute fühlte ich mich weniger seltsam dabei. Frankie sollte recht behalten, es war auf gewisse Weise Trost spendend. Für einen Moment hatte ich sogar das Gefühl, wirklich mit Meemaw zu sprechen, so als wäre sie nicht fort, sondern noch immer bei mir.

»Tut mir leid, dass ich dich im letzten Monat nicht besucht habe. Ich verspreche dir, dass ich noch ein paarmal vorbeikomme, solange ich in Bibury bin.« Langsam stand ich auf.

Ich drehte mich um und sah, dass Frankie einige Meter

entfernt bereits wartete. Noch dunklere Schatten als vorhin lagen unter seinen Augen, die nun leicht verquollen waren.

»Soll ich dich nach Hause begleiten?«, fragte ich, hakte mich wieder bei ihm unter und steuerte den Ausgang an. Es war deutlich später geworden, als ich beabsichtigt hatte.

»Nein, nicht nötig, aber lieb, dass du fragst.«

Während des restlichen Wegs blieb Frankie für seine Verhältnisse sehr ruhig. Er stellte noch ein paar Fragen zur Rettungsstation, aber meine Antworten kamen kaum bei ihm an.

An der Kreuzung verabschiedeten wir uns voneinander. Ich schaute ihm noch kurz hinterher. Frankie und Scott lebten in einer Wohnung eine Straße vom *Cockeyed Sheep* entfernt. Während Scott arbeitete, kam mehrmals pro Woche eine Pflegerin, die nach Frankie sah. Ich hatte meinen größten Respekt vor Scott, dass er das alles irgendwie unter einen Hut bekam.

Durch den Verkauf der Pferde und die stornierten Touristengruppen fiel zwar seine Arbeit als Reitlehrer weg, trotzdem war er von morgens bis abends auf der Ranch, um die Ausbauarbeiten voranzutreiben. Zwischendurch fuhr er seinen Dad immer wieder zum Arzt und sah nach ihm, wenn er einen seiner weniger guten Tage hatte. Und trotz allem hatte Scott nahezu täglich die beste Laune. Wie machte er das nur?

Als Frankie aus meinem Blickfeld verschwand, setzte auch ich mich wieder in Bewegung. Schließlich warteten das Obst und das Gemüse darauf, nach Hause gefahren zu werden.

Kapitel 19

Seit einer Woche war Kim nun auf der Pierson Ranch. Gestern hatte sie eingewilligt, Scott und mir bei der Website und den Flyern für *Zebra's Field* unter die Arme zu greifen. Sie war eine grandiose Journalistin und fand stets die richtigen Worte. Etwas, worum ich sie schon mein Leben lang beneidet hatte. Um auf diese Partnerschaft anzustoßen, hatte ich Kim am Abend auf einen Drink – oder eher einige Drinks zu viel – ins *Cockeyed Sheep* eingeladen.

Es waren ein paar schöne Stunden und Kim fast die Alte gewesen. Aber der Kummer, Aidan verloren zu haben, hatte weiterhin an ihr genagt. Dass ebenjener mir eine Nachricht – und zwar eine unglaublich schmalzige! – geschrieben und ich mich vorhin mit ihm getroffen hatte, hatte ich ihr deshalb auch verschwiegen.

Ich war mir nämlich ziemlich sicher, wenn ich ihr davon erzählt hätte, wäre ich nun mindestens einen Kopf kürzer. Vielleicht auch zwei.

Aidan hatte mich beinahe auf Knien angebettelt, ein Treffen zwischen den beiden zu arrangieren, und zu meiner Schande musste ich gestehen, dass er es mit seinem Gesülze wirklich geschafft hatte, mich zu überreden.

Gott sei Dank war sie mir nicht böse gewesen. Jetzt waren die beiden im Haus und versöhnten sich, weshalb ich ganz schnell die Beine in die Hand genommen hatte.

Die Wände der alten Ranch waren nämlich eindeutig zu dünn.

Wie von selbst steuerte ich die Ställe an. An mir nagte das schlechte Gewissen, dass ich mich in den letzten Tagen nicht selbst um die Pferde gekümmert hatte. Da ich für Kim da sein wollte, wurde mir diese Aufgabe abgenommen. Scott und José hatten mir zwar beteuert, dass es in Ordnung war, trotzdem hatte ich sie nicht mit all der Arbeit allein lassen wollen.

Das leise Wiehern der Pferde ließ mein Herz freudig auf- und abhüpfen. Ich hatte die Vierbeiner ganz schön vermisst. Als ich das Tor öffnete, verselbstständigte meine Kinnlade sich.

»Wow«, hauchte ich fast schon ehrfürchtig. José und die anderen hatten ganze Arbeit beim Umbau geleistet. Aus den zahlreichen Boxen war ein großes Gemeinschaftsgehege entstanden, in dem sich die Pferde die Beine vertreten konnten. Sie hatten unglaublich viel Platz und schienen sich pudelwohl zu fühlen.

Ich trat ein paar Schritte in den Stall hinein. Porthos legte seinen Kopf auf meine Schulter und schmiegte sich an mich. »Du hast mir auch gefehlt«, sagte ich und kraulte ihm die Nase. In den nächsten Tagen wollte ich unbedingt wieder mit ihm ausreiten. Und je nachdem, wie lange Kim und Aidan noch vor hatten zu bleiben, konnte ich ihnen einen Ausritt vielleicht ebenfalls schmackhaft machen.

Stroh und Heu knirschten bei jedem Schritt unter meinen Sohlen. Ich musste aufpassen, nicht in Pferdeäpfel zu treten. Für die Tiere war das große Gehege zwar ein wahr gewordener Traum, aber ich war diejenige, die es ausmisten musste. Und das würde bei der Größe definitiv noch länger dauern. Ich sah es schon kommen, dass ich am Ende des Sommers mehr Muckis als Herkules haben würde.

Nachdem ich die Vierbeiner begrüßt hatte, verließ ich den Stall wieder und warf einen Blick auf mein Handy. Es war gerade erst eine Dreiviertelstunde vergangen, also bezweifelte ich, dass es schon sicher war, zurück ins Haus zu gehen. Daher schlenderte ich noch ein wenig über das Gelände.

Einige Arbeiter wuselten nach wie vor herum, brachten Materialien weg oder befestigten ein paar Latten der Zäune. Sie waren so fleißig und arbeiteten oft bis spät am Abend. Das würden wir ihnen niemals zurückzahlen können.

Als ich dem Pfad zur Scheune folgte, hörte ich leise Gitarrenklänge. Kurz meinte ich, mir die Musik eingebildet zu haben, doch je näher ich kam, desto lauter wurde sie. Das Scheunentor stand offen, und ein sanftes Licht brannte im Inneren. Ich ging näher heran und schob den Kopf hinein.

Scott saß mit einer Gitarre in der Hand auf einem Heuballen. Er hatte einen konzentrierten Gesichtsausdruck, während er die Saiten zupfte und eine mir unbekannte Melodie spielte. Als er sich allerdings verspielte, fluchte er leise. »Shit.«

Ich öffnete die Tür etwas weiter und trat ein. »Das war doch schon super«, sagte ich, woraufhin Scott den Kopf hob.

Eine blonde Strähne hing ihm in die Stirn. »Ich habe gar nicht bemerkt, dass du hier bist.«

»Noch nicht lange. Ich bin ein bisschen über die Ranch

gelaufen und habe Musik gehört. Da wollte ich nachschauen, wer hier klammheimlich Gitarre spielen kann, ohne dass ich es wusste«, entgegnete ich grinsend und setzte mich neben Scott auf den Heuballen.

Er hob die Schultern. »Du hast nie gefragt.« Vorsichtig stellte er das Instrument vor sich ab. »Aber ich spiele noch nicht lange.«

»Dafür war das aber wirklich gut.« Ich ließ die Finger über den Gitarrenhals gleiten und zupfte an einer Saite. Der Klang war so furchtbar, dass ich zusammenzuckte. »Sonderlich musikalisch bin ich wohl nicht.«

»Übung macht den Meister«, sagte Scott grinsend. »Wie lief das Gespräch von Kim und Aidan?«

»Sie haben sich vertragen, was mich sehr freut. Die beiden scheinen gut zusammenzupassen. Er ist wohl der kitschigste und romantischste Kerl weit und breit, also genau das, was Kim mag.« Ich lachte leise.

Scott stimmte mit ein. »Ist es nicht das, was die meisten Frauen mögen?«

Ich machte einen Würgelaut, der Scott nur dazu veranlasste, lauter zu lachen. »In Disneyfilmen meinetwegen. Ansonsten bin ich kein Fan von großen romantischen Gesten. Drück mir ein kühles Bier in die Hand, lass eine True-Crime-Doku laufen, und ich bin wunschlos glücklich.«

»Das meinst du doch nicht ernst!«

»O doch! Sag nicht, dass du auch so ein Romantiker bist?« Ich schaute Scott mit hochgezogenen Brauen an.

Ein belustigter Ausdruck zeichnete sich auf seinem Gesicht ab. »Das bleibt mein kleines Geheimnis.«

Lachend schüttelte ich den Kopf und griff nach der Gitarre. »Spielst du was?«

»Wir beide in der Scheune, nur ein Fünkchen brennendes Licht, und ich soll für dich auf der Gitarre spielen?«, fragte er skeptisch. »Das klingt aber ziemlich romantisch.«

Mein Herz begann wie wild zu klopfen, sodass ich schon Angst hatte, Scott könnte es hören. Um meine Verlegenheit zu verbergen, gab ich ihm einen spielerischen Boxhieb gegen den Oberarm. »Du und ich sind nichts weiter als Freunde und Arbeitskollegen, daran ist gar nichts romantisch.«

»Autsch!«, sagte Scott empört und griff sich ans Herz. »Das hat ganz schön wehgetan.«

Stöhnend verdrehte ich die Augen. »Ach, jetzt flenn nicht. Spiel mir lieber was vor.«

»Na schön.« Scott seufzte. »Aber nur, wenn du aufhörst, so biestig zu sein.«

»Wenn du aufhörst, so weinerlich zu sein, höre ich auf, biestig zu sein.«

»Ey, ich hab lediglich eine harte Schale, aber dafür einen weichen Kern.«

»Du hast eine weiche Schale und einen Kern, der weicher ist als Gammelobst.«

»Wenn du so weitermachst, spiel ich gar nichts.« Scott schaute mich aus zusammengekniffenen Augen an. Aber sein zuckender Mundwinkel verriet ihn.

Ich hob die Hände. »Okay, es tut mir leid. Würdest du mir bitte etwas vorspielen?«

»Na, war das jetzt so schwer?«

»Willst du die ehrliche Antwort?«

Er schnaubte. »Lieber nicht.«

Ich lehnte mich zurück und zog die Knie an die Brust,

während ich Scott lauschte, wie er ein paar Melodien auf der Gitarre spielte. Hin und wieder rutschte er ab oder spielte einen falschen Akkord, aber das brachte ihn nicht aus der Fassung. Und auch mir war es egal. Ich genoss es einfach, hier zu sitzen und den Moment auszukosten … und Kim und Aidan etwas Privatsphäre zu gönnen.

Nach dem Lied machte Scott eine kurze Pause und rollte sich die Ärmel seines rot-blau karierten Hemdes hoch, das die Farbe seiner Augen ganz hervorragend zur Geltung brachte. Dann griff er wieder nach der Gitarre und spielte weiter. Mein Blick glitt über seine muskulösen Unterarme hinunter zu seinen geschickten Fingern, von denen ich mich einen Moment fragte, wozu sie wohl noch alles in der Lage waren.

Eine Weile saßen wir so da, während draußen die Sonne allmählich unterging. Ich wusste nicht, wie viel Zeit vergangen war, aber irgendwann hörte Scott auf und stellte die Gitarre wieder vor sich ab.

»Danke«, hauchte ich. »Das war wirklich schön.«

»Danke«, erwiderte er lächelnd.

»Wieso hast du angefangen zu spielen? Bist du eines Morgens aufgewacht und hast ein dringendes Bedürfnis verspürt?«

Scott lachte und schüttelte den Kopf. »Nein, nachdem Hannah gegangen ist, musste ich mich irgendwie ablenken. Arbeit allein hat nicht ausgereicht, ich brauchte ein neues, zusätzliches Hobby. Und da ich immer schon ein Instrument spielen wollte, hielt ich es für den perfekten Zeitpunkt.«

Ich schluckte. Es war das erste Mal, dass er von sich aus die Sache mit Hannah angesprochen hatte. »Tut mir leid.«

»Schon okay, es ist lange her.« Er zuckte mit den Schultern.

»Trotzdem ist es nicht in Ordnung. Ich kann nur vermuten, wie du dich fühlst. Jahrelang habe ich dabei zugesehen, wie Mom darunter litt, dass Dad sie betrogen und uns verlassen hat. Deshalb habe ich mir geschworen, es nie so weit kommen zu lassen.«

Scott zog die Brauen zusammen und legte den Kopf schief. »Was meinst du damit? Dass du dich nie verlieben willst?«

»Genau. Auf ein gebrochenes Herz kann ich gut verzichten.«

»Du kannst es dir aber nicht aussuchen. Das Herz will, was das Herz will«, sagte er nachdrücklich.

»Ach und was ist mit dir?«

»Was soll mit mir sein?« Scott stützte die Hände hinter sich im Heu ab und betrachtete mich erwartungsvoll.

»Du bist doch auch nicht mehr der Kerl für was Ernstes«, sagte ich und bereute es noch im selben Augenblick. Verdammt, das hatte José mir im Vertrauen erzählt.

Ihm entfuhr ein Lachen. »Ich hätte wissen müssen, dass die stille Post von Bibury dich mittlerweile erreicht hat. Das Einzige, was ich an diesem Ort nicht leiden kann.« Er atmete tief durch und wandte sich mir zu. »Es hat lange gedauert, aber ich bin drüber hinweg. Die Situation war zwar scheiße, aber sie hat mich nicht nur stärker gemacht, sondern auch zu seinem besseren Menschen. Ich blicke nach vorn, und wer weiß, vielleicht finde ich noch die Richtige.«

Manchmal mussten Dinge enden, um Platz für Schöneres zu schaffen. Und manchmal musste man erst einen geliebten Menschen ziehen lassen, um zu wahrer Stärke zu finden. »Das freut mich sehr für dich.«

Scott schenkte mir ein liebevolles Lächeln. »Du solltest nicht von deinem Dad auf alle Männer schließen. Es wäre viel zu schade, wenn jemand wie du nie jemanden an sich heranlassen würde.«

»Jemand wie ich?«, hakte ich vorsichtig nach.

»Du bist ein guter Fang. Hübsch, durchgeknallt und absolut selbstlos.« Er räusperte sich und lachte leise. »Sorry, falls das *zu romantisch* klang.«

Hitze stieg mir in die Wangen, und mein Herz polterte nervös gegen meine Rippen. »Danke, aber ich bin nicht selbstlos.«

Überrascht hob Scott die Brauen. »Kim wollte dich nach Bibury begleiten, du hast darauf bestanden, dass sie den Urlaub antritt. Du hast sie und Aidan wieder zusammengebracht, damit sie glücklich ist. Und dann hast du auf den Verkauf der Ranch verzichtet, um mir meinen Traum zu erfüllen. Wenn das nicht selbstlos ist, weiß ich auch nicht.«

»Letzteres habe ich in erster Linie für die Tiere getan«, entgegnete ich grinsend. »*Vorerst.*«

Scott lachte leise. »Okay, *vorerst.* Aber das macht dich zu einer noch viel wertvolleren Person. Du stellst dein eigenes Glück zurück, um andere Lebewesen zu retten.«

»Ich bin glücklich«, sagte ich.

»Generell oder jetzt gerade?« Scott verlagerte sein Gewicht, sodass ich seine Nähe nun noch viel deutlicher neben mir spürte. Und das sorgte dafür, dass mein Herz Purzelbäume schlug.

»Beides?«

Als ich den Blick hob, fixierte Scott mich, und ich ertrank in den unendlichen Tiefen seiner blauen Augen. Die Schmetterlinge in meinem Bauch flatterten wie wild und lösten damit einen Tornado an Gefühlen in mir aus. Ich bemerkte erst, dass ich mich ihm entgegenneigte, als unser Atem sich vermischte. Was tat ich hier? War ich von allen guten Geistern verlassen worden?

Bevor das hier zu etwas Dummem führen konnte, griff ich nach der Kette um Scotts Hals. Sie war mir zuvor schon aufgefallen, aber da sie immer unter seinem Hemd verborgen lag, wusste ich nicht, was sie zu bedeuten hatte. »Was ist das hier eigentlich für ein Blingbling?«

Langsam entfernte sich Scott ein wenig von mir und zog an der Kette, sodass die daran hängenden Anhänger freigelegt wurden. »Die Erkennungsmarken meines Urgroßvaters«, erklärte er und drehte sie so, dass ich sie entziffern konnte. »Er war als Marinesoldat in Pearl Harbor stationiert. Leider ist er beim Angriff der Japaner gefallen, da war mein Gramps gerade erst zwei oder drei Jahre alt.«

Ich fuhr die abgerundeten Marken nach und strich über die eingestanzten Buchstaben und Ziffern. »Francis William Avari«, las ich den Namen. »Dein Dad wurde nach ihm benannt?«

Scott nickte. »Nicht nur er. Der Name wird von Generation zu Generation in unserer Familie weitergegeben. Nur hat meine Mom darauf bestanden, dass ich einen anderen Rufnamen bekomme.«

»Also heißt du Scott Francis Avari?«, fragte ich erstaunt. »Wieso wusste ich das nicht?«

»Es gibt bestimmt so einiges, was du nicht weißt.«

»Das glaube ich langsam auch.« Vorsichtig ließ ich von

den Marken ab und hob den Kopf. Scott und ich waren einander noch immer so nah, dass das Klopfen meines Herzens nicht nachlassen wollte. Aber ich konnte dem Ruf nicht nachkommen. Langsam rückte ich von Scott ab.

»Meinst du, es ist für dich wieder sicher, reinzugehen?«, fragte er. »Ich muss langsam nach Hause und nach Dad schauen.«

»Natürlich!«, rief ich aus und sprang vom Heuballen. »Ich wollte dich auf keinen Fall von irgendwas abhalten. Geh nur.«

»Hast du nicht. Es war ein schöner Abend«, entgegnete er und stand ebenfalls auf. Er griff nach der Gitarre und verharrte einen Moment. »Danke, Holly.«

»Ich hab zu danken, du hast mir den Abend gerettet.«

Scott lächelte aufrichtig und nickte. Dann trat er auf mich zu und schlang die Arme fest um mich. Wie von selbst erwiderte ich die Umarmung, schmiegte den Kopf an seine Schulter und schloss die Augen. Es fühlte sich viel zu gut an, so von ihm gehalten zu werden. »Wir sehen uns morgen«, sagte Scott an meine Haare, ehe er sich wieder von mir löste.

»Ja, bis morgen«, erwiderte ich und beobachtete, wie er langsam ging. Im Tor blieb Scott kurz stehen und warf mir einen Blick über die Schulter zu. Noch immer lächelte er.

Und als ich nach meinem Gesicht tastete, spürte ich, dass auch ich lächelte.

Kapitel 20

Kim hatte diesen unglaublich verliebten Ausdruck im Gesicht, als sie Aidan aus der Ferne beim Arbeiten zuschaute. Mit beiden Händen hielt sie ihre Tasse fest umklammert, lehnte sich im Stuhl zurück und lächelte. Es fehlte eigentlich nur noch, dass sie tief durchatmete und seufzte.

»Was ist?«, fragte sie, ohne den Blick von Aidan abzuwenden. Er war gerade dabei, Scott beim Anbringen unseres Schildes an einer der umgebauten Scheunen zu helfen.

»Nichts«, entgegnete ich weiterhin grinsend. »Ihr seid einfach zuckersüß, das ist alles.«

Lachend schüttelte sie den Kopf. »Mal sehen, wie lange noch. Anfangs sieht man alles durch die rosarote Brille, und diese Zeit versuche ich, zu genießen.«

»Ach, papperlapapp. Das wird sicher noch lange andauern. Und wenn nicht, kriegt er es mit mir zu tun.« Kim schaute mich an, ein Lächeln auf den Lippen. Aber in ihren Augen erkannte ich, dass sie etwas belastete.

»Was ist los?«, hakte ich behutsam nach.

»Es ist nur …« Sie stellte die Tasse auf den kleinen Klapptisch, den wir vor den Ställen aufgebaut hatten, stützte die Ellbogen auf den Oberschenkeln ab und vergrub die Hände in den Haaren. »Ich mag Aidan wirklich sehr.«

»Natürlich tust du das. Aber das ist doch schön, oder nicht?«

»Ist es.« Kim nickte, dann lenkte sie den Blick wieder geradeaus.

»Du machst mir ein wenig Angst, Blossom.«

Sie wirkte verunsichert, so als gäbe es da etwas, über das sie sprechen wollte, aber nicht wusste, wie sie die richtigen Worte finden sollte. Das sah ihr gar nicht ähnlich.

Als Kim dann auch noch nach ihrem Armband tastete, wusste ich mit Sicherheit, dass sie nervös war. In solchen Situationen begann sie, die Anhänger zu zählen, so lange, bis sie das Gefühlschaos in ihrem Inneren beseitigt hatte.

»Er hat mich gebeten, mit ihm nach Sacramento zu gehen«, sagte sie schließlich. Ihre Brust hob sich, als sie tief durch die Nase einatmete und mich wieder betrachtete. »Es ist verrückt, wir kennen uns kaum und haben uns erst vorgestern wieder versöhnt. Aber …«

»Geh«, unterbrach ich sie nickend und verschränkte die Finger ineinander. »Aidan tut dir gut, er macht dich glücklich. Und wir beide wussten, dass der Tag früher oder später kommen wird.« Ich presste die Lippen aufeinander und schluckte schwer. »Ich habe zwar gehofft, dass er eher später kommen wird, aber es ist, wie es ist.«

Kim schniefte leise und stand von ihrem Stuhl auf. Dann ging sie vor mir in die Hocke und zog mich in eine feste Umarmung. »Aber du wirst mir so schrecklich fehlen.«

»Und du mir erst.« Meine Augen brannten. Fünfzehn Jahre waren wir durch dick und dünn gegangen, hatten alles geteilt. Nun getrennte Wege zu gehen tat weh.

»Es wird sich nichts ändern, oder?«, fragte Kim mit einem leichten Wimmern in der Stimme. »Wir bleiben Schwestern für immer?«

»Natürlich.« Ich zog sie noch näher an mich heran. »Wir schreiben jeden Tag und telefonieren, so oft es geht. Ich komme dich besuchen und du mich. Das wird kein dauerhafter Abschied sein!« Trotzdem brach mir der Gedanke daran, sie ziehen zu lassen, das Herz.

Kim löste sich von mir und wischte sich mit dem Handrücken über die gerötete Schniefnase. »Versprochen?«

Ich nickte. »Versprochen.«

Dann schauten wir einander an und lachten.

»Wir sind solche Babys«, sagte Kim.

»Das sind wir«, stimmte ich ihr zu.

Kim setzte sich wieder auf den Stuhl mir gegenüber. »Und was wirst du tun?«

»Wieso fragt ihr mich das eigentlich andauernd alle?«

Sie hob die Schultern. »Weil wir neugierig sind? Und du immer dieses breite Grinsen auf dem Gesicht hast, wenn du Scott ansiehst.«

»Ach, du redest Blödsinn!« Ich lehnte mich zurück und schaute an Kim vorbei. Scott stand auf der obersten Sprosse der großen Holzleiter, und Aidan dirigierte ihn vom Boden aus. Dass die beiden sich auf Anhieb so gut verstanden hatten, glich einem Wunder, wenn man bedachte, dass sie aus zwei völlig unterschiedlichen Welten stammten.

»Du grinst schon wieder!« Kim lachte so laut, dass die Männer sich kurz zu uns umdrehten und uns fragend musterten. Es fehlten nur noch wenige Schrauben, bis das Schild festhängen sollte. Wir hatten es geschafft, uns auf eine gut leserliche Serifenschriftart zu einigen, die sich quer über dem Logo erstreckte. *Zebra's Field.*

Sacht schüttelte ich den Kopf, um Kim zu verdeutlichen, dass da nichts zwischen Scott und mir war, aber ich wusste auch, ohne sie anzuschauen, dass sie mir kein Wort abkaufte. Und sie hatte ja recht: Die körperliche Anziehung zwischen uns konnte ich schlecht leugnen. Aber das war's dann auch!

»Wenn du Entscheidungshilfe brauchst, ich bin für dich da«, sagte Kim schließlich. »Hast du denn schon was von der *L. A. Times* gehört?«

Wieder schüttelte ich den Kopf. »Ich denke auch nicht, dass sie sich noch melden werden. Die Bewerbung liegt schon Monate zurück. Und ehrlich gesagt, bin ich mir mittlerweile auch nicht mehr sicher, ob das wirklich der richtige Job für mich ist.«

»Aber du warst doch anfangs so begeistert.«

»Schon, aber …« Mein Blick glitt über die Ranch. »… vielleicht ist mein Traum gerade dabei, sich zu ändern. Klingt das bescheuert?«

»Ganz und gar nicht. Sieh mich an. Vor wenigen Monaten hätte wohl niemand von uns geglaubt, dass ich mich Hals über Kopf verliebe und nach Sacramento gehen werde, um Teil eines Resort-Projekts zu werden. Träume können sich schneller ändern, als man denkt.«

Ich nickte geistesabwesend. »Du hast recht. Je mehr Zeit vergeht, desto besser gefällt es mir hier. Wie hätte ich auch wissen können, dass ich womöglich *das hier* will? Manchmal bieten sich neue Perspektiven, ohne dass man es hätte ahnen können.« Ich zuckte mit den Schultern und atmete tief durch. »Aber ich weiß es noch nicht. Lassen wir uns überraschen, wofür ich mich am Ende des Sommers entscheiden werde.«

Kim lächelte wissend. »Ich bin mir sicher, dass du deinen Weg finden wirst. Und völlig gleich, wofür du dich entscheidest, ich werde dich immer unterstützen.«

»Danke«, wisperte ich an meine Tasse. Es bedeutete mir viel, Kim an meiner Seite zu haben. Und ich wusste genau, dass sie in jedem Fall zu mir stehen würde, so wie ich zu ihr.

Das Geräusch von Reifen auf Sand ertönte. Zeitgleich hoben wir den Kopf und drehten uns um. Mit zusammengekniffenen Augen versuchte ich zu erkennen, wer im Anmarsch war.

»Ist das deine Mom?«

»Keine Ahnung, eigentlich wollte sie erst später kommen«, erwiderte ich. Je näher der Wagen kam, desto mehr beschleunigte sich mein Puls, und ein ungutes Gefühl setzte sich in meiner Magengegend fest. Als ich schließlich den roten Jeep erkannte, sprang ich beinahe panisch auf.

»Scott!« Er drehte sich auf der Leiter um, und ich winkte ihn heran. Doch bevor er überhaupt absteigen konnte, hielt der Wagen an, ein aufgebrachter Richard Kingsley stieg aus und schlug die Tür hinter sich zu.

»Ist das dieser Kerl?«, fragte Kim und stand ebenfalls auf.

Ich nickte.

»Ms Pierson, wie schön, Sie anzutreffen«, sagte Kingsley, als er vor dem Stall stehen blieb. Seine Worte standen im direkten Gegensatz zu der Art und Weise, wie er mich anschaute. Sein Blick wanderte zu Kim. »Richard Kingsley, freut mich.«

Kim betrachtete ihn lediglich, aber reagierte nicht.

»Hey!«, rief Scott und kam auf uns zu. Aidan folgte ihm.

Als Kingsley sich zu ihnen umdrehte, glitt sein Blick zur Scheune, an der nun das Schild der Wildtierauffangstation befestigt war. »Es ist also wahr«, knurrte Kingsley und zog eine Zeitung aus seinem Hosenbund. »Ich hielt die Meldung für einen Scherz und wollte mich selbst überzeugen.«

Ich griff nach dem Blatt, das er mir entgegenhielt. Auf der dritten Seite fand ich in der rechten Spalte einen wenige Zeilen langen Artikel über unser Projekt. Ein Bild des Logos war darin abgedruckt.

»Was ist hier los?«, fragte Scott, als er schließlich bei uns angekommen war. Mit einem wütenden Funkeln in den Augen musterte er Kingsley. »Ich habe Ihnen schon einmal gesagt, dass Sie sich hier nicht mehr blicken lassen sollen.«

Aidan lehnte sich gegen den Stall neben Kim und schaute zwischen den beiden Männern verwirrt hin und her.

»Aber, aber, Junge.« Kingsley trat einen Schritt zurück und hob die Hände. »Wir sind doch Freunde. Kein Grund, wütend zu werden.«

Scotts Kiefer mahlte. »Sie und ich sind sicher keine Freunde.«

Kingsley seufzte, dann deutete er zur Scheune. »Stimmt, wären wir Freunde, hätten Sie mir davon erzählt.« Kopfschüttelnd lachte er. »Das ist absurd. Sie stecken Geld in etwas, das niemals Früchte tragen wird. Deshalb verdopple ich mein Angebot.«

Mein Herz setzte einen Schlag aus. Kim musterte mich verständnislos von der Seite. Kingsleys letztes Angebot war schon unverschämt hoch gewesen. Ich vergrub meine leicht zittrigen Finger in meinem Oberteil und räusperte mich, um meine Stimme wiederzufinden. »Sie können uns auch eine Milliarde Dollar bieten, wir werden die Pierson Ranch trotzdem nicht an Sie verkaufen.«

»Machen Sie sich nicht lächerlich.« Kingsley trat so plötzlich auf mich zu und griff nach meinem Handgelenk, dass ich einen erschrockenen Schrei ausstieß.

Es dauerte nur den Bruchteil einer Sekunde, da hatte Scott Kingsley von mir weggerissen und mit voller Wucht gegen das Stalltor gedrückt. Sein Unterarm lag an Kingsleys Hals, der die Augen vor Entsetzen weit aufgerissen hatte. Das geschah alles so schnell, dass ich kaum wusste, wo vorne und hinten war.

Aidan trat hinter Scott und legte ihm die Hand auf die Schulter. »Ich weiß, du bist wütend, aber er ist es nicht wert.«

Scott atmete schwer. »Wagen Sie es nicht noch einmal, sie anzufassen oder einen Fuß auf dieses Grundstück zu setzen.« Er senkte den Arm, woraufhin Kingsley tief Luft holte. Sein Kopf war rot und seine Wangen aufgeplustert, als würde er gleich hochgehen.

»Das werden Sie noch bereuen«, entgegnete Kingsley und stampfte wutentbrannt davon.

»Was hast du dir dabei gedacht?«, fragte ich fassungslos. Mein Puls ging noch immer schnell. Meine Finger legten sich wie von selbst um mein Handgelenk. »Aber danke.«

Schnaubend schüttelte Scott den Kopf. »Er ist so ein Arschloch. Geht es dir gut?« Ich nickte zögerlich.

»Der hat es ohnehin schon auf euch abgesehen«, versuchte Aidan, die Situation zu entschärfen. »Es bringt euch nichts, wenn du eine Anzeige wegen Körperverletzung erhältst.«

»Aidan hat recht«, stimmte ich zu. »Wir sollten ihn einfach vergessen.«

»Ist wirklich alles okay bei dir?«, fragte Kim leise und legte mir ihren Arm um die Schultern.

Ich nickte. »Alles gut, nichts passiert.«

»Zwar stimme ich in allen Punkten zu, aber ich hätte trotzdem gern gesehen, wie Scott ihm eine verpasst.«

»Du bist unmöglich«, entgegnete ich lachend. Scott hatte sich abgewendet und die Hände zu Fäusten geballt. So wütend hatte ich ihn bisher nicht erlebt. Er stieß das Stalltor auf und stapfte ins Innere. »Ich geh mal schauen, wie es ihm geht.«

»Mach das.« Kim nickte.

Als Aidan sah, was ich vorhatte, ging er zurück zu Kim. Mit gedämpften Stimmen unterhielten sie sich miteinander, konnten gleichzeitig die Hände aber kaum voneinander lassen. Was mich normalerweise nur den Kopf schütteln ließ, fand ich bei Kim irgendwie süß.

Vorsichtig öffnete ich das Stalltor und folgte Scott hinein. Er war im Gehege bei Aramis und strich dem Hengst über die Nase. Doch auch aus der Entfernung sah ich seinen Kiefer noch immer mahlen.

Ich ging langsam auf ihn zu und legte ihm die Hand auf die Schulter. Er verkrampfte sich einen Moment, entspannte sich kurz darauf aber wieder.

»Tut mir leid, ich habe die Beherrschung verloren«, sagte Scott leise, während er Aramis über die Mähne fuhr. »Du musst mich sicher für einen Schlägertypen halten.«

»Ach, so ein Quatsch!«, entgegnete ich lachend. »Jeder verliert mal die Beherrschung, ist doch nur halb so wild, schließlich ist ja nichts passiert. Außerdem hat Kingsley es ganz schön provoziert.«

»Trotzdem.« Scott schüttelte sacht den Kopf. »Ich hätte unser Projekt gefährden können. All die harte Arbeit, die wir da reingesteckt haben, hätte für die Katz sein können.«

»Hey, hör auf, so etwas zu sagen.« Ich trat neben Aramis, damit Scott mich ansehen musste. Langsam ließ er von dem Hengst ab und wandte sich mir zu. Seine Augen baten mich um Verzeihung. »Es ist doch nichts passiert«, wiederholte ich.

»Aber es hätte leicht eskalieren können, wäre Aidan nicht zur Stelle gewesen.«

Ohne weiter darüber nachzudenken, zog ich Scott in eine feste Umarmung. »Mach dir nicht so viele Gedanken.«

»Ich versuche es«, sagte er in meine Haare und strich mir sanft über den Rücken. Es fühlte sich unglaublich gut an. »Danke, Holly.«

»Na klar!«

Als er von mir abließ, lächelte er. Seine wütende Miene von eben war gänzlich verschwunden. Er verabschiedete sich von Aramis, woraufhin wir den Stall wieder gemeinsam verließen.

»Wie wäre es, wenn wir übermorgen alle zusammen auf die Independence Day Parade in Charlesborough gehen?«, schlug Scott vor.

»Das wäre schön.« Es war seit Langem das erste Jahr, in

dem ich den 4. Juli nicht in Los Angeles feiern würde. Ich liebte die Party im Grand Park, bei der es Livemusik auf zahlreichen Bühnen und massig Foodtrucks mit den besten Leckereien gab. Am Abend war dann das große Feuerwerk, das den Nachthimmel in den unterschiedlichsten Farben erleuchtete. Aber ich war gespannt darauf, wie Charlesborough diesen besonderen Tag feierte.

»Ihr seid doch dabei, oder?«, rief Scott Aidan und Kim zu, die kaum die Finger voneinander lassen konnten. Scott lachte bei dem Anblick leise.

Eher widerwillig ließen die beiden Turteltäubchen voneinander ab. »Worum geht's?«, fragte Kim und verschränkte die Hände hinter dem Rücken.

»4. Juli? Ihr bleibt doch so lange, oder?«

Sie schaute Aidan an, der die Lippen aufeinanderpresste und kaum merklich den Kopf schüttelte.

»Wie? Wann wollt ihr dann gehen?«, fragte ich und lief schnurstracks auf die beiden zu. Ich fixierte meine beste Freundin, die schuldbewusst meinem Blick auswich und stattdessen den Sand zu ihren Füßen betrachtete. »Blossom?«

»Unser Flug geht in acht Stunden«, murmelte sie.

»Heute noch? Aber ... Das geht so schnell. Ich dachte, uns bleibt noch etwas mehr Zeit.« Ein Kloß schnürte mir die Kehle zu.

»Ja, ich weiß. Es tut mir leid. Ich hätte auch nicht damit gerechnet, dass alles so Schlag auf Schlag passiert.«

»Wir müssen leider an die Arbeit. Mein Vater erwartet schnellstmöglich eine Präsentation«, erklärte Aidan. »Es geht um die Finanzierung des neuen Resorts.«

Ich nickte. »Ja, natürlich, das verstehe ich.« Dann

wandte ich mich an Kim. »Sollte das Richkid dich noch mal verletzen, weißt du, wo du mich findest. Du kannst jederzeit zurückkommen.«

Aidan stieß ein abfälliges Schnauben aus. Aber mit diesem Spitznamen musste er als Sohn eines milliardenschweren Hoteliers jetzt leben.

»Ich weiß.« Kim lächelte. »Du wirst mir fehlen.«

»Du mir auch«, entgegnete ich. Ich war nicht bereit für diesen Abschied, und doch musste ich Kim ziehen lassen. »Dann sollten wir das Beste aus den letzten Stunden machen.«

Kapitel 21

Wir hatten eine halbe Stunde am Foodtruck angestanden, aber es hatte sich gelohnt. Mit meiner Tüte noch warmer Churros stellte ich mich in den Schatten. Das Gebäck war fettig und die Zimt- und Zuckerschicht so gewaltig, dass damit mein Monatsbedarf abgedeckt sein durfte. Aber das war mir egal. Genüsslich biss ich hinein und ließ mir den Teig auf der Zunge zergehen.

»Sicher, dass ihr nichts wollt?«, fragte ich mit vollem Mund und hielt den anderen die Tüte vors Gesicht. Neben Scott waren auch meine Mom und Amity mit zur Parade nach Charlesborough gekommen. Naserümpfend schüttelten sie ihre Köpfe. »Tja, mehr für mich.«

Die Stadt war brechend voll. Wir hatten die Autos etwas außerhalb parken müssen, da die Straßen für die Parade gesperrt waren. Es gab neben den Foodtrucks auch einige Buden und Fahrgeschäfte wie auf einem Jahrmarkt. Aus den unzähligen Boxen, die am Straßenrand standen, dröhnte Musik.

Mom hielt ihr Handy fest umklammert, stellte sich auf die Zehenspitzen und schaute sich um.

»Suchst du wen?«

Sie schüttelte den Kopf. »Nein, ich wollte nur mal sehen, was hier so los ist.« Ihrer etwas hohen Stimmlage nach zu urteilen, log sie. Aber das sollte gerade nicht meine Sorge sein. Solange ich Churros hatte, war ich glücklich. Sie trösteten mich darüber hinweg, dass Kim und Aidan nicht hier waren. Aber immerhin waren sie gut in Sacramento angekommen und hatten sich gleich gestern voller Elan in die Arbeit gestürzt.

Amity lehnte sich gegen die kühle Häuserfassade und fächerte sich Luft zu. Aus beinahe jedem Fenster über ihr hingen Flaggen der USA. »Kaum zu glauben, dass es hier stickiger als in der Bar ist!«

Ich brummte zustimmend und schob mir einen weiteren Churro in den Mund. Der Himmel auf Erden!

»Na gut, gib schon her.« Scott packte die Tüte und nahm sich eines der Gebäckteilchen.

»Hey! Du hattest deine Chance«, protestierte ich, wurde aber eiskalt ignoriert.

»So wie du beim Essen stöhnst, müssen die Dinger ja besser als Sex sein«, entgegnete er, woraufhin sich meine Wangen röteten. Als er abbiss, blieben ihm zahlreiche Zuckerkristalle im Bart hängen.

»Und?«, fragte ich, als er aufgegessen hatte und sich die klebrigen Rückstände mit der Zunge von den Lippen leckte.

Er wog den Kopf hin und her. »Joa, sind okay.«

»Okay? *Okay* nennst du das?«

Scott lachte. »Na schön, sie sind ziemlich gut.«

»Mindestens«, sagte ich grinsend, nahm den letzten Churro aus der Tüte, ehe ich sie zerknüllte und in den Mülleimer hinter dem Truck beförderte.

Merkwürdigerweise stand Mom noch immer am Straßenrand und schaute in die Menge. Gerade als ich sie ein weiteres Mal darauf ansprechen wollte, hob sie winkend die Hand.

Verwirrt folgte ich ihrem Blick und machte Peter Haney aus, der geradewegs auf uns zukam.

»Peter, was für ein Zufall, Sie hier zu treffen«, sagte Mom, kaum dass er bei uns angekommen war.

»Ja, was für ein Zufall«, wiederholte ich ihre Worte und grinste sie mit vor der Brust verschränkten Armen an.

Mom errötete und wich meinem Blick aus.

»Schön, Sie wiederzusehen.« Haney lächelte aufrichtig und stellte sich auch Amity vor. »Mr Avari, ich möchte Sie noch mal persönlich beglückwünschen. Das, was Sie und Ms Pierson auf die Beine stellen, ist wirklich ganz fantastisch. Hat das *AWS* sich schon bei Ihnen gemeldet?«

Scott erwiderte den Händedruck. »Vielen Dank. Nein, bisher haben wir nichts gehört, aber wir können Ihnen gar nicht genug dafür danken, dass Sie diesen Kontakt überhaupt hergestellt haben.«

»Ich hoffe sehr, dass sich daraus bald etwas ergeben wird.« Er nickte Scott zu und wendete sich wieder an Mom. Bei einem seiner Komplimente strahlte sie über beide Ohren, und ich kam nicht umhin, meine Kamera einzuschalten und heimlich ein Foto von den beiden zu machen. Als ich es anschaute, nickte ich zufrieden.

Leider würde Mom nächste Woche wieder zurückfahren, weil ihr Urlaub dann endgültig aufgebraucht war, aber es freute mich trotzdem, dass sie in Mr Haney wenigstens jemanden gefunden hatte, der sie zum Lachen brachte.

»Na, wer hätte das gedacht?«, flüsterte Scott an mein Ohr und wackelte mit den Augenbrauen. Dabei rollte er ganz langsam die Ärmel seines Hemdes hoch – eine Bewegung, die ich viel attraktiver fand, als ich sollte.

»Ich jedenfalls nicht. Aber ich finde, wir sollten den beiden Zeit für sich geben, oder?«

»Du bist eine ganz wunderbare Tochter.«

Ich tippte Mom auf die Schulter. »Wir laufen mal etwas herum. Wollen wir uns nach dem Feuerwerk bei den Autos treffen?«

Verwirrt legte sie die Stirn in Falten. Als sie verstand, was ich vorhatte, röteten sich ihre Wangen erneut. »Okay, wenn ihr möchtet. Dann sehen wir uns später.«

»Alles klar. Auf wiedersehen, Mr Haney.«

Lächelnd verschwanden Mom und er in der Menge.

»So, dann mal los.« Amity stützte sich von der Fassade ab.

Gemeinsam schlenderten wir über das Fest. Von allen Seiten stieg mir der himmlische Duft von Süßspeisen und anderen Köstlichkeiten in die Nase. Obwohl ich gerade erst meine Tüte Churros verputzt hatte, hätte ich schon wieder essen können.

»Wer übernimmt heute eigentlich die Bar?«, fragte ich Amity.

»Niemand. Die Trunkenbolde werden mal einen Tag ohne ein frisch Gezapftes klarkommen«, entgegnete sie lachend. »An Feiertagen öffne ich generell nicht.«

»Für uns machst du nachher aber hoffentlich eine Ausnahme«, rief Scott ihr über seine Schulter hinweg zu. Amity schüttelte den Kopf, woraufhin er schmollend die Unterlippe vorschob.

»Wie viele Mitarbeiter hast du eigentlich?«

»Neben mir gibt es nur zwei weitere.« Sie zuckte mit den Schultern. »Irgendwie taugt niemand was, weshalb ich ungern Arbeit abgebe.« Plötzlich grinste sie mich an und legte mir den Arm um die Schultern. »Aber solltest du doch bleiben und mal die Schnauze voll vom Pferdemist haben, wärst du sicher eine fabelhafte Barkeeperin … die dazu noch einiges an Trinkgeld kriegen würde.«

Lachend schüttelte ich den Kopf. »Barkeeperin? Ich würde so viele Gläser und Flaschen fallen lassen, dass du nur Verluste machen würdest. Nach einer Woche könntest du den Laden dichtmachen.«

»Ach, das glaube ich nicht.«

»Glaub, was du willst, aber leider wurde ich nicht mit sonderlich guten motorischen Fähigkeiten gesegnet. Kim lacht mich schon immer deswegen aus.«

»Na schön, solltest du deine Meinung ändern, sag Bescheid!«

Nachdem wir zwei weitere Stunden durch die Stadt gelaufen waren, um uns erst mal einen Überblick zu verschaffen, schmerzten mir die Beine und ich war vollkommen durchgeschwitzt. Nicht mal die Brise, die unter mein Crop Top wehte, konnte das verhindern. Trotz allem gefiel mir die Stimmung in Charlesborough sehr.

Die Menschen tanzten zu den Beats der Musik, lachten ausgelassen und schwangen ganz patriotisch kleine Fähnchen. Der 4. Juli war der Tag im Jahr, an dem dieses besondere Zugehörigkeitsgefühl herrschte. Wir alle waren Teil einer großen Gemeinschaft. Deshalb war der Unabhängigkeitstag neben Halloween mein liebster Feiertag des Jahres.

Wir holten uns ein paar Biere zur Abkühlung, setzten uns damit an den Springbrunnen auf dem Marktplatz und machten einen Schlachtplan. »Wir sollten tanzen«, schlug Amity vor. »An der Hauptbühne lief gute Musik.«

»Das war furchtbares Country-Zeug«, entgegnete Scott.

»Wir sind hier in Texas, Schlaubi. Was erwartest du?« Sie nippte an ihrem Bier. »Du bist sicher der einzige Mensch weit und breit, der fast nur Metal hört.«

Ich verzog den Mund. »Ist das wahr?«

»Und wenn?«

»Dann weiß ich nicht, ob wir noch Freunde sein können«, sagte ich grinsend.

»Danke, Holly! Meine Rede!«, rief Amity. »Habt ihr denn einen besseren Vorschlag?«

»Ich bin für alles offen«, entgegnete ich schulterzuckend.

»Ach, für alles?« Scotts Mundwinkel kräuselten sich amüsiert. Ein herausfordernder Ton lag in seiner Stimme. Einer, der meinen Puls in die Höhe trieb.

»Ja?«

Das Grinsen auf Scotts Gesicht wurde breiter. Dann sprang er so schnell auf die Beine, dass ich beinahe in den Springbrunnen plumpste, aber er griff nach meiner freien Hand und zog mich hoch. »Ich habe eine Idee.«

Ohne noch ein Wort zu verlieren, schleifte Scott mich hinter sich her. Amity schaute kurz verwirrt, ehe sie sich anschloss.

»Was wird das?«, wollte ich wissen. Aufgrund der ruckartigen Bewegung schäumte mein Bier auf und strömte aus der Flasche. Ich drückte mir die Öffnung schnell an die Lippen, um nicht zu viel zu verschwenden.

Scott antwortete nicht. Stattdessen zog er mich um die Ecke in eine kleine Seitenstraße und blieb vor einer Attraktion stehen.

»Nein!«, rief ich lachend. »Das kannst du nicht ernst meinen!«

Auf dem Boden lagen einige Matten verteilt, die den Sturz abfederten, und ringsherum stand eine jubelnde Meute, die den Rodeoreiter anfeuerte.

»Geniale Idee!«, sagte Amity.

»Holly?«, hakte Scott nach.

Energisch schüttelte ich den Kopf. »Du bist verrückt. Soll ich mir alle Knochen brechen? Außerdem ist Bullenreiten Tierquälerei.«

Scott seufzte und rieb sich den Nasenrücken, lächelte dabei aber zaghaft. »Du sollst dich ja auch nicht auf einen echten Bullen setzen. Dass ich das nicht unterstützen würde, versteht sich wohl von selbst, oder nicht?«

Bullenreiten war ein wichtiger Bestandteil eines Rodeos – ein sportliches Reitsportturnier, das zu Unterhaltungszwecken diente. Ziel war es, mindestens acht Sekunden auf dem Rücken eines bockenden Tieres zu verharren, ehe man abgeworfen wurde. Für Zuschauer mochte diese Show spannend und belustigend sein, aber für den Bullen bedeutete das puren Stress und große Schmerzen. Denn das Bocken des Tieres entstand dadurch, dass der Flankengurt so eng um Leiste und Genitalien geschnallt wurde, dass es diesen unbedingt loswerden wollte. Eine Grausamkeit, die man in keinem Fall unterstützen sollte.

»Macht mal Platz, ich fang an«, sagte Amity und presste sich an uns vorbei nach vorn. Dabei streckte sie den Rücken durch und reckte das Kinn in die Höhe. Ihre Augen blitzten herausfordernd auf. Ich konnte mir Amity richtig gut beim Ritt auf einem mechanischen Bullen vorstellen.

Es waren noch zwei Männer vor uns in der Schlange, die beide nach wenigen Sekunden abgeworfen wurden.

Als der letzte von ihnen mit gesenktem Kopf den Ring verließ, bezahlte Amity und schwang sich auf die Maschine.

»Bereit?«, fragte der Techniker.

»Aber so was von!«

»Nur eine Hand. Alle fünf Sekunden beschleunigt sich das Tempo. Wenn du eine Minute schaffst, darfst du dir einen Preis aussuchen«, erklärte der Mann weiter und deutete auf die Bude hinter sich. Die Auswahl an Gewinnen war eher mickrig, aber darauf kam es nicht an. Hier sollte der Spaß im Vordergrund stehen.

Amity nickte, woraufhin das Gerät eingeschaltet wurde. Erst langsam, vor und zurück, dabei im Kreis. Nach wenigen Sekunden änderte sich nicht nur die Geschwindigkeit, sondern auch die Art der Bewegungen. Sie wurden ruckartiger, undurchschaubarer. Wie bei einem echten Bullen.

»Los, du schaffst es!«, rief ich lachend. Auch die anderen Zuschauer feuerten sie lautstark an.

Amity hob die freie Hand über den Kopf und jubelte. Sie sah so frei und unabhängig aus, dass mein Herz einen Satz machte.

Die große Uhr hinter ihr zeigte fünfunddreißig Sekunden an, als sie plötzlich vom Bullen flog und nach einer Vorwärtsrolle mit dem Rücken auf den Matratzen liegen blieb. Die Menge tobte. Grinsend rappelte Amity sich auf. »Das Ding muss manipuliert sein!«

»Oder du bist nicht so gut, wie du denkst«, entgegnete Scott, ehe er sich zu mir drehte. »Und, hast du es dir überlegt?« Ein weiteres Mal schüttelte ich den Kopf. »Und wenn wir wetten?«

»Was ist der Einsatz?«, fragte ich und legte den Kopf schief.

Scott fuhr sich mit der Zunge über die Lippen und lächelte. »Was immer man will. Ein blanko Gewinn, den man einlösen kann, wann man will, wo man will.«

»Aber nichts Illegales.«

Scott lachte. »Natürlich nicht.«

»Der oder die nächste!«, rief der Budenbesitzer.

»Okay«, sagte ich nickend und drückte Scott meine Kamera in die Hand. Dann schob er mich vorwärts, vermutlich, um sicherzugehen, dass ich nicht doch noch einen Rückzieher machte. Ich atmete tief durch und hörte den Anweisungen des Mannes zu.

Vor dem Bullen zu stehen war beängstigend. Von außerhalb des Ringes machte die Maschine einen deutlich sympathischeren Eindruck, aber sie war nicht nur sehr hoch, sondern, dem Rost und abgeblätterten Material nach zu urteilen, auch alt. Wenigstens landete man weich, sollte das Ding in sich zusammenfallen.

Eher unbeholfen schwang ich mich auf das Gerät und hielt mich mit der linken Hand am Sattelknopf fest. Ich rutschte noch einmal kurz hin und her, bis ich gut aufsaß. Dann drückte ich meine Schenkel zusammen und nickte, woraufhin der Bulle startete.

Mir entfuhr ein erschrockener Laut, da die Bewegung so plötzlich kam und in eine andere Richtung verlief, als ich vermutet hatte. Ich verstärkte den Druck meiner Schenkel und fing an zu lachen. Dass es so viel Spaß machen würde, hatte ich nicht geglaubt. Adrenalin pumpte durch mich hindurch, sodass sich mein Herzschlag beschleunigte. Ich fühlte mich wie berauscht, wie bei einem der Abenteuer, die ich so sehr liebte.

Es war vergleichbar mit dem Gefühl, das ich beim

Wildwasserfahren vor ein paar Jahren hatte. Kim und ich wurden im Schlauchboot hin und her geschleudert und hatten trotzdem den Spaß unseres Lebens gehabt. Es war aufregend, überwältigend, und vor allem fühlte man sich am Ende für einen kurzen Zeitraum unsterblich.

Jubelnd passte ich mich den Bewegungen der Maschine an. Die anderen riefen mir irgendwas zu, aber das war über die Lautstärke der Maschine kaum zu hören.

Ich versuchte einen Blick auf die Uhr zu erhaschen, doch in diesem Moment änderte der Bulle seine Richtung und richtete sich nach hinten auf. Mit dem freien Arm wedelte ich über meinem Kopf herum, wollte das Gleichgewicht bewahren, aber ich wurde abgeworfen.

Weiterhin lachend fiel ich in die Matten. Einundvierzig Sekunden waren es nur gewesen, obwohl es sich angefühlt hatte wie mindestens zwei Minuten.

»Das war richtig gut!«, sagte Amity. »Scott wird niemals besser sein als du.«

Er schnaubte. »Da kennst du mich aber schlecht.«

Beinahe lässig ging er zu dem Bullen und schwang sich ebenso elegant hinauf, wie auf den Rücken eines Pferdes. Er rollte die wieder runtergerutschten Hemdsärmel hoch, und dann ging es auch schon los.

»Yiihaaa!«, rief Scott, kaum dass der Bulle sich in Bewegung setzte. Dabei klang er so befreit, dass ich lachen musste.

Scott war im Bullenreiten besser, als ich erwartet hätte. Viel besser. Egal, wie plötzlich sich die Richtung änderte, er balancierte seinen Oberkörper so aus, dass er sitzen blieb. Als hätte er sein ganzes Leben nichts anderes gemacht.

»Sechzig Sekunden!«, rief der Techniker plötzlich aus, woraufhin ein ansteckendes Jubeln durch die Menge ging. Beinahe hatte man das Gefühl, sich bei einem echten Rodeo zu befinden.

Zwar hatte Scott bereits gewonnen, das hielt ihn aber nicht davon ab, weiterhin sein Bestes zu geben. Und er schaffte es, noch eine halbe Minute auf dem Bullen sitzen zu bleiben, bis er mit einer ziemlichen Wucht abgeworfen wurde.

»Eine Minute und zweiunddreißig Sekunden!«, ertönte es durch die Lautsprecher. Das Jubeln wurde lauter, während das stolze Grinsen auf Scotts Gesicht breiter wurde. Er steuerte die Bude hinter dem Ring an, um sich einen Gewinn auszusuchen. Als er sich zu uns umdrehte, hatte er ein pinkes Plüschtier in der Hand.

»Was ist das denn?«, fragte Amity lachend.

Scott grinste weiterhin. Dabei funkelte das Blau seiner Augen und ließ sein gesamtes Gesicht erstrahlen. Dieser losgelöste Ausdruck gefiel mir an ihm. »Das ist für Holly.«

»Was?«, fragte ich verwirrt und schaute zwischen Scott und dem plüschigen Etwas hin und her.

Er zuckte mit den Schultern, und ich meinte, für den Bruchteil einer Sekunde so etwas wie Verlegenheit in seinem Blick zu erkennen. Dann streckte er mir seinen Gewinn entgegen. »Mit einem echten Schweinchen kann ich leider nicht dienen.«

Ich biss mir auf die Wange, um nicht loszuquietschen, und riss ihm das Plüschtier aus der Hand. Es war ein flauschiges Schwein, das mich aus riesigen grünen Glupschaugen anschaute. Die Knopfnase glitzerte, als die Sonne darauf fiel. Wie ein Kleinkind drückte ich es mir an die Brust. »Danke. Ich liebe es!«

»Freut mich, dass es dir gefällt«, entgegnete Scott und lachte. Tief und melodisch.

Amity kam näher und kraulte dem Schweinchen den Kopf. »Was hat es damit auf sich?«

»Als wir jünger waren, hat Holly, ohne zu fragen, spontan ein Hausschwein gekauft. Dafür bekam sie ganz schön Ärger von ihrer Mutter und Meemaw und musste es zurückbringen«, erklärte Scott.

»Es ist so flauschig, dass ich am liebsten mein Gesicht reindrücken würde«, sagte ich und tat genau das. Das Kuscheltier würde einen Ehrenplatz erhalten.

»Und bekommt es auch einen Namen?«, fragte Amity. Vermutlich meinte sie das eher scherzhaft, aber natürlich musste es einen Namen bekommen.

»Hmm ...« Ich hielt mir das Plüschtier vors Gesicht und betrachtete es genauer. »Ham Solo«, gab ich bekannt. »Das soll sein Name sein.« Und dieser passte hervorragend zu Jabba the Slug.

Amity lachte. »Das ist ziemlich stumpf.«

»Ach, papperlapapp!«

»Also mir gefällt der Name«, sagte Scott anerkennend.

»Vielen Dank!« Ich funkelte Amity wütend an und streckte ihr die Zunge heraus. Sie hatte keine Ahnung, was witzig war. »Und was ist mit deinem Gewinn? Was willst du?«

Scott legte sich Zeigefinger und Daumen ans Kinn. »Das werde ich mir noch überlegen.«

Amity verzog gespielt angewidert den Mund und sagte

mit belustigter Stimme: »Das wird bestimmt was Versautes.«

»Haha, sehr witzig«, entgegnete ich und versuchte meine Verlegenheit zu überspielen. Meine Wangen glühten aber trotzdem, weshalb ich Ham Solo so anhob, dass er mein Gesicht verbarg.

Scott sagte nichts. Und ich war mir nicht sicher, ob ich das gut oder etwas beängstigend finden sollte.

»So, jetzt haben wir gemacht, worauf Scott Lust hatte. Nun lasst uns tanzen gehen!«, entschied Amity schließlich und stolzierte zurück zur Hauptstraße, wo sich die große Bühne befand.

»Danke noch mal.« Ich hob den Blick und schaute Scott noch immer etwas peinlich berührt an.

»Nichts zu danken.« Er lächelte und legte mir dabei die Kamera wieder um den Hals. »Und keine Sorge, ich bin ein Gentleman und würde nie etwas von dir verlangen, was du nicht auch willst.«

»Da bin ich aber beruhigt«, sagte ich und hoffte, dass er das wilde Klopfen meines Herzens nicht hören konnte.

Kapitel 22

Wir verbrachten viele weitere Stunden in Charlesborough, bis die Sonne allmählich unterging. Bevor wir zur Bühne gegangen waren, hatte ich die anderen noch überreden können, dass wir uns bei einem Straßenkünstler USA-Flaggen ins Gesicht malen ließen. Wenn man schon den 4. Juli feierte, dann so patriotisch wie möglich. An dem Stand hatte ich mir außerdem eine Tube Körperglitzer gekauft und mich damit eingeschmiert, sodass ich funkelte wie eine Discokugel. Dass ich Amity danach absichtlich fest in die Arme gezogen hatte, würde sie mir so schnell sicher nicht verzeihen, aber ich hatte meinen Spaß gehabt.

Anschließend hatten Scott und sie mich zu einem Line Dance überredet, bei dem ich bloß über meine eigenen Füße gestolpert war, da ich die Schritte nicht kannte. Im Grunde hatte ich nichts gegen das Tanzen, solange es in einem Club geschah, wo jeder bloß herumzappelte. Nach vorgegebenen Schritten zu tanzen war etwas anderes, aber nach der dritten Runde war ich schon besser geworden.

Nachdem wir völlig erschöpft waren, deckten wir uns mit ein paar Burritos to go ein. Die Bude hatte ein extra Sternchen dafür verdient, dass es die vegane Variante mit schwarzen Bohnen gab. Und sie war wirklich köstlich gewesen!

Jetzt erklommen wir gerade die zahlreichen Stufen des höchsten Gebäudes der Stadt. Aufgrund der Menschenansammlung war der Fahrstuhl gesperrt worden, weshalb wir mühselig die Treppen auf die Dachterrasse nehmen mussten. Nun ja, Mühe kostete es allem Anschein nach nur mich. Die anderen waren nach den zwanzig Etagen kaum außer Atem und auch nicht annähernd so durchgeschwitzt.

Amity reichte mir stützend den Arm. »Alles okay?«, fragte sie besorgt. »Du klingst gar nicht gut.«

»Sport ist Mord«, keuchte ich zwischen zwei Atemzügen.

Sie schüttelte den Kopf und schaute Scott mit ernster Miene an. »Du solltest sie echt härter rannehmen.«

Amüsiert hob er eine Braue und lachte. »Ich wäre nicht abgeneigt.«

»Scott!«, rief ich zwischen Lachen und Luftholen.

»Bei der Arbeit meine ich natürlich. Oder was denkst du, wovon ich rede?« Abwehrend hob er die Hände. Ein Schelm, wer Böses dabei dachte!

Als ich hochschaute, sah ich Amitys amüsierten Blick. Sie wackelte wissend mit den Augenbrauen. Ich ging nicht weiter darauf ein, und sie hakte zum Glück nicht weiter nach. Stattdessen zog sie die Tür zur Dachterrasse auf. Sofort wurden meine Haare aufgewirbelt, da es hier oben deutlich windiger war. Zahlreiche Menschen hatten sich auf dem Gebäude versammelt und warteten auf das Feuerwerk, das in wenigen Minuten über Charlesborough hochgehen sollte.

Scott dirigierte uns zu einem freien Platz in der Nähe des Geländers. Es war hoch genug, sodass man nicht hinabstürzen konnte, aber ich wollte es nicht auf die Probe stellen, weshalb ich ein bisschen zurückwich und dabei an Scotts Brust stieß, der mir die Hände auf die Schultern legte, wodurch ich das Gleichgewicht behielt.

»Sorry.«

»Ist ja nichts passiert«, sagte er, ohne die Hände wieder sinken zu lassen. Es fühlte sich schön an, ihn an meinem Rücken zu spüren. Zu wissen, dass er da war und mich vor jedem Fall bewahren würde. Dadurch fühlte ich mich geborgen. Etwas, von dem ich nicht wusste, wann ich es zuletzt gefühlt hatte. Ich schluckte und lenkte die Gedanken in eine andere Richtung, konzentrierte mich auf den einzigartigen Ausblick über die Stadt, auf das Stimmengewirr um uns herum. Was schwer war, da ich jeden von Scotts Atemzügen wahrnahm und seine Berührung, die viel mehr in mir auslöste, als sie sollte. Sie war wie winzig kleine Stromschläge, die sich über meine Haut zogen und meinen Puls in die Höhe trieben.

»Gleich geht es los!«, rief eine Frau neben uns aufgeregt.

Instinktiv lächelte ich. Ich wusste, was für eine Umweltbelastung Feuerwerke waren, und am liebsten hätte ich sie boykottiert. Aber leider liebte ich sonst alles daran – die Raketen, wie sie in die Luft stiegen und sprühende Funken hinter sich herzogen, wie sie in einem Meer aus tausend Farben und Formen explodierten und selbst den schwärzesten Nachthimmel zum Erleuchten brachten. Feuerwerke waren in meinen Augen eine ganz eigene Kunstform, die mich begeisterte.

Ich verlagerte mein Gewicht ein wenig. Dabei spürte ich

ein Summen an der Hüfte. »Scott, in deiner Hose vibriert es.«

»Entschuldigung. Dann solltest du deinen Hintern nicht so an mir reiben«, raunte er belustigt.

Über den Kopf hinweg stieß ich ihn sanft gegen den Oberarm. »Ich rede von deinem Handy!«

»Sag das doch gleich.« Lachend ließ er von mir ab und holte sein Smartphone hervor.

Als ich mich zu ihm umdrehte, war seine Stirn in Falten gelegt. Mein Herzschlag beschleunigte sich abermals, und mir gingen zahlreiche Schreckensszenarien durch den Kopf. »Stimmt etwas nicht?«

»Moment.« Scott nahm den Anruf entgegen und hielt sich das Handy ans Ohr. »Ja?«

»Was ist los?«, fragte Amity und beugte sich zu mir rüber.

Ich hob die Schultern. »Keine Ahnung.«

Am anderen Ende der Leitung hörte ich jemanden schnell sprechen, aber ich konnte die Stimme nicht zuordnen. Allerdings veränderte Scotts Gesichtsausdruck sich zunehmend. Die Sorge verschwand, und stattdessen breitete sich eine Mischung aus Überraschung und Entsetzen aus. »Wir sind schon unterwegs«, waren seine letzten Worte, ehe er auflegte. Amity und ich schauten Scott an und warteten auf eine Antwort auf die unausgesprochene Frage.

»Rückst du jetzt mit der Sprache raus?« Amity verschränkte die Arme vor der Brust.

Nacheinander schaute Scott uns an, aber ich war es, an der sein Blick haften blieb. Er befeuchtete seine Lippen und nickte. »Wir müssen los. Das war José.«

»Ist etwas mit der Ranch? Mit den Pferden?« Meine Stimme überschlug sich, und ich kaute vor Nervosität auf meiner Unterlippe herum.

»Ja ... Nein ... Nicht direkt.«

»Jetzt sag schon, was los ist, verdammt«, stieß Amity hervor.

»Jemand hat beim Wandern ein verletztes Zebra gefunden. Das Tier wurde auf die Ranch gebracht. Es geht los!«, Scott klang sowohl begeistert als auch verunsichert.

Mein Mund öffnete sich. »Wir haben ein Zebra auf der Ranch?«

Scott nickte.

»Wir sind noch nicht fertig. Es ist noch so viel zu tun.«

Wieder nickte Scott.

»Warum, zum Henker, stehen wir hier noch? Wir müssen los!«, kam es von Amity, die als Erste einen klaren Gedanken fassen konnte.

»Wir müssen los!«, stimmte Scott zu und lief schnellen Schrittes voran und wir hinterher.

Mein Herz hämmerte unaufhörlich gegen meinen Brustkorb, und ich war kurz davor, in Panik auszubrechen. So war das alles nicht geplant gewesen. Zwar war ich normalerweise offen für Spontaneität, aber wenn es darum ging, wann eine Wildtierauffangstation eröffnet werden sollte, konnte diese Spontaneität beängstigend sein. Mir gingen so viele Dinge durch den Kopf. Dinge, die noch erledigt werden mussten. Und zum ersten Mal wusste ich genau, wie Kim sich fühlte, wenn etwas nicht nach Plan verlief.

Aber wir würden es schaffen. Nein, wir mussten es schaffen. Denn dieses Tier brauchte unsere Unterstützung, und wir würden alles in unserer Macht Stehende dafür tun, es zu retten. Das war es schließlich, wofür wir die letzten Wochen so hart gearbeitet hatten.

Mom war nicht zu erreichen gewesen, weshalb ich ihr eine Nachricht geschrieben hatte. Sie sollte sich keine Sorgen machen müssen, weil wir nicht am vereinbarten Treffpunkt erscheinen würden. Wobei ich vermutete, dass sie sich ohnehin prächtig mit Mr Haney amüsierte und dankbar für die zusätzliche Zeit sein würde.

Amity fuhr ziemlich schnell. Ich musste mich an der Hintertür ihres Wagens förmlich festkrallen. Trotzdem wurde ich im Sitz hin und her geschleudert, sodass mein Mageninhalt kurz davor war, das Tageslicht wiederzusehen.

Glücklicherweise verließen wir die Interstate gerade und bogen Richtung Ranch ab. Ruckelig war die Fahrt noch immer, aber nun wusste ich wenigstens, dass sie gleich zu Ende war.

Als das Gebäude in Sicht kam, atmete ich erleichtert auf. Wir fuhren am Haupthaus vorbei. »Dort ist es.« Scott deutete auf den Anbau hinter der Praxis. Das Licht war eingeschaltet.

Amity hielt den Wagen an. »Soll ich mitkommen?«

»Nein, besser nicht.« Scott schüttelte den Kopf. »Zu viel Stress ist für das Tier nicht gut.«

»In Ordnung. Sagt Bescheid, wenn ihr was braucht.«

»Machen wir.« Scott öffnete die Tür, ich nahm Ham Solo von der Rückbank, wir verabschiedeten uns und stiegen aus.

Er beschleunigte seine Schritte, sodass ich kaum hinterherkam. Aber das musste die Aufregung wegen dem sein, was uns bevorstand. »Du wartest bitte hier.«

»Was? Ich kann helfen!«, protestierte ich.

Doch Scott schüttelte lediglich den Kopf. »Nein, du bist keine Tierpflegerin und auch keine Ärztin. Es ist besser so.« Er presste die Lippen aufeinander und schaute mich voller Mitleid an.

»Ja, natürlich. Geh.«

»Danke.« Scott lief in den angrenzenden Waschraum. Er musste seine verschmutzte Kleidung und den Glitzer loswerden, da die Praxis ein steriler Raum war. Es dauerte eine Weile, ehe er wieder herauskam. Er hatte sich die Flaggen aus dem Gesicht gewaschen und stand in frischer Arbeitskleidung, über die er einen Kittel gezogen hatte, vor mir. Brooke musste wohl einige Sets im Waschraum gelagert haben. Ich schmunzelte, da ich ihn bisher nie so gesehen hatte. Aber er sah gut aus, ernst und erwachsen. Fast wie ein richtiger Arzt.

»Viel Erfolg«, sagte ich.

Nickend öffnete Scott die Tür zur Praxis. Er desinfizierte sich noch mal ordentlich die Hände und steuerte dann den tiermedizinischen Behandlungstisch an, als José und Brooke ihre Köpfe hoben und einen Schritt zur Seite traten.

Das Herz rutschte mir in die Hose, denn so konnte ich einen flüchtigen Blick auf das Tier erhaschen. Das Zebra lag so ruhig vor ihnen, dass ich kurz davor war, in Tränen auszubrechen. Doch bei näherer Betrachtung erkannte ich, dass es den Brustkorb hob und senkte. Erleichtert stieß ich den Atem aus.

Dennoch tat es mir in der Seele weh, zu wissen, weshalb dieses Zebra überhaupt erst verletzt wurde. Zu allem Übel handelte es sich auf den ersten Blick um ein Jungtier, kaum größer als ein Esel und vermutlich noch nicht einmal alt genug, um von der Mutter getrennt werden zu dürfen. Ich wollte mir nicht ausmalen, wie dieses Tier sich fühlen musste. Wie konnten Richard Kingsley und all die anderen Ranchbesitzer es nur mit ihrem Gewissen vereinbaren, Profit aus diesem Tierleid zu ziehen? Wie war es möglich, keine Empathie für solch ein Tier zu empfinden? Ein Tier, das die gleichen Gefühle hatte wie Menschen. Das ebenso viel Schmerz empfinden konnte. Ich ballte die Hände zu Fäusten. In mir flammte eine lodernde Wut auf, die durch meine Adern rauschte. Am liebsten hätte ich sie hier und jetzt laut herausgeschrien, wollte aber niemanden stören.

Scott und Brooke wechselten ein paar Worte, die ich von meiner Position aus nicht hörte. Dann stellten sie sich so vor den Tisch, dass ich nichts mehr erkennen konnte. Kurz darauf fiel die Tür endgültig ins Schloss.

Ich atmete tief durch und trat einen kleinen Stein weg. Wenn ich schon nicht laut schreien konnte, wollte ich die Wut anderweitig loswerden. Erstaunlicherweise funktionierte es zumindest ein bisschen.

Da ich nicht wusste, wie lange die Behandlung dauern würde, wollte ich nicht herumstehen und mich nutzlos fühlen.

Daher holte ich mir aus dem Haupthaus ein paar Rechnungen, die noch sortiert werden mussten, und setzte mich auf die Veranda. Die kleine Glühbirne, die über dem Tisch von der Balustrade baumelte, spendete kaum Licht, sondern flackerte nur. Ich schrieb es auf meine To-do-Liste, sie morgen auszuwechseln.

Als ich auf mein Handy schaute, blinkten mir einige verpasste Anrufe von Mom entgegen. Ich war mit den Gedanken so bei dem Zebra gewesen, dass ich gar nicht mehr daran gedacht hatte, dass sie noch mit Mr Haney unterwegs war. Ich drückte die Wahlwiederholung. Es brauchte gerade so bis zum zweiten Klingeln, da hatte Mom auch schon abgenommen.

»Holly, Liebling, ist alles in Ordnung bei euch? Wie geht es dem Tier? Wir sind auf dem Weg zum Auto und kommen sofort!« Ihre aufgeregte Stimme überschlug sich.

»Das ist nicht nötig«, versicherte ich ihr. »Brooke, Scott und José behandeln das Zebra. Wir können ohnehin nichts tun.«

»Sicher?«, hakte sie vorsichtig nach.

»Ja, Mom. Macht euch bitte noch einen schönen Abend. Hier ist alles in Ordnung.«

Ich konnte deutlich vor mir sehen, wie sie mit sich rang. Einerseits wollte sie für mich da sein, so wie sie es schon immer gewesen war. Andererseits genoss sie die Zeit mit Mr Haney, und das sollte sie auch. Sie verdiente es, ihren Spaß zu haben.

»Mom, wirklich. Ich meine es ernst«, sagte ich daher noch einmal nachdrücklich. »Wenn du zurück nach Hause fährst, muss ich doch auch allein klarkommen.«

Sie holte tief Luft. »Okay. Aber solltest du mich doch brauchen …«

»… rufe ich dich auf der Stelle an. Ich weiß.« Wir verabschiedeten uns voneinander und legten auf. Anschließend widmete ich mich wieder den Unterlagen vor mir.

Die Zeit verging im Schneckentempo. Alle paar Minuten hob ich den Blick, um zu schauen, ob die Behandlung beendet war. Von der Veranda aus konnte ich nur seitlich zur Praxis sehen. Aber durch die Ritzen im Holz drang weiterhin Licht.

Auch als die letzten Rechnungen sortiert waren, war noch niemand herausgekommen. Allmählich ging mein Puls so schnell, dass es mir ernsthaft Sorgen bereitete. Ein Tee würde helfen! Zumindest war es das, was Mom mir immer eingebläut hatte.

Ich ging hinein und kochte eine Kanne Kräutertee, die ich mitsamt einiger Tassen auf ein Tablett stellte und zum Verandatisch balancierte. Kurz überlegte ich, ob ich José, Scott und Brooke je eine Tasse vorbeibringen sollte, dann fiel mir wieder ein, wie ich aussah. Voller Glitzer und Dreck durfte ich unter keinen Umständen einen Fuß in den Behandlungsraum setzen. Außerdem wollte ich nicht stören. Ich wusste schließlich nicht, ob sie gerade womöglich einen gefährlichen Eingriff vornahmen. Wobei wir dafür noch nicht die richtigen Arbeitsmittel vor Ort hatten. Wie auch? Wir hatten nicht damit gerechnet, lange vor Fertigstellung der Station bereits das erste Tier zu beherbergen.

Ich nippte an dem heißen Getränk, lehnte mich im Schaukelstuhl zurück und wartete. Mom hatte recht. Der Tee wirkte Wunder.

»Hey«, ertönte Scotts Stimme irgendwann. Ich schreckte hoch, wobei mir das Plüschschwein vom Schoß fiel und die Tasse mir beinahe aus der Hand glitt.

»Hey«, erwiderte ich. »Sorry, ich muss kurz eingeschlafen sein. Wie lief es? Ist alles gut?«

Scott nickte. Er sah erschöpft aus, seine Haare standen ihm zu Berge, und ein Schweißfilm benetzte seine Stirn. »Ja, zum Glück war es nichts Ernstes, nur ein Streifschuss und vermutlich eine leichte Verstauchung.«

»Gott sei Dank«, hauchte ich und stieß den Atem aus. »Ich hatte das Schlimmste vermutet.«

»Wir sind auch erleichtert. Es hat nur so lange gedauert, weil wir noch weitere Untersuchungen vorgenommen haben, um sicherzugehen, dass wirklich sonst nichts ist.«

»Und ihr habt nichts weiter gefunden?«

»Nein.« Er lächelte. »Dem Kleinen sollte es in ein paar Tagen wieder deutlich besser gehen. Jetzt schläft er erst mal. Miguel bereitet das Gehege vor, und José wird die Nacht über ein Auge auf ihn haben.«

»Das klingt nach einem hervorragenden Plan.« Es machte mich glücklich, dass alles so gut verlaufen war. Und vor allem machte es mich glücklich, dass man Scott die Erleichterung deutlich ansehen konnte. Trotz seiner Erschöpfung und Müdigkeit strahlte er. Er lebte seinen Traum.

Gerade als ich fragen wollte, ob er sich zu mir setzen wollte, kam Brooke auf uns zu. Sie hatte den Kittel abgestreift. Sie war wohl in Schlafsachen hergekommen – einer ausgewaschenen Jogginghose und einem schlabberigen Oberteil. Vermutlich hatte Josés Anruf sie geweckt.

Sie legte den Kopf auf Scotts Schulter. Der Anblick versetzte mir einen Stich.

»Komm, du kannst so nicht mehr fahren, ich bringe dich nach Hause«, sagte Scott und legte seinen Arm um sie.

Brooke nickte, dann wandte sie sich an mich. »Gute Nacht, Holly.« Dunkle Schatten lagen unter ihren Augen.

Die Untersuchung musste sehr an ihren Kräften gezehrt haben. Es war wirklich besser, wenn sie so übermüdet nicht mehr selbst fahren würde.

»Gute Nacht, ihr beiden«, erwiderte ich und zwang mich zu einem Lächeln.

Gemeinsam liefen Scott und Brooke zu ihrem Auto. Er setzte sich hinters Steuer und fuhr los. Das hässliche Biest namens Eifersucht nagte an mir, obwohl es dazu keinen Grund gab. Er war ein Gentleman und wollte nicht, dass sie am Lenkrad einschlief. Was war daran verkehrt? Er sorgte sich nun mal um seine Mitmenschen. Aber trotzdem war da die kleine Stimme in meinem Kopf, die sich fragte, ob er nicht vielleicht doch die Nacht mit ihr verbringen würde.

Womöglich war es an der Zeit, mir einzugestehen, dass das, was ich für Scott empfand, weit über Freundschaft hinausging. Aber der Gedanke machte mir Angst. Ich hatte Angst davor, mein Herz zu verlieren. Viel zu lange hatte es gedauert, den Scherbenhaufen zusammenzukehren, den Dad hinterlassen hatte. Viel zu lange hatte es gedauert, bis Moms Tränen endlich getrocknet waren. Jahr für Jahr hatte ich mit angesehen, was eine gescheiterte Beziehung aus einem Menschen machen konnte. Und das war nichts, was ich durchmachen wollte.

Aber wenn Scott es geschafft hatte, die Sache mit Hannah hinter sich zu lassen und nach vorn zu blicken, dann sollte es mir auch gelingen, oder nicht? Ich wusste es nicht. Doch es brachte nichts, weiter darüber nachzudenken. Scott war bei Brooke.

Und ich? Ich war hier.

Allein.

Kapitel 23

Seit vier Tagen summte Mom vor sich hin, wann immer ich sie sah. Ich saß in der Küche und beobachtete, wie sie zur Kaffeemaschine tänzelte, als wäre sie Mary Poppins. Es war befremdlich, aber auch niedlich. Ich hatte sie viele Jahre nicht so erlebt.

»Möchtest du einen Sirup zum Kaffee?«, säuselte sie.

»Chocolate Chip Cookie, bitte.«

»Kommt sofort.«

Wenig später stellte Mom mir die Tasse vor die Nase und setzte sich mir gegenüber.

»Triffst du heute wieder Mr Haney?«, fragte ich grinsend.

»Vielleicht zum Abendessen«, sagte Mom möglichst beiläufig. »Bisher ist nichts geplant.«

»Aha«, machte ich in meine Tasse. Wer's glaubt.

»Geht es dem Zebra heute schon besser?« Mom lehnte sich zurück und griff nach der Tageszeitung.

»Von dem, was ich gehört habe, schon, ja. Scott und José kümmern sich gut, und auch Brooke sieht einmal täglich nach ihm. Sie hat gesagt, dass ich nicht zu ihm darf, damit er sich in Ruhe erholen und zunächst an ein paar wenige Menschen gewöhnen kann. Das ist zwar schade, aber womöglich hat sie recht. Daher weiß ich auch nur aus zweiter Hand, wie es ihm geht.« Ich war mir allerdings nicht so sicher, ob das wirklich der Grund war, aus dem ich das Zebra nicht besuchen sollte. Ein wenig hatte ich das Gefühl, dass Brooke mich von ihm fernhalten wollte.

»Schön, schön.« Mom trank einen Schluck, dabei fixierte sie mich mit in Falten gelegter Stirn. »Ist alles in Ordnung, Liebling? Deine Stimmung ist in den letzten Tagen so getrübt.«

»Nein, alles bestens.« Ich schüttelte den Kopf und hob die Tasse wieder an die Lippen.

»Du warst noch nie eine besonders gute Lügnerin.« Mom griff über den Tisch nach meiner Hand und drückte sie. »Ich hoffe, du weißt, dass du immer mit mir reden kannst. Über alles.«

»Natürlich, danke, Mom«, entgegnete ich lächelnd. Aber wenn ich geglaubt hatte, dass sie das Thema nun auf sich beruhen lassen würde, hatte ich mich getäuscht.

Sie ließ von mir ab und lehnte sich wieder zurück. »Ich sehe, wie Scott und du einander anseht. Du solltest nicht dagegen ankämpfen, sondern es einfach auf dich zukommen lassen. Ich verstehe, dass all die Veränderungen, die gerade in deinem Leben geschehen, beängstigend sind. Aber gerade deshalb wäre es vielleicht schön, wenn du jemanden an deiner Seite hättest. Jemanden ganz in der Nähe und nicht am anderen Ende des Telefons.«

Ich nickte bloß, und dieses Mal sagte sie nichts weiter, sondern widmete sich wieder ihrer Tageszeitung.

Mom hatte recht damit, dass es gegenwärtig einige Veränderungen waren. Meemaws Tod, die Erbschaft und die Tatsache, dass Kim mit Aidan nach Sacramento gegangen war. Hinzu kam, dass ich noch immer im Zwiespalt steckte, wie es am Ende des Sommers weitergehen sollte, denn die Verantwortung war so enorm, dass ich befürchtete, eine falsche Entscheidung würde alles wie ein Kartenhaus in sich zusammenfallen lassen. Daher war es nicht verwunderlich, dass ich nicht dazu in der Lage war, mich meinen Gefühlen wirklich zu stellen. Dafür gab es zu viele andere Baustellen, die ich erst mal Stein für Stein beseitigen musste.

Später am Tag machte ich einen Spaziergang über die Ranch. Nachts hatte es glücklicherweise geregnet. In den letzten Tagen hatte ich mich gefühlt, als würde ich am Spieß gegrillt.

Die Tür zur kleinen Praxis stand offen, weshalb ich den Kopf hineinschob. Brooke saß an ihrem Arbeitstisch und füllte eine Akte aus. Bucky lugte schlaftrunken unter ihrem Schreibtisch hervor. Er schaute mich einen Moment an, aber bettete den Kopf wieder auf die Vorderpfoten, um weiterzudösen.

»Klopf, klopf«, sagte ich, woraufhin Brooke das Kinn hob und mich ansah.

»Hallo, Holly. Was gibt's?«, fragte sie ohne jegliche Freundlichkeit in der Stimme.

»Es war offen, da wollte ich nur mal Hallo sagen.«

»Na ja. Das hast du ja jetzt getan.« Brooke atmete tief durch und widmete sich wieder den Unterlagen vor sich.

Eigentlich hätte ich einfach gehen sollen, aber es irritierte mich, wie abweisend sie war. Also ging ich weiter in die Praxis hinein. Brooke hatte sich ordentlich eingerichtet. Auf ihrem Tisch stand links ein Computer und rechts war eine Ablage für Papiere. Außerdem hatte sie weitere Tierbilder aufgehängt und den Medikamentenkühlschrank aufgefüllt.

»Ist alles in Ordnung? Habe ich etwas falsch gemacht?«, hakte ich vorsichtig nach.

Noch einmal atmete Brooke tief durch und massierte sich dabei die Schläfen. Als sie mich wieder anschaute, lächelte sie und schüttelte den Kopf. »Nein, tut mir leid. Ich habe nur wahnsinnig viel zu tun. Daher wäre es lieb, wenn du die Tür zumachst, wenn du gehst. Vielen Dank.«

Das war dann wohl mal ein eindeutiger Rauswurf. »Alles klar. Bis später.« Ich trat hinaus und schloss wie gewünscht die Tür hinter mir. Als ich mich umdrehte, stieß ich mit Scott zusammen. »Autsch.«

»Entschuldigung, ich habe dich nicht gesehen«, sagte er und legte die Hand auf meinen Oberarm. Die Berührung sorgte dafür, dass sich eine wohlige Gänsehaut über meinen Körper zog.

»Nichts passiert. Aber falls du vorhattest reinzugehen, lass es lieber.« Ich deutete hinter mich.

Scott legte besorgt den Kopf schief. »Wieso? Was ist los? Was hat sie zu dir gesagt?«

»Nichts hat sie mir gesagt. Sie hat einfach nicht die beste Laune. Was sollte sie mir denn gesagt haben? Habt ihr euch gestritten?«

»Ach, ich meinte nichts Bestimmtes.« Scott senkte den Arm und lächelte. »Ich muss mich trotzdem kurz in die Höhle des Löwen begeben.«

»Dann viel Erfolg.« Grinsend hob ich beide Daumen und ließ ihn vorbei. Dabei berührten unsere Arme sich, was mein Herz zum Poltern brachte. Wie war das noch? Erst mal die anderen Baustellen beseitigen und mich dann meinen Gefühlen stellen? Wenn das mal nicht nach hinten losgehen würde.

Langsam folgte ich dem Pfad, der zur umgebauten Scheune führte. Das Tor war nur angelehnt, weshalb ich hineinspähte, um einen kurzen Blick auf das Zebra zu erhaschen. Instinktiv hoben sich meine Mundwinkel, als ich José mit dem Tier erblickte.

Die Männer hatten die Scheune so ausgebaut, dass in der Mitte ein kleiner Zaun verlief, der den Raum teilte. So entstanden zwei größere Innengehege, die Schutz vor Unwetter boten. Hinter der Scheune lagen Koppel und Weide, wo das Zebra Auslauf haben würde und grasen konnte, sobald es wieder fit war. Doch es sah danach aus, als ginge es ihm gar nicht mal so schlecht.

José bückte sich, um einen Blick auf den Verband zu werfen, der dem Tier um den rechten vorderen Oberschenkel gewickelt war. Dabei knabberte das Zebra an Josés schwarzen Locken. Ich hielt mir die Hand vor den Mund, um nicht in lautes Gelächter auszubrechen, aber ihm war mein Prusten nicht entgangen.

»Holly, ein Glück, dass du da bist. Kannst du dir kurz die Hände desinfizieren und Chuck dann bitte ein paar Möhren geben, damit er aufhört, mir buchstäblich die Haare vom Kopf zu fressen?« José klang wehleidig und deutete nickend auf den Eimer, der ein paar Meter von ihm entfernt stand.

Ich zögerte einen Moment, ehe ich vorsichtig das Tor etwas weiter öffnete und einen Schritt hinein machte. Ein Zebra von Weitem zu sehen und ihm plötzlich näher zu kommen, waren zwei völlig verschiedene Dinge. Meine Hände zitterten vor Nervosität, als ich den Desinfektionsspender betätigte, der direkt neben dem Eingang hing. Der Geruch von Krankenhaus stieg mir in die Nase, als ich mir die Hände ordentlich einrieb. Aus sicherer Entfernung beobachtete ich José und das Zebra. Als es mich bemerkte, schaute es mich kurz aus seinen großen Kulleraugen an und kaute dann genüsslich weiter auf Josés Haaren herum. Mir wurde bewusst, wie ähnlich Zebras und Pferde sich waren.

»Sicher, dass ich das machen soll? Ist das nicht gefährlich? Ich kenne mich nicht so gut mit Zebras aus und möchte nichts falsch machen. Brooke sagte, es wäre besser, wenn er erst mal nur mit wenigen Menschen vertraut gemacht wird.«

»Aber du gehörst doch zu den wichtigsten Personen der Station! Natürlich darfst du dich um Chuck kümmern und sollst es schließlich auch lernen«, entgegnete José überrascht.

Es verletzte mich, dass Brooke mich allem Anschein nach lediglich ausschließen wollte und gar nicht unbedingt das Wohlergehen des Tieres im Sinn hatte. »Wenn du wirklich sicher bist?«, hakte ich nichtsdestotrotz noch einmal vorsichtig nach.

José winkte ab. »Das ist wirklich kein Problem. Chuck ist ohnehin erstaunlich zutraulich. Leicht verängstigt, verständlicherweise. Aber er hat keine große Scheu vor Menschen.«

»Okay.« Erleichtert, aber noch immer ein wenig nervös, nickte ich und nahm den Eimer, in dem sich klein geschnittenes Gemüse befand. Langsam kam ich näher und blieb vor dem Tier stehen. Es ließ von Josés Haaren ab, der einen dankbaren Seufzer ausstieß, und betrachtete mich mit schief gelegtem Kopf. Ich war noch nie einem Zebra so nah gewesen, weshalb mein Herz vor Aufregung schneller schlug und das Adrenalin durch meinen Körper rauschte.

Das Jungtier reichte mir gerade so bis zur Brust. Die schwarzen Knopfaugen musterten mich mit einer Mischung aus Skepsis und Neugierde. Behutsam machte ich noch einen Schritt auf es zu und wartete auf eine Regung. Ich wollte sichergehen, dass ich das Tier nicht mit zu plötzlichen Bewegungen verschreckte. Aber es tat nichts weiter, als zwischen mir und dem Eimer hin- und herzugucken.

Ich holte ein paar Stückchen Möhre heraus und hielt ihm die Hand hin. Kurz schnüffelte er an dem Gemüse, dann schlabberte er es genüsslich auf und hinterließ eine Sabberspur auf meiner Haut.

»Zwei kleine Handvoll reichen«, sagte José und schob den Verband zurecht. »Er hatte heute schon ein paar Apfelschnitze, und wir wollen ja nicht, dass er sich an zu viele Leckereien gewöhnt, nicht wahr?« José richtete sich auf und fuhr Chuck durch die Mähne. Dieser genoss die kleine Streicheleinheit sichtlich.

»Ich wusste nicht, dass Zebras so zutraulich sind.«

»Sind sie eigentlich auch nicht«, erklärte José. »Zumindest nicht, wenn sie aus freier Wildbahn stammen. Aber unser Chuck hier ist unter Menschen geboren und aufgewachsen, er kennt es nicht anders. Darüber hinaus darf man aber trotzdem nicht vergessen, dass es sich um ein wildes Tier handelt. Wenn auch um ein besonders süßes Exemplar.« Er kraulte Chuck hinter dem Ohr. Sein schwarz-weiß gestreifter Schwanz schwang hin und her.

»Meinst du, man kann ihn auswildern und zurück nach Afrika bringen?«

»Schwierig.« José presste die Lippen aufeinander. »Zunächst muss seine Verletzung vollständig ausheilen, und dann können wir uns über alles Weitere Gedanken machen. Allerdings ist es meist schwer, Tiere auszuwildern, die an Menschen gewöhnt sind. Durch die Gefangenschaft können sie lebenswichtiges Verhalten nicht erlernen, weshalb es sie eher umbringen würde, sie in die Wildnis zu schicken. Aber Chuck ist jung, vielleicht hat er noch eine Chance.«

Josés Erklärung klang logisch, und doch stimmte sie mich traurig. Ich hoffte das Beste für Chuck. Aber vorerst galt: ein Schritt nach dem anderen. »Gut, dann möchte ich auch nicht weiter stören.«

»Tust du nicht, Holly. Vergiss nicht, dass du diejenige bist, die uns diese Chance überhaupt erst eingeräumt hat.« José lächelte freundlich, und ich erwiderte es, ehe ich wieder hinausging.

Am späten Nachmittag brach Mom auf, um sich mit Mr Haney zu treffen. Hatte ich es doch gewusst! Meine Arbeit war für heute erledigt. Es war berauschend, am Ende des Tages das Gefühl zu haben, etwas geschafft zu haben.

Mein Blick glitt durchs Wohnzimmer, das aussah, als hätte ein Tornado darin gewütet. Dieses Chaos musste dringend beseitigt werden, weshalb ich mich dazu entschied, für etwas Ordnung zu sorgen. Mom würde Augen machen, sobald sie wieder hier war. Aber ich wollte ihr zeigen, dass ich auch prima ohne sie auskommen würde.

Wenn ich eines nicht wollte, dann, dass sie sich die ganze Zeit nur Sorgen um mich machen musste.

Ich schlurfte in die Küche und setzte mir schon mal einen frischen Kaffee auf, dann machte ich mich ans Sortieren der Papiere, die auf dem Wohnzimmertisch herumflogen. Mittlerweile hatte ich – nun ja, eigentlich hatte Kim das für mich erledigt – eine Struktur entwickelt, um die Übersicht nicht zu verlieren. Theoretisch musste ich dafür immer gleich alles abheften, aber besser spät als nie.

Als das letzte Röcheln der Kaffeemaschine ertönte, holte ich mir meine Tasse und setzte mich. Rechnungen kamen in einen Ordner, Marketingstrategien und -pläne in einen zweiten und Kopien der medizinischen Akten in einen dritten. So gingen wir sicher, dass man im Notfall gleich alles finden konnte.

Schon das Sortieren und Abheften hatte mich völlig fertiggemacht, trotzdem musste ich jetzt noch dringend staubsaugen und wischen. Gerade als ich die Kammer ansteuerte, um mir Putzsachen zu holen, vibrierte mein Handy.

Ich holte es aus meiner hinteren Hosentasche und entsperrte das Display. Eine eingegangene Mail wurde angezeigt. Als ich auf die Benachrichtigung tippte, rutschte mir das Herz in die Hose. Es war die *L. A. Times.*

Noch einmal atmete ich tief durch und öffnete die Nachricht.

Sehr geehrte Ms Pierson,
vielen Dank für Ihre Bewerbung und Ihr damit einhergehendes Interesse an unserem Haus. Bedauerlicherweise müssen wir Ihnen mitteilen, dass wir uns unter der

Vielzahl der Bewerber für einen anderen Kandidaten entschieden haben.
Wir wünschen Ihnen für Ihre berufliche Zukunft alles erdenklich Gute.
Mit freundlichen Grüßen
James McDonall

Ich las die Nachricht zweimal, und ich fühlte … nichts? Da war ein kurzer Anflug von Enttäuschung, der aber bereits wieder verpufft war. Ich hatte lange auf die Mail gewartet, mich aber schon damit abgefunden, dass ich keine Antwort mehr erhalten würde. Nun hatte ich Gewissheit, dass ich den Job nicht bekommen hatte. Ich musste mir eingestehen, dass ich sogar etwas erleichtert war.

Das Gespräch von Kim und mir kam mir wieder in den Sinn. Träume konnten sich ändern. Das hier war der Beweis. Ich träumte nicht mehr davon, unbedingt für die *L. A. Times* zu arbeiten. Ja, es wäre ein netter Job gewesen, der mir Türen geöffnet hätte. Aber es gab andere Wege, die ich einschlagen konnte.

Ich liebte das Fotografieren weiterhin und würde mein Studium definitiv beenden. Aber wer sagte, dass ich den Fokus nicht verlagern konnte? Ich konnte das Ranchleben mit der Linse einfangen, Bilder von Chuck und all den Tieren machen, die eines Tages zu uns kommen würden. Das stellte ich mir schön vor.

Es war das Beste, eine Nacht über alles zu schlafen und morgen in aller Ruhe mit Mom und Kim zu sprechen. Vielleicht würde mich die Absage morgen schwerer treffen als heute. Oder vielleicht würde ich meine Zukunft morgen klarer vor mir sehen.

Kapitel 24

In den nächsten Tagen schoss ich zahlreiche Bilder von der umgebauten Ranch. Ich setzte die Praxis und den dazugehörigen Anbau in Szene, fotografierte die Scheune und Chuck, der von Tag zu Tag kräftiger wurde. Da er noch jung war, Scott und Brooke schätzten ihn auf knapp unter einem Jahr, war er sehr verspielt. Dadurch hielt er uns alle ganz schön auf Trab. Aber ich genoss es, ihn nach meiner Arbeit zu besuchen und mit ihm zu spielen. Es war schon zu einer festen täglichen Routine geworden. Und außerdem wusste er genau, dass ich seinen großen Augen völlig verfallen war und er bei mir immer einen Extra-Apfelschnitz abstauben konnte.

Vorgestern hatte ich noch einmal mit Kim telefoniert und auch mit Mom über die Absage der *L.A. Times* gesprochen. Sie beide hatten mich getröstet und mir Mut zugesprochen. Aber auch heute musste ich mir eingestehen, dass ich nicht wirklich unglücklich über die Absage war. Ich hatte das Gefühl, dass es genauso gekommen war, wie es hatte kommen müssen. Als wollte das Schicksal mir damit einen Wink mit dem Zaunpfahl geben.

Da ich meinen Laptop in L. A. gelassen hatte, musste Mom mir ihren leihen. Ich bearbeitete die Fotos und speicherte sie ab. Nachher wollte Kim mir die Texte für die Homepage schicken. Den vorgefertigten Flyer hatte ich ihr vor einigen Tagen gesendet, weshalb sie dort nur noch ihre Texte einpflegen musste. Ich war ihr unglaublich dankbar, dass sie das für uns tat, obwohl sie und Aidan mit ihrer Präsentation schon genug zu tun hatten.

»Soll ich meinen Chef wirklich nicht darum bitten, meinen Urlaub zu verlängern?«, rief Mom, während sie ihren Koffer die Treppe hinunter wuchtete. »Er hätte sicher nichts dagegen.«

»Willst du dafür wirklich deine Beförderung aufs Spiel setzen? Außerdem bringt die Katzensitterin Bonnie und Clyde übermorgen zu dir.«

»Und dafür schuldet ihr mir ganz gewaltig etwas! Das letzte Mal, als die beiden bei mir waren, haben sie meine neue Couch völlig zerkratzt.«

»Willst du mir das ewig vorhalten?«

»Ewig und zwei Jahre!«

Kopfschüttelnd strich ich mir die Haare hinters Ohr. Es würde eine seltsame Zeit ohne Mom werden. Sechs Wochen war sie mit mir hier gewesen, und ab heute Nachmittag hatte ich das große Haus für mich allein. Nicht nur würde das verdammt einsam werden, es bedeutete auch, dass ich trotz meiner kaum vorhandenen Kochkünste ab sofort selbst für meine Verpflegung verantwortlich war. Also durfte ich neben der Arbeit nicht vergessen, einkaufen zu gehen. Manchmal hasste ich es, erwachsen zu sein!

Aber wir würden uns bald wiedersehen. Noch hatten Scott und ich uns nicht auf einen Tag für die Eröffnungsfeier geeinigt, da wir mit Chuck genug um die Ohren hatten. Aber sobald ein wenig Ruhe eingekehrt war, würden wir uns darum kümmern. Der Gedanke daran spendete mir wenigstens ein bisschen Trost.

Ich half Mom dabei, ihre restlichen Dinge einzupacken und zum Auto zu tragen. Mir wurde schwer ums Herz, als wir die Taschen in den Kofferraum luden. Danach gingen wir gemeinsam über die Ranch, und Mom verabschiedete sich von allen. Ihre Augen schimmerten, und sie musste mehrmals schwer schlucken. Dieser Abschied tat nicht nur mir weh, sondern auch ihr.

Bibury war der Ort ihrer Kindheit. Der Ort, an dem sie aufgewachsen war und viele Dinge erlebt hatte. Nun wieder sechs Wochen hier zu verbringen hatte sicher die eine oder andere Erinnerung bei ihr geweckt. Außerdem war ich ziemlich sicher, dass Mr Haney ihr auch ganz schön fehlen würde.

»Fahr bitte vorsichtig«, sagte ich und zog Mom in die Arme.

Sie lachte. »Natürlich. Und du passt hier auf alles auf. Melde dich jeden Tag, und mach keinen Unsinn.«

Ich stimmte in ihr Lachen mit ein. »Keine Sorge. Ich werde nichts anstellen!«

»Gut.« Mom entfernte sich von mir und strich mir mit den Händen über die Haare. So wie sie es oft getan hatte, als ich noch jünger gewesen war. Dann gab sie mir einen fürsorglichen Kuss auf die Stirn. »Ich bin so stolz auf dich, Holly!«

»Danke.«

Mom öffnete die Fahrertür und stieg ein. Ehe sie losfuhr, ließ sie das Fenster hinunter und winkte zum Abschied. Dann war sie fort. Wehmütig starrte ich auf die Stelle, an der eben noch das Auto gestanden hatte.

»Alles okay?« Scotts Schritte kamen näher.

Ich nickte. »Es wird nur komisch, das Haus für mich

allein zu haben.« Als ich den Blick hob, fielen mir die dunklen Ringe unter Scotts Augen auf. Er musste seit Tagen kaum geschlafen haben.

»Wenn du mal Gesellschaft brauchst, stelle ich mich gern zur Verfügung.«

»Darauf komme ich sicher noch zurück«, entgegnete ich. »Hast du jetzt gerade zu tun? Kim wollte die Texte schicken ... wenn du magst, können wir uns darum kümmern?«

»Sehr gern, ich muss mich unbedingt mal hinsetzen.«

»Na dann, komm.«

Wir gingen hinein. Ich bedeutete Scott, schon mal im Wohnzimmer Platz zu nehmen, während ich schnell den Kaffee für mich und Schwarztee für ihn aus der Küche holte.

Als ich mich zu ihm gesellte, stellte ich die Tassen ab und öffnete den Laptop.

»Wie geht es dir eigentlich?«, fragte Scott, bevor ich die eingegangene Mail öffnen konnte. »Die Absage für deinen Traumjob muss dich doch schwer getroffen haben.«

Ich hatte Scott nur nebenbei davon erzählt, da es in den letzten Tagen drunter und drüber gegangen war. Sacht schüttelte ich den Kopf. »Mir geht es wirklich gut damit. Ich habe mich in den letzten Wochen so an die Arbeit hier gewöhnt, dass ich mir im Moment kaum vorstellen kann, als Hilfsarbeiterin in einem Büro zu schuften. Klar, der Job hätte mir viele Türen geöffnet, aber wenn sich eine Tür schließt, öffnet sich bekanntlich die nächste.«

Scott hob die Mundwinkel und nickte. »Ich hätte dich auch nur ungern gehen lassen. Du passt gut hierher.«

Hitze stieg mir in die Wangen. »Danke, das freut mich

zu hören.« Ich räusperte mich leise und deutete auf den Laptop. Die untere rechte Bildschirmecke zeigte eine neue Mail an. »Wollen wir?«

Aufgeregt nickte Scott. Mein Finger glitt über das Mousepad. Der kleine Cursor blinkte, und ein Pop-up-Fenster öffnete sich. *Werbetexte und Druckdatei* stand im Betreff der Mail. Ich klickte sie an und öffnete die Anhänge.

Moms Laptop war nicht mehr der schnellste, weshalb das Laden mir heute besonders langsam vorkam. Als der Vorgang schließlich abgeschlossen war und die Druckdatei des Flyers auf dem Bildschirm auftauchte, stockte mir der Atem.

Stück für Stück scrollte ich hinunter. Scott und ich klebten förmlich am Monitor. Wir hatten uns für den Flyer an einem grün-gelben Farbkonzept orientiert. Kim musste an meiner Vorlage ein bisschen rumschieben, um sie ihren Texten anzupassen, das hatte sie aber ganz hervorragend hinbekommen!

Auf der Vorderseite waren Logo und Kontaktmöglichkeit mit einem Foto von dem vorübergehenden Hauptgebäude der Station – die umgebaute Scheune, die Chucks aktuelles Zuhause war. Er war auf der nächsten Seite zu sehen, wie er auf Josés Haaren herumkaute – was zu seiner liebsten Beschäftigung neben dem Verspeisen von Leckereien gehörte.

Der Flyer war perfekt gegliedert. Die erste Seite war eine Vorstellung von uns und enthielt Informationen darüber, weshalb dieses Projekt ins Leben gerufen wurde. Anschließend ging es weiter mit der Mission, die wir durch die Station verfolgten. Kim hatte es geschafft, die

Problematik der Trophäenjagd, insbesondere im Hinblick auf nicht-einheimische Tiere so zu erläutern, dass es informativ, aber nicht belehrend klang. Etwas, das uns besonders wichtig war, denn wir wollten in keinem Fall einen falschen Eindruck hinterlassen.

Auf der Rückseite war das Ziel ausformuliert, das wir anstrebten. Im Moment fehlten uns noch die Mittel, die Station groß aufzuziehen. Aber darauf wollten wir in den kommenden Monaten und Jahren hinarbeiten. Wir wollten in erster Linie durch die Jagd verletzte oder geflüchtete Exoten aufnehmen und ihnen ein Zuhause geben – oder sie falls möglich auswildern. Doch nicht nur das. Wir wollten später auch Tiere aus Zoos retten, denn leider kam es dort häufig vor, dass sie, sobald sie ausgewachsen waren, getötet wurden, weil ältere Tiere weniger Besucher anlockten.

Doch all dies bedurfte nicht nur Geduld, sondern kostete auch viel Geld. Je weiter wir die Station ausbauen würden, desto mehr Mitarbeiter benötigten wir. Ärzte, Tierpfleger, zahlreiche helfende Hände. Die Tiere brauchten rund um die Uhr Betreuung. Deshalb hatten wir ein Spendenkonto eingerichtet. Die Daten standen fett gedruckt auf der letzten Seite.

Eines Tages konnten wir vielleicht Touren anbieten und uns durch Eintrittsgelder einen Puffer verdienen, aber bis dahin war es noch ein weiter und beschwerlicher Weg.

»Kim hat großes Talent«, sagte Scott, als wir am Ende des Flyers angekommen waren. »Ich denke, wir werden damit viele Menschen erreichen.«

»Hoffentlich. Ich habe auch schon mit Bruno und Amity gesprochen. Wir dürfen bei ihnen Stellenausschreibungen ins Fenster kleben, um ein paar Jugendliche zu finden, die die Flyer in den umliegenden Städten und Dörfern verteilen.«

»Das ist eine gute Idee. Da wird sich sicher schnell jemand finden.«

»Das denke ich auch!«

»Wollen wir die Texte auf der Website einfügen?«

»Du hast es aber eilig«, entgegnete ich lachend.

»Wir haben ja auch lange darauf gewartet.«

»In Ordnung, dann lass es uns angehen.«

Kims Texte einzupflegen dauerte nicht so lange, wie ich dachte. Da ich die Website bereits gebastelt hatte, waren es nur wenige Klicks. Hier und da musste ein Block geschoben werden, damit sich die Bilder besser in den Fließtext einfügten. Aber das war's.

»Und du bist dir ganz sicher?«, fragte Scott vorsichtig. »Obwohl der Pilotsommer noch nicht vorbei ist, willst du das jetzt durchziehen? Noch können wir die ganze Sache abblasen. Ich will dich zu nichts zwingen, was du nicht wirklich willst.«

Ich lachte. Es war das erste Mal, dass Scott redete, ohne Luft zu holen. »Ja, das Pilotprojekt ist noch nicht vorbei, da hast du recht. Aber egal, wie es ausgeht, ich bin mir sicher, dass wir eine Lösung finden werden, mit der jeder von uns glücklich und die das Beste für die Tiere sein wird. Und selbst wenn ich zurück nach L. A. gehe, wirst du das schon gut meistern. Du hast so viel Unterstützung hier.« Ich lächelte aufrichtig.

»Bist du dir wirklich sicher?«, fragte er ein weiteres Mal.

»Ja. Lass es uns tun.«

Wir aktivierten den Spendenbutton und stellten die Homepage online. Die Tatsache, dass es jetzt wirklich losgehen konnte, war aufregend. Bisher hatte es nur den kurzen Artikel in der Tageszeitung gegeben, aber nun traten wir an die breite Öffentlichkeit. Ich hoffte so sehr, dass die Station schon bald Erfolge verzeichnen würde.

»Darauf müssen wir anstoßen!«, rief Scott und sprang so ruckartig vom Stuhl, dass mein Puls vor Schreck hochging.

Ein Blick auf die Uhr zeigte, dass es früher Abend war. »Erst ins Diner?«

Scott legte die Hand auf seinen Bauch, der darunter zu knurren begann. »Essen wäre nicht schlecht.«

»Sollen wir vielleicht Brooke mitnehmen?«, fragte ich vorsichtig. Sie war ein wichtiger Teil des Projekts. Ohne ihre Hilfe wäre es nicht möglich, eine Wildtierauffangstation zu führen. Sie war die Ärztin, diejenige, die die Tiere rettete. Zwar konnten wir einander nicht unbedingt gut leiden, aber ich sollte ihr zumindest eine Chance geben. Auch wenn sich vieles in mir dagegen sträubte.

Gern hätte ich auch noch José mitgenommen, aber er hatte sich dazu bereit erklärt, heute die Spätschicht bei Chuck zu übernehmen. Irgendjemand musste ja ein wachsames Auge auf ihn haben.

»Das ist eine nette Idee.« Scotts Worte spiegelten aber in keiner Weise sein eher verhaltenes Lächeln wider. Einmal mehr fragte ich mich, ob etwas zwischen ihnen vorgefallen war.

Brooke vertrug keinen Alkohol. Ein Sekt genügte, damit sie zu lallen anfing. Wobei das vielleicht auch daran lag, dass sie im *Paddocks Diner* nichts gegessen hatte.

Breit grinsend beobachtete ich, wie sie zur Jukebox torkelte, eine Münze hineinsteckte und einen alten Countrysong einschaltete, dessen Titel mir partout nicht einfallen wollte.

Ich schlürfte die Schaumkrone vom Bier – etwas, das ich jedes Mal als Erstes tat, da sie für mich einfach am besten schmeckte. Scott saß lässig auf der Bank mir gegenüber. Den Arm hatte er auf die Lehne gestützt, und die Knöpfe seines Hemdes waren geöffnet. Seine Brustmuskeln zeichneten sich unter dem Stoff ab, weshalb mein Blick automatisch die ganze Zeit in deren Richtung wanderte. Leider war ich gegen meine Hormone machtlos.

»Es war wirklich nett von dir, sie einzuladen«, rief Scott über die Lautstärke hinweg. »Wenn ich sie mir so anschaue, hatte sie die Auszeit wohl nötig.«

»Das glaube ich auch!«

Brooke hatte sich zwischen einen Mann und eine Frau gequetscht und schwang jubelnd die Hüften. Es war schön, dass sie den Abend genoss. In den letzten Tagen hatte sie so gestresst und ausgelaugt gewirkt. Es musste unfassbar anstrengend sein, zwischen der eigenen Praxis und unserer Station hin- und herzupendeln. Vor allem, da Brooke die einzige Kleintierpraxis im Umkreis von achtzig Meilen besaß, war sie immer nahezu ausgebucht und gönnte sich gerade mal eine Mittagspause, die sie aber meistens auf der Ranch verbrachte. Sich nun den ganzen Stress von der Seele zu tanzen, musste eine befreiende Wirkung auf sie haben.

Ich holte kurz mein Handy heraus und öffnete die Bank-App. Ernüchternd stellte ich fest, dass noch keine Spenden eingegangen waren.

»Kopf hoch, das wird schon. Spätestens wenn die Flyer verteilt sind. Bisher war sicher noch niemand auf unserer Website.« Scott lächelte aufmunternd. Erstaunlicherweise war er schon richtig gut darin geworden, meine Gedanken zu erraten. Bei Kim und mir hatte es Jahre gedauert, ehe wir diesen Punkt in unserer Freundschaft erreicht hatten.

Nickend stand ich auf und nahm mein leeres Glas vom Tisch. »Willst du auch noch eins?«

»Ist die Frage ernst gemeint?«

»Eigentlich nicht, nein.« Ich ging zum Tresen, an dem zahlreiche Personen standen. Auch Brooke hatte sich gerade nach vorn gekämpft und verschwand mit zwei vollen Sektgläsern wieder in der Menge. Das konnte noch ein lustiger Abend werden.

Da das *Cockeyed Sheep* brechend voll war, hatte Amity keine Zeit für eine kurze Unterhaltung. Daher ging ich mit den Bieren zurück zum Tisch. Als ich mich umdrehte, sah ich Brooke, die sich an Scott schmiegte. Den kleinen, aber ziemlich fiesen Stich von Eifersucht schluckte ich runter.

Da Brooke gerade die Hand auf Scotts Wange legte, überlegte ich, ob es nicht besser wäre, noch kurz zu warten. Ich wollte nicht, in was auch immer das war, hineinplatzen und ihre traute Zweisamkeit stören. Doch als Scott vorsichtig nach ihrem Handgelenk griff und ihren Arm von sich schob, durchflutete mich Erleichterung. Obwohl es mir nicht zustand, so zu empfinden.

»Ach, komm schon, lass uns abhauen«, sagte Brooke. »Ich habe zu Hause noch eine Flasche Wein.«

»Das wird nicht passieren.« Scotts bestimmender Tonfall ließ keine Widerworte zu. Trotzdem setzte Brooke an, noch etwas zu sagen.

Um auf mich aufmerksam zu machen, räusperte ich mich leise, ehe ich mich hinsetzte und Scott sein Bier über den Tisch schob.

Brooke schwieg und richtete sich auf. Ihre Ausgelassenheit der vergangenen Minuten schien verschwunden zu sein. Sie griff nach einem der Sektgläser vor sich und kippte den Inhalt hinunter. Das andere war bereits leer, wie mir jetzt auffiel. »Der Laden langweilt mich. Also, kommst du nun oder nicht?« Brooke stand auf, nahm ihren Zopf zwischen die Finger und schaute Scott an.

Dieser schüttelte den Kopf. »Nein, Brooke.«

»Schön! Dann habt noch viel Spaß. Wir sehen uns morgen.« Sie funkelte mich wütend an, griff nach ihrer Handtasche und trat aus der Tür.

Perplex schaute ich ihr hinterher, bis sie am Fenster vorbeilief und in der Nacht verschwand. Danach huschte mein Blick zu Scott. »Was habe ich verpasst?«

Er holte tief Luft und seufzte. »Ach, es ist nicht weiter wichtig.«

»Nicht weiter wichtig?« Skeptisch hob ich eine Braue. »Sie hat mich gerade angeguckt, als wollte sie mir die Augen auskratzen. Ich wüsste gern, was ich ihr getan haben soll.«

»Mach dir nicht so viele Gedanken. Du hast ihr nichts getan, es liegt an mir.« Scott lehnte sich zurück und trank einen Schluck.

»Okay? Willst du mich vielleicht trotzdem aufklären? Habt ihr euch gestritten?«

»Du lässt nicht locker, bis ich es dir gesagt habe, oder?«

»Nope.«

Scott beugte sich über den Tisch und stützte sich mit den Ellbogen ab. »Du weißt ja, dass Brooke und ich vor einiger Zeit ein Verhältnis hatten. Aber mir ging das alles nach der Sache mit Hannah zu schnell, weshalb ich erst mal wieder Abstand wollte. Wir haben uns darauf geeinigt, dass es besser wäre, nur Freunde zu sein.«

»Okay? Aber was hat das mit heute zu tun?«, fragte ich verwirrt.

Scott holte Luft und sah mir tief in die Augen. »Ich habe sie in die Schranken gewiesen, weil sie das Verhältnis wiederaufleben lassen möchte. Aber ich kann das nicht. Schon damals haben wir gesagt, dass wir es sofort beenden, wenn einer von uns Gefühle für jemanden entwickelt. Und genauso sehe ich das auch heute noch. Wenn Gefühle im Spiel sind, geht so ein Arrangement immer nach hinten los.«

»Verstehe«, sagte ich. Aber verstand ich wirklich? »Und das ist passiert? Sie ist in dich verknallt, stimmt's?« Er schüttelte den Kopf. »Du in sie?« Wieder schüttelte er den Kopf, und mein Herz begann wie wild zu pochen. »Dann stehe ich auf dem Schlauch.«

Scott hob die Schultern und zwinkerte. »Das ist sehr schade.«

Wie von selbst hoben sich meine Mundwinkel. Am liebsten hätte ich ihn gepackt und durchgeschüttelt, ihn gezwungen, mir zu sagen, was er sagen wollte. Auch wenn ich es tief im Inneren wusste. Die Spannung war nicht zu leugnen. Ich spürte es. Er spürte es. Doch hier war nicht der richtige Ort, und es war auch nicht der richtige Zeitpunkt.

»Was macht die Präsentation von Kim und Aidan?«, wechselte Scott das Thema.

»Läuft so weit gut. Die beiden schlagen sich die Nächte um die Ohren. Ende der Woche dürfte es auch losgehen, wenn mich nicht alles täuscht.«

»Das klingt großartig. Ich muss mir das Resort unbedingt anschauen, wenn es fertig ist.«

»Oh, da komme ich mit!«

»Gerne.« Scott lächelte und lehnte sich zurück.

Mit geröteten Wangen nippte ich an meinem Glas. So einen Resorturlaub mit ihm konnte ich mir richtig gut vorstellen.

Wir blieben noch einige Stunden in der Bar. Mit Scott neigte die Zeit dazu, wie im Flug zu vergehen. Doch trotz unserer unbekümmerten Gespräche musste ich immer wieder an Brookes Abgang denken. Sie war verletzt, und das tat mir schrecklich leid. Ich hoffte einfach, dass sie sich das Ganze nicht zu sehr zu Herzen nehmen würde.

Kapitel 25

Meine Hände und mein Rücken taten weh. Ich fühlte mich langsam wie eine alte Frau. Ein paar Wochen arbeiten auf der Ranch und schon war ich um Jahre gealtert. Wie hatte Meemaw das ihr ganzes Leben nur geschafft?

Ich hatte gewusst, dass es anstrengender werden würde, nun, da die Pferde zusammen gehalten wurden. Aber ich hatte nicht damit gerechnet, *wirklich* jeden Tag bis zum frühen Nachmittag zu brauchen. Und nun war ich hier – um fünfzehn Uhr – und warf fluchend die Mistgabel von mir.

Nicht nur war ich durchgeschwitzt, sondern roch dazu noch nach Exkrementen. Widerlich!

Schnell räumte ich mein Arbeitszeug wieder weg, streifte die schmutzigen Stiefel ab und holte die Pferde von der Weide. Es machte mir wirklich Spaß, mich um alles zu kümmern. Auf diese Weise hatte ich das Gefühl, nicht gänzlich nutzlos zu sein. Da ich keine Tierpflegerin war, konnte ich mich nicht wirklich um Chuck kümmern, dafür wechselten José, Scott und Brooke sich mit ihm ab. Ich versuchte, ihnen so viele Aufgaben wie möglich abzunehmen, damit sie sich nicht überanstrengten. Aber sie arbeiteten gern. Zum Wohl der Tiere.

»Machen wir beide nachher noch einen kleinen Ausflug?«, fragte ich Porthos und kraulte ihn hinterm Ohr.

Wiehernd warf er den Kopf zurück. Ich lächelte. »Wusst ich's doch, dass dir der Vorschlag gefällt. Aber ich muss erst duschen und dringend was essen.«

Mittlerweile hatte ich mich wieder daran gewöhnt, regelmäßiger auszureiten. Porthos war der perfekte Hengst für mich. Vom ersten Moment an hatte ich das Gefühl, dass wir eine Verbindung hatten. Ich glaubte, dass es ihm genauso ging. Wann immer ich in das Gehege kam, ließ er alles stehen und liegen und lief auf mich zu, um sich ein paar Streicheleinheiten abzuholen.

José hatte mich allerdings davor gewarnt, Porthos nicht zu anhänglich werden zu lassen, solange wir nicht wussten, wie es nach dem Sommer weitergehen würde. Nicht dass ich ihm das Herz brach, wenn ich plötzlich nie wieder – oder nur noch selten – vorbeikam. Es fiel mir zwar schwer, ihn auf Abstand zu halten, aber ich wusste, dass José recht hatte und nur das Beste für das Tier wollte.

»Du wirst immer schneller.« Ich zuckte bei den Worten zusammen, da ich nicht bemerkt hatte, dass Scott hereingekommen war.

»Haha, ich lach mich tot«, sagte ich und verdrehte die Augen.

Er lachte. »Ich meine es ernst. Gestern warst du eine halbe Stunde länger beschäftigt.«

»Soll es mir jetzt schmeicheln, dass du allem Anschein nach meine Arbeitszeiten dokumentierst?«, fragte ich mit hochgezogener Braue.

»Was du mit der Info anfängst, bleibt dir überlassen.« Scott verschränkte die Arme vor der Brust und lehnte sich gegen das Stalltor. »Eigentlich bin ich gekommen, um zu fragen, ob alles okay ist. Brauchst du irgendwas?«

»Du kannst mir was zu essen machen«, sagte ich lachend.

Ich war eine furchtbare Köchin. Bei uns zu Hause war es meistens Kim, die in der Küche stand, und in den letzten Wochen war es Mom gewesen. Einfache Speisen oder Salate waren kein Problem, aber mit einem Ofen sollte man mich besser nicht allein lassen.

Das Lächeln auf Scotts Gesicht wurde breiter. »Liebend gern.«

»Das war ein Witz!«

»Ich koche aber wirklich gern für dich«, entgegnete er schulterzuckend und hielt sich dann den Magen. »Ich könnte, ehrlich gesagt, auch etwas vertragen. Und für heute ist auch die meiste Arbeit erledigt.«

»Na schön, aber ich helfe dir.« *Und versuche, dabei nicht die Küche abzufackeln.*

Im Haus angekommen, hüpfte ich erst mal schnell unter die Dusche und wechselte danach in frische Klamotten. Als ich in der Küche ankam, war Scott halb im Kühlschrank verschwunden und holte einige Zutaten heraus. Anschließend steuerte er die Vorratskammer an. »Gibt es außer Fleisch etwas, das du gar nicht isst?«

»Pilze.«

»Wie bitte?« Scott zog den Kopf aus der Kammer und schaute mich mit vor Entsetzen weit aufgerissenen Augen an. »Wie kann man denn keine Pilze essen? Es geht doch nichts über einen leckeren gefüllten Champignon.«

Schon allein die Worte *gefüllter Champignon* sorgten dafür, dass sich mir der Magen umdrehte. Angewidert verzog ich den Mund. »Dann kann ich auch auf alter Schuhsohle lutschen. Kommt geschmacklich aufs selbe raus.«

Scott schnalzte mit der Zunge, schüttelte den Kopf und machte sich wieder über die Vorräte her. Als er alles auf den Tisch gestellt hatte, wies er mich an, ein Schneidebrett, Sieb und zwei Töpfe bereitzustellen.

»Gut, du würfelst das Gemüse, ich mache die Soße.«

»Was denn für eine Soße?«, fragte ich neugierig, da ich aus den Zutaten nicht sonderlich schlau wurde.

Scott deutete auf Mehl, Butter, Milch und das Lorbeerblatt. »Ich mache eine Béchamelsoße für den Gemüseauflauf.«

»Wir haben sicher noch eine fertige Packung im Schrank.«

»Meinst du, dieser Körper kommt von Fertigprodukten?«, fragte er und zeigte auf sich.

»Eigentlich dachte ich, dieser Körper kommt von deinen Feierabendbieren im *Cockeyed Sheep* und zu vielen Twinkies.« Ich streckte ihm die Zunge heraus.

Empört schnappte Scott nach Luft und trug seine benötigten Zutaten zum Herd. »Und ich dachte, der Teddybärbauch kommt gut an.«

»Mir gefällt er«, sagte ich schneller, als ich denken konnte, und errötete.

Scott hob die Mundwinkel und widmete sich dann seinen Töpfen. Bevor er den Herd anschaltete, zog er sein Hemd aus und legte es über meine Stuhllehne. An dem Stoff haftete Scotts unverkennbarer Duft, der ein merkwürdiges Glücksgefühl in mir auslöste, und ich musste mich zusammenreißen, nicht mein Gesicht darin zu vergraben. Nur in dem schwarzen Top bekleidet, das er darunter getragen hatte, stellte er sich an den Herd.

Als ich hörte, wie er die Soße anrührte, begann ich

damit, Brokkoli, Kartoffeln, Paprika, Möhren und Zwiebeln zu schneiden. Schon nach wenigen Minuten vermisste ich unsere Küchenmaschine aus L. A., die brauchte man nur zu reinigen, die ganze Schnippelarbeit erledigte sie von selbst. Aus Faulheit schnitt ich das Gemüse nicht sonderlich klein. Ich warf alles in das Sieb und balancierte es zur Spüle neben dem Herd. Während ich das Wasser laufen ließ, beobachtete ich Scott beim Rühren mit dem Schneebesen. Seine Muskeln zuckten bei jeder Umdrehung, und er hatte so eine winzige Strähne, die dabei über seiner Stirn auf- und abwippte.

»Viel sauberer wird das Gemüse nicht«, sagte Scott belustigt, ohne sich vom Topf abzuwenden.

Ich räusperte mich ertappt und schaltete den Wasserhahn wieder aus. Männer, die kochen konnten, waren wohl meine größte Schwäche. Es hieß schließlich nicht umsonst, dass Liebe durch den Magen ging.

Schnell warf ich das Gemüse in eine Auflaufform und holte den Reibekäse aus dem Kühlschrank. Perfektes Timing, denn auch die Soße war fertig.

»Hier, probier mal und sag, ob etwas fehlt.« Scott kam mit dem Topf in der Hand auf mich zu, tauchte den Löffel in die Béchamelsoße und hielt ihn mir hin.

Ich pustete, bis es nicht mehr dampfte, und probierte. Da die Soße trotzdem noch heiß war, verbrannte ich mich, und die Hälfte lief mir aus dem Mund. »Verdammt, ist das heiß!«, nuschelte ich. »Aber köstlich.«

Scott lachte leise und stellte den Topf auf dem Tisch ab. Dann strich er mir die Soße mit dem Daumen von der Unterlippe und leckte seinen Finger ab. »Mhm, lecker!«

Meine Lippen prickelten von der Berührung, und mir

ging unser Gespräch von vor ein paar Tagen in der Bar durch den Kopf. Schon dieser kurze Gedanke genügte, um meinen Puls in die Höhe zu treiben. Wir hatten seither nicht die Gelegenheit gehabt, über alles zu sprechen. Verdammt, ich wusste nicht mal mit Sicherheit, ob er wirklich von mir gesprochen hatte. Aber das war meinem Herzen verdammt egal.

Mit der Zunge fuhr ich über meine Lippen, Scott folgte der Bewegung und schluckte. Sein Adamsapfel trat hervor, und ich sah die kleine Vene an seinem Hals pochen.

Wie von selbst stellte ich mich auf die Zehenspitzen, dabei wendete ich den Blick nicht von ihm ab. In diesem Moment schien es nur Scott und mich hier in der Küche zu geben. Meine Gedanken waren wie leer gefegt. Dort war keine Angst, keine Unsicherheit.

Um die Balance nicht zu verlieren, wollte ich mich kurz am Tisch abstützen, doch plötzlich durchzuckte mich ein brennender Schmerz. Ich hatte an den doofen Topf gefasst! »Autsch!«, rief ich und hob mir die Hand vors Gesicht. Sie war knallrot und pochte wie verrückt.

»Mist.« Scott griff nach meinem Unterarm, zog mich zur Spüle und hielt meine Hand unter lauwarmes Wasser.

Mir entfuhr ein schmerzhafter Zischlaut. Das tat höllisch weh. Ich biss die Zähne zusammen und wartete, bis das Brennen allmählich nachließ. Dann schaltete Scott das Wasser ab, holte ein frisches Geschirrtuch und tupfte mir die Wunde trocken. Konzentriert betrachtete er die Rötung.

»Zum Glück nur eine oberflächliche Verbrennung«, sagte er. »Wir legen dir gleich noch ein Kühlpad drauf, und in ein paar Tagen sollte alles wieder gut sein. Tut mir leid.«

»Das ist doch nicht deine Schuld.«

»Doch. Es war blöd von mir, den Topf auf den Tisch zu stellen.«

Ich wog den Kopf hin und her. »Ja, okay, war es wirklich.« Ein breites Grinsen legte sich um meine Lippen. »Aber jetzt weißt du, warum ich besser nicht in einer Küche stehen sollte. Das geht immer nur nach hinten los.«

»Und genau deswegen …«, er legte seine Hände auf meine Schultern, drehte mich um und schob mich auf die Tür zu, »… wirst du es dir jetzt im Wohnzimmer gemütlich machen, während ich mich um alles kümmere. Das Kühlpad bringe ich dir gleich.« Ich setzte an, um etwas zu sagen, aber Scott unterbrach mich: »Wie sagst du immer so schön? Ach, papperlapapp! Essen wird in dreißig bis vierzig Minuten serviert. Die perfekte Länge, damit du eine Folge deiner Serie schauen kannst. Was, meintest du noch gleich, wartet auf dich, irgendein Reboot?«

»Wenn du papperlapapp sagst, klingt das aber ganz schön bescheuert«, entgegnete ich grinsend.

»Ach, papperlapapp, du weißt gar nicht, wovon du sprichst«, neckte Scott mich weiter. An der Tür blieb er stehen und ließ von mir ab. »Und jetzt ab ins Wohnzimmer mit dir.«

»Aye, aye!« Eine Folge einer Serie zu schauen, klang zugegebenermaßen ziemlich verlockend.

Wie versprochen brachte Scott mir ein paar Minuten später das Pad für meine Hand. Die Wunde brannte noch einmal, als ich den kühlenden Beutel darauflegte, aber der Schmerz verflüchtigte sich glücklicherweise relativ schnell. Ich entschied mich statt für *CSI* für eine Folge *Buried in the Backyard*. Anstatt zurück in die Küche zu gehen, setzte Scott sich neben mich und lehnte sich in meinem flauschigen Couchkissen zurück.

»Da wollte ich mich gerade hinkuscheln«, sagte ich schmollend.

Scott lächelte und hob seinen Arm an. »Kannst du doch trotzdem.«

Kurz überlegte ich, ob er es wirklich ernst meinte. Da er aber keine Anstalten machte, den Arm wieder runterzunehmen, robbte ich mich zu ihm rüber und schmiegte den Kopf an seine Schulter. Die eingewickelte Hand bettete ich an seine Brust, in der ich sein schnell schlagendes Herz spürte. Hieran konnte ich mich definitiv gewöhnen.

Während wir gemeinsam die Serie schauten, strich Scott sanft über meine Schulter und meinen Oberarm. Es wäre gelogen, würde ich behaupten zu wissen, worum es in der Episode ging. Ich konnte mich keine Sekunde auf den Fernseher konzentrieren, wenn Scott mir so nah war und dafür sorgte, dass mein Puls immer schneller ging.

Kurz vor Ende der Episode ließ Scott unverhofft von mir ab. »Ich muss kurz nach dem Essen sehen.«

»Mhm«, machte ich, da ich zu mehr gerade nicht in der Lage war. Ich befürchtete, dass nur unidentifizierbares Gestotter aus mir herauskommen würde, sobald ich den Mund öffnete.

Als die Episode vorüber war, reckte ich das Kinn in die Höhe und schnüffelte. Mein Magen rumorte lautstark beim Geruch von überbackenem Gemüse. Mir lief das Wasser im Mund zusammen, und ich konnte es kaum erwarten, zu erfahren, ob es auch genauso himmlisch schmeckte.

Da Scott allem Anschein nach nicht wiederkam, schaltete ich den Fernseher wieder ab und steuerte das Esszimmer an. Wenigstens den Tisch konnte ich decken. Doch als ich im Türrahmen stehen blieb, sah ich Scott, der gerade das Besteck neben die Teller legte. Er hatte sogar Platzdeckchen ausgelegt und Wein- und Wassergläser bereitgestellt. Im Grunde fehlten nur noch die Kerzen in der Mitte, und man hätte meinen können, wir wären in einem schicken Restaurant.

Scott hob den Kopf, und als unsere Blicke sich trafen, lächelte er. »Essen ist gleich fertig. Möchtest du dich schon setzen?« Mit einer überschwänglichen Handbewegung deutete er zum Platz vor sich.

Grinsend kam ich näher. Anstatt zurückzutreten, schob Scott mir den Stuhl zurecht. »Ganz der Gentleman.« Glücklicherweise hatte ich meine Stimme mittlerweile wiedergefunden.

»Ich bin halt gut erzogen«, sagte er und zwinkerte. »Was möchtest du trinken?«

»Das Gleiche wie du.«

»Eine gute Wahl. Mach's dir gemütlich, ich bin gleich zurück.«

Als seine Schritte sich wieder näherten, hüpfte mein Herz auf und ab. Der Duft von geschmolzenem Käse hing in der Luft.

»Das riecht unglaublich gut«, sagte ich wahrheitsgemäß. Scott stellte die Auflaufform in die Tischmitte. Dampf stieg empor und erhitzte das Zimmer binnen kürzester Zeit. Oder hatte die Wärme gar nichts mit dem Dampf zu tun?

»Danke. Du kannst schon anfangen, ich hole noch die Getränke.«

Natürlich wartete ich, bis der Koch fertig war und sich ebenfalls setzte. In den Tiefen des Vorratsschranks musste er noch eine Flasche von Moms liebstem Rotwein gefunden haben. Mit einem Ploppen öffnete sich der Korken, und Scott schenkte uns beiden ein.

»Guten Appetit«, sagte er, und wir stießen an.

Das ließ ich mir kein zweites Mal sagen. Mit der Kelle schaufelte ich eine ordentliche Portion auf meinen Teller. Zum Glück hatte ich mir als Linkshänderin die Rechte verbrannt, sodass ich ungehindert essen konnte. Nachdem ich gepustet hatte und mir die Gabel in den Mund schob, seufzte ich auf. »Das ist unglaublich«, stöhnte ich und griff nach meinem Glas.

Scott kaute und schluckte runter. Ein draufgängerisches Lächeln umspielte seine Lippen. »Freut mich, dass ich dich wenigstens mit meinem Essen zum Stöhnen bringen kann.« Ich verschluckte mich am Rotwein und drohte daran zu ersticken. Anstatt mir zu Hilfe zu kommen, fing Scott heftig an zu lachen. »Tut mir leid, das war die perfekte Vorlage.«

»Ach, ich kenne es ja nicht anders von dir«, sagte ich und tupfte mir die Mundwinkel mit der Stoffserviette ab, von der ich nicht wusste, wo er sie überhaupt gefunden hatte.

Während wir aßen, unterhielten wir uns und vergaßen dabei vollkommen die Zeit. »Mom hat mir vor ihrem Tod das Kochen beigebracht«, erzählte Scott. »Sie meinte, das würde mir Pluspunkte bei den Frauen bescheren.«

Ich nippte an meinem Glas und nickte. »Da hatte sie auf jeden Fall recht. Damit kriegst du sicher jede rum.«

»Freut mich, wenn mein Plan aufgeht«, sagte er und

schenkte uns beiden noch ein Glas ein. Ich biss mir auf die Wange, um nicht zu quietschen wie ein verknallter Teenie beim ersten Date. Aber er machte es mir ziemlich schwer.

Scott erzählte mir ein wenig darüber, was aus den anderen Kindern geworden war, die früher hier gelebt und mit denen wir die Sommer auf der Ranch verbracht hatten. Es war eine große eingeschworene Gruppe gewesen, von denen die meisten Bibury allerdings verlassen hatten.

»Wieso bist du geblieben?«, fragte ich.

Scott holte tief Luft und lehnte sich in seinem Stuhl zurück. Das Weinglas hielt er zwischen den Fingern. »Nach der Sache mit Hannah hatte ich überlegt, zu gehen. Aber ich hätte nur das Gefühl gehabt, davonzulaufen. Einem Ort den Rücken zu kehren, nur weil es auch schlechte Erinnerungen gibt, die ich damit verbinde, schien mir nicht richtig. Denn es gibt so viele schöne Dinge, die ich in all den Jahren hier erlebt habe. Und außerdem bin ich absolut nicht für die Großstadt gemacht. Zu viele Menschen und Gedrängel vermiesen mir die Stimmung.«

»Oh, das kann ich verstehen«, stimmte ich lachend zu und schenkte mir noch mal nach. Als ich die Flasche in Scotts Richtung hielt, streckte er mir sein Glas entgegen, das ich ebenfalls wieder auffüllte. Bis nur noch einzelne Tropfen herauskamen. »Ups, das war's dann wohl.«

»Oje«, machte Scott. »Ich muss noch fahren.«

»Ach Quatsch, du kannst doch auch hier schlafen«, sagte ich. »Also ... jetzt, da Mom weg ist, meine ich. Das Zimmer ist frei ... oder die Couch, die kann man ausziehen.« Aus welchem Grund auch immer wollten meine Lippen keine zusammenhängenden Sätze formen.

»Schon gut, Holly.« Scott lachte und kippte den Wein in einem Zug runter. »Ich gehe ins Gästehaus.«

»Das ist doch nicht nötig.«

»Glaub mir, das ist es.« Er betrachtete mich einen Moment länger als sonst. Dann räusperte er sich, stand auf und war drauf und dran, den Tisch abzuräumen. Ich legte meine Hand auf seine, um ihn zu stoppen.

»Du hast gekocht, ich räume ab.«

Mit einem skeptischen Ausdruck schaute Scott auf meine weiterhin gerötete Hand. »Sicher? Ich kann das …«

»Nein, schon gut. Ich schaffe das.«

Nachdem ich abgeräumt hatte, wobei Scott mich mit Adleraugen beobachtet hatte und mir nicht von der Seite gewichen war, brachte ich ihn zur Tür. Als wir auf die Veranda traten, stellten wir fest, dass die Sonne bereits hinter den Ställen verschwand. Das bedeutete, wir hatten mehrere Stunden redend am Esstisch gesessen. Ich hatte gar nicht bemerkt, wie schnell die Zeit vergangen war.

»Danke«, sagte ich. »Das Essen war köstlich. Und auch sonst war es ein wunderschöner Abend.«

»Fand ich auch.« Lächelnd trat Scott auf mich zu und zog mich in eine feste Umarmung, die ich nur allzu gern erwiderte. Seine Hände strichen sanft über meinen Rücken, sodass ich mich instinktiv näher an ihn heran schmiegte und seinen Duft einatmete.

Ganz langsam – aber doch viel zu schnell – ließen wir voneinander ab. Ich fühlte mich beflügelt und von dem Rotwein berauscht. Was mich auch dazu veranlasste, mich auf die Zehenspitzen zu stellen und Scott einen flüchtigen Kuss auf die Wange zu geben. Sein gestutzter Bart war weich und kitzelte an meiner Haut.

»Gute Nacht, Scott«, sagte ich, wandte mich um und griff nach der Klinke. Doch bevor ich die Tür öffnen konnte, legte er seine Finger um mein Handgelenk und drehte mich wieder zu sich um.

Wir waren einander so nah, dass ich das Holz der Tür in meinem Rücken spürte. Scott fixierte mich, ließ den Blick nicht einen Moment sinken. Das Herz klopfte mir bis zum Hals. Er lächelte, sagte nichts. Stattdessen legte er ganz sacht den Zeigefinger an mein Kinn und hob es an. Eine sanfte Berührung, die trotzdem ein Feuerwerk in mir entfachte.

»Gute Nacht, Holly«, hauchte er an meinen Mund und bedeckte seine Lippen mit meinen.

Etwas in mir explodierte. Scotts Finger glitten meinen Hals hinab, sodass ich am gesamten Körper erschauderte. Dabei entfuhr mir ein leises Stöhnen, das ihm ein Lächeln entlockte.

Seine Lippen brannten auf meinen, und Hitze pulsierte in meinem Inneren. Wie von selbst presste sich mein Oberkörper näher an ihn heran, obwohl das kaum noch möglich war. Ich vergrub die Hände in seinen Haaren, um mich irgendwo festzuhalten, da ich das Gefühl hatte, meine Beine würden jeden Augenblick nachgeben.

Als ich ihm leicht in die Unterlippe biss, stieß Scott ein leises Knurren aus und ließ seine Zunge meinen Mund erforschen. Sein Geschmack benebelte meine Sinne. Langsam senkte er die Hand und fuhr meine Taille entlang. Eine Gänsehaut legte sich über mich.

Nach einer viel zu kurzen Zeit löste Scott sich von mir und legte seine Stirn an meine. Meine Lippen pochten, das Herz polterte gegen meine Rippen, und meine Beine fühlten sich an wie Wackelpudding. Langsam senkte ich meine Arme, woraufhin Scott unsere Finger ineinander verschränkte.

Er lächelte, als er die Lider hob. »Ich wollte nur kurz meinen Gewinn einlösen.«

Es dauerte einen Moment, ehe ich begriff, dass er vom 4. Juli sprach. »Dafür hättest du ihn nicht einlösen brauchen.«

»Gut zu wissen.« Noch einmal lehnte Scott sich zu mir herunter und gab mir einen flüchtigen Kuss. »Gute Nacht.«

Das Lächeln auf seinen Lippen gab mir zu verstehen, dass ihm das hier ebenso wichtig war wie mir. Natürlich hätte ich mir gewünscht, dass er noch eine Weile geblieben wäre. Doch wie Scott vorhin gesagt hatte, war es besser, wenn er ging. Wir sollten es langsam angehen lassen. Er ging ein paar Schritte rückwärts und betrachtete mich, ehe er sich umdrehte und in der Abenddämmerung verschwand.

Scott bedeutete mir etwas. Mehr, als ich mir eingestehen wollte. So viel, dass ich nicht wusste, wie ich mich je entscheiden sollte, was nach dem Sommer war. Doch für den Augenblick genoss ich die Zeit.

Meine Finger wanderten instinktiv zu meinen Lippen, die nach wie vor von unserem Kuss prickelten. Mir war, als konnte ich Scott noch mit jeder Faser spüren. Seine Lippen auf meinen, seine Hände auf meiner Haut. Und ich wünschte mir nichts sehnlicher, als dieses Gefühl ein weiteres Mal zu erleben.

Kapitel 26

Hätte Scott mir nicht seinen Wagen geliehen, nachdem ich mit den Ställen fertig war, wäre ich vermutlich aufgeschmissen gewesen. Ich hatte nicht damit gerechnet, dass das Paket, das Mom mir geschickt hatte, so groß und schwer sein würde. Mit dem Bus hätte ich es aus Charlesborough sicher nicht nach Hause bekommen. Sollte irgendjemand mal auf die glorreiche Idee kommen, eine Postfiliale in Bibury zu eröffnen, würde sich diese Person sicher eine goldene Nase daran verdienen.

Eher unbeholfen öffnete ich die Haustür und taumelte ins Wohnzimmer. Gerade im richtigen Moment, denn meine Arme gaben nach und das Paket fiel mir aus der Hand. Doch es landete lediglich auf der Couch, sodass nichts zu Bruch gehen konnte.

Es war Kim zu verdanken, dass ich nun an meine Sachen kam. Als wir den Urlaub auf Jeopardy Island geplant hatten, war sie es gewesen, die einen Ersatzschlüssel für Mom hatte anfertigen lassen. Für den Fall, dass uns etwas zustieß. Allein die Vorstellung hatte mir zwar eine Gänsehaut beschert, rational betrachtet war es aber ein kluger Einfall gewesen. Typisch Kim eben.

Mein Handy klingelte, und als ich es hervorholte, grinste mir ein Bild des Powerpuff Girls Blossom entgegen. Die rote Schleife auf ihrem Kopf nahm beinahe mein gesamtes Display ein. Ich nahm den Anruf an, kam aber nicht mal dazu, mir das Handy ans Ohr zu legen. Kim kreischte so laut in den Hörer, dass es selbst der Sheriff im Ort hören musste und sicher gleich mit einer Einheit hier einmarschieren würde.

Erst als ihr lautes Kreischen einem erstickten Fiepen glich, wagte ich zu sprechen. »Bedeutet das, ihr habt es geschafft?«

»Ja! Ja! Ja! Ja!«, rief sie.

Nun schrie und kreischte ich ebenfalls, während ich aufgeregt durchs Wohnzimmer hüpfte. »Ich freu mich so für euch. Ihr habt es so verdient!«

»Danke, Bubbles. Ich wünschte nur, wir könnten zusammen feiern.«

»Das holen wir nach! Aber jetzt erzähl, wie war es?«

Kim holte tief Luft, dann sprudelten die Worte wie ein Wasserfall aus ihr heraus. Dabei überschlug ihre Stimme sich mehrfach, sodass ich nur den Bruchteil des eigentlichen Inhalts verstand, aber das war egal. Kim und Aidan hatten den Zuschuss für das nachhaltige Resort auf Jeopardy Island erhalten, und sein Dad fand die Idee sogar großartig. Dass Callum Beaufoy so etwas sagte, musste von Bedeutung sein, denn seine Hotelkette stand für puren Luxus. Das neue Resort wäre komplett anders, etwas Neues, etwas, wofür Kim und Aidan so hart gekämpft hatten. Ich platzte vor Stolz.

Zwischendurch rief auch Aidan in den Hörer, wenn Kim wieder dabei war, sich in zu vielen Einzelheiten zu verlieren. Lachend hörte ich den beiden zu. Es machte mich glücklich, wie glücklich sie waren. Das tröstete mich darüber hinweg, dass Kim und ich uns schon wieder viel zu lange nicht gesehen hatten.

»Jetzt habe ich dir ein Ohr abgeschwätzt, tut mir leid«, beendete Kim ihre ausschweifende Erzählung. »Gibt es bei euch etwas Neues?« Sie senkte ihre Stimme. »Irgendwas mit Brooke? Und was ist mit Scott und dir? Habt ihr …?« Ich sah förmlich vor mir, wie sie mit den Augenbrauen wackelte. Natürlich hatte ich sie noch am selben Abend angerufen und erzählt, was passiert war.

Ich kicherte. »Nein, wir lassen es langsam angehen. Und was Brooke betrifft … ich habe sie ein paar Tage nicht gesehen. Ehrlich gesagt, bin ich auch ganz froh drum.«

»Verständlich. Halt mich in jedem Fall auf dem Laufenden. Wir gehen jetzt etwas essen. Hören wir uns später noch mal?«

»Na klar. Bis später, und viel Spaß euch!«

Wir legten auf, und ich schob das Handy zurück in meine Hosentasche. Es dauerte bloß den Bruchteil einer Sekunde, ehe es noch mal klingelte. Lachend holte ich es hervor und nahm den Anruf blind entgegen. »Vergesslichkeit sieht dir gar nicht ähnlich, Blossom.«

»Entschuldigung?«

»Oh«, entfuhr es mir, als ich feststellte, dass es nicht Kim war, die noch mal angerufen hatte. »Tut mir leid. Ähm. Mit wem spreche ich?«

Der Mann räusperte sich. »Guten Tag, Ms Pierson. Mein Name ist Christopher Black.« Gedanklich versuchte ich den Namen einem Gesicht zuzuordnen. War er einer unserer Lieferanten? »Ich rufe im Auftrag des *American Wildlife Shelter* bei Ihnen an.«

Meine Kinnlade verselbstständigte sich. Wir hatten nicht damit gerechnet, dass sich noch jemand vom *AWS* melden würde. Ich krallte mich an der Kommode fest. »Guten Tag, es freut mich, von Ihnen zu hören.«

»Die Freude ist ganz meinerseits«, sprach Mr Black herzlich weiter. »Wir sind nun dazu gekommen, uns Ihre Unterlagen bezüglich des *Zebra's Field* anzuschauen. Auch Ihre Website hat uns sehr gefallen. Man spürt, dass Sie viel Arbeit investiert und sich mit der Materie auseinandergesetzt haben. Wie Sie sicher wissen, sind wir immer darauf aus, neue Projekte, die sich mit dem Tierwohl befassen, zu fördern. Von daher würden wir Mr Avari und Sie sehr gern nach Dallas in unseren Hauptsitz einladen.«

»O mein Gott. Vielen Dank. Ich kann Ihnen gar nicht genug danken. Das ist wirklich wundervoll!« Die Worte kamen hervor, ehe ich darüber nachdenken konnte, sie wenigstens halbwegs professionell klingen zu lassen.

Aber Mr Black lachte lediglich klangvoll. »Passt es Ihnen gleich am Montag um fünfzehn Uhr?«

»Ja, natürlich!«

»Wunderbar! Planen Sie bitte ein paar Stunden für dieses Treffen ein. Es gibt viel zu bereden. Ich freue mich schon sehr darauf, Ihre Bekanntschaft zu machen.«

»Danke, danke, danke!«, rief ich und verabschiedete mich von Mr Black.

Mein Herz hämmerte wie wild. Mir war heiß und kalt zugleich, und ich zitterte am ganzen Körper. Vor Nervosität, Aufregung, Freude. Ich musste Scott davon erzählen, und zwar sofort.

Ich hechtete zur Tür und rannte, als hinge mein Leben davon ab. Dabei rutschte ich mehrfach fast auf kleinen Kieselsteinen weg, und auch einer der Mitarbeiter machte beinahe Bekanntschaft mit dem Boden. »Sorry!«, schrie ich über meine Schulter, hörte aber nicht mehr, ob er etwas antwortete. Als die Ställe in Sicht kamen, rief ich nach Scott. Meine Lunge drohte von dem Sprint zu explodieren, der Schweiß rann mir von der Stirn, und mein Puls lag sicher bei zweihundert. Trotzdem verlangsamte ich meine Schritte nicht.

»Ja? Ist etwas passiert?«, fragte er verwirrt und kam heraus. Skeptisch schaute Scott mich an, als er bemerkte, dass ich wie eine Verrückte auf ihn zuraste. »Ist was mit meinem Auto? Hast du es zu Schrott gefahren? Bitte sag mir nicht, dass es um mein Auto geht.«

Ich antwortete nicht und blieb auch nicht stehen, sondern sprang ihm einfach in die Arme. Er geriet kurz ins Taumeln, hielt mich aber fest. Ich schmiegte den Kopf an seine Schulter. Lachend drehte Scott sich im Kreis, ehe er mich vor sich absetzte. »Am Montag«, versuchte ich zu sagen, aber meine Stimme verlor sich in einem Keuchen. Allmählich wusste ich nicht mehr, ob ich einfach unsportlich war oder womöglich an Asthma litt.

»Was ist am Montag?« Scott legte den Kopf schief, noch immer lag ein Lachen in seiner Stimme.

»*AWS*. Sie haben angerufen.« Ich holte tief Luft. »Wir sind nach Dallas eingeladen worden zu einem Treffen.«

»Ist das dein Ernst?« Als ich nickte, zog er mich noch einmal in die Arme und hob mich an, sodass ich lauthals lachte. »Das ist …«

»Ich weiß.«

Es war ein wahnsinnig großer Schritt. Bisher wussten wir nicht, inwiefern das *AWS* uns unterstützen wollte. Darauf würden wir noch ein paar Tage warten müssen. Aber überhaupt eine Einladung von ihnen zu erhalten, wo es sicher Hunderte ähnlicher Projekte im ganzen Land gab, war eine riesige Ehre. Ich musste unbedingt nachher Mr Haney anrufen und ihm dafür danken, dass er die Unterlagen weitergeleitet hatte.

Viel zu schnell ließ Scott wieder von mir ab. Das Lächeln würde wohl die nächsten Tage sein ständiger Begleiter sein.

»Ich würde ja sagen, dass wir auch darauf anstoßen müssen, aber ich brauche mal eine Pause.« Er rieb sich den Bauch.

»Ganz …«

»Das ist eine unerhörte Frechheit!« Wie ein Donnergrollen kam die Stimme über uns, sodass ich mitten im Satz abbrach.

»Ist das?«

Scott nickte und griff nach meiner Hand. »Kingsley.« Dann rannte er los und zog mich hinter sich her.

Kingsley stand vor der zum Innengehege umgebauten Scheune. Er hatte die Fäuste in die Seiten gestützt, und mir war, als rauchte es aus seinen Ohren. José hielt sich den Stetson an die Brust und redete auf Kingsley ein, dessen Schädel bei jedem Wort röter zu werden schien.

»Was ist hier los?«, fragte Scott, als wir bei José angekommen waren. Doch dieser konnte gar nicht erst zu Wort kommen.

»Sie haben mein Zebra gestohlen!«, grollte Kingsley. »Ich verlange von Ihnen, mir unverzüglich mein Tier zurückzugeben.«

Scott ließ von mir ab und verschränkte die Arme vor der Brust. Sein Kiefer mahlte. »Keine Ahnung, wovon Sie sprechen. Und jetzt verlassen Sie unser Grundstück. Wir haben Ihnen schon mehrfach gesagt, dass Sie hier nichts verloren haben.«

Im Gegensatz zum letzten Mal konnte Scott Kingsley nicht erneut einschüchtern. »Das könnte Ihnen wohl so passen. Ohne mein Tier gehe ich nirgends hin.«

»Es ist nicht *Ihr* Tier. Es ist ein afrikanisches Wildtier, das sich verletzt auf unser Grundstück verirrt hat. Wir sind eine Rettungsstation und dazu verpflichtet, dafür zu sorgen, dass es dem Tier an nichts fehlt.« Scott machte einen Schritt auf Kingsley zu, der aber nicht zurückwich. Die beiden Männer lieferten sich ein beängstigendes Blickduell, bei dem selbst José mit seinem Latein am Ende zu sein schien. Fragend schaute er mich an, aber ich hob lediglich die Schultern.

»Sie hören von meinen Anwälten«, knurrte Kingsley, drehte sich um und stampfte wutentbrannt davon.

»Kann er uns wirklich seine Anwälte auf den Hals hetzen?«, fragte José verunsichert.

Scott rieb sich mit Zeigefinger und Daumen den Nasenrücken. »Gut möglich. Aber soll er ruhig machen, Chuck wird er nicht bekommen.« Pure Entschlossenheit schwang in Scotts Stimme mit, und zum zweiten Mal heute wurde ich von Stolz gepackt. Ich konnte mich glücklich schätzen, so viele Menschen in meinem Leben zu haben, die für die Dinge kämpften, die ihnen am Herzen lagen.

Mit Kingsley war zwar nicht zu spaßen, denn er hatte reichlich Einfluss und Geld. Aber ich wusste, dass wir uns würden behaupten können. Denn was wir taten, taten wir mit Leidenschaft, und dafür würden wir durch die Hölle und zurück gehen.

Kapitel 27

Wenn ich nicht besser auf mich achtgab, würde mein andauerndes Herzrasen noch zu einer chronischen Erkrankung führen.

In meinem Kleiderschrank hatte es nur wenige businesstaugliche Stücke gegeben. Meine Entscheidung war mit Unterstützung von Kim auf eine mintfarbene Bluse gefallen, die zum Farbschema unserer Station passte. Kombiniert hatte ich sie mit einem schlichten schwarzen Rock und schwarzen Pumps. Sie waren unbequem, und ich konnte nicht sehr gut darin laufen, aber ich wollte bei diesem Meeting vernünftig auftreten. Ich durfte nur die Arme den restlichen Tag über nicht anheben, denn ich hatte mit Sicherheit schon jetzt große Schweißflecken darunter.

»Keine Sorge, du siehst fantastisch aus«, sagte Scott, als ich zum bereits fünften Mal in zehn Minuten in meinen Taschenspiegel schaute, um sicherzugehen, dass Make-up und Haare saßen.

»Du hast gut reden. Männer sehen im Anzug immer zum Anbeißen aus«, brummte ich und schob mir eine Strähne zurück. Sie wollte einfach nicht an ihrem Platz verharren.

Scott schnaubte und bog ab. »Kannst du mal das Handschuhfach öffnen?«

»Klar.« Zum Vorschein kamen zwei frische Packungen Twinkies. »Ach, ist da etwa jemand nervös?«

»Bitte einen mit Schokolade«, sagte er und ignorierte meine Frage.

Kopfschüttelnd holte ich zwei der mit Cremc gefüllten Kuchen heraus und reichte Scott einen. Sofort riss er die Packung auf und biss ein großes Stück ab. Ich tat es ihm nach. Mann, die Teile waren wirklich köstlich, kein Wunder, dass Scott süchtig danach war.

Ich lehnte mich im Sitz zurück und schaute aus dem Fenster. Wir waren früh genug losgefahren, damit wir vorher noch im Hotel einchecken konnten. Da Mr Black am Telefon gemeint hatte, wir sollten uns ein paar Stunden Zeit einplanen, hatte das *AWS* uns zwei Zimmer gebucht. Morgen nach dem Frühstück konnten wir dann ausgeruht wieder zurück nach Bibury fahren. Nun waren es nur noch vierzig Minuten bis zu unserem Termin, und ich wurde langsam immer nervöser.

»Meinst du wirklich, José kommt so lange ohne uns klar?«, fragte ich besorgt. Wir hatten das ganze Wochenende damit verbracht, ihn zu instruieren, damit er sich in unserer Abwesenheit um alles kümmern konnte.

»Natürlich. Er arbeitet schon länger als ich auf der Ranch. Wenn jemand das hinkriegt, dann José«, sagte Scott lächelnd und biss von seinem vierten Twinkie ab. Wurde ihm nicht langsam schlecht?

»Gut.« Ich versuchte, nicht angespannt zu sein, versuchte es wirklich. Aber es war seit Meemaws Tod der erste komplette Tag, an dem sich jemand anders um die Ranch kümmerte. Ich hatte einfach Angst, dass irgendetwas passierte. Wir waren mehrere Stunden Autofahrt von Bibury entfernt. Sollte den Pferden also etwas passieren oder Chuck unsere Hilfe benötigen, würden wir lange brauchen, um an Ort und Stelle zu sein.

Ich strich meinen Rock glatt und verschränkte die Finger im Schoß ineinander. Dann lenkte ich den Blick wieder aus dem Fenster. Wir fuhren gerade durch den Arts District – das kulturelle Zentrum der Innenstadt von Dallas. Es war einer meiner Lieblingsorte in der Stadt, da er nicht nur durch außergewöhnliche Architektur bestach, sondern auch durch Facettenreichtum.

Direkt neben einer grünen Oase, die sich hervorragend dazu eignete, die Seele baumeln zu lassen, ragten imposante Bauwerke in die Höhe. Es gab nicht nur diverse Museen und Galerien, sondern auch zahlreiche schicke Restaurants und Cafés.

Wir verließen das Kunstviertel und bogen auf die Live Oak Street Richtung Swiss Avenue. Nach wenigen Autominuten kamen wir an einem *Trader Joe's* vorbei. Ich musste nachher unbedingt daran denken, einen Abstecher in den Supermarkt zu machen. Dort gab es ganz fantastische Eigenmarken, und in Bibury und näherer Umgebung gab es kein Geschäft dieser Kette.

Swiss Avenue war ein historisches Stadtviertel mit zahlreichen architektonischen Stilen: von mediterran über italienische Renaissance bis hin zur kolonialen Wiederbelebung. Ich kannte mich nicht sonderlich gut mit Kunst aus, aber jedes Haus hier im Viertel war auf seine eigene Weise besonders.

Eigentlich hatte ich vermutet, dass das Hauptgebäude des *AWS* in einem Bürokomplex in der Downtown lag, da sie uns dort auch die Zimmer gebucht hatten. Dass ihr

Sitz stattdessen in einem prunkvollen Herrenhaus lag, erstaunte mich.

»Sind wir hier wirklich richtig?«, fragte Scott und lehnte sich mit zusammengekniffenen Brauen nach vorn, um einen Blick aus der Frontscheibe zu erhaschen.

Ich schaute in die Mail, die Mr Black mir hatte zukommen lassen. »Die Anschrift stimmt.«

»In Ordnung. Willst du schon rein, oder wollen wir noch mal alles durchgehen?«

Der Blick auf die Uhr verriet, dass wir eine Viertelstunde Zeit hatten. Doch ich schüttelte den Kopf. »Lass uns reingehen, sonst werde ich noch verrückt.« Nervös wippte ich mit den Beinen.

Scott legte eine Hand auf meinen Oberschenkel, um mich zu beruhigen. Es funktionierte nur bedingt. Die Zuckungen hörten zwar auf, aber seine Nähe zu spüren löste eine ganz andere Art von Aufregung in mir aus. »Alles wird gut«, sagte er ruhig und so, als würde er das wirklich glauben. Die Twinkiekrümel in seinem Mundwinkel verrieten aber etwas anderes.

Ich lehnte mich nach vorn und wischte sie weg. »Ja, bestimmt.«

Während Scott den Motor ausschaltete, atmete ich noch einmal tief durch und stieg aus. Es war erstaunlich, wie unterschiedlich die Luftqualität an verschiedenen Orten sein konnte. Wir befanden uns zwar in einem eher äußeren Stadtviertel, trotzdem hing der Geruch von Abgasen in der Luft. Gepaart wurde dieser mit dem Duft von frisch gemähtem Rasen und Blumen.

Ich griff nach meiner Handtasche und streckte den Rücken durch. Jetzt gab es kein Zurück mehr. Gemeinsam folgten wir dem schmalen Weg zum Haus. Bevor er auf die Klingel drückte, beugte Scott sich zu mir herunter und gab mir einen schnellen Kuss. »Wir schaffen das.« Ich nickte, woraufhin er klingelte. Eine schöne und leise Melodie ertönte.

Schritte näherten sich. Die Tür wurde geöffnet. Christopher Black stand vor uns. Ich hatte ihn mir auf der Website angeschaut. Ein adretter Mann Ende dreißig mit kurzen, dunklen Haaren und hellen Augen, in denen ein freundlicher Glanz lag. Von seiner Unterlippe bis zu seinem Kinn hatte er eine schlecht verheilte Narbe, die er sich laut Homepage bei der Rettung eines Löwenbabys zugezogen hatte.

»Mr Avari, Ms Pierson. Es freut mich, dass Sie gut hergefunden haben.« Seine Stimme war klangvoll und ehrlich, genauso wie sein Lächeln. Nacheinander schüttelten wir seine ausgestreckte Hand.

»Wir freuen uns auch sehr, hier zu sein«, erwiderte ich hoffentlich selbstbewusst und nicht so zittrig, wie ich mich fühlte.

Mr Black trat einen Schritt zur Seite, damit wir hereinkommen konnten. »Das hier ist eines der staatlich geförderten Häuser für soziale Einrichtungen«, erklärte er, während er uns den Flur entlangführte. An der Wand hingen Fotos von den Mitarbeitern des *AWS*. Es waren so viele, dass ich sie nicht zählen konnte. »So ist es uns möglich, den Großteil unserer Einnahmen in die wirklich wichtigen Dinge zu stecken, und wir müssen uns keine Gedanken über horrende Mietpreise der Büros in der Innenstadt machen.« Er lachte leise. Mir gefiel der Klang.

Am Ende des Flurs führte er uns in einen großen, zu

einem Konferenzraum umfunktionierten Wohnbereich. Der offene Kamin an der anderen Seite des Raums wurde vermutlich schon seit Ewigkeiten nicht mehr genutzt. Kein Krümelchen Asche oder Ruß haftete ihm an.

»Darf ich vorstellen – Mr Avari und Ms Pierson«, richtete Mr Black das Wort an die übrigen sich im Raum befindenden Personen. Erst jetzt fiel mir auf, dass Scott und ich womöglich völlig overdressed waren. Alle trugen Alltagskleidung. Die Dame am Kopfende hatte sogar einen lilafarbenen Sportanzug an. »Setzen Sie sich.«

Das ließen Scott und ich uns kein zweites Mal sagen. Kaum hatten wir Platz genommen, wurden uns die Mitarbeiter kurz vorgestellt, und dann ging es auch schon los mit den Fragen, auf die wir glücklicherweise gut vorbereitet waren.

»Wo genau in Afrika waren Sie, Mr Avari?«, fragte Mr Black und schob sich eines der Häppchen, die in der Mitte des Tischs standen, in den Mund.

»Im ersten Monat war ich in Tansania, wurde dann aber nach Namibia geschickt, da sie dort mehr Unterstützung brauchten«, erklärte Scott sachlich. »Die Station nennt sich *Leopard's Base*.«

»Ah, Sie waren bei Judy Washington.« Die Dame im Sportanzug klatschte aufgeregt in ihre Hände. »Vor rund zehn Jahren habe ich auch einen Sommer dort verbracht und sehr viel lernen können.«

Scott nickte. »Ja, Judy ist ein Engel. Nach einem Brand im Etosha Nationalpark sind einige Zebras zu uns gekommen, und ich habe schnell mein Herz an diese Tiere verloren. Das ist auch der ausschlaggebende Grund dafür, dass ich mich in meiner …«, er schaute zu mir und lächelte,

»… in unserer Station auf Zebras spezialisieren möchte. Selbstverständlich soll in Zukunft allerdings jedes Lebewesen bei uns herzlich willkommen sein.«

Ich hätte Scott stundenlang dabei zuhören können, wie er über seine Zeit in Afrika sprach. Aus jedem seiner Worte war deutlich zu entnehmen, wie viel ihm diese Tiere bedeuteten, und ich liebte es, dass seine Liebe auf mich überging. Chuck war noch nicht lange bei uns, und doch konnte ich mich kaum daran erinnern, wie es ohne ihn gewesen war. Unglaublich, wie schnell einem ein Tier ans Herz wachsen konnte.

»Wie ist das bei Ihnen, Ms Pierson? Wann wussten Sie, dass Sie diese Station ins Leben rufen wollen?« Mr Black schaute mich interessiert an. Doch ich war kurz davor, mich an meinem Häppchen zu verschlucken.

Es war eine naheliegende Frage, und ich hätte mich darauf vorbereiten, mir irgendeine Antwort aufschreiben und sie auswendig lernen sollen. Irgendetwas, das Mr Black milde stimmen würde. Eine klitzekleine Lüge, damit wir eine Förderung erhielten.

»Gar nicht«, entgegnete ich. »Das ist nicht die Antwort, die Sie hören möchten, das weiß ich. Aber ich möchte Sie nicht belügen. Nach dem Tod meiner Großmutter wollte ich nichts weiter, als die Ranch zu verkaufen und zurück in mein altes Leben nach Los Angeles zu gehen. Dann hat Scott, Mr Avari, mir seine Pläne gezeigt, und ich habe mich dazu entschieden, ihm eine Chance zu geben.«

Mr Black lehnte sich nach vorn und stützte die Ellbogen vor sich auf dem Tisch ab. »Und wie sieht es jetzt aus?«

»Ich fühle mich mit jedem Tag wohler. Die Arbeit macht Spaß, und es ist ein überwältigendes Gefühl, der

Station beim Wachsen zuzusehen und Neues zu lernen. Jeder unserer Mitarbeiter ist mit Herzblut bei der Sache, und ich denke, wir können *Zebra's Field* zu etwas ganz Großem machen. Und für mich ist es eine Ehre, ein Teil davon sein zu dürfen.«

»Das war eine sehr gute Antwort«, sagte Mr Black und nickte.

Erleichterung durchflutete mich. »Danke schön.«

Die Stunden vergingen wie im Flug, und irgendwann wusste ich schon gar nicht mehr, weshalb ich überhaupt nervös gewesen war. Mr Black und all die anderen Mitarbeiter des *AWS* waren unglaublich freundlich.

Gegen neun Uhr war das Gespräch beendet. »Wie Sie sich sicher denken können, sind wir wirklich hellauf begeistert von Ihnen beiden. Aus diesem Grund würden wir das *Zebra's Field* sehr gern fördern. Wir kooperieren mit einer Baufirma, die sich auf Rettungsstationen spezialisiert hat. Sie werden sich bald für einen Termin mit Ihnen in Verbindung setzen und mit einem unserer Gutachter zu Ihnen kommen. Aber Ihren Unterlagen ist ja bereits zu entnehmen, dass Sie ganz hervorragende Vorarbeit geleistet haben. Daran können wir in jedem Fall anknüpfen. Und machen Sie sich keine Sorgen über die Rechnungen. Diese werden selbstverständlich von uns übernommen.«

Ehe ich wieder nervös zu zucken beginnen konnte, griff ich nach Scotts Hand und verschränkte unsere Finger ineinander. Ich musste ihn beinahe zerquetschen, aber falls ich ihm wehtat, ließ er sich zumindest nichts anmerken.

»Außerdem werden Sie in unsere Kartei aufgenommen. Sollten Sie jemals Hilfe benötigen, dann scheuen Sie sich nicht, uns anzurufen. Wir senden Ihnen zu jeder Zeit ein

Team, denn bis Sie sich Ihr eigenes aufgebaut haben, wird es sicher noch dauern«, fuhr Mr Black fort. »Ich kann verstehen, wenn es Ihnen nicht schnell genug gehen kann. Aber eine Rettungsstation kann man nicht binnen weniger Wochen aus dem Boden stampfen. Bis sie ihre volle Größe erreicht haben wird, vergehen vermutlich Jahre. Sind Sie wirklich bereit für diese Aufgabe?«

»Ja«, sagte ich wie aus der Pistole geschossen.

Scott lachte. »Ja, natürlich sind wir das.«

»Sehr schön. Dann freue ich mich wirklich sehr, dass wir Ihr Projekt unterstützen dürfen. Senden Sie uns gern ein paar Bilder, die wir für unsere Website nutzen können.« Mr Black lächelte. »Haben Sie sonst noch Fragen?«

Ich war viel zu aufgeregt, als dass ich mir darüber hätte Gedanken machen können. Und auch Scott schüttelte den Kopf. »Nein, keine Fragen. Aber ich möchte mich von Herzen bei Ihnen für diese Chance bedanken.«

»Das ist nicht nötig, Mr Avari. Sie haben das Herz am rechten Fleck, und ich bin sicher, dass Sie das *Zebra's Field* zu einer einzigartigen Station aufbauen werden. Gemeinsam mit Ms Pierson.«

Wir verabschiedeten uns vom Team. Mr Black begleitete uns zur Tür und versprach, uns die Unterlagen und Förderungsvereinbarungen zügig zukommen zu lassen. Als er die Tür hinter sich schloss, konnte ich nicht anders, als den Kopf in den Nacken zu legen und einen inbrünstigen Freudenschrei auszustoßen, den selbst Scott zum Lachen brachte.

»Wir haben es geschafft«, sagte ich grinsend und schlang die Arme fest um ihn.

»Das haben wir.«

Mit rasenden Herzen fuhren wir vom Gelände zurück in die Downtown. Die komplette Fahrt über plapperte ich. Im Grunde fasste ich einfach die wichtigsten Aspekte des Treffens noch einmal zusammen. Was unnötig war, aber die Aufregung sorgte dafür, dass ich gar nicht aufhören konnte zu reden. Aber Scott ließ mich und stimmte lediglich zwischendurch zu.

Wir parkten den Wagen in der Tiefgarage und nahmen den Fahrstuhl in die zwölfte Etage, in der unsere Zimmer lagen. Eigentlich war ich noch nicht müde, aber sobald der Adrenalinschub erst mal abebbte, würde ich den Tag sicher in den Knochen spüren.

Ich fixierte den grünen Teppich des Hotelflurs. Bei jedem Schritt versanken meine Absätze förmlich darin. Etwas hölzern kramte ich nach meiner Schlüsselkarte, die ich vorhin schnell in die Handtasche geworfen hatte. Zimmer 1204.

Vor meiner Tür blieb ich stehen und drehte mich zu Scott. Er hatte die Hände in den Hosentaschen vergraben, und eine Falte lag zwischen seinen Brauen.

»Was ist los?«, wollte ich wissen und lehnte mich gegen die Wand.

»Wie hast du deine Antwort vorhin gemeint?«, fragte er ernst.

»Was genau meinst du?«

Scott hob den Kopf, fing meinen Blick auf und kam einen Schritt näher. »Dass du bereit wärst, Jahre in den Aufbau der Station zu investieren.«

Mein Herz setzte einen Schlag aus, bevor es in doppelter Geschwindigkeit zu rasen begann. Schon als ich die Worte vorhin gesprochen hatte, hätte ich wissen müssen, dass sie Scott nicht entgehen würden. Ich hatte nicht weiter darüber nachgedacht, sondern aus einem Instinkt heraus geantwortet. Aber womöglich war es genau diese spontane Antwort gewesen, die es gebraucht hatte.

Scott trat noch einen Schritt auf mich zu, sodass ich das Kinn heben musste, um ihm weiterhin in die Augen zu schauen. Das Wummern meines Herzens war vermutlich kaum zu überhören.

»Also?«, hakte Scott nach. Mit der Wand in meinem Rücken und Scott so dicht vor mir, konnte ich mich nicht rühren. Dass er mir noch näher kommen konnte, hätte ich nicht für möglich gehalten, doch er stützte die Hände neben meinem Kopf an der Wand ab. »Hast du dich jetzt wirklich final entschieden? Dass wir dieses Projekt durchziehen? Gemeinsam?« Sein Atem streifte über meine Haut.

»Ich ...« Ich schluckte, sortiere meine Gedanken und betrachtete Scott. In seinem Blick lag neben Hoffnung auch pure Lust. Ich schloss die Lider und stellte mir ein Was-wäre-wenn-Szenario vor. Es gab nichts, was mich davon abhielt, zu bleiben. In Bibury war Scott, der es an jedem Tag schaffte, mir durch seine bloße Anwesenheit ein Lächeln aufs Gesicht zu zaubern, und der mich mit seiner Begeisterung für das Projekt angesteckt hatte. Mein Studium zwang mich nicht, in Los Angeles zu bleiben, und meinen absoluten Traumjob hatte ich nicht bekommen. Wäre da nur Mom – die Letzte, die mich je davon abhalten würde, zu bleiben.

Und trotzdem hatte ich Angst, die Worte auszusprechen, da sie meine Gefühle real machen würden. Doch als ich die Augen wieder öffnete und Scott vor mir sah, wusste ich, dass es längst um mich geschehen war und ich die Antwort genau kannte. »Ja, wir ziehen das durch. Gemeinsam.«

Er sagte nichts, sondern presste seine Lippen auf meine. Ohne zu zögern, erwiderte ich den Kuss. Ich wollte nicht mehr denken, sondern dem Druck endlich nachgeben, der sich über Wochen hinweg in mir aufgestaut hatte. Scotts vertrauter Duft benebelte meine Sinne. Ich griff nach seinem Hemd und zog ihn näher an mich. Lächelnd küsste er mich weiter, presste seinen Körper gegen meinen, sodass ich alles von ihm spüren konnte.

In diesem Moment vergaß ich alles um uns herum. Es gab nur noch Scott und mich. Meine Hände tasteten nach seinem obersten Hemdknopf, den ich zügig öffnete, dann den zweiten, dann den dritten. Bis Scott die Schlüsselkarte nahm, die ich noch immer zwischen den Fingern hielt. Er unterbrach unseren Kuss, zog die Karte durch die Vorrichtung und schob mich durch die Tür.

Kaum waren wir im Zimmer, legte er seine Lippen erneut auf meine. Dieses Mal forscher. Als ich leise stöhnte, nutzte Scott die Gunst der Stunde und fuhr mit seiner Zunge langsam über meine Unterlippe. Hitze durchzog meinen Körper, und mich überkam ein brennendes Verlangen.

Ungeduldig öffnete ich auch die übrigen seiner Knöpfe und schob ihm das Hemd schnell über die Schultern auf den Boden. Scott legte seine Hände an meine Taille und hob mich an. Ich schlang die Beine um seine Hüfte und küsste ihn weiter, während er mich durch den Wohnbereich des Zimmers trug. Es waren so kurzfristig nur noch kleine Suiten zu buchen gewesen.

Scott stieß gegen eine Lampe. Ich lachte leise an seinen

heißen Mund. Dann bettete er mich mit dem Rücken vorsichtig auf die Couch und lehnte sich über mich.

»Wenn dir das zu schnell geht«, hauchte er zwischen zwei Küssen, »dann können wir auch einen Gang zur …«

Ich legte den Zeigefinger auf seinen Mund und zwang ihn so, zu schweigen. »Zu schnell? Meiner Meinung nach können wir ruhig einen Zahn zulegen.«

Scott lachte tief und rau. »Ich meinte nur …«

Wieder unterbrach ich ihn: »Ich weiß, was du meinst. Glaub mir, ich will das hier. Ich will *dich.*« Mit den Fingern fuhr ich durch seine Haare.

Als Scott meinen Blick auffing, lag in seinem reines Verlangen. Er schob sich mit dem Körper zwischen meine Beine und küsste meine Halsbeuge, wobei mein Rock hochrutschte. Meine Hände vergruben sich erst in seinen Haaren, wanderten dann aber seine Schultern hinab, bis sie sein Top zu greifen bekamen, das ich ihm zügig über den Kopf zog und ebenso achtlos auf den Boden warf.

Je weiter Scott sich Richtung Dekolleté küsste, desto drängender wurde das Ziehen in meinem Inneren. Ich seufzte, hob mein Becken, um noch mehr von ihm zu spüren. Ein leises Raunen drang aus seiner Kehle, als seine Härte auf meinen Slip traf.

Quälend langsam, als wollte er jede Sekunde vollends auskosten, glitten Scotts Finger meine Bluse hinunter, streiften dabei sacht über meine Brüste und meine Taille. Als er endlich am Saum angekommen war, richtete ich mich auf und hob die Arme, damit er mir das überschüssige Stück Stoff vom Körper reißen konnte, was er auch tat.

Behutsam strich er erst einen BH-Träger hinunter, dann den anderen. Dabei betrachtete er mich so eingehend, dass mir warm ums Herz wurde. Ich fuhr mit den Fingern über seine Brustmuskeln, seinen Rippenbogen entlang und zog ihn dann am Bund seiner Hose wieder näher an mich heran.

Lächelnd öffnete Scott mit einer schnellen Handbewegung den Haken meines BHs. Dann beugte er sich wieder über mich und bedeckte meinen Mund mit seinem. Ich spürte seinen nackten Oberkörper mit jeder Faser. Seine Haut war so unglaublich weich, und von seinem Duft konnte ich nicht genug bekommen. Ich öffnete meine Lippen, um seiner Zunge Einlass zu gewähren. Ich wollte ihn nicht nur spüren, sondern auch schmecken.

Ich hatte nicht geahnt, wie sehr ich mir das hier gewünscht hatte. Nun, da es passierte, war es einfach perfekt. Außer dass wir noch viel zu viel anhatten. Doch das ließ sich ändern.

Überrascht hob Scott die Brauen, als ich mir den Rock hinunterzog, sodass ich nur noch im Slip unter ihm lag. Als ich nach seiner Hose griff, umschloss er mein Handgelenk. »Was ist?«

»Moment.«

Zwar protestierte ich, das ließ Scott aber unbeeindruckt. Er stand auf und holte seine Geldbörse aus der Hosentasche und zog ein kleines Päckchen heraus. Dann öffnete er seinen Gürtel und zog Hose und Boxershorts mit einem Mal aus. Ich beobachtete ihn dabei, wie er sich das Kondom langsam überstreifte.

Mein Puls beschleunigte sich. Scott so zu sehen, sorgte dafür, dass mein Körper vor Verlangen pulsierte. Alles an ihm war perfekt.

Er hockte sich vor mich auf die Couch und griff nach

dem Saum meines Slips, um ihn mir auszuziehen. Stück für Stück. Seine Finger glitten langsam meine Oberschenkel hinauf. Ich erzitterte unter seiner Berührung.

Als er die Lippen auf meinen unteren Bauch legte und sich behutsam seinen Weg nach oben küsste, stöhnte ich auf. Mit der Zunge liebkoste Scott meine Brüste. Ich krallte mich mit der einen Hand ins Couchkissen, während ich die andere in seinen Haaren vergrub. Scott ließ sich alle Zeit der Welt, doch es fiel mir schwer, weiter an mich zu halten.

Vorsichtig schob ich ihn von mir. Verwirrung zeichnete sich in seinem Blick ab. »Was ist los?«

»Setz dich hin«, sagte ich fordernd und drückte ihn so lange zurück, bis er auf der Couch saß. Dann schwang ich ein Bein über ihn, sodass ich auf ihm hockte.

Die Überraschung war ihm deutlich anzusehen. Ich presste meine Lippen stürmisch auf seine und fuhr dann mit der Zunge seinen Hals entlang, bis er ein raues Stöhnen ausstieß. Ich wusste bis heute nicht, wie sehr man ein Geräusch lieben konnte.

Mit den Händen fuhr Scott meinen Rücken hinab und umfasste meinen Po. Ein erstickter Laut entfuhr mir. Dann ließ ich mich auf ihn sinken – Zentimeter für Zentimeter. Ich legte den Kopf in den Nacken und genoss das Gefühl, Scott in mir zu spüren. Als er mich voll ausfüllte, begann ich mich mit kreisenden Hüften auf ihm zu bewegen. Mein Atem ging stoßweise, mein Herz raste, und ich wusste kaum, wo vorn und wo hinten war. Scott überließ mir die Zügel.

Ich bewegte mich erst langsam, ehe ich das Tempo beschleunigte. Als Scott von meinem Po abließ und sich wieder meinen Brüsten widmete, stöhnte ich seinen Namen. Es fühlte sich so verdammt gut an. Besser, als ich es mir je hätte erträumen können. Ich hob Scotts Kinn an, küsste ihn energisch, während ich die Bewegungen intensivierte. Er stöhnte an meinen Mund, krallte die Finger wieder in meinen Po und kam mir mit seiner Hüfte entgegen. Immer schneller, bis der Höhepunkt über uns hinwegrollte.

Nach Atem ringend hielt ich inne und umschlang Scotts Nacken. Er hielt die Lider geschlossen, aber seine Mundwinkel waren angehoben. Ich legte meine Stirn an seine und küsste ihn zärtlich, bevor er mich vorsichtig von seinem Schoß hob, um sich des Kondoms zu entledigen.

Lächelnd schmiegte ich mich ins Couchkissen. Als Scott wiederkam, legte er sich zu mir. Pures Glück lag in seinem Blick, als er mich in seine Arme zog.

Kapitel 28

Ich konnte nicht behaupten, dass ich in der vergangenen Nacht sonderlich viel geschlafen hatte. Scott und ich hatten einiges nachzuholen, weshalb ich mir nun eher schlaftrunken und völlig übermüdet – dafür aber sehr entspannt – über die Augen rieb.

Scott stand frisch geduscht und angezogen vor mir. Er musste drüben in seinem Zimmer gewesen sein, denn er trug Jeans und T-Shirt. Seine Haare waren noch leicht feucht. In den Händen balancierte er ein Tablett und strahlte über beide Ohren.

»Guten Morgen«, sagte er fröhlich und stellte das Tablett ab. »Ich dachte, du hast vielleicht Lust auf Frühstück im Bett?«

Ich betrachtete all die Leckereien vor mir: Pancakes mit Ahornsirup, French Toast, Joghurt mit Obst, ein Gemüseteller und ein kleines Kännchen frischer Kaffee nur für mich. »Das sieht fantastisch aus, danke.«

Scott lehnte sich zu mir runter und gab mir einen Kuss auf die Stirn. Sofort ging ein Prickeln von der Stelle aus, und mein Herz hämmerte wieder los. Daran könnte ich mich gewöhnen. »Nichts zu danken«, sagte er, griff sich eine Scheibe Toast und biss hinein.

Zuerst schnitt ich mir eine ordentliche Portion Pancakes ab und schaufelte sie mir in den Mund. Der Ahornsirup lief mir das Kinn hinunter. Grinsend setzte Scott sich neben mich und leckte den Sirup ganz langsam ab.

»Wenn du so weitermachst, werden wir dieses Zimmer heute nicht mehr verlassen«, sagte ich mit einem Lächeln.

»Mhm, wäre das so schlimm?« Trotzdem zog er sich zurück und stützte den Ellbogen ins Kissen. Sein Blick ruhte auf mir. Auch heute sah ich darin nichts als Glück. Ich horchte in mich hinein und fühlte mich ebenfalls rundum glücklich. Es gab keinen Ort, an dem ich gerade lieber gewesen wäre.

Ich spülte die Pancakes mit einem Schluck Kaffee herunter. »Normalerweise hätte ich keine Einwände, aber ich habe etwas Angst, dass jemand in unserer Abwesenheit die Ranch versehentlich abfackelt.«

Scott seufzte. »Du hast ja recht.«

»Ist das etwas Neues?«

Scott grinste, schüttelte den Kopf und schenkte sich eine Tasse Schwarztee ein. »Und, hast du deine Meinung schon geändert?«

Hörte ich da etwa Unsicherheit? »Keine Sorge, so schnell laufe ich nicht weg.«

Erleichtert stieß er den Atem aus und richtete sich auf. Dann verschränkte er unsere Finger ineinander und zog mit dem Daumen kleine Kreise auf meinem Handrücken. »Das freut mich sehr. Ich will einfach, dass du weißt, wie ernst mir das hier ist. Für mich war das keine einmalige Sache, und ich hoffe, dass es dir genauso geht.«

»Das tut es. Aber vielleicht behalten wir das hier erst mal für uns?«

»Ja, natürlich, wenn du das nicht möchtest«, sagte er. »Aber wieso?«

»Wegen Brooke. Ich würde ihr das mit uns ungern auf die Nase binden.« Als ich zu Scott schaute, grinste er. »Was?«

Lachend schüttelte er den Kopf. »Holly Pierson, du bist ein unfassbar guter Mensch.« Er hob meine Hand an seine Lippen und drückte ihr einen sanften Kuss auf.

»Ach, papperlapapp! Ich vermeide nur gern Streit und möchte auch niemanden absichtlich verletzen.«

»Ich bleibe dabei: unfassbar guter Mensch.«

Lächelnd widmete ich mich wieder den Köstlichkeiten vor mir. Doch je mehr ich aß, desto mehr Zeit hatte ich, meine Gedanken kreisen zu lassen. Und sie wanderten immer wieder zu Brooke. Es hatte sie so verletzt, dass Scott sie abgewiesen hatte, dass ich nicht wusste, wie sie reagieren würde, sollte sie das mit uns erfahren. Aber ich hoffte einfach auf das Beste.

Die Fahrt zurück nach Bibury verging viel zu schnell. Am liebsten hätte ich noch Stunden mit Scott im Auto verbracht – oder im Hotelzimmer. Aber das war uns nicht vergönnt, denn es wartete viel Arbeit auf uns und Scott musste nach seinem Dad sehen.

Bevor Scott den Schotterweg hoch zur Ranch einbog, hielt er den Wagen an. Verwirrt schaute ich zu ihm, da löste er schon seinen Gurt, lehnte sich zu mir herüber und griff so unverhofft in meinen Nacken, dass ich erschrak. Lachend küssten wir uns. Scott schmeckte nach dem Himbeerbonbon, das ich ihm vorhin gegeben hatte. Süß und einfach wunderbar.

»Ich kann es jetzt schon kaum erwarten, bis wir wieder allein sind«, sagte er und strich mir die Haare hinters Ohr. Jede noch so kleine Berührung von ihm löste Unmengen an Gefühlen in mir aus.

»Du weißt ... wir haben das ganze Haus für uns allein.«

»Auf dieses Angebot komme ich gern zurück.« Noch ein letztes Mal gab er mir einen flüchtigen Kuss, ehe er sich wieder anschnallte und den Motor startete.

Ich schaute aus dem Fenster, um sicherzugehen, dass uns niemand gesehen hatte. Doch die Straßen waren wie leer gefegt.

Zehn Minuten später parkte Scott seinen Wagen vor dem Haus. Auf den ersten Blick erweckte es nicht den Anschein, als wäre etwas vorgefallen, weshalb ich aufatmete.

»Wollen wir den anderen gleich die frohe Botschaft überbringen?«, fragte ich. Ich konnte es kaum erwarten, allen vom gestrigen Treffen mit dem *AWS* zu erzählen.

»Ich dachte, du willst es nicht an die große Glocke hängen?«

Lachend stieß ich Scott gegen den Oberarm. »Die Förderung? Oder hast du das schon wieder vergessen?«

Ein breites Grinsen legte sich um seine Lippen. »Nein, ich wollte nur auf Nummer sicher gehen.« Dann packte er meinen Unterarm und zog mich hinter sich her.

Schon von Weitem sah ich Miguel, der gerade dabei war, einen Sattel zurück in die Kammer zu bringen. Als er sich zu uns umdrehte, grinste er. »Und? Wie lief es?« Dann rief er über seine Schulter: »Sie sind wieder da!«

Keuchend blieben wir vor Miguel stehen. Beziehungsweise war ich diejenige, die keuchte.

»Gestern hattest du aber mehr Ausdauer«, flüsterte Scott leise genug, dass nur ich ihn hören konnte. Ich bestrafte ihn mit einem bösen Blick.

Langsam tauchte Frankie hinter Miguel auf. Scotts Gesicht erhellte sich, als er seinen Dad sah. »Was machst du hier? Wer hat dich hergefahren?«

»Die Pflegerin. Da du gestern nicht gleich angerufen und Bericht erstattet hast, dachte ich, hier ist der Ort, an dem ich wohl am ehesten an Infos komme.«

Schuldbewusst zogen Scott und ich die Köpfe ein. Wir waren im Hotel so anderweitig beschäftigt gewesen, dass wir nicht mehr daran dachten, sofort jeden anzurufen. Auf meinem Handy warteten auch bereits Nachrichten von Mom und Kim, die ich dringend beantworten musste.

»Sorry, Dad. Es war alles so aufregend.«

Frankie winkte ab. »Das ist doch logisch. Bedeutet das …?«

»Ja, wir kriegen die Förderung. Mr Black schickt uns in den nächsten Tagen die Verträge, darin wird alles genauer festgehalten. Aber das *AWS* ist begeistert von unserem Projekt«, erklärte Scott.

Bei jedem Wort, das Scott sprach, erhellte sich Frankies Gesicht mehr. Er zog ihn in die Arme und klopfte ihm auf den Rücken. »Ich wusste es. Ich bin so stolz auf dich, mein Junge.«

Es rührte mich zu Tränen, die beiden so zu sehen. Als Frankie von Scott abließ, kam er auf mich zu und zog mich ebenfalls in eine kurze Umarmung. »Danke, Holly. Ohne dich wäre das nicht möglich.«

»Natürlich auch herzliche Glückwünsche von mir«,

sagte Miguel lächelnd, während er eine Zigarette paffte. Das Rauchen lag wohl in der Familie.

»Danke«, sagte Scott und lächelte mich an. »Es kommt eine anstrengende Zeit auf uns zu, doch wir werden das alle zusammen meistern.«

Frankie ergriff meine Schulter und legte den Kopf schief. In seinen blaugrauen Augen lagen Freundlichkeit und auch Verwirrung. »Bedeutet das, du bleibst?«

Ich nickte. »Ja, ich werde bleiben.«

Ein aufrichtiges Lächeln legte sich auf Frankies Lippen. »Ich wusste es.« Dann lachte er das gleiche helle Lachen, das ich so an Scott liebte.

»Das ist wirklich schön, Holly. Du hast uns hier sehr gefehlt«, sagte Miguel und nickte.

»Ja, ihr mir auch.«

»Ach, Brooke ist übrigens gerade mit José bei Chuck. Ihr solltet zu ihnen gehen und ihnen davon erzählen.«

Mir rutschte das Herz in die Hose. Eigentlich wäre ich Brooke gern noch eine Weile aus dem Weg gegangen, da ich nicht wusste, ob es mir gelingen würde, meine überschäumenden Gefühle zu unterdrücken. Aber Miguel hatte natürlich recht damit, dass wir ihr unbedingt ebenfalls die freudige Nachricht mitteilen sollten.

»Möchtest du mitkommen, oder wartest du kurz?«, fragte Scott seinen Vater.

»Geht nur. Miguel wollte mir ohnehin noch den neuen Pferdestall zeigen.«

»In Ordnung.«

Zügig liefen Scott und ich zu Chucks Gehege, während Miguel Frankie zum Stall brachte.

»Führe ihn bitte einmal auf und ab, damit ich sehe, wie

er läuft«, wies Brooke gerade José an. In ihrer Hand hielt sie ein Klemmbrett, auf dem sie sich mit einem Kugelschreiber ein paar Notizen machte. José tat, was sie verlangte, und lief mit Chuck durch das Gehege. Brooke nickte. »Das Lahmen ist schon deutlich besser geworden. Sorgt dafür, dass das Bein nicht überstrapaziert wird. In zwei Wochen sollte der Bursche wieder fit sein.« Es war ungewöhnlich, sie mit ernster Ärztinnenstimme sprechen zu hören. Aber dadurch strahlte Brooke ein ordentliches Maß an Professionalität aus, was mich für einen kurzen Moment den Anflug von Hoffnung verspüren ließ, dass sie das mit Scott und mir doch nicht so hart treffen würde.

»Scott! Holly! Wie lief es?« Als José uns direkt ansprach, drehte auch Brooke sich um.

»Wie schön, dass ihr wieder da seid«, sagte sie und lächelte verhalten. »Ich hoffe, ihr bringt gute Nachrichten mit?«

Scott nickte. »Ja, es hat geklappt. Die Details besprechen wir noch, aber das *AWS* stellt uns Fördermittel zur Verfügung, sodass wir das *Zebra's Field* bald schon ausbauen können.«

»Perfektes Timing«, sagte José und strich sich durch die Locken. Ein Schweißfilm benetzte seine Stirn, und sein Blick huschte unruhig umher.

»Wie meinst du das?«, hakte Scott nach.

Brooke presste die Lippen aufeinander. Sie sah besorgt aus. Wieso sah sie besorgt aus? Panik keimte in mir auf. »Wir erhalten heute Abend zwei weitere Tiere. Noch ein Zebra und einen Hirsch.«

Scotts Mund öffnete und schloss sich. »Das ist … wow! Okay. Wir packen das, Leute.« Er wollte zuversichtlich klingen, aber seine Unsicherheit konnte er nicht ganz verbergen. »Konnte man sagen, wann die Tiere kommen?«

»Das dauert noch eine Weile. Sie wurden mitten in der Wüste gefunden, und für den Hirsch sieht es wohl schlecht aus«, sagte Brooke mit belegter Stimme. Sie schluckte schwer. »Aber ich werde alles dafür geben, dass er es schafft.«

»Natürlich wirst du das.« Scott lächelte ihr aufmunternd zu. Und trotz allem, was letzte Nacht zwischen uns geschehen war, versetzte es mir einen Stich, dass er sie so ansah. Ich musste mich daran gewöhnen, dass das nun mal Scotts Art war. Liebevoll, mitfühlend, fürsorglich. Brooke und er waren Freunde, und das würde sich nicht ändern. Daher musste ich lernen, meine Gefühle besser unter Kontrolle zu haben.

Brooke nickte. »Was meint ihr, wie lange es dauern wird, bis wir vollständig eröffnen können?«

»Mit den Fördermitteln vom *AWS*? Schätzungsweise in sechs Wochen. Zumindest werden wir dann bis zu zehn Tiere gleichzeitig betreuen können«, erklärte Scott. »Das Vergrößern wird Monate oder Jahre in Anspruch nehmen.«

»Wunderbar!« Brooke wandte sich mir zu. Auf ihren Lippen lag ein freundliches Lächeln, das allerdings ihre Augen nicht erreichte. »Es ist so schade, dass du bis dahin nicht mehr hier sein wirst. Aber ich hoffe, du schaffst es wenigstens zur Eröffnung.«

»Da brauchst du dir keine Sorgen zu machen«, sagte ich und zwang mich, zurückzulächeln. »Ich werde nicht nur zur Eröffnung hier sein, sondern an jedem Tag.«

Brooke legte die Stirn in Falten. »Wie meinst du das?«

Scott grinste. »Holly hat sich endgültig entschieden, in Bibury zu bleiben.«

Für den Bruchteil einer Sekunde entglitten Brooke sämtliche Gesichtszüge.

»Das sind ja großartige Neuigkeiten!«, sagte José, während er Chuck den Kopf tätschelte.

Brooke räusperte sich und versuchte sich an einem Lächeln, aber ihre Mundwinkel zuckten lediglich unkontrolliert. »Ähm, ja, das ist wirklich toll.«

Dass sie daran gar nichts toll fand, sah man ihr deutlich an. Aber ich würde mir von ihr definitiv nicht meine gute Laune vermiesen lassen. Nicht heute, wo so viel Gutes über uns gekommen war.

Kapitel 29

»Einfach den Flur runter«, sagte ich und deutete Richtung Wohnzimmer. Mit dreitägiger Verspätung wurden die Flyer heute endlich geliefert. Zwar hatte ich fünfzigtausend Stück bestellt, doch ich wusste nicht, dass es so viele Pakete werden würden. Netterweise brachte der Bote sie mir ins Haus – dafür musste er viermal mit voll beladener Sackkarre hin- und herlaufen. Bevor er wieder ging, drückte ich ihm deshalb ein Glas Limonade in die Hand, das er zügig hinunterkippte, bevor er sich an die Kappe tippte und dann in seinen Wagen stieg.

Aufgeregt rannte ich ins Wohnzimmer und riss die nächstgelegene Kiste auf. »Wow«, hauchte ich, als ich einen der Flyer in die Hand nahm. Das Gelb war in einem Pastellton gehalten, während die Schrift in Dunkelgrün einen wunderschönen Kontrast bot. Generell war die Qualität deutlich besser als erwartet. Das viele Geld für den Druck hatte sich also definitiv gelohnt.

Als mein Handy vibrierte, kramte ich es aus der Hosentasche. Es war eine neue Push-Benachrichtigung von unserer Website. Ich klickte sie an und musste grinsen. Seit das *AWS* unsere Homepage auf ihrer verlinkt hatte, waren zahlreiche Spenden bei uns eingegangen. So auch jetzt. Ein Matthew Greenville aus Hazelwood, Missouri, hatte uns einhundert Dollar geschickt. Wie bei jeder neuen Spende wurden meine

Handflächen vor Aufregung feucht. Es machte mich wahnsinnig glücklich, dass unser Projekt nicht nur im Umkreis, sondern in den kompletten USA Anklang fand.

Nun ja, nicht bei jedem. Mein Blick glitt zum Wohnzimmertisch. Seit zwei Tagen lag dort ein Brief, den ich nur einmal schnell überflogen hatte. Ich nahm ihn an mich und wog ihn in meiner Hand.

Richard Kingsley hatte seine Drohung wahr gemacht und uns seinen Anwalt auf den Hals gehetzt. Sofort hatte ich bei Mr Black angerufen und ihm den Vorfall geschildert. Er hatte mich zwar weitestgehend beruhigt und versichert, dass uns nichts passieren würde, aber das glaubte ich erst, wenn sich der Fall erledigt hatte. Mr Black hatte uns einen seiner Anwälte empfohlen, der sich dessen annahm. Ich hoffte, dass das Thema Kingsley schnell vom Tisch sein würde, denn es gab genug andere Dinge, um die wir uns kümmern mussten.

Bevor ich mein Handy wieder wegsteckte, las ich die Nachricht, die Kim mir vorhin geschickt hatte.

Ich kann eure Eröffnung kaum erwarten! Schreib mir bitte rechtzeitig das Datum, damit Aidan und ich das einplanen können. In ein paar Wochen fliegen wir noch mal nach Jeopardy Island, dieses Mal mit einem Bauteam, das sich alles anschauen will. Wie lief es eigentlich mit eurem Bauteam? War das Treffen schon?
Du fehlst mir so. Aber ich freue mich, dass Scott und du endlich zueinandergefunden habt. Und natürlich, dass du dich entschieden hast, in Bibury zu bleiben. Ich bin mir sicher, dass dir der Tapetenwechsel guttun wird.
xoxo Blossom

Kim war außer sich vor Freude gewesen, als ich ihr von Scott und mir und meiner Entscheidung erzählt hatte. Dass sie mir mehrmals »ich hab's dir doch gesagt« ins Ohr gerufen hatte, hatte ich wohl verdient. Denn ich hatte auf Aidan und sie ganz genauso reagiert.

Ich tippte eine kurze Antwort und sah, dass ich eine weitere Nachricht von Mom erhalten hatte. Ups, die hatte ich irgendwie übersehen.

> Ich hoffe, bei euch ist alles in Ordnung. Ist das Paket angekommen? Fehlt etwas? Wenn ja, sag Bescheid, dann schicke ich dir die Sachen nach.
> Übrigens schuldet ihr mir eine neue Stehleuchte.
> Wieso habe ich mich noch mal dazu bereit erklärt, eure Katzen zu mir zu holen?
> Hab dich trotzdem lieb
> Mom

Über ihre letzten Worte musste ich lachen. Ja, Bonnie und Clyde konnten furchtbar sein.

Bevor ich antwortete, lief ich zum Fenster, unter das ich Moms Paket geschoben hatte. Ein bisschen schämte ich mich dafür, ihm keine Beachtung mehr geschenkt zu haben. Aber es war im ungünstigsten Zeitpunkt angekommen, genau als Mr Black angerufen hatte. Danach war alles drunter und drüber gegangen, wodurch ich es schlichtweg vergessen hatte. Aus den Augen, aus dem Sinn.

Obenauf lagen einige Sommerklamotten, die mir sicher noch gute Dienste erweisen würden. Darunter ein paar Pullover und lange Jeans, die mich schmunzeln ließen. Mom war die ganze Zeit nicht davon ausgegangen, dass ich so bald wieder zurückkommen würde. Warum sonst sollte sie mir Sachen für die kältere Jahreszeit schicken?

Ich platzierte den Kleiderhaufen neben dem Paket. Unten lag mein Laptop in bestimmt fünf Schichten Luftpolsterfolie eingewickelt, zwei meiner Unibücher, ein Stapel Briefe – die ich jetzt besser ignorierte, da ich vermutete, dass es alles Rechnungen waren – und die kleine Sofortbildkamera, die ich mir vor Jahren gekauft hatte, inklusive neuer Filmrollen. Als ich alles herausgeholt hatte, lag nur noch ein weiteres Büchlein im Paket. Stirnrunzelnd holte ich es hervor. Eine kleine Karte klebte auf der Vorderseite. Ich klappte sie auf und sah Moms geschwungene Handschrift.

Für den Fall, dass du neue Erinnerungen schaffen möchtest.
Wofür auch immer du dich entscheiden wirst, ich bin stolz auf dich, Holly.

Es waren nur wenige Worte, doch diese genügten, um mir die Tränen in die Augen zu treiben. Unwissentlich hatte Mom einen ähnlichen Text geschrieben wie Meemaw in ihrem letzten Brief an mich. In diesem Moment fehlte sie mir schmerzlich.

Vorsichtig hob ich den schlichten weißen Buchdeckel an. Es handelte sich um ein Fototagebuch. Jede Seite bot Platz für eine Fotografie der Sofortbildkamera. Außerdem hatte man die Möglichkeit, ein paar Worte darunterzuschreiben.

Mit zittrigen Fingern schrieb ich eine Antwort. Wobei ich mich aufgrund des Tränenschleiers andauernd vertippte. Als ich sie abgeschickt hatte, presste ich mir das Handy an die Brust und atmete tief durch.

Ich würde dieses Fototagebuch in Ehren halten und in den kommenden Wochen, Monaten und Jahren mit neuen Erinnerungen füllen. Nun bereute ich es gleich noch mehr, dass ich nicht früher in das Paket geschaut hatte.

Langsam stand ich wieder auf. Noch einmal schielte ich zu dem Stapel Briefe, schüttelte aber den Kopf. Nein, meine To-do-Liste war lang genug, die Briefe konnten warten. Außerdem musste ich eh erst mal gemeinsam mit Kim überlegen, was aus unserer Wohnung in L. A. werden sollte. Sie war günstig und mietpreisgebunden. Falls es mit Aidan und ihr oder Scott und mir nicht klappen sollte, wäre es unklug, würden wir die Wohnung sofort aufgeben, da wir ein solches Schnäppchen kein zweites Mal ergattern würden. Vielleicht konnten wir einen Untermieter finden.

Ich warf einen Blick auf meine Liste. Um die Pferde hatte ich mich schon gekümmert, bis die Lieferung gekommen war, dann hatte Miguel übernommen. Als Nächstes rief ich die drei Jugendlichen an, die sich auf die Stelle als Flyerverteiler beworben hatten. Ein Junge und zwei Mädchen, die die Charlesborough High besuchten. Zum Glück bestätigten alle drei, dieses Wochenende Zeit zu haben.

Eines der angelieferten Pakete war eine Bestellung für die Praxis. Wir hatten noch ein paar leere Akten benötigt, eine externe Festplatte und einige Standard-Medikamente mussten nachbestellt werden. Nachdem ich gecheckt hatte, dass alles geliefert wurde, nahm ich das Paket und brachte es zur Praxis.

Überraschenderweise war Brooke ebenfalls da und füllte gerade den Medikamentenkühlschrank auf. Als sie den Kopf hob, lächelte sie. »Ach, Holly, wie schön, dich zu sehen.« Dann deutete sie auf das Paket. »Ist das die Bestellung?«

»Ja, genau. Soll ich ausräumen?«

Brooke winkte ab. »Stell es einfach auf meinen Bürostuhl, ich räume lieber alles selbst weg.«

»Okay«, entgegnete ich schulterzuckend. Umso besser, denn es herrschte eine merkwürdige Stimmung zwischen uns beiden, weshalb ich ihr lieber aus dem Weg gehen wollte. Ich war ihr dankbar für ihr Engagement. Sie kümmerte sich so liebevoll um die Tiere und hatte alles und noch mehr gegeben, um dem Hirsch das Leben zu retten. Leider waren seine Verletzungen zu schwerwiegend gewesen, weshalb sie ihn am Ende von seinem Leid erlösen musste. Die Tränen, die sie dabei in den Augen gehabt hatte, waren der Beweis dafür gewesen, wie schwer ihr das gefallen war. Trotzdem hing die Sache mit Scott und mir über uns und dämpfte unser Verhältnis.

Wie von ihr verlangt, stellte ich das Paket auf ihrem Bürostuhl ab. Dabei glitt mein Blick über den Tisch und blieb an einem Bild haften, das dort vor wenigen Tagen noch nicht gestanden hatte. Ich atmete tief durch und versuchte, meine Gefühle hinunterzuschlucken. Was schwer war, wenn Brooke eine Fotografie von Scott und sich Arm in Arm auf ihrem Schreibtisch stehen hatte.

»Schönes Bild, wann ist es entstanden?«, fragte ich so freundlich wie möglich.

Nun drehte Brooke sich doch um und nahm den Rahmen vom Tisch. Dann betrachtete sie das Foto und strich übers Glas. Dabei lag ein so sehnsuchtsvolles Funkeln in ihren Augen, dass ich Brechreiz bekam. »Auf der Veranstaltung haben wir uns kennengelernt. Es ging um Wildtiere und Rettungsstationen. Ich wurde als Fachrednerin eingeladen, und Scott saß im Publikum. Auf der Abendveranstaltung haben wir uns unterhalten und waren sofort auf einer Wellenlänge. Als er mir kurz darauf von den freien Räumen in Bibury erzählt und gefragt hat, ob ich sie übernehmen möchte, war ich sofort begeistert. Da ich ohnehin vorhatte, eine eigene Praxis zu eröffnen, schien es der ideale Zeitpunkt zu sein. Und natürlich der perfekte Ort.«

»Er hat dich hergebeten?«, fragte ich verwirrt.

Brooke schaute mich verständnislos an. »Oh, tut mir leid, ich dachte, das weißt du? Ich hatte geglaubt, ihr beide steht euch nahe. Das war wohl mein Fehler.« Sie lachte leise und stellte den Rahmen zurück an seinen Platz. »Scott und ich haben wirklich sehr viel gemeinsam.«

»Scheint so«, erwiderte ich lächelnd. Doch eigentlich war mir nicht danach zumute. Und für diese doofe Eifersucht hasste ich mich.

Am Abend lag Scott mit freiem Oberkörper neben mir im Bett und löste mit einem konzentrierten Ausdruck auf dem Gesicht das Sudoku in seiner Hand. Normalerweise hätte allein dieser Anblick genügt, damit ich über ihn herfiel, aber mir ging das Gespräch mit Brooke nicht aus dem Kopf.

Es war blöd von mir, schließlich hatte Scott sich für mich entschieden. Aber es war mir so schwergefallen, mir meine Gefühle einzugestehen und mich ihm zu öffnen, dass es nicht viel brauchte, um mich wieder zu verunsichern. Ich wollte das hier, wirklich. Aber so wie Brooke dieses Bild vorhin angeschaut hatte ... Sie würde nicht so leicht aufgeben, und ich hatte Angst davor, was passierte, sollte sie wirklich zu kämpfen anfangen. Konnte ich dann überhaupt noch siegen? Hatte ich eine echte Chance gegen eine angesehene, wunderschöne Tierärztin? Und war ich wirklich bereit, es so weit kommen zu lassen und mir womöglich doch noch das Herz brechen zu lassen?

Ich dachte an all die Nächte zurück, in denen Mom weinend im Bett gelegen hatte. In denen ich zu ihr gegangen war und sie tröstend in die Arme geschlossen hatte. Manchmal hatten wir uns Süßigkeiten geholt und uns von Filmen berieseln lassen, bis wir eingeschlafen waren. Das war schon fast zu einem Ritual geworden, wann immer es ihr schlecht gegangen war. Und das war leider oft vorgekommen.

»Wenn du Ham Solo weiterhin den Hals umdrehst, hast du gleich seinen Kopf in der Hand«, sagte Scott und legte seine Hand auf meine. Sofort entspannte ich mich und löste den Griff um den Schweinekopf. »Was ist los? Irgendetwas bedrückt dich doch.«

»Warum hat das mit Brooke und dir damals nicht funktioniert?«, fragte ich geradeheraus.

Scott lachte und strich mir über die Haare. »Wie kommst du denn jetzt darauf?«

Ich zuckte mit den Schultern. »Beantworte einfach die Frage.«

Abrupt hörte Scott auf zu lachen und zog die Brauen

zusammen. »In Ordnung.« Er nickte und lehnte sich im Kissen zurück. Dabei verschränkte er die Arme unter seinem Kopf.

»Da war einfach kein Funke. Wir verstehen uns gut, aber das war's.«

»Meinst du nicht, es hätte noch funken können? Du sagtest vor einigen Wochen, dass es dir nach der Sache mit Hannah einfach zu schnell ging.«

Scott holte tief Luft und schüttelte den Kopf. »Nein. Die Chemie zwischen uns stimmt einfach nicht, und daran hätte sich nie etwas geändert. Glaub mir, Holly. Du bist die Einzige, an der ich Interesse habe.«

Ich wollte ihm glauben, wollte es wirklich. »Okay. Und wieso genau ist das so?«

Ein dumpfes Lachen drang aus Scotts Kehle. »Nun, wenn du es so genau wissen willst ... Du bist liebevoll und bringst mich zum Lachen. Für deine Familie und deine beste Freundin würdest du alles tun. Außerdem finde ich es niedlich, dass du denkst, du wärst in allem besser als ich.«

»Ey! Ich *bin* in allem besser als du!« Lachend griff ich nach Jabba the Slug und pfefferte ihn Scott ins Gesicht.

Naserümpfend nahm er den Stofffetzen von Kuscheltier zwischen die Finger und legte ihn auf die Matratze. »Und du kannst dich nicht von Andenken trennen. Das ist irgendwie süß, auch wenn ich der Meinung bin, dass das Ding da in den Müll gehört.«

»Niemals!«, rief ich und packte Jabba.

Die Matratze gab nach, als Scott näher an mich heranrückte und mich plötzlich an sich zog. Ich vergrub den Kopf in seiner Armbeuge und ließ mich von ihm halten.

»Hinzu kommt, dass du die schönste Frau auf der Welt bist.«

Ich prustete. »Das war jetzt etwas zu dick aufgetragen.«

»Ach, meinst du? Dann pass mal auf. Nur du gibst mir das Gefühl, dort zu sein, wo ich hingehöre.« Er legte seine Lippen an meine Stirn.

»Okay, okay, ist ja gut. Aber bitte hör auf, solche Sachen zu sagen.«

Scotts Brust vibrierte, als er lachte. »Mit keiner trinke ich so gern ein Bier wie mit dir.«

Ich seufzte und schmiegte mich noch fester an ihn heran. »Das klingt doch schon viel besser. So geht echte Romantik.«

Behutsam strich Scott mir über das Schulterblatt und hob mit der anderen Hand mein Kinn an. Ich liebte seine Augen, denn je nach Stimmung änderte sich der Blauton darin. War er glücklich, dann strahlten sie hell, so wie gerade. Aber die dunkleren Sprenkel um seine Iris herum machten mir bewusst, dass er sich noch immer sorgte.

»Frag«, sagte ich.

»Wieso hast du mir diese Frage gestellt? Ist etwas vorgefallen?«

Ich seufzte. »Vorhin bin ich in der Praxis gewesen. Brooke hat ein Bild von euch beiden auf ihrem Schreibtisch. Es ist von der Veranstaltung, auf der ihr euch kennengelernt habt ... wieso hast du mir verschwiegen, dass du sie darum gebeten hast, herzuziehen?«

Scott zog die Brauen zusammen. »Ich habe sie nie darum gebeten. An dem Tag erzählte sie mir von ihren Plänen, eine eigene Praxis zu eröffnen. Sie hat gefragt, ob ich von leer stehenden Räumen gehört habe, weshalb ich ihr die Nummer des Verkäufers weitergeleitet habe. Dass sie sofort ein Angebot macht und herzieht, wusste ich damals nicht.«

»Okay.« Ich nickte.

»Aber wenn du möchtest, dann rede ich gern mit ihr«, fügte er hinzu und zog mit dem Daumen Kreise auf meiner Schulter. »Ich möchte nicht, dass du dich unwohl fühlst, wann immer du in der Praxis bist.«

»Schon gut. Sicher hat sie das Bild nur als kleine Erinnerung aufgestellt.« Nicht mal ich selbst kaufte mir das ab.

»In Ordnung, aber wenn ich doch mit ihr sprechen soll, sag bitte Bescheid. Du kannst mit mir über alles reden. Immer.« Scott lehnte sich nach vorn und gab mir einen zärtlichen Kuss auf die Stirn. »Du brauchst wirklich keine Angst zu haben. Ich werde dir nie das Herz brechen.«

Und ich glaubte ihm.

Kapitel 30

»Na, mein Kleiner, wie geht es dir?« Ich hielt Chuck eine Möhre hin, die er genüsslich knabberte. Mit der freien Hand fuhr ich durch seine dunkle Mähne. Sein Bein war gut verheilt, trotzdem lahmte er noch etwas. Das tat seiner Lebensfreude aber keinen Abbruch.

Das zweite Zebra, das zu uns gebracht wurde, war ein älteres Tier, dem es gerade nicht sehr gut ging. Es hatte keine Jagdverletzung, da es sich wohl um einen Gefangenschaftsflüchtling handelte. So nannte man die Tiere, denen es gelang, sich eigenständig aus ihrem Käfig zu befreien. Vermutlich war sie eine der Zuchtstuten gewesen. In der überwiegend trockenen Wüstenregion war das Zebra kurz vorm Verhungern gewesen und hatte sich einen Infekt zugezogen. Seit einigen Tagen hing es bereits am Tropf, weshalb Scott die meiste Zeit bei dem Tier verbrachte, um die Werte zu checken.

Seit unserem Gespräch letzte Woche gab er sich noch mehr Mühe, mir zu zeigen, wie viel ich ihm bedeutete. Das war unglaublich rührend – oft viel zu kitschig –, aber nicht nötig. Als ich vorgestern von meinem Einkauf aus Charlesborough wiedergekommen war, hatte er für uns aufwendig gekocht. Von Tag zu Tag gelang es mir besser, die negativen Gedanken fortzuschieben.

Ich holte meine Sofortbildkamera aus der Hosentasche

und drehte sie um. »Sag Möhre.« Natürlich antwortete Chuck nicht, aber er hob irritiert den Kopf in dem Moment, in dem ich abdrückte. Kurz darauf kam das kleine Foto oben aus der Kamera. Ich musste lachen, als ich sah, wie verdattert Chuck dreinblickte. Trotzdem oder genau deshalb war es das perfekte Foto, das ich meinem neuen Album hinzufügen würde.

Aber erst stand das Treffen mit dem Bauteam des *AWS* an. Scott begleitete Frankie heute zu einem Check-up ins Krankenhaus, weshalb er keine Zeit hatte. Leider hatte sich kein anderer passender Termin gefunden, weshalb ich vorerst auf mich allein gestellt war.

Es dauerte vier Stunden, bis das Team das gesamte Gelände inspiziert hatte. Ich folgte ihnen auf Schritt und Tritt und hörte mir an, was sie zu sagen hatten. Leider verstand ich nur einen Bruchteil von dem Fachchinesisch. Dennoch nickte ich eifrig und ließ mir offene Fragen beantworten.

Mr Gable nickte und kaute – wobei schmatzen es besser traf – auf seinem Kaugummi herum. Diesen hatte er schon seit Stunden im Mund. Ich konnte mir nicht vorstellen, dass er überhaupt noch schmeckte. »Alles klar. Für die Arbeiten müssten die Tiere vom Gelände runter. Sie sind zu sensibel für die Lautstärke.«

»Das kriegen wir hin. Was genau muss gemacht werden?«, fragte ich noch einmal. Mr Gable hatte es vorhin schon erwähnt, aber ich hatte es mir einfach nicht merken können.

»Rohre und Leitungen.« Mit dem Kugelschreiber tippte er auf sein Klemmbrett. »Dafür müssen wir den Boden aufheben. Dauert 'ne Weile.«

»Okay. Sonst noch etwas?«

»Klar.« Gable nickte. »Weiden und Koppel müssen umgegraben und verkleinert werden. Ställe umgebaut. Ihr braucht neue Innen- und Außengehege. Euer Grundstück ist groß, aber unterschätzt nicht den Platz, den die Station benötigt. Bisschen moderner muss es auch werden, der Schuppen da fällt ja fast auseinander.« Das Team lachte, aber ich konnte mich dem nicht anschließen.

»Also bleibt im Grunde nichts so, wie es ist?«

»Das Haupthaus.« Gable deutete in Richtung Praxis. »Auch der medizinische Bereich kann halbwegs so bleiben, muss allerdings weiter ausgebaut werden. Die Arbeiten, die ihr vorgenommen habt, sind für den Moment völlig in Ordnung gewesen, um einzelne Tiere versorgen zu können. Aber wir reden jetzt von ganz anderen Dimensionen. Daher müssen wir vieles leider noch mal ändern.«

»Schön«, murmelte ich und ließ den Blick über das Grundstück schweifen. Es war schlicht gehalten mit schief zusammengehämmerten Zäunen, Trampelpfaden und hölzernen Gebäuden ohne Schnickschnack. Aber gerade dieses Rustikale machte den Charme einer Ranch aus. Ich war noch nie in einer Wildtierauffangstation gewesen. Doch ich hatte geglaubt, dass wir das meiste so beibehalten konnten, wie es war. Hoffentlich wäre Meemaw nicht enttäuscht.

Als ich den Blick wieder umwandte, kam Scott in unsere Richtung gejoggt. Mit einer Hand hielt er seinen Stetson, damit dieser ihm nicht vom Kopf flog. Sein Hemd hatte er sich gar nicht erst übergestreift. »Howdy!«, rief er, was mich schmunzeln ließ. Ich hatte ihn das seit Wochen nicht sagen hören. »Tut mir leid, dass ich so spät bin. Mein Termin hat etwas länger gedauert.« Er streckte Mr Gable die Hand entgegen. »Scott Avari.«

»Wir sind gerade fertig, aber ich werde euch die Infos noch mal zukommen lassen.«

»Wann kann der Ausbau starten?«

Gable lachte leise. »Da scheint jemand sehr ungeduldig zu sein. Wir würden uns erst mal um die Modernisierung bereits bestehender Gebäude kümmern und uns wegen dem Rest dann noch mal mit Ihnen in Verbindung setzen.«

»Also können wir noch nicht eröffnen?«, hakte Scott nach.

»Doch, zumindest einen Teilbereich. Den Rest können wir ohnehin erst im Herbst beginnen.« Er tippte auf sein Klemmbrett. »Voller Terminkalender.«

Enttäuscht senkte Scott die Mundwinkel. Aber er nickte. »Selbstverständlich, das verstehe ich. Dann danken wir Ihnen erst mal für alles.«

Gable und sein Team verabschiedeten sich, und wir liefen um die Scheune herum.

»Du sagtest doch eigentlich, du hättest heute keine Zeit, weil du dich um deinen Dad kümmern musst?«

»Stimmt.« Scott lächelte. »Aber ich konnte nicht bis morgen warten.«

»Wor- …« Ehe ich die Frage stellen konnte, legte Scott seine Lippen auf meine und schlang seine Arme um meine Taille. Mein Herz flatterte, und ich fühlte mich wie im siebten Himmel.

Als er sich von mir löste, lächelte er. »Hierauf.«

Ein plötzliches Räuspern ließ uns auseinanderfahren. Ich stolperte rückwärts gegen die Außenwand der Scheune und schaute in Josés grinsendes Gesicht. »Soll ich so tun, als hätte ich nichts gesehen?«

»Ja«, sagten Scott und ich zeitgleich und fingen an zu lachen.

»Zumindest fürs Erste«, fügte ich hinzu.

»Keine Sorge, von mir erfährt keiner was.« José grinste und lief einige Schritte rückwärts. »Ich laufe jetzt einfach noch mal herum, und wenn ich wieder hier bin, seid ihr weg.«

»Einverstanden«, sagte ich lachend.

Kurz darauf bog er um die Ecke ab.

»Tut mir leid«, kam es von Scott. »Hätte ich ihn gesehen, dann hätte ich mich zügeln können.«

Amüsiert kräuselte ich die Lippen. »Ach, hättest du das, ja?«

»Zumindest hätte ich es versucht.«

Kopfschüttelnd griff ich nach seiner Hand. »Nur noch eine Weile bleibt es unser Geheimnis, in Ordnung? Bis sich alles etwas beruhigt hat.«

»Natürlich. Aber früher oder später wird es eh jeder wissen.« Scott kratzte sich am Kinn. »Vor allem, weil José eine ganz schöne Tratschtante sein kann.«

Ich atmete tief durch und nickte. »Ich weiß, aber solange er es noch nicht überall rumposaunt hat, können wir ja noch die Zweisamkeit genießen.«

Scott gab mir einen schnellen Kuss auf den Scheitel, ehe wir uns wieder voneinander lösten und er zurück zu seinem Dad fuhr.

Kapitel 31

Die Flyeraktion war ein voller Erfolg. Kurz darauf waren so viele Spenden bei uns eingegangen, dass ich nicht nur aufgeregt war, sondern auch zu Tränen gerührt.

»Wahnsinn«, sagte Scott und hielt sich das Handy direkt vors Gesicht, sodass ich das Gefühl hatte, er wollte darin verschwinden. »Damit können wir die Zebragehege fertigstellen, ohne dem *AWS* auf der Tasche zu liegen.«

Ich nickte und nahm ihm das Handy wieder ab. »Oder wir legen es für schlechte Zeiten auf die hohe Kante.«

»Oder so.« Grinsend griff Scott nach den Pommes auf meinem Teller, schnappte sich eine und schaufelte sie sich in den Mund.

»Du hast da dein eigenes Essen«, sagte ich grimmig. Aber wenn ich Scott so ansah, mit seinem süßen Lächeln und dem Strahlen in den Augen, konnte ich ihm nicht lange böse sein. Trotzdem hasste ich es, wenn man mir mein köstliches Essen vom Teller stahl.

»Aber deins schmeckt besser. Ich glaube nicht, dass ich jemals so leckere Pommes gegessen habe.« Mit der Zunge leckte er sich die letzten Öl- und Salzreste von den Lippen. Allein ihn dabei zu beobachten brachte mein Blut in Wallung.

Ich räusperte mich und griff ebenfalls nach einer Fritte.

»Das liegt daran, dass sie von der Küche selbst gemacht werden. Sonst würde ich sie nicht essen.«

Scott legte den Kopf schief und musterte mich verwirrt. »Wieso?«

»Tiefkühlpommes gehören zu den klimaschädlichsten Lebensmitteln«, erklärte ich. »Die Kartoffeln müssen für die Herstellung getrocknet, frittiert und eingefroren werden, wofür enorm viel Energie benötigt wird. Deshalb essen wir zu Hause nur selbst gemachte Pommes. Kim kann das wahnsinnig gut.«

Bei den Worten *zu Hause* zuckte ich kaum merklich zusammen. Los Angeles war nicht mehr mein Zuhause, sondern Bibury. Aber Scott schien meinen kleinen Fehler nicht bemerkt zu haben.

»Von dir kann ich noch viel lernen«, sagte er und stützte die Ellbogen vor sich ab.

»Das meiste, was ich weiß, weiß ich von Kim. Sie ist meine zweite Gehirnhälfte.« Langsam fuhr ich über den Smartphone-Anhänger meines Armbands. Seitdem war kein weiterer dazugekommen, und das würde sich so bald auch nicht ändern. Wir wussten nicht, wann wir uns wiedersehen würden, und das machte mir zu schaffen. Ich konnte mich den Großteil der Zeit zwar mit Arbeit ablenken, und nun hatte ich Scott an meiner Seite, aber es war nicht dasselbe ohne Kim.

»Hey, du wirst sie sicher bald wiedersehen«, antwortete Scott auf meine Gedanken.

Ich nickte. »Bestimmt. Es ist nur schwer.«

»Das verstehe ich. Aber du wirst dich daran gewöhnen. Außerdem bin ich ja für dich da.«

»Das weiß ich zu schätzen.«

Scott zwinkerte. »Wozu hat man denn einen Freund?«

Freund. Wir hatten unsere Beziehung nie wirklich definiert. Sie war einfach da, und sie war echt. Es gab keine kitschigen Kosenamen, sondern wir waren bloß Scott und Holly. Es war das erste Mal, dass er sich meinen Freund nannte, und es gefiel mir. Es machte das, was wir hatten, noch realer.

Lächelnd aß ich die übrigen Pommes von meinem Teller und ließ es mir auf der Zunge zergehen: Scott Avari war mein fester Freund. Und dazu noch der erste, den ich bereitwillig als solchen bezeichnete.

Eine Stunde später verließen wir das *Hemingway's* wieder. Wir waren heute für einige Einkäufe nach Charlesborough gefahren. Es war schön, außerhalb von Bibury die Zweisamkeit etwas genießen zu können, ohne Gefahr zu laufen, die Gerüchteküche zum Brodeln zu bringen.

Wir hatten den Wagen in einer Seitenstraße geparkt. Doch je näher wir kamen, desto deutlicher erkannte ich, dass etwas nicht stimmte.

»Was zur ...« Scott beschleunigte seine Schritte, um zu seinem Wagen zu gelangen. Die Seitenscheibe war mit einem Stein eingeworfen worden.

Ich beeilte mich, um aufzuschließen. »Ist alles okay? Wurde etwas gestohlen?«

Scott beugte sich in den Wagen und holte einen Ziegelstein hervor. Darauf klebte das Bild von einem Zebra. »Kingsley«, knurrte er.

»Meinst du wirklich, dass er das war?«, fragte ich, obwohl ein Zebra das wohl größte Indiz war. Dennoch fand ich das als Verhalten eines erwachsenen Mannes etwas kindisch.

»Wer denn sonst? Er hat uns mehr als einmal gedroht, dieser verfluchte Mistkerl.« Mit voller Wucht schleuderte Scott den Stein auf den Boden. Dass er aufgebracht war, konnte ich verstehen, dennoch machte es mir Angst.

Ich ging auf ihn zu und schlang die Arme um seine Hüfte. Dann schmiegte ich den Kopf an seine Brust und strich ihm sacht über den Rücken. War seine Körperhaltung zunächst noch angespannt, so wurde er mit jeder Sekunde ruhiger, bis sich sein Puls stabilisiert hatte.

»Wurde etwas gestohlen?«, fragte ich ein weiteres Mal.

Scott schüttelte den Kopf. »Auf den ersten Blick scheint es nicht so. Was will Kingsley damit bezwecken?« Sein Kiefer mahlte, und ich spürte, dass er sich wieder anspannte. Daher stellte ich mich auf die Zehenspitzen und bedeckte seinen Mund mit meinem. Als ich mich zurückzog, lächelte Scott.

»Wir sollten mit unserem Anwalt reden. Er wird wissen, was zu tun ist.«

»Ja, du hast recht.« Scott bückte sich nach dem Stein und warf ihn auf die Rückbank. Dann setzte er sich hinters Steuer. Die Frontscheibe war glücklicherweise nicht demoliert, weshalb wir unbeschadet zurück nach Bibury fahren konnten.

Der Anwalt hatte uns dazu geraten, erst mal den Ball flach zu halten und nichts zu tun. Er vermutete, dass Kingsley es darauf anlegte, uns aus der Reserve zu locken, was in einem offenen Fall verheerende Konsequenzen haben konnte. Da es allerdings keinen Beweis dafür gab, dass er den Stein durchs Fenster geworfen hatte, standen die Chancen, etwas zu bewirken, eher schlecht.

Dennoch bereitete mir der Gedanke daran Bauchschmerzen, dass dieser Verrückte herumrannte und unser Hab und Gut demolierte. Wenn es wirklich Kingsley gewesen war, wozu wäre er dann noch in der Lage?

»Das ist doch Mist«, fluchte Scott und stampfte durch das Zimmer. »Wir müssen doch etwas unternehmen können!«

Seufzend lehnte ich mich gegen die Kommode und nahm meine Teetasse zwischen die Finger. Heute hatte er leider keine beruhigende Wirkung. »Wir sollten auf den Anwalt hören.« Das hatte ich bestimmt schon zwanzig Mal gesagt, aber Scott befand sich in Rage.

Zwar war an der Situation absolut nichts lustig, dennoch amüsierte es mich, wie Scott aussah, wenn er wütend war. Mit geballten Fäusten lief er auf und ab, während sein Kiefer mahlte. Das zog er bereits eine halbe Stunde ohne Pause durch, weshalb mir allein vom Zusehen etwas schwummerig wurde.

Irgendwann blieb er so abrupt stehen, dass ich erschrak. Dann ließ er sich auf die Couch plumpsen. Ich setzte mich neben ihn und legte die Hand auf seinen Oberschenkel.

»Tut mir leid. Ich wollte nicht, dass du mich so sehen musst.«

»Jeder Mensch ist mal wütend. Ist doch nichts dabei. Und ich finde es auch irgendwie ganz niedlich.« Ich nippte an dem Tee, der mittlerweile die perfekte Temperatur erreicht hatte. Die Kräutermischung erwärmte mich von innen heraus.

»Niedlich? Pff!« Scott verschränkte die Arme vor der Brust und schob die Unterlippe vor.

»Bockiges Kleinkind finde ich auch niedlich«, sagte ich lachend.

»Ich geb dir gleich niedlich!« Er warf sich auf mich und vergrub die Hände in meiner Seite.

Kreischend versuchte ich den Tee auszubalancieren, aber die Hälfte schwappte über und tränkte mein Oberteil. »Scott!«, rief ich, aber er dachte gar nicht daran, aufzuhören, mich zu kitzeln. So lange, bis ich vor Lachen beinahe erstickte.

Das schrie nach einer Revanche, doch Scott hatte Glück, dass mein Handy klingelte. Ich stellte die Tasse auf den Tisch. Der Tee hatte sich komplett über mich ergossen, sodass ich roch wie ein Minzbonbon. Auf dem Display erschien die Nummer von Mr Black. »Guten Abend.«

»Guten Abend, Ms Pierson. Ich rufe an, da ich heute ein Treffen mit Mr Gable hatte. Er hat uns einen Kostenvoranschlag gemacht, und ich möchte Ihnen bestätigen, dass es von unserer Seite kein Problem gibt. Die Modernisierungsarbeiten können jederzeit starten.«

»Vielen Dank, das freut mich sehr.«

»Uns auch. Wie geht es bei Ihnen voran? Machen die Zebras Fortschritte?«

»Ja, Chuck geht es von Tag zu Tag besser. Unser Tierpfleger José begleitet ihn jeden Tag zum Grasen hinaus und dreht ein paar Runden mit ihm.«

»Schön, schön. Und das andere Tier?«

»Moment.« Ich schaute zu Scott und flüsterte: »Er fragt nach dem anderen Zebra.«

»Gib mal.« Er nahm das Telefon an sich. »Hallo, Mr Black, Scott Avari hier. Ja, auch Poppy ist über den Berg. Die Antibiotikakur hat gut angeschlagen, sodass sie den Infekt überwinden konnte. Sie ist noch zu geschwächt, um selbst zu essen, weshalb wir sie mit Nährstoffen versorgen. Aber Dr. Hanson und ich sind guter Dinge, dass Poppy noch ein langes, erfülltes Leben haben wird.« Ich hörte nicht, was er sagte, aber Mr Black sprach am anderen Ende der Leitung. Nach einer Weile verabschiedete Scott sich im Namen von uns beiden und legte auf.

»Hat er noch was gesagt?«

»Er sagte nur, dass Mr Gable gern übermorgen starten würde, wenn das für uns passt.«

»Klar.« Ich nickte. »Je früher es losgeht, desto besser.«

»Das dachte ich mir. Hast du auch Hunger? Wenn ich wütend bin, könnte ich ein ganzes Wildschwein verputzen.«

Ich prustete. »Es geht. Aber wenn du was machen willst, würde ich nicht Nein sagen.«

Grinsend sprang er auf und gab mir einen schnellen Kuss, ehe er in die Küche verschwand.

Heute musste Scott leider nach Hause, da Frankie morgen einen frühen Arzttermin hatte. Einerseits war es schade, da ich mich schon so an seine Anwesenheit gewöhnt hatte, andererseits war es aber vielleicht ganz gut so, damit wir nicht in wenigen Wochen die Schnauze voll voneinander haben würden. Außerdem liebte ich es, wie gut Scott sich um Frankie kümmerte.

Es war später Nachmittag, und für heute hatte ich keine Aufgaben mehr zu erledigen. Ich schlenderte durchs Wohnzimmer und überlegte, wie ich mir die Zeit am besten vertreiben konnte. Mein Blick fiel auf den Stapel Briefe, den ich noch immer nicht in die Hand genommen hatte. Nun ja, eigentlich nur, weil ich es schon wieder vergessen hatte. Ich musste mir wichtige Dinge wirklich dringend aufschreiben. Mit Kim hatte ich auch über unsere Wohnung reden wollen und es noch nicht getan. Manchmal verfluchte ich mein Siebgedächtnis.

»Na schön«, seufzte ich und griff nach dem Stapel. Da es noch hell und die Temperaturen heute angenehm waren, ging ich damit auf die Terrasse und setzte mich auf den Schaukelstuhl auf der Veranda. Dann begann ich die Briefe einen nach dem anderen zu öffnen.

Wie erwartet, handelte es sich überwiegend um Rechnungen, die noch bezahlt werden mussten – oder längst überfällig waren. Auch die Uni hatte schon eine Mahnung geschickt, dass die Gebühren fürs neue Semester noch ausstanden. Ich musste morgen daran denken, anzurufen und Bescheid zu geben, dass ich mein Studium vorerst unterbrechen würde. Ganz aufgeben wollte ich es nicht, dafür hatte ich viel zu viel Zeit investiert und liebte es zu sehr. Aber ich würde nach einer alternativen Universität in Texas suchen, um das Studium bald zu beenden.

Ich legte den Brief auf den *Wichtig*-Stapel und öffnete die nächsten – ein bisschen Werbung, eine Urlaubskarte von einer Kommilitonin. Also nichts weiter Wichtiges. Ich atmete tief durch, lehnte mich zurück und schloss einen Moment die Lider. Die warme Brise kitzelte meine Haut.

Das plötzliche Klingeln meines Handys ließ mich zusammenzucken. Ich kannte die Nummer nicht.

»Hallo?«

Ein leises Räuspern. »Guten Tag, spreche ich mit Ms Holly Pierson?« Ich konnte die Stimme niemandem zuordnen.

»Ja, das bin ich.«

»Wunderbar! Mein Name ist James McDonall, ich rufe im Auftrag der *L. A. Times* an. Sie hatten sich vor einigen Wochen auf die ausgeschriebene studentische Aushilfsstelle in unserer Grafikabteilung beworben, ist das richtig?«

Mein Puls raste, meine Hände zitterten. »Ja, das ist richtig.«

Das Rascheln von Papier war zu hören. »Sehr schön. Ich möchte Ihnen mitteilen, dass wir Sie sehr gern in unserem Team hätten. Die Stelle wäre ab dem ersten September zu besetzen, passt das für Sie?«

»Ähm ...« Ich war so neben der Spur, dass meine Lippen keine Worte formen wollten. Also atmete ich noch einmal tief durch und ordnete meine Gedanken. »Das ist wirklich großartig. Aber Sie hatten mir doch vor zwei Wochen abgesagt.«

»Das ist richtig.« Mr McDonall klang entschuldigend. »Es war ein enges Kopf-an-Kopf-Rennen zwischen Ihnen und einer Mitbewerberin. Diese hat sich nun allerdings doch gegen die Stelle entschieden, weshalb Sie nachrücken würden.«

»Also bieten Sie mir den Job an? Ich soll im September bei Ihnen anfangen? Wirklich?« Mr McDonall musste mich für absolut verrückt halten. Aber ich konnte es einfach nicht glauben. Ich musste sichergehen, dass ich mich nicht verhört hatte.

Am anderen Ende der Leitung ertönte ein leises Lachen. »Das ist korrekt.«

Mein Herz klopfte unaufhörlich, und mir gingen unzählige Dinge durch den Kopf. Wollte ich diesen Job überhaupt noch? Wie sollte das funktionieren, wenn ich doch in Bibury bleiben wollte? Hatte ich einen Fehler gemacht und meinen eigentlichen Traum zu schnell aufgegeben, anstatt daran festzuhalten und dafür zu kämpfen?

»Ms Pierson, sind Sie noch dran?«

»Oh, natürlich. Entschuldigen Sie bitte. Ich habe nur nicht mehr mit einer Zusage gerechnet. Das ist ... Dürfte ich ein paar Tage darüber nachdenken?«

Mr McDonall atmete tief durch. »Nun, ich kann Ihnen bis kommende Woche Bedenkzeit einräumen. Doch lassen Sie sich nicht zu lange Zeit, die Stelle ist begehrt, und ein anderer Bewerber würde sich über diese Chance sicher freuen.«

»Ja, das verstehe ich. Ich melde mich, so schnell ich kann. Vielen Dank, Mr McDonall.«

»Sehr gerne. Auf Wiederhören, Ms Pierson.«

»Ja, Auf Wiederhören.« Ich legte auf und presste mir das Handy an die Brust.

»Das sind ja großartige Neuigkeiten, gratuliere!«, kam es plötzlich von hinter mir. Ich zuckte zusammen.

Als ich mich umdrehte, stand Brooke vor mir. »Wie lange stehst du da schon?«

»Nicht lange, ich wollte dir nur etwas zum Abzeichnen vorbeibringen.« Sie lächelte fast schon gehässig und deutete auf mein Handy. »Ich dachte, du wolltest in Bibury bleiben? Was hat es mit dem Job auf sich?«

»Das ist nichts.«

»Das klang am Telefon aber ganz anders. Als wäre es eine große Chance.«

Geistesabwesend nickte ich. Es *war* eine verdammt große Chance und genau der Job, auf den ich so lange hingearbeitet hatte. Der Job, der mir unzählige Türen öffnen konnte. Aber es war zu spät. Ich hatte mich hierfür entschieden.

Für die Station. Für Bibury. Für Scott.

»Nein, ich werde bleiben«, sagte ich nachdrücklich.

»Wenn du meinst.« Brooke zuckte mit den Schultern und reichte mir das Papier zum Abzeichnen. Da ich den Überblick über unsere privaten Finanzen hatte, war ich diejenige, die alle Bestellungen absegnen musste. »Danke.« Sie drehte sich um und ging wieder.

Doch bevor sie bei den Stufen angekommen war, hielt ich sie auf. »Brooke, warte mal.«

»Ja?« Sie musterte mich mit schief gelegtem Kopf.

»Kannst du Scott nicht von dem Job erzählen? Das möchte ich gern selber machen.«

Sie hob die Mundwinkel und nickte. »Natürlich, das würde ich doch nie tun.«

»Danke.« Blieb nur zu hoffen, dass ich ihren Worten Glauben schenken konnte.

Noch einmal ging ich gedanklich das Telefonat mit Mr McDonall durch. Vor meinem geistigen Auge tauchten all die Dinge auf, die ich tun könnte mit der *L. A. Times* als Referenz im Lebenslauf. Ich würde mit Sicherheit als Reisefotografin die Welt entdecken können. Oder sonst etwas. Völlig egal.

Langsam wippte ich mit dem Schaukelstuhl vor und zurück. Nein, konnte ich nicht. Ich hatte mich entschieden, und diese Entscheidung war unumgänglich. Ich würde bei der *L. A. Times* anrufen und dankend ablehnen. Morgen gleich nach dem Aufstehen.

Kapitel 32

»Was hat Mr McDonall gesagt?«, fragte Kim.

Ich seufzte und strich über das Fotoalbum, das vor mir auf dem Schreibtisch lag. »Dass ich keine überstürzte Entscheidung treffen, sondern noch mal in Ruhe darüber nachdenken sollte. Dann hat er lang und breit erzählt, wie viele Türen mir danach offen stehen würden.«

»Ich hoffe, du hast ihm gesagt, er soll dahin gehen, wo der Pfeffer wächst!«

Tja, eigentlich hätte ich genau das tun sollen, aber seine Worte hatten mich noch mal wachgerüttelt. Der Job war *mein* Traum. Sollte ich diesen wirklich aufgeben, um den Traum eines anderen zu leben? Oder war Scotts Traum mittlerweile auch zu meinem geworden? Ich hatte es geglaubt. Aber nun, da sich eine andere Tür öffnete, wusste ich nicht mehr, was ich überhaupt noch denken sollte.

»Bubbles?«, hakte Kim nach.

»Nein, hab ich nicht«, nuschelte ich, aber sie hatte mich verstanden.

»Wie willst du diesen Job annehmen, wenn du in Bibury lebst?« Sie hielt einen Moment inne, dann erhob sie ihre Stimme. »Sag nicht, du hast es dir anders überlegt?«

»Nein … keine Ahnung.«

»Du weißt, ich habe dich sehr lieb, aber das ist Bullshit.«

»Hast du gerade Bullshit gesagt?«, fragte ich belustigt. Kim nahm solche Wörter für gewöhnlich nur in Ausnahmefällen in den Mund.

»Ja, habe ich. Und ich sage es gern noch mal: Du redest Bullshit. Natürlich bist du im Zwiespalt, weil dieser Job lange das war, was du wolltest. Aber hast du unser Gespräch schon wieder vergessen? Du hast selbst gesagt, dass sich dein Traum geändert hat. Dass dieses Projekt dir ans Herz gewachsen und ein Teil von dir geworden ist. Und als ich zu Besuch war, war es sehr eindeutig, wie gut dir das Leben in Bibury und die Arbeit mit den Tieren tut.«

»Natürlich erinnere ich mich. Und ja, natürlich möchte ich auf der Station und bei Scott sein. Aber es geht hier um die *L. A. Times*.«

»Das weiß ich auch. Und ja, es ist eine großartige Chance. Aber was dann? Du willst doch gar nicht mehr um die Welt reisen, oder? Wozu brauchst du diese Referenz denn überhaupt noch, wenn dein Platz auf der Station ist?«

»Wenn ich nur wüsste, was ich will, Blossom.«

»Ich weiß, was du willst. Du willst auf der Ranch bleiben und dich um die Tiere kümmern. Allem voran willst du aber bei deiner großen Liebe sein!«

Ich schnaubte und schüttelte den Kopf. »Wir sind gerade erst ein paar Wochen zusammen. Von großer Liebe kann da nicht die Rede sein.« Aber dessen war ich mir gar nicht mal so sicher, denn das, was Scott in mir hervorrief, war verdammt viel.

»Rede dir das nur ein.«

»Wieso klingst du auf einmal wie ich?«, fragte ich lachend.

»Na ja, irgendjemand muss diesen Job ja übernehmen.«

»Danke«, sagte ich wahrheitsgemäß.

»Dafür bin ich da. Aber bitte, tu mir einen Gefallen. Triff die richtige Wahl. Tief in deinem Herzen weißt du, welche das sein wird.«

Kurz darauf legten wir auf, und ich widmete mich wieder dem Album. Einige Fotos warteten noch darauf, eingeklebt zu werden.

Ich öffnete den Buchdeckel und schaute die einzelnen Seiten an. Sofern ich daran dachte, knipste ich jeden Tag ein Foto. Eine Erinnerung am Tag. Manchmal waren es nur Momentaufnahmen – ein schöner Sonnenuntergang zum Beispiel. Oder das Foto von der Praxis, mit der ich nicht als Erstes Brooke in Verbindung brachte, sondern den Tag, an dem Scott und ich unser Wettstreichen veranstaltet hatten.

Manche Fotos zeigten auch direkte Ereignisse. Eine Nacht im *Cockeyed Sheep*, in der wir alle nach einem anstrengenden Tag zusammengesessen hatten.

Ich nahm das oberste Foto vom Stapel und klebte es auf die nächste Seite. Es war das Selfie, das ich von Chuck und mir gemacht hatte. Hätte man mich vor einem Jahr gefragt, ob ich daran glaubte, jemals mit einem Zebra zu posieren, wäre ich vor Lachen vom Stuhl gefallen.

Das nächste Bild war gestern im *Hemingway's* entstanden. Scott hatte gerade den Blick abgewendet und zur Uhr geschaut. Ich hatte den Moment genutzt, um ein Foto von ihm zu schießen. Aus dem Profil erkannte man seine markante Kiefermuskulatur noch besser. Seine Nase hatte einen kleinen Buckel, den man von vorn allerdings nicht sah. Unter seinem rechten Auge war ein winziger Leberfleck, den man beinahe mit einer Sommersprosse verwechseln konnte. Doch er war dunkler. Lächelnd fuhr ich über das Bild. Es zeigte deutlich, dass es die kleinen Makel waren, die jemanden perfekt machten. Manch einer würde das als Schönheitsfehler betrachten, für mich waren es diese Kleinigkeiten, die ich so an ihm mochte.

Noch eine Weile betrachtete ich das Foto. Es ließ mein Herz höherschlagen und mich an all die Augenblicke denken, die ich in den letzten Wochen mit Scott verbracht hatte. Sei es bei unseren Wortgefechten, kleinen Wettbewerben oder wundervollen Momenten der Zweisamkeit.

Ich wollte wirklich, dass das mit uns funktionierte. Aber was, wenn unsere Beziehung in die Brüche ging? Würde ich mir dann nicht ewig Vorwürfe machen, dass ich den Job abgelehnt hatte? Wollte ich den gleichen Fehler wie Mom machen, wegen eines Mannes umzuziehen und dafür mein eigenes Leben hintanzustellen?

Ich warf mich aufs Bett und starrte an die Decke.

Eigentlich war Scott es, mit dem ich über meine plötzlichen Zweifel sprechen sollte. Aber ich brachte es einfach nicht über mich. Ich würde den verletzten Ausdruck auf seinem Gesicht nicht ertragen. Er wäre unglaublich enttäuscht, vor allem, nachdem ich ihm versichert hatte, dass das hier, die Station, das war, was auch ich wollte. Ich hatte ihm versichert, dass wir das Projekt gemeinsam angehen würden. Ein Rückzieher meinerseits würde ihm mit Sicherheit das Herz brechen, und das konnte ich jetzt nicht ertragen. Also musste ich zusehen, dass ich selbst eine Entscheidung traf.

In den nächsten Tagen versuchte ich Scott aus dem Weg zu gehen. Ich erwischte mich in jeder freien Minute dabei, darüber nachzudenken, welcher Weg der richtige war. Es war das erste Mal in meinem Leben, dass ich nicht nach Bauchgefühl handelte, und das fühlte sich falsch an, nicht so wie ich. Aber dies war eine Entscheidung, über die gründlich nachgedacht werden musste. Ich hatte keine andere Wahl.

Ich streckte die Glieder durch und trat aus dem Haus. Langsam schlenderte ich den Trampelpfad entlang, reckte das Kinn in die Höhe und ließ mir das Gesicht von den Sonnenstrahlen erwärmen. Sie kitzelten auf meiner Haut.

Die Tür zum Schuppen war geöffnet. Als ich hineinspähte, sah ich Scott an der Werkbank stehen. Schweiß benetzte seine Arme, während er das Holz zersägte. Ich beobachtete seine tanzenden Muskeln und hatte dabei ein Déjà-vu. Die gleiche Situation hatte es schon vor Wochen gegeben.

Es war widersprüchlich, dass ich Scott aus dem Weg ging, obwohl er der einzige Mensch war, bei dem ich mich rundum wohlfühlte und der mich auf andere Gedanken bringen konnte. Doch er war auch der Mensch, der am meisten Schaden davontrug, sollte ich den Job annehmen.

»Du musst nicht in der Tür stehen bleiben.« Scott senkte die Säge und schaute mich an.

»Ich wusste nicht, ob ich dich störe«, sagte ich und trat ein. Hinter Scott waren zahlreiche zersägte Holzbalken aufgetürmt. Er musste schon eine Weile beschäftigt sein.

Mit dem Handrücken wischte er sich über die Stirn. »Du störst niemals, das weißt du hoffentlich.«

Nickend lehnte ich mich an das Regal ihm gegenüber. Es stand nicht so fest, wie ich dachte, weshalb die Geräte darin aneinanderklirrten. Nun stand ich hier, schweigend, weil ich nicht wusste, warum ich überhaupt reingekommen war.

»Dich belastet etwas«, sagte Scott irgendwann. »Möchtest du darüber reden?«

»Nein.« Ich schüttelte den Kopf. »Es ist ausnahmsweise etwas, womit ich allein fertigwerden muss.«

»Es gibt nichts, womit du allein fertigwerden musst. Ganz egal, was dich bedrückt.«

»Ich weiß.«

»Wenn du es dir anders überlegst, ich bin hier.« Er legte sein Werkzeug ab und stapelte die frisch zersägten Holzbalken auf den Haufen hinter sich. Dann streifte er die Arbeitshandschuhe ab und kam zu mir. Zaghaft griff er nach meiner Hand und drückte sie. »Und ich werde immer hier sein.« Scott beugte sich zu mir runter und küsste mich. Dass die Tür offen stand, war mir egal. Ich brauchte das hier. Brauchte ihn.

Ich schlang die Arme um seinen Nacken und zog ihn näher an mich heran. Ihm entfuhr ein leises Stöhnen, als ich mich an ihn presste und den Kuss intensivierte. Auch als er mich anhob, ließ ich nicht von ihm ab, sondern krallte mich wie eine Ertrinkende an ihn. Scott setzte mich auf die Werkbank und schob seinen Körper zwischen meine Beine.

Gerade als er nach dem Saum meines T-Shirts griff, atmete jemand erschrocken auf. Augenblicklich trat Scott einen Schritt zurück, und wir beide drehten uns zur Tür, in der Brooke mit schreckgeweiteten Augen stand.

»Es ist nicht das, wonach es aussieht«, entfuhr es mir. Ja, Holly, das war eine sehr intelligente Aussage. Jeder wusste, dass es immer genau das war, wonach es aussah. Es brachte nichts, sich in so einer Situation herausreden zu wollen.

Doch erstaunlicherweise änderte sich Brookes Gesichtsausdruck plötzlich. »Oh, es freut mich so, dass ihr euch gefunden habt«, sagte sie lächelnd, aber ihre Augen kniff sie zusammen wie eine Schlange.

»Danke?«, erwiderte ich stirnrunzelnd. Die Art, wie sie mich anfunkelte, ließ vermuten, dass sie irgendetwas im Schilde führte.

»Das bedeutet also, du hast den Job abgelehnt, ja? Du bleibst doch hier?« Ein fast schon gehässiges Grinsen umspielte ihre Lippen.

Mir klappte die Kinnlade herunter, und mein Puls beschleunigte sich. Ich konnte es nicht fassen, dass sie das eben gesagt hatte.

Scott drückte meine Hand, und als ich ihn anschaute, sah ich nichts als Verständnislosigkeit in seinem Blick. »Was meint sie damit? Welcher Job?«

Brooke schlug sich theatralisch die Hand vor den Mund. »Ups, das tut mir schrecklich leid. Ich dachte, du hättest es ihm mittlerweile gesagt.« Mit ihrem Schauspiel konnte sie vielleicht Scott etwas vormachen, aber ich fiel darauf nicht rein.

»Was gesagt? Holly, rede mit mir.«

»Ich denke, ihr habt einiges zu bereden. Tut mir leid für die Störung.« Brooke winkte und verschwand wieder aus der Tür. Ihr blonder Zopf war das Letzte, was ich von ihr sah. Ich war mir zu hundert Prozent sicher, dass sie lediglich hier hereingeplatzt war, um mich bloßzustellen.

»Sag mir bitte nicht, dass du es dir anders überlegt hast.« Ein flehender Ausdruck lag in Scotts Augen.

»Du weißt doch, dass ich mich ein paar Wochen vor Meemaws Tod auf eine Stelle bei der *L. A. Times* beworben habe. Es ist mein absoluter Traumjob«, erklärte ich langsam. »Nach der Absage habe ich nicht damit gerechnet, dass sich noch mal jemand meldet. Aber eine andere Kandidatin ist abgesprungen, weshalb sie mir die Stelle angeboten haben.«

Scott trat einen Schritt zurück und atmete tief durch. »Was bedeutet das für die Station? Für uns?«

»Ich weiß es nicht«, hauchte ich.

»Und wann weißt du es?«, fragte er nun etwas lauter. Ich schüttelte den Kopf. Scott fuhr sich durch die Haare und wandte sich von mir ab. »Wann wolltest du mir davon erzählen?«

»Ich w- …«

»Wehe, du sagst jetzt noch mal *ich weiß es nicht.*« Es war keine Drohung und keine Ermahnung, sondern eine Bitte. Eine Bitte, der ich nachkam.

»Ich wollte erst in Ruhe nachdenken. Herausfinden, was ich wirklich will. Ich wollte dich nicht verletzen.«

»Weißt du, was mich verletzt, Holly? Dass du nicht mit mir sprichst. Ich habe dir mehr als einmal gesagt, dass du mit mir über alles reden kannst, und doch schließt du mich aus.« Er griff nach meiner Hand und drückte sie. Enttäuschung spiegelte sich in seinem Blick wider. »Du bedeutest mir viel.«

»Du mir auch. Sehr sogar«, flüsterte ich.

Scott nickte. »Ich weiß. Aber es ist besser, wenn wir einen Gang zurückschalten, damit du in Ruhe deine Entscheidung treffen kannst.«

»Es tut mir leid«, hauchte ich.

»Muss es nicht. Ich kann nicht von dir erwarten, deinen Traum aufzugeben, nachdem du meinen die ganze Zeit unterstützt hast.«

Es machte mich fertig, wie verdammt verständnisvoll Scott auch jetzt noch war. »Ich will aber, dass du eines weißt. Ganz egal, wie ich mich entscheide, die Station bleibt davon unberührt.«

»Wie meinst du das?«

»Nur weil ich vielleicht meinen Traum leben möchte, bedeutet das nicht, dass ich dir deinen einfach wieder wegnehme. Dafür haben wir viel zu viel in das Projekt gesteckt, und die Tiere sollen sicher nicht darunter leiden, dass ich nicht weiß, was ich will. Das Projekt *Zebra's Field* wird in jedem Fall durchgezogen. Auch sollte ich nur aus der Ferne ein Teil davon sein.«

Scotts Mundwinkel zuckte, und er schüttelte sacht den Kopf. »Ich sag's ja: selbstlos.« Langsam hob er meine Hand und drückte mir einen Kuss auf. »Danke. Wirklich. Das bedeutet mir viel. Und natürlich wünsche ich mir, dass du bleibst, aber noch viel mehr wünsche ich mir, dass du glücklich wirst, Holly.«

Mit diesen Worten drehte er sich um und verließ den Schuppen. Meine Hände zitterten, mein Körper vibrierte, und ich spürte, wie sich Tränen in meinen Augen sammelten. Nacheinander liefen sie meine Wange hinunter und färbten die Sägespäne am Boden dunkel.

Kapitel 33

Es war schwer, Scott aus dem Weg zu gehen. Das Gelände war groß genug, jeder von uns hatte eigene Dinge zu tun, und doch schien es, als gäbe es einen unsichtbaren Faden zwischen uns, der dafür sorgte, dass wir wie von Geisterhand immer wieder aufeinandertrafen. Ich war sogar schon einen extra Umweg gelaufen und trotzdem in Scott reingerannt. Ob das Schicksal mir damit einen Wink mit dem Zaunpfahl geben wollte?

»Erde an Holly.« Amity fuchtelte mit ihren Händen vor meinem Gesicht herum.

Perplex blinzelte ich und schaute sie an. »Ja?«

»Wo bist du nur mit deinen Gedanken?«

»Bei der Station«, entgegnete ich schulterzuckend. Das war immerhin nur eine halbe Lüge, denn die Station und Scott hingen unweigerlich zusammen.

»Mir brauchst du nichts vorzumachen.« Amity nahm eines der frischgespülten Biergläser und polierte es. »Ich bin Barkeeperin, das ist im Grunde dasselbe wie Seelsorgerin. Es ist meine Aufgabe, Gästen ihre Probleme anzusehen und ihnen dabei zu helfen, sie zu ertränken.«

Lachend schüttelte ich den Kopf und nippte am Bier. Es war früh, das *Cockeyed Sheep* hatte gerade erst geöffnet, weshalb es noch leer war. Neben mir gab es nur einen einzigen Gast, der es sich mit seinem Laptop in der hintersten

Ecke der Bar gemütlich gemacht hatte und allem Anschein nach nicht gestört werden wollte.

»Es ist nichts, womit ich nicht selbst fertigwerde.«

Amity nahm das nächste Glas und musterte mich fragend. Ihr beim Polieren zuzusehen war meditativ. Mit flinken Fingern drehte sie das Glas mit einer Hand, während sie die Ränder mit dem Geschirrtuch entlangfuhr, bis sämtliche Wasserflecken entfernt waren. Wozu sie sich die Mühe machte, war mir aber nicht klar, da man die Flecken ohnehin nicht sah, sobald das Bier erst mal eingefüllt war. Anders war es bei Weingläsern.

»Das ist so typisch Großstädterin«, sagte Amity und schüttelte den Kopf. »Wann verstehst du endlich, dass du ein Teil unserer Gemeinschaft bist? Was auch immer dir auf der Seele brennt, in Bibury musst du sicher nicht allein damit fertigwerden.«

Ich hob die Mundwinkel. »Ja, ich weiß.« Mir kam es vor, als hätte ich dieses Gespräch schon unzählige Male geführt. Vermutlich, weil dem auch so war. Aber ich hatte im Laufe meines Lebens gelernt, dass selbst die Menschen, die einem am nächsten waren, eben nicht immer für einen da waren. Nicht mal, wenn sie Teil der Familie waren. Daher fiel es mir einfach unglaublich schwer, mich jemandem anzuvertrauen.

Es waren Momente wie dieser, in denen Kim ganz besonders fehlte. Wie gern ich mich bei einem fetten Eisbecher mit ihr zusammengesetzt und einen Lageplan erstellt hätte. Gemeinsam hätten wir eine Pro-und-Kontra-Liste schreiben können, die mir bei meiner Entscheidung half – so wie wir es bei ihr gemacht hatten, als sie nicht sicher war, ob sie sich auf einen Urlaubsflirt mit

Aidan einlassen sollte. Ich konnte Kim jederzeit anrufen, das wusste ich, aber es war nicht dasselbe, wie sie hier an meiner Seite zu haben. Und das bereitete mir Kummer. Sie fehlte mir so schrecklich.

Schweigend blieb ich eine Weile sitzen. Eigentlich hatte ich ohnehin noch Arbeit, aber ich hatte eine kurze Auszeit von der Ranch gebraucht. Als ich auch den letzten Schluck heruntergekippt hatte, legte ich ein paar Dollarscheine auf den Tresen und verabschiedete mich.

Wieder auf der Ranch, war das Team gerade mit allem fertig.

»Das ist wirklich großartig geworden!« Das Innengehege von Chuck hatten Mr Gable und seine Leute in wenigen Tagen modernisiert. Neben zugänglich gemachtem Futter und einer Tränke gab es eine Sandgrube, einen etwa zweieinhalb Meter hohen Baumstumpf, und ein Ball kugelte durch das Gehege. Chuck stupste ihn immer wieder mit der Nase an und lief hinterher.

Die Grube und der Baum dienten der Fellpflege. In der Wildnis waren Zebras normalerweise nicht allein, sondern lebten in großen Herden. Ihr sozialer Zusammenhalt war stark ausgeprägt, und ein Aspekt davon war die gegenseitige Fellpflege von Körperstellen, die das Tier selbst nicht erreichen konnte. Das fiel für Chuck nun leider weg. Aber ich hoffte, dass er schon bald nicht mehr allein sein musste. Noch hatte Poppy sich nicht gänzlich von ihrem Infekt erholt, aber es sollte nicht mehr lange dauern, bis es bei ihr bergauf ging. Dann konnten wir sie womöglich zusammen mit Chuck halten, sofern sie miteinander auskamen.

»Nächste Woche starten wir mit dem Umbau des großen Stalls, dann ist der Teil der Arbeit erst mal durch, und ihr könnt loslegen.« Mr Gable kratzte sich mit dem Ende seines Kugelschreibers hinter dem Ohr. Dabei hob er den Blick nicht einmal von seinem Klemmbrett.

»Sie meinen, wir können dann richtig eröffnen?«, fragte Scott. Die ganze Zeit war er ein paar Meter weiter rechts gelaufen und hatte sich schweigend alles angehört. Nun, da er sprach und ich seine Stimme hörte, breitete sich eine wohlige Gänsehaut über meinem Körper aus, der sich Scotts Nähe bewusst wurde.

»Genau.« Gable nickte. »Maximal zehn Tiere. Achtet darauf, erst mal nur Rassen aufzunehmen, die zusammen gehalten werden können.« Jetzt schaute er doch einen Moment hoch. »Aber das weißt du ja.«

Scott nickte. »Natürlich.«

»Gut. Dann sehen wir uns nächsten Donnerstag.« Gable und sein Team verabschiedeten sich und luden ihre Werkzeuge in ihren Truck.

Langsam drehte sich Scott zu mir um. Unsicherheit war in seinem Blick zu erkennen. »Möchtest du die Eröffnung mit mir planen?«

Überrascht hob ich die Brauen. »Wenn du das möchtest, natürlich.«

»Ich frage dich, ob *du* möchtest, Holly.«

Ich nickte lächelnd. »Ja, sehr gern sogar.«

»Schön. Wollen wir gleich loslegen?«, fragte er aufgeregt.

»Jetzt?«

Er nickte.

»Okay.«

Dann presste Scott die Lippen aufeinander und räusperte sich. »Ist das hier in Ordnung für dich?« Er deutete zwischen uns beiden hin und her.

Er musste es nicht aussprechen, damit ich wusste, was er meinte. Die letzten Tage waren seltsam gewesen. Obwohl wir zusammen arbeiteten, waren wir uns aus dem Weg gegangen, hatten lediglich das Nötigste gesprochen und uns sonst beinahe wie Fremde verhalten. Mehr als einmal war ich kurz davor gewesen, aus Gewohnheit meine Arme um ihn zu schlingen und ihn in eine feste Umarmung zu ziehen. Dann musste ich mich wieder selbst daran erinnern, dass das derzeit nicht möglich war, ganz egal, wie sehr ich mich auch danach sehnte. Gleich auf engstem Raum beieinanderzusitzen und die Eröffnung durchzugehen, würde schwer werden. Dennoch nickte ich. »Ja, alles in Ordnung.«

Bevor wir ins Haus gingen, holte Scott etwas aus seinem Wagen. Im Wohnzimmer breitete er zahlreiche Papiere, Stifte und Notizen auf dem Tisch aus. Ich staunte nicht schlecht. Er hatte sich anscheinend schon viele Gedanken über die Eröffnung gemacht. Aber was hatte ich bei Scott auch anderes erwartet? Schließlich gab er immer alles und noch mehr.

»Wow, das ist echt bemerkenswert«, sagte ich und deutete auf den Stapel.

Grinsend lehnte Scott sich nach vorn und schob ein paar Papiere in meine Richtung. Als ich danach griff, berührten unsere Fingerspitzen sich einen Moment. Ein Prickeln fuhr durch mich hindurch. Ich zog meine Hand zurück, Scott räusperte sich leise und schaute mich leicht verlegen an. Dann widmete er sich wieder den Papieren auf dem Tisch. »Danke. Ich habe mir gedacht, wir könnten kleine Gruppen über das Gelände führen und ihnen erzählen, wie wir uns die Station in Zukunft vorstellen. Wir könnten einige deiner Fotos ausstellen, die du von den Arbeiten geschossen hast. So haben die Besucher das Gefühl, den Prozess hautnah mitzuerleben.« Während er sprach, musterte ich ihn verstohlen, beobachtete die kleine blonde Strähne, die über seiner Stirn auf- und abwippte. Zu gern hätte ich sie weggestrichen.

Als Scott zu Ende gesprochen hatte, nickte ich. »Das ist eine schöne Idee. Ich werde ein paar Bilder für diesen Zweck bearbeiten und dann den Fotodruck in Auftrag geben.«

Scotts Augen begannen zu leuchten. »Du bist die Beste.« Er schob sich ein weiteres Papier zurecht und fixierte es. Doch während er sprach, schaute er immer wieder verstohlen in meine Richtung. Wann immer unsere Blicke sich trafen, spürte ich Hitze in meinen Wangen.

»Bis die Tiere alle gesund und eingewöhnt sind, möchte ich keine Besucher in ihre Nähe lassen. Von Weitem beim Grasen zusehen meinetwegen, aber zu viele Personen könnten die Zebras verschrecken, auch wenn sie unter Menschen aufgewachsen sind. Das möchte ich nicht riskieren.«

»Das Tierwohl steht hierbei immer an erster Stelle, das ist selbstverständlich«, sagte ich nickend.

»Ich wusste, dass du es verstehen wirst.« Wenn Scott mich auf diese Weise anschaute – mit dem strahlenden Lächeln auf den Lippen und dem leidenschaftlichen Funkeln in seinen Augen –, fiel es mir schwer, nicht die Hand nach ihm auszustrecken, um ihn zu berühren. Es war ätzend, dass wir uns so nah und doch so fern voneinander waren.

Wir gingen noch ein paar Details durch und besprachen, wie genau die Führungen aussehen sollten. Wir wollten einen offenen Bereich bei der Eröffnung haben, in dem sich die Besucher frei bewegen konnten, aber die Besichtigungen mussten je nach Andrang nach Voranmeldung durchgeführt werden. Dafür mussten wir erst mal abschätzen, wie viele Gäste zu erwarten waren. In den nächsten Tagen würden wir die Website anpassen und einen Veranstaltungskalender erstellen.

»Passt das zweite Septemberwochenende, oder haben wir dort schon andere Pläne?«, fragte Scott und öffnete seinen Organizer. Ich zuckte bei seiner Wortwahl kaum merklich zusammen, gleichzeitig flatterte mein Herz. Scott bemerkte seinen Fehler und presste die Lippen aufeinander. »Entschuldigung. Ich meinte natürlich, ob dir das passt. Falls du den Job annimmst und …«

»Ja, das passt mir«, sagte ich schnell, ehe er weiter unbeholfen vor sich hin stammeln und die Situation noch unangenehmer machen konnte. »Ich werde mir in jedem Fall von allem freinehmen. Das kann ich doch nicht verpassen.«

Scott nickte. »Sehr gut. Dann haben wir das schon mal geklärt. Vielleicht hat Mr Black noch ein paar Ideen. Wir könnten ihn morgen mal anrufen, was meinst du?«

»Klingt gut.«

»Gut.« Er stand auf und packte seine Sachen wieder zusammen. Ich brachte ihn noch zur Tür.

Als ich die Hand zum Abschied hob, zog Scott mich in seine Arme. Ich versteifte mich einen Augenblick. Weil es genau das war, was ich wollte, zugleich aber genau das, was ich nicht wollte. Doch in einem schwachen Moment schmiegte ich mich an ihn und atmete tief durch. Der vertraute Geruch von Ranch kitzelte in meiner Nase, gepaart mit dem Aftershave, das Scott immer benutzte. Seine Wärme ging auf mich über, und das Gefühl von Geborgenheit legte sich über mich. Das Gefühl von Heimat.

»Entschuldige bitte«, sagte Scott und löste sich von mir. Stück für Stück. Millimeter für Millimeter. So langsam, als wollte er mich eigentlich nie mehr loslassen. Er hob die Hand, senkte sie aber wieder, ehe er meine Wange berühren konnte.

»Schon okay.« Ich widerstand dem Drang, nach Scotts Hemd zu greifen, ihn an mich zu ziehen und zu küssen. Mein Herz sehnte sich zwar danach, seine Lippen auf meinen zu spüren, aber mein Verstand wusste, dass es nicht ging. Noch nicht.

»Gute Nacht, Holly.«

»Gute Nacht. Und grüß Frankie bitte ganz lieb von mir.«

Scott nickte und verabschiedete sich. Die Stufen der Veranda knarzten bei jedem seiner Schritte. Mein Herz wollte schreien: »Geh nicht!« Aber ich schwieg und ließ ihn ziehen.

Seufzend schloss ich die Tür und ging nach oben. Als ich mich auf die Bettkante setzte, fiel mein Blick auf mein Armband. Es war immer noch ein komisches Gefühl, es bei der Arbeit abzulegen.

Vorsichtig nahm ich es jetzt aber in die Hand und strich über die Anhänger. Ich erinnerte mich gern an all die besonderen Augenblicke zurück. Bei den meisten von ihnen kam es mir so vor, als wären sie einem anderen Leben entsprungen, obwohl sie erst wenige Jahre zurücklagen. Wie die kleine Münze, die unseren Aufenthalt in Rom symbolisierte.

Damals hatte Kim mich zur Hochzeit ihrer Tante mitgenommen. Es waren ein paar wunderschöne Tage gewesen. Am letzten Abend hatten wir am Trevibrunnen gestanden, beide mit einem Euro in der Hand. Mit geschlossenen Augen hatten wir fest an einen Wunsch gedacht und die Münze über unsere linke Schulter ins Wasser geworfen. Ich war kein Fan von Aberglauben, aber Kim hatte darauf bestanden, dass wir an diesem typischen Brauch teilnahmen.

Bis heute wusste ich nicht, was sie sich gewünscht hatte, und genauso wenig hatte ich ihr erzählt, woran ich in jenem Moment gedacht hatte. Als ich mit den Fingern über den Anhänger fuhr, musste ich lächeln. Damals war es mein größter Wunsch gewesen, nach einem abgeschlossenen Fotografiestudium durch die Welt zu reisen und all die wundersamen Orte unseres Planeten zu erkunden. Ich wollte Abenteuer erleben und die Freiheit genießen, tun und lassen zu können, was ich wollte. So lange, bis ich den perfekten Ort gefunden hätte. Den Ort, an den ich mein Herz verloren und an dem ich sesshaft hätte werden können.

Seitdem war viel passiert. Ich hatte zwar nicht die Welt in vollem Ausmaß erkundet, aber mehr erlebt als so manch einer in seinem ganzen Leben. Mit Kim, mit Mom. Sogar mit Gramps und Meemaw. Aus dem wenigen, das wir hatten, hatten wir etwas Großartiges geschaffen.

Ich hatte wundervolle Freundschaften geschlossen, Menschen kennengelernt, die mich auf die eine oder andere Art und Weise bereichert hatten. Ich hatte Dinge gelernt und ausprobiert, die ich nie für möglich gehalten hätte. Ich hatte den wohl traumhaftesten Strand auf der ganzen Welt gesehen und dort die Seele baumeln lassen.

Mit Mom und Kim hatte ich zwei Menschen in meinem Leben, auf die ich mich immer verlassen konnte. Zu absolut jeder Tages- und Nachtzeit. Ging es mir schlecht, würden sie sofort in den nächsten Flieger steigen, um bei mir zu sein.

Ich hatte mehr erlebt, als ich mir jemals hätte erträumen können. Und womöglich war es an der Zeit, mir einzugestehen, dass es genügte. Alles, was ich wirklich brauchte, hatte ich bereits.

Behutsam befestigte ich das Armband wieder an meinem Handgelenk und schloss die Augen.

Kapitel 34

Es war absolut beruhigend, einem Zebra beim Fressen zuzusehen. Chuck stand inmitten der Weide und kaute genüsslich auf den schmackhaften Süßgräsern herum. Mit schief gelegtem Kopf musterte er mich, während ihm zahlreiche Halme zwischen den Zähnen und aus dem Maul hingen. Ich grinste und fuhr ihm durch die gestreifte Mähne.

Von Scott hatte ich gelernt, dass Chuck seine kleine Größe glücklicherweise beibehalten würde. Er gehörte zu den Steppenzebras, die eine Widerristhöhe von maximal einhundertfünfundvierzig Zentimetern erreichten. Das bedeutete, dass nur sein Kopf meinen überragte und das so bleiben würde.

Generell war es interessant, wie unterschiedlich die verschiedenen Zebraarten waren. Dass Chuck der Untergattung der Chapman-Zebras angehörte – was Kim aufgrund ihres Nachnamens ganz besonders lustig fand –, erkannte man am besten durch seine Fellzeichnung. Behutsam fuhr ich seinen Hals hinunter, wo die Streifen noch dicht an dicht beieinanderlagen. Ab der Körpermitte änderte sich diese Zeichnung allerdings. Stattdessen wurden ihre Abstände größer, und es bildeten sich sogenannte Schattenstreifen, die nur leicht auf dem Weiß des Fells zu erkennen waren.

Chuck peitschte seinen Schwanz hin und her und versenkte den Kopf wieder im Gras vor sich. Es machte mich glücklich, dass es ihm mittlerweile so gut ging. Er lahmte kaum noch, und zwischendurch beschleunigte er sogar schon sein Tempo. Wir mussten gut aufpassen, denn am liebsten wäre Chuck wohl die Weide rauf und runter gerannt. Zumindest wirkte unser kleines Energiebündel so.

Während er weiter auf den saftigen Halmen herumkaute, schlenderte ich über die Wiese und machte ein paar Fotos mit der Kamera, die um meinen Hals baumelte. Heute war der perfekte Tag. Die Wolken am Himmel hielten die Sonne davon ab, ungehindert auf uns hinunterzustrahlen. Daher war es einer der wenigen Tage, an denen ich nicht schwitzte, sobald ich vor die Tür ging.

Da José und Miguel heute auf einer Hochzeit waren, hatte ich mich dazu bereit erklärt, Chuck zu versorgen. Ich hatte gehörig Respekt vor der Arbeit, vor allem, da er trotz allem ein Wildtier war. Zwar war Chuck relativ zutraulich und genoss die Streicheleinheiten, dennoch musste ich vorsichtig sein.

Ich warf einen kurzen Blick auf mein Handy. Es war halb drei. In etwa einer halben Stunde sollte ein Lieferantenteam da sein. Das *AWS* hatte für unsere Praxis einige Apparaturen bestellt, wie ein größeres Röntgengerät, einen neuen Behandlungstisch und eine Waage. Auf der Liste hatten noch andere Dinge gestanden, aber nachdem ich den finalen Preis gesehen hatte, war ich nicht mehr aufnahmefähig gewesen. Ohne die Förderung von Mr Black hätten wir uns vermutlich gerade so den Tisch leisten können.

Mit schnellen Fingern tippte ich eine Nachricht an Scott, damit er mich ablösen kam. Ich musste die Lieferung entgegennehmen und abzeichnen, da sie auf meinen Namen lief. Ein paar Minuten wartete ich und versuchte dann, ihn anzurufen, aber er nahm nicht ab.

»Komm, dann bringen wir dich schnell zurück in dein Gehege«, sagte ich zu Chuck und fuhr ihm durch die Mähne. Man konnte meinen, dass er meine Worte verstand, denn er musterte mich völlig entsetzt. Ich konnte es ihm nicht verdenken, hier auf der Weide mit dem saftigen Gras war es schließlich um einiges schöner. Trotzdem ließ er sich von mir zurück in sein Gehege führen. Mit einem letzten Blick über die Schulter vergewisserte ich mich, dass es Chuck gut ging, aber er hatte sich schon wieder an seinem Ball zu schaffen gemacht, der durch das Gehege kugelte.

Erleichtert atmete ich auf und schaute auf die Uhr. Mist, jetzt war es schon kurz nach drei, ich musste mich beeilen. Schnell verließ ich das Gehege wieder und joggte Richtung Haupthaus.

Die Lieferanten waren nicht sonderlich pünktlich, daher hätte ich mich gar nicht so zu beeilen brauchen. Erst um zwanzig nach drei bogen sie auf das Grundstück ein. Ich winkte, damit der Wagen mir folgte, und lief den Weg rechts am Haus entlang zum Schuppen, in dem die Geräte erst mal gelagert werden sollten. Morgen wollten die Installateure kommen, um gemeinsam mit Brooke alles aufzubauen und einzurichten.

»Wohin?«, fragte der Fahrer, kaum dass er aus dem Wagen gesprungen war.

»Einfach hier rein.« Ich öffnete die Tür zum Schuppen.

In der Mitte stand die Werkbank, doch dahinter war genügend Platz für die Lieferung, da die Holzbalken bereits weggeräumt waren.

Nachdem ich durchgezählt und alles abgeglichen hatte, brachten die Männer die Pakete nacheinander in den Schuppen. Als ich draußen wartete, sah ich aus dem Augenwinkel Brooke auf uns zukommen. Ich konnte mir ein leises Aufstöhnen nicht verkneifen. Auf ihre Anwesenheit konnte ich momentan gut verzichten. Noch immer nahm ich ihr ihren letzten Auftritt übel.

»Holly, schön, dich zu sehen. Wie geht es dir?«, säuselte Brooke und strich sich ihre Haare hinter die Ohren.

»Gut und dir?«

»Ganz wunderbar, danke der Nachfrage. Wie ich sehe, ist die Lieferung gekommen. Ist alles da?«

Ich hielt ihr die Rechnung hin. »Sieh selbst.«

Brooke überflog die Zeilen und nickte. »Wunderbar, dann sollte die Praxis morgen fertig werden.«

»Das ist schön.« Ich versuchte, so freundlich wie möglich zu klingen, aber es gelang mir nur schwer.

»Gut, dann fahre ich wieder in die Stadt. Du kümmerst dich heute um Chuck, habe ich gehört?«

»Genau.«

»Den ganzen Tag allein?«

Verwirrt legte ich die Stirn in Falten. »Das war der Plan. Damit auch ich lerne, die Tiere zu versorgen. Wir wissen schließlich nicht, was die Zukunft bringt.«

Brookes Mundwinkel hoben sich. Dann legte sie ihre Hand auf meine Schulter. Die Berührung ließ mich zusammenzucken. »Das ist so süß von dir. Nun geh ich aber wirklich. Wir sehen uns sicher morgen.«

Ein letztes Mal winkte Brooke, ehe sie ihren Wagen ansteuerte und von der Ranch fuhr. Keine Ahnung, was das eben sollte.

Als die Männer auch das letzte Paket in den Schuppen gebracht hatten, zeichnete ich die Lieferung ab. Anschließend holte ich eine Kette mit Vorhängeschloss, um vernünftig abzusperren. Das war normalerweise nicht nötig, doch bei der Goldgrube in Form von medizinischen Gerätschaften wollte ich kein Risiko eingehen. Nicht dass etwas gestohlen wurde und Mr Black uns dann eine Rechnung schicken würde. Dann konnten wir auch gleich dichtmachen.

Aufgrund der Wartezeit hatte die ganze Aktion fast zwei Stunden gedauert, weshalb ich mich beeilte, um zurück zu Chuck zu gehen. Als ich bei seinem Gehege ankam, stand das Tor offen. Womöglich war Scott mittlerweile aufgetaucht, um dem Kleinen Gesellschaft zu leisten. Der Gedanke daran ließ mich lächeln.

Doch als ich durch das Tor trat, rutschte mir das Herz in die Hose. Panisch drehte ich mich um die eigene Achse. »Chuck?«, rief ich nervös. »Scott? Ist hier jemand?«

Ich erhielt keine Antwort. Meine Handflächen wurden feucht. Ich wischte sie mir an der Hose ab und rannte hinaus. Mein Blick glitt über die Weide, doch dort herrschte nichts als gähnende Leere. Lediglich ein paar Hühner und Enten watschelten auf der Wiese herum. Mein Puls beschleunigte sich abermals. Ich rannte zur Praxis, stieß keuchend die Tür auf, nichts. Auch im größeren Anbau war niemand zu finden.

Mit zittrigen Fingern holte ich mein Handy aus der Hosentasche. Erneut wählte ich Scotts Nummer. Er nahm nicht ab, weshalb ich es immer und immer wieder versuchte. So lange, bis er den Anruf endlich entgegennahm.

»Ja? Was ist los?«, fragte Scott mit Verwirrung in der Stimme. Im Hintergrund war es laut.

»Wo bist du?« *Bitte, sei mit Chuck irgendwo. Bitte, sei mit Chuck irgendwo.*

»Gerade auf dem Weg zurück. Ich habe Dad doch zum Arzt gefahren, schon vergessen?« Stille. Natürlich, das hatte er mir heute Morgen noch gesagt.

»Holly ... was ist los?«, fragte Scott noch einmal nachdrücklich.

»Chuck ... ich kann ihn nicht finden. Ich habe ihn zurück ins Innengehege gebracht, als die Lieferung kam. Dann war er weg.«

»Fuck«, zischte Scott. »Ich bin in zehn Minuten da.«

Er beendete den Anruf. Das Herz hämmerte unaufhörlich gegen meinen Brustkorb. Ich lief zurück zum Gehege, schaute hinter jede Ecke, hinter jeden Pfeiler. Meine Augen brannten. Wie hatte das nur passieren können?

Gerade als ich das Gebäude wieder verließ, rannte Scott auf mich zu. Die Augen hatte er vor Entsetzen weit aufgerissen. »Hast du ihn gefunden?«

Ich schüttelte den Kopf. Scott fluchte.

»Wir müssen ihn suchen ...«, sagte er entschlossen, »... und finden.«

Gemeinsam rannten wir über das Gelände zu den Ställen. Wir stießen das Tor auf und blickten hinein. Die Pferde hoben schnaubend ihre Köpfe. Doch auch unter ihnen war Chuck nicht.

Ein Saisonarbeiter lief an uns vorbei. Ich griff nach seinem Arm, fragte ihn nach Chuck, aber auch er hatte ihn nicht gesehen.

»Sind die Pferde schon geputzt?«, fragte Scott den Jungen mit erhobener Stimme. Er war aufgebracht, und es war meine Schuld.

Der Junge nickte, woraufhin Scott ihn wieder entließ.

»Du gehst über die Weide, ich reite über das Gelände«, sagte er entschieden.

»Okay«, entgegnete ich und verließ den Stall wieder.

Das schlechte Gewissen nagte an mir. War es meine Schuld, dass Chuck weg war? Hatte ich das Gehege nicht wieder verschlossen, als ich mich auf den Weg zu den Lieferanten begeben hatte? War ich so in Eile gewesen, dass ich es vergessen hatte? Eigentlich war ich mir sicher, dass das Tor hinter mir ins Schloss gefallen war. Gedanklich ging ich den Hergang noch einmal durch, schüttelte den Kopf über mich selbst.

Es war sicher meine Schuld. Sollte Chuck etwas zustoßen, würde ich mir das niemals verzeihen! Niemand würde mir das jemals verzeihen!

Meine Lunge brannte, das Herz schlug mir bis zum Hals. Ich hechtete über die Weide, schreckte einige der Hühner mit meinem Getrampel und Gerufe auf. Aber das war mir egal. Am Teich spritzte ich mir zügig ein paar Handvoll Wasser ins Gesicht, ehe ich weiterrannte.

Ich klapperte das gesamte Gelände ab, aber von Chuck fehlte jede Spur. In der Ferne sah ich Scott, der auf Aramis wieder zurück- und auf mich zugeritten kam. Doch auf halber Strecke hielt er inne und schaute in Richtung Scheune. Ich zog die Brauen zusammen, beschleunigte mein Tempo und rannte auf ihn zu.

»Was ist los?«, rief ich keuchend, als uns nur noch wenige Meter voneinander trennten.

Scott nickte zur Scheune. Ich folgte seinem Blick. Erleichterung durchflutete mich. Im Schritttempo ritt Scott mit Aramis zur Scheune, ich lief neben ihnen her. Vorhin hatten wir hier schon geschaut, da war Chuck nicht da gewesen. Jetzt aber hatte er seinen Kopf in einem Eimer vergraben und zog ihn auch nicht hervor, als wir bei ihm angekommen waren.

Mit einer eleganten Bewegung sprang Scott von Aramis' Rücken und kraulte Chucks Mähne. »Na, mein Kleiner, was treibst du denn hier? Du hast uns einen ganz schönen Schrecken eingejagt.« Die Strenge aus seiner Stimme war fort, stattdessen hörte man mit jeder Silbe, wie erleichtert Scott war.

Chuck hob den Kopf, ein halber Apfelschnitz hing aus seinem Maul. Ich kicherte beinahe schon hysterisch. Das musste das Adrenalin sein.

»Es tut mir so leid«, sagte ich, als mein kurzer Anfall abgeebbt war. »Ich weiß nicht … vielleicht habe ich …«

Scott hob die Hand, abrupt hielt ich inne. »Ist ja nichts passiert. Chuck geht es gut, nicht wahr?« Er schlang die Arme um den Hals des Zebras und knuddelte es ganz fest. Chuck ließ es kommentarlos über sich ergehen. Verständlicherweise, schließlich war er glücklich mit dem Eimer voller Leckereien.

Auch ich trat auf ihn zu und fuhr ihm durch die Mähne. Meine Hände zitterten noch immer, und auch mein Puls ging weiterhin schnell.

»Dann bringen wir dich mal zurück«, sagte Scott. Zusammen brachten wir Chuck in sein Gehege. Vor der Tür blieb Scott stehen, Aramis' Zügel fest in der Hand. »Führst du Chuck in seine Box und fängst schon mal an, sauber zu machen? Ich kümmere mich noch schnell um Aramis.«

»Natürlich.«

Scott ging zu den Ställen, und ich führte Chuck in seine Box. Normalerweise konnte er sich immer frei bewegen, aber um das Gehege zu reinigen, musste er auf die Weide oder in die Box. Noch einmal fuhr ich ihm über die Mähne, ehe ich das Tor schloss, mir Arbeitskleidung anzog und loslegte.

Zunächst schaufelte ich Essensreste und Kot vom Boden, dann harkte ich Heu und Äste zusammen und lud alles auf die Sackkarre. Anschließend kümmerte ich mich um die Sandgrube, bevor ich den Boden des Geheges kurz abspritzte.

Erschöpft lehnte ich mich gegen Chucks Baumstumpf und atmete ein paarmal tief ein und wieder aus. Der Stolz packte mich, als ich durch das Gehege schaute. Es war picobello gereinigt.

»Wow«, sagte Scott, der in jenem Moment hineinkam. »Das sieht großartig aus.« Zwischen den Fingern hielt er ein kleines Werkzeug.

»Danke. Was ist das?« Ich stützte mich vom Baumstumpf ab und öffnete Chucks Tor, damit er sich wieder frei bewegen konnte. Doch er befand sich in Apfelschnitz-Trance. Das passierte, wenn er sich so vollfraß.

Scott hielt die Hand hoch. »Nur ein Schraubenzieher. Falls etwas mit dem Tor nicht stimmt.« Er betrachtete die Scharniere und zog die einzelnen Schrauben nach.

»Es tut mir so leid«, sagte ich zum wiederholten Mal. »Das hätte nicht passieren dürfen.«

»Holly, es ist okay, wirklich.« Scott lächelte so aufrichtig, dass mein Herz schmolz. »Das hätte jedem von uns passieren können. Nun wissen wir alle, dass wir besser aufpassen müssen.«

»Wirklich?«

Scott nickte. »Wirklich. Mach dir nicht zu viele Gedanken.«

»Okay.« Zumindest würde ich es versuchen. Als Scott auch die letzte Schraube nachgezogen hatte, richtete er sich auf und wischte sich schnaubend den Schweiß von der Stirn.

»Warst du schon bei Poppy?«, wollte ich wissen.

Er nickte. »Ja, gleich nachdem ich Aramis versorgt habe. Ihr geht es gut, und Miguel ist jetzt bei ihr. José wollte auch gleich nach Chuck sehen.«

»Gut. Ich bringe dann mal die Sachen zurück.« Nickend deutete ich auf Sackkarre, Harke und Besen.

»Soll ich mitkommen?«

»Wenn du willst.«

Ganz der Gentleman nahm Scott mir die Karre ab und schob sie hinaus und zur Scheune. Wir mussten unbedingt etwas gegen den unebenen Weg machen. Gerade wenn die Karre gefüllt war, war es eine echte Herausforderung, sie bis zu Chucks Gehege zu schieben. Dazu war es allmählich dunkel draußen geworden, sodass man kaum sah, wohin man trat. Trotz des anstrengenden und langen Tages hatte mich die Müdigkeit noch nicht übermannt. Das war vermutlich dem Adrenalinschub zu verdanken gewesen.

Scott öffnete das Scheunentor und betätigte den Lichtschalter. Nichts geschah. Seufzend versuchte er es noch einmal, aber das Licht blieb aus. »Wir müssen wohl die Glühbirnen wechseln. Holst du mal die Laterne? Die müsste an der Ecke hängen.«

»Klar.« Ich stellte Besen und Harke ab, um die Lampe zu holen. Es war ein älteres Modell aus Metall mit einer Kerze darin. Am Haken daneben hing ein Stabfeuerzeug, mit dem ich den Docht entzündete. Die Laterne leuchtete heller als erwartet.

Als ich zurückkam, war Scott schon mit der Karre in der Scheune verschwunden. Ich nahm die anderen beiden Werkzeuge und folgte ihm. Mit dem wenigen Licht war es ziemlich düster, wirkte aber trotzdem sehr gemütlich. Wir stellten alles zurück an seinen Platz, dann reichte ich Scott die Laterne. »Nimm mal bitte, ich muss mich umziehen.«

»Oh, natürlich.« Er nahm mir die Lampe ab und schloss die Augen.

Mir entfuhr ein leises Lachen. »Das ist nichts, was du nicht schon gesehen hast.« Schnell schlüpfte ich aus Arbeitshose und -stiefeln.

»Glaub mir, es fällt mir auch schwer, nicht zu gucken«, sagte Scott und stimmte in mein Lachen mit ein. »Aber ich bin ein Gentleman.«

Weiterhin lachend, drehte ich mich um und legte die Arbeitskleidung zurück an ihren Platz. »Und genau deshalb liebe ich dich so.« Mitten in der Bewegung hielt ich inne. Meine Kinnlade öffnete und schloss sich. Hitze schoss mir in die Wangen, und mein Puls begann zu rasen. Das zu sagen war nicht meine Absicht gewesen, die Worte hatten meine Lippen ohne mein Zutun verlassen. Doch ich musste mir selbst eingestehen, dass es die Wahrheit war. Ganz egal, wie sehr ich auch gegen die Gefühle anzukämpfen versuchte, sie waren da und ließen sich nicht einfach auslöschen.

Ganz langsam drehte ich mich zu Scott um. Er hatte die Augen weit geöffnet und schaute mich regungslos an. »Ich … tut mir leid. Das ist mir einfach rausgerutscht, ich …«

»Meinst du es ernst?« Scott trat einen Schritt auf mich zu, sein Blick weiterhin auf mir ruhend.

Ich schluckte und nickte. »Ja«, entfuhr es mir heiser. »Aber trotzdem, ich wollte es dir nicht so sagen. Nicht hier. Nicht bevor …«

Scott legte seine Finger an meine Lippen und brachte mich so zum Schweigen. Als er sicher war, dass ich nicht weitersprechen würde, schob er mir sacht die Haare hinter das Ohr. Dabei streiften seine Finger meine Haut und hinterließen eine Gänsehaut, die sich über meinen gesamten Körper legte.

»Ich liebe dich auch, Holly«, flüsterte Scott. Mein Herz schlug heftig in meiner Brust – schneller als der Flügelschlag eines Kolibris. Diese Worte zu hören machte mich unglaublich glücklich. Es war mehr, als ich mir je hätte erträumen können. »Und es ist mir scheißegal, ob du in L. A. oder hier bist. Daran wird sich nichts ändern.«

»Aber du wolltest …«

»Ich weiß«, unterbrach er mich, seine Hand ruhte weiterhin an meiner Wange. »Das war bescheuert. Wir sollten die Zeit einfach genießen, solange wir zusammen sein können.« Er machte noch einen Schritt auf mich zu, sodass uns nur noch wenige Zentimeter voneinander trennten. Mein Herz hämmerte immer schneller. Als wollte es aus meiner Brust und Scott in die Arme springen.

Denn dort gehörte es hin. Zu ihm. »Wenn du das nicht möchtest, dann verstehe ich das, wir können auch …«

Dieses Mal war ich es, die ihn zum Schweigen brachte. Ich schlang die Arme um seinen Nacken und küsste ihn. Etwas unbeholfen stellte Scott die Laterne neben sich am Boden ab, ehe er mein Gesicht mit beiden Händen umfasste. Unsere Lippen bewegten sich unendlich sanft aufeinander. Es war das schönste Gefühl der Welt. Ganz zart strich er mit den Fingern über meine Wange, und mit jeder Berührung verliebte ich mich ein Stück mehr in ihn.

»Also, wenn du heute nichts mehr vorhast«, hauchte ich zwischen zwei Küssen, »kannst du gern mitkommen.«

Scott lächelte an meine Lippen, fuhr mit den Fingern meinen Hals hinunter über meine Schulter und meinen Arm, bis sie meine Finger fanden. Er verschränkte unsere Hände ineinander.

»Wozu?« Für einen Moment glitt sein Blick zur oberen Etage, dann schaute er wieder mich an und wackelte mit den Augenbrauen.

Ich prustete. »Echt jetzt?«

»Was? Hast du Angst, uns könnte jemand erwischen?«, fragte er gespielt entsetzt. »Und ich dachte, du magst Abenteuer.«

Kopfschüttelnd bedeckte ich meine Lippen noch einmal mit seinen. Dann drückte ich seine Hand. »Du bist verrückt, Scott!«

»Ist das gut?«, wiederholte er meine Frage von vor wenigen Wochen.

Ich nickte. »Sehr gut sogar.«

Grinsend drehte Scott sich um. Ich bückte mich schnell nach der Laterne und pustete die Kerze aus. Dann rannten wir stolpernd und lachend zur Leiter in die obere Etage der Scheune.

Unsere Lippen fanden sofort wieder zueinander. Während ich nach seinem Gürtel griff und die Schnalle hastig öffnete, zog Scott mir das Oberteil vom Kopf. Wir hatten viel nachzuholen und keine Zeit zu verlieren. Weiterhin küssend ließen wir uns in das weiche Stroh am Boden fallen.

Kapitel 35

Feuer.

Dieser Gedanke ließ mich hochschrecken. Dichter Rauch brannte in meinen Augen und in meiner Lunge. Hustend richtete ich mich weiter auf, hielt mir die Hand vor den Mund, um nicht zu viel Rauch einzuatmen. Schweiß rann von meinem Körper, und Panik schnürte mir die Kehle zu.

Die Scheune stand in Flammen. Wir mussten hier raus. Und zwar schnell.

»Scott!« Ich rüttelte fest an seiner Schulter, packte ihn am Shirt, das er sich nachts wieder angezogen hatte, und zog ihn grob hoch.

»Was?« Perplex blinzelte er, dann begann auch er zu husten. »Shit. Wir müssen hier raus.«

Nickend stand ich auf und versuchte etwas zu erkennen. Meine Augen brannten höllisch, sodass es meine Sicht verschleierte. Doch ich meinte zu sehen, dass das Feuer sich bisher lediglich im vorderen Teil der Scheune ausgebreitet hatte. Es knisterte ohrenbetäubend und fraß sich immer weiter nach hinten. Jeder Halm, der mit der tödlichen Glut in Berührung kam, ließ die Flammen höher tänzeln.

»Der Eingang«, sagte ich keuchend. Jeder Atemzug war eine Qual. »Wir kommen nicht raus.«

Scott griff nach meiner schweißnassen Hand und zog

mich auf die Beine. Ohne eine weitere Erklärung rief er, dass ich springen sollte, und ich vertraute ihm. Mein Herz raste, als ich den Boden unter den Füßen verlor und ins Ungewisse stürzte. Der Fall kam mir ewig lang vor und doch war er schnell vorüber.

Wir landeten halbwegs weich im aufgetürmten Heu. Als wir uns aufrappelten, blieb ich allerdings mit der Gürtelschlaufe irgendwo hängen, knickte um und zog Scott ungewollt mit mir. Gemeinsam rollten wir die Ballen hinunter und landeten keuchend und hustend auf dem Boden.

Die Flammen waren verdammt nah. Mein Herzschlag beschleunigte sich weiter. Mir gingen unzählige Schreckensszenarien durch den Kopf, was passieren würde, sollten wir keinen Ausweg finden.

»Komm, hier lang.« Scott packte mich am Unterarm und hob mich wieder hoch. Dann dirigierte er mich an den Heuballen vorbei zu einem Hinterausgang, den ich bisher nicht kannte. Mit der Schulter sprang Scott gegen die Tür, die sofort aufschwang. Wir rannten weiter, um die Scheune herum über die Weide, bis wir weit genug entfernt waren, dass das Feuer uns nichts mehr anhaben konnte.

Nach Atem ringend, stützte ich die Hände auf den Oberschenkeln ab. Ich hustete mir die Seele aus dem Leib. Scott strich mir über den Rücken. Ihm selbst schien es besser zu gehen.

»Wie konnte das passieren?«, fragte ich entsetzt. Ganz langsam richtete ich mich wieder auf und wischte mir mit dem Handrücken über die Stirn. Wären wir nicht so zeitig aufgewacht, dann ... ich wollte den Gedanken nicht einmal zu Ende denken. Es hätte so viel passieren können, doch für den Moment war ich dankbar, dass wir glimpflich davongekommen waren.

Scott hatte den Blick starr auf die Scheune gerichtet, die lichterloh in Flammen stand. Das Feuer hatte sich nicht auf die anderen Gebäude ausgebreitet, also waren die Tiere zumindest nicht in Gefahr. Ich tastete nach meinem Handy, das mir glücklicherweise nicht aus der Tasche gefallen war, und wählte den Notruf.

»Schicken Sie einen Löschwagen zur Pierson Ranch ...«, sagte ich, kaum dass der Anruf entgegengenommen wurde, doch die Dame am anderen Ende der Leitung wusste schon Bescheid. Ich wandte mich Scott zu. »Sie sind bereits unterwegs. Es muss schon jemand angerufen haben.«

Es machte mir Angst, dass er nicht reagierte. Wie in Trance schaute Scott zu den Flammen, die sich in seinen Augen spiegelten. Seine Arme und Wangen waren rußbedeckt und sein Blick leer. Vorsichtig legte ich ihm die Hand auf die Schulter. »Scott, geht es dir gut?«

»Ja, natürlich«, sagte er nickend und hob den Mundwinkel. Doch das Lächeln erreichte seine Augen nicht.

Keine Minute später waren die Sirenen in der Ferne zu hören. José und Miguel kamen angerannt. Der Geruch des Feuers oder die Sirenen mussten sie geweckt haben.

»Ist alles okay? Was ist passiert?«, fragte José aufgelöst. »Wie geht es den Tieren? Chuck?«

»Nur die Scheune ist betroffen«, sagte ich. Kurz darauf raste der Löschwagen an uns vorbei. Ein Notarztwagen und zwei Polizeiwägen kamen neben uns zum Stehen. Es waren plötzlich so viele Personen auf dem Gelände, dass ich völlig überfordert war.

Eine Ärztin kam auf Scott und mich zu und redete auf uns ein. Ich merkte nur noch, wie sie die Hand um meine Schulter legte und mich zum Wagen führte. Sie platzierte mich auf der Trage, tastete mich nach Verletzungen ab und leuchtete mir in den Mund.

»Keine perioralen Verbrennungen. Ihr hattet wahnsinniges Glück«, sagte die Ärztin. Dann stellte sie mir Unmengen an Fragen, die ich glaubte, zu beantworten. Doch all dies geschah so schnell.

Immer wieder huschte mein Blick zu Scott. Mit vor der Brust verschränkten Armen stand er vor einem Polizeibeamten, der seine Aussage aufnahm.

»Haben Sie sonst irgendwelche Beschwerden?«, fragte die Ärztin.

»Nein.« Ich schüttelte den Kopf. Sie sprach weiter, doch ich hörte ihr nur mit halbem Ohr zu.

Während Scott mit dem Beamten sprach, mahlte sein Kiefer. Ich sah ihn einige Male nicken, einmal gestikulierte er kurz, aber ich hatte keine Ahnung, in welche Richtung deren Gespräch verlief. Wieso wollte man uns überhaupt befragen?

»Ms Pierson, mein Name ist Detective Stones. Ich würde Ihnen gern ein paar Fragen stellen.« Ein junger Mann mit dunklen Haaren und Augen stellte sich neben mich vor den Notarztwagen. Die Ärztin war gerade gegangen.

»Okay.«

Detective Stones zückte sein Notizbuch und setzte den Stift an. Erst stellte er mir ein paar grundsätzliche Fragen, ehe er mit dem Geschehen fortfuhr: »Was meinen Sie, wie es zu dem Brand kommen konnte?«

»Ich weiß es nicht. Wir haben geschlafen, und auf einmal hat es gebrannt. Keine Ahnung, was passiert ist.« Ich stützte mich mit den Ellbogen auf meinen Beinen ab.

»Haben Sie das Feuer absichtlich gelegt?«, fragte Detective Stones plötzlich. Er hob den Kopf und schaute mir in die Augen. Aus seinem Gesicht war absolut keine Regung zu erkennen.

»Wie bitte?«, fragte ich in der Hoffnung, mich lediglich verhört zu haben.

»Ob Sie das Feuer absichtlich gelegt haben, möchte ich wissen.«

Ich sprang etwas zu schnell auf. Um nicht das Gleichgewicht zu verlieren, hielt ich mich an der geöffneten Tür fest. Mein Puls raste. Dieses Mal allerdings nicht vor Angst um mein Leben, sondern vor Wut. »Ich wäre eben fast gestorben, und Sie wagen es allen Ernstes, mir Brandstiftung zu unterstellen?«

»Ich unterstelle Ihnen gar nichts. Ich mache hier lediglich meinen Job.«

Am liebsten wäre ich auf ihn losgegangen und hätte ihm die Augen ausgekratzt. Stattdessen atmete ich tief durch. »Nein, selbstverständlich habe ich kein Feuer gelegt. Ich weiß nicht, wie das passiert ist.«

Detective Stones befeuchtete seine Lippen und nickte. Dann blätterte er einige Seiten in seinem Heftchen zurück. »Mr Avari sagte aus, dass Sie die Laterne womöglich nicht ausgemacht haben.«

»Ich …« Mir blieben die Worte im Halse stecken. Ich schaute zu Scott, bei dem gerade die Ärztin stand. Als unsere Blicke sich trafen, rutschte mir das Herz in die Hose. In seinen Augen war nichts zu erkennen außer …

Enttäuschung und Misstrauen. Dachte er wirklich, der Brand wäre meine Schuld gewesen?

Ich räusperte mich, dann schaute ich wieder zu Detective Stones. »Ich habe die Kerze der Laterne definitiv ausgemacht, bevor wir … Ich habe sie ausgemacht.«

»In Ordnung.« Schnell schrieb er noch irgendetwas auf, dann klappte er den Notizblock zu. »Vielen Dank. Dies ist eine laufende Ermittlung, weshalb ich Ihnen dasselbe sage wie Mr Avari: Geben Sie keine Details weiter. Weder an Bekannte noch an Familie und Freunde und schon gar nicht an die Öffentlichkeit. Sollte Ihnen noch etwas einfallen, melden Sie sich.« Er reichte mir eine Visitenkarte, die ich eher widerwillig entgegennahm und mir in die Hosentasche schob.

Ich ballte die Hände zu Fäusten und steuerte Scott an. »Könnten Sie uns einen Moment allein lassen?«, fragte ich die Ärztin.

Irritiert schaute sie mich an, doch der finstere Ausdruck auf meinem Gesicht schien seine Wirkung nicht zu verfehlen, und sie trat einige Schritte zurück. Ich packte Scott am Arm und zog ihn ein paar Meter weiter. Aufgrund der vorherrschenden Lautstärke hätte uns sicher ohnehin niemand gehört, aber ich wollte auf Nummer sicher gehen.

»Denkst du das wirklich von mir?«, stieß ich wutentbrannt hervor. »Denkst du, es wäre meine Absicht gewesen, uns beide fast zu töten?« Ich deutete auf die Scheune, deren Brand mittlerweile fast komplett gelöscht war.

Scott biss die Zähne zusammen. »Ich habe nie gesagt, dass es Absicht war.«

»Meinst du nicht, ich hätte nicht die Enttäuschung in deinem Blick gesehen?« Meine Stimme zitterte, und Tränen brannten in meinen Augen.

»Holly, ich bin mir sicher, dass du das nicht gewollt hast.« Seine Stimme war ruhig.

»Aber?«

Scott hob die Hand und legte sie mir auf die Schulter. Dieses Mal löste die Berührung allerdings nichts in mir aus. Denn in seinem Blick war deutlich zu erkennen, was er dachte. »Lass uns das nicht hier besprechen. Es ist nicht der richtige Zeitpunkt.«

»Sag es, Scott«, schrie ich nun etwas lauter und löste mich von ihm. »Sag, was du sagen willst.«

Er schluckte, dann schüttelte er langsam den Kopf. »Das hier ist mein Traum«, sagte er leise. »Die Tiere. Ich möchte ihnen einen Ort bieten, an dem sie in Sicherheit sein können.«

Mein Herz setzte einen Schlag aus. Ich befand mich irgendwo zwischen Schreien und Weinen. »Wow! Und du bist der Meinung, dass das mit mir nicht möglich ist?«

»Was wäre gestern fast mit Chuck passiert? Und was wäre passiert, wäre das eines der anderen Gebäude gewesen?«

»Diesen Schuh werde ich mir nicht anziehen. Du bist genau so verantwortlich für alles, was in der letzten Nacht geschehen ist. Ich bin nicht dein verdammter Sündenbock«, stieß ich hervor. »Und außerdem ist es mir scheißegal, was ihr alle denkt. Die Kerze hat nicht mehr gebrannt.«

»Holly, es ist in Ordnung. Jeder macht Fehler ...«

»Nein, verdammt! Sie war aus! Kerzen gehen nicht wie

von Geisterhand Stunden später wieder an.« Ich fühlte mich wie im falschen Film. »Wieso kommt niemand auf die Idee, dass es Kingsley gewesen sein könnte? Er hat dein Autofenster mit einem Ziegelstein eingeworfen und uns mehr als einmal gedroht. Vermutlich sollte das hier seine letzte Warnung sein, dass wir ihm besser nicht in die Quere kommen sollten!?«

Scott schnaubte. »Das hier ist keine deiner Crimeserien, in denen es irgendwelche Verschwörungen gibt. Das hier ist das echte Leben. Unser Leben.«

»Aber …«

»Holly … Es ist nichts Neues, dass du oft ganz schön zerstreut bist. Vermutlich hast du einfach vergessen, dass du die Kerze doch nicht ausgepustet hast.« Scott streckte die Hand ein weiteres Mal nach mir aus, aber ich trat einen Schritt zurück.

»Ist das gerade dein verdammter Ernst?«, spie ich. Ich musste mich verhört haben.

Scott presste die Lippen aufeinander und schaute mich mitleidig an. Dann hob er die Schultern. »Ich habe es ernst gemeint, als ich sagte, dass ich dich liebe. Aber du hast den Kopf in den Wolken.«

Jedes seiner Worte war wie ein kleiner Messerstich. Mit einem Tränenschleier schaute ich Scott in die Augen. Er blieb stumm.

Wie konnte ich jemals glauben, nach Bibury zu gehören? Auf die Ranch, an seine Seite? Wie? Ich schüttelte den Kopf, immer und immer wieder, während die Tränen unkontrolliert über meine Wangen liefen.

»Weißt du, was ich dir gestern eigentlich noch sagen wollte?«, flüsterte ich. »Ich wollte dir sagen, dass ich den

Job abgelehnt habe. Aber anscheinend war das ein dummer Fehler von mir. Ich gehöre nicht hierher, ich gehöre nach L. A. … also leb wohl, Scott.«

Noch immer sagte er nichts. Und sein Schweigen war so viel verletzender als all die Worte, die er zuvor gesprochen hatte.

Langsam drehte ich mich um. In mir keimte die Hoffnung auf, dass er mich zurückhalten, doch noch etwas sagen oder sich entschuldigen würde. Aber je weiter ich mich von ihm entfernte, desto mehr verpuffte auch diese Hoffnung. Und ich wusste, dass ich wieder allein war.

Kapitel 36

Mit zitternden Fingern und rasendem Herzen holte ich den Koffer unter meinem Bett hervor. Ich hatte eine Nacht über die Geschehnisse geschlafen und gehofft, dass alles nur ein böser Traum gewesen wäre, aber dem war nicht so.

Nach dem Aufstehen waren meine Augen noch immer verquollen gewesen, und die Ereignisse hatten mich schlagartig wieder überrollt. Es war einfach zu viel.

»Willst du wirklich so überstürzt aufbrechen?«, fragte Kim.

Ich hob den Blick und schaute in ihr mitfühlendes Gesicht. Sie hatte auf einem Videoanruf bestanden, damit sie sicher sein konnte, dass ich keine äußeren Verletzungen davongetragen hatte. Bis auf eine Schramme ging es mir gut. Die einzigen Wunden, die mir zugefügt wurden, waren die unsichtbaren, die sich in meine Seele gebrannt hatten.

»Ich muss«, sagte ich und nahm einen Batzen Klamotten aus dem Schrank und warf ihn in den geöffneten Koffer. Ich gab mir keine Mühe, die Sachen zu falten. Alles, was ich wollte, war, diesen Ort so schnell wie möglich zu verlassen.

Kim atmete tief durch. »Bubbles, ich weiß genau, wie du dich fühlst. Weißt du noch, was du mir geraten hast? Und sieh mich jetzt an.«

»Nicht jeder hat so viel Glück«, entgegnete ich und

schüttelte den Kopf. »Ich weiß, du meinst es gut, aber es bringt nichts.«

»Er meinte es sicher nicht so. Verdammt, er liebt dich, Bubbles! Und du liebst ihn.« Ein fast schon flehender Unterton lag in Kims Stimme.

Ich sprang auf die Beine und nahm mein Handy in die Hand. »Du warst nicht dabei. Du hast nicht den Ausdruck auf seinem Gesicht gesehen. Ich habe ihm die Chance gegeben, sich zu entschuldigen, doch Scott hat sich entschieden, zu schweigen und mich gehen zu lassen. Was soll ich deiner Meinung nach tun, hm? Ihn auf Knien anflehen, sich zu entschuldigen, und dann ist die Sache gegessen?« Es war nicht meine Absicht, Kim anzuschreien. Sie verdiente es nicht, meinen Frust abzukommen. »Tut mir leid, das sollte nicht gegen dich gehen.«

»Weiß ich doch.« Kim seufzte und verlagerte ihr Gewicht im Bürostuhl. Das helle Sonnenlicht schien aus der Fensterfront direkt auf ihren Platz. »Trotzdem bin ich der Meinung, ihr solltet noch einmal reden, ehe du gehst. Sicher haben sich die Gemüter heute beruhigt.«

Wieder schüttelte ich den Kopf, und die Tränen waren erneut dabei, aus mir herauszubrechen. »Ich würde diesen Blick nicht noch einmal ertragen.«

»Das verstehe ich«, sagte sie. »Und vielleicht hast du recht, und du brauchst erst mal Abstand. Zur Eröffnung wirst du ja ohnehin wieder hinfahren, dann könnt ihr immer noch reden.«

»Ich werde nicht zurückkehren«, sagte ich und schluckte einen Kloß runter.

Kim legte die Stirn in Falten. »Wie meinst du das? Es ist eure Station.«

»Ja, schon. Aber ich will mit alldem nichts mehr zu tun haben.« Seufzend legte ich mich aufs Bett.

Entgegen meiner Erwartung fing Kim an zu lachen und schüttelte so energisch den Kopf, dass ihr die Haare vors Gesicht peitschten. »Das meinst du doch nicht so!«

»Natürlich, sonst würde ich es nicht sagen.«

»Schwachsinn. Du liebst es dort. Die Arbeit, die Tiere, die Ranch, die Menschen, deine Bar und Scott. Du kannst mir nicht weismachen, dass du wirklich für immer gehen willst.« Sie lehnte sich im Stuhl zurück und zog die Nase kraus. »Das kaufe ich dir nicht ab.«

»Dann glaub es mir halt nicht, ist doch egal«, sagte ich augenrollend.

»Was sagt Selena dazu?«

»Nichts, was sollte sie schon sagen?« Das war eine dreiste Lüge. Natürlich hatte ich bereits mit Mom gesprochen, und sie hatte so ziemlich dasselbe gesagt.

Kim grinste. »Also sind sie und ich mal wieder einer Meinung.« Dann verschwand das Lächeln auf ihrem Gesicht, und sie nahm einen sehr ernsten Ausdruck an. »Du wirst die richtige Entscheidung für dich treffen, da bin ich mir sicher. Aber tu mir bitte den Gefallen, und denk wenigstens noch mal drüber nach. Ihr habt euch so viel aufgebaut und etwas Großartiges geschaffen. Die Ranch, die Station, sie ist ein Teil von dir geworden. Versprichst du es mir?«

Ich lehnte mich weiter ins Kissen zurück. Am liebsten hätte ich direkt Nein gesagt, aber Kim schaute mich aus flehenden blauen Kulleraugen an, sodass ich es nicht über mich brachte, sie zu enttäuschen. Daher nickte ich. »In Ordnung, ich denk drüber nach.«

»Das freut mich wirklich sehr. Ansonsten steht unsere Tür dir immer offen, das weißt du.« Bei ihren Worten glitzerten ihre Augen vor Glück. Es war so schön, wie gut Aidan ihr tat und dass ihr Zusammenleben funktionierte.

»Das weiß ich, Blossom. Danke.«

»Nicht dafür.«

»Ich werde dann mal weiterpacken. Mein Uber kommt mich bald einsammeln.«

Sie hob eine Braue. »Ein Uber von Bibury bis zum Flughafen? Ist das nicht superteuer?«

»Amity bringt mich«, entgegnete ich lächelnd.

»Grüß sie bitte ganz lieb, und melde dich spätestens, sobald du gelandet bist.«

»Mach ich. Bis bald, Blossom.«

Wir legten auf, doch anstatt aufzustehen, blieb ich noch eine Weile auf dem Bett liegen. Als ich den Kopf drehte, fiel mein Blick auf Jabba the Slug und Ham Solo. Die beiden schauten mich vom anderen Kissen aus an. Ich nahm das Plüschschwein und setzte es mir auf den Bauch. Ein Stich setzte sich in meinem Herzen fest, als ich ihm über den Stoff fuhr. Kurz überlegte ich, es in den nächsten Mülleimer zu befördern, entschied mich dann aber doch dagegen. Denn zumindest in einem Punkt hatte Kim recht: die Menschen aus Bibury bedeuteten mir etwas. Ham Solo erinnerte mich nicht nur an Scott, sondern an den schönen 4. Juli, den wir mit Amity verbracht hatten. Und das war eine der Erinnerungen, die ich trotz allem nie vergessen wollte.

Seufzend setzte ich mich auf die Bettkante und warf das Schweinchen in den Koffer. Dann griff ich nach Jabba und legte ihn daneben. Jabba, der Stofffetzen, von dem ich mich nie würde trennen können. Aber womöglich würde ich ihn irgendwann doch reparieren. Reparieren war besser als wegwerfen. Meine Mundwinkel hoben sich bei dem Gedanken. Vor Wochen hatte ich mir noch gewünscht, in dieser Hinsicht mehr wie Meemaw zu sein. Kaputte Dinge lieber zu reparieren, anstatt sie wegzuwerfen und zu ersetzen.

Erneut setzte sich ein Kloß in meiner Kehle fest. Ich schloss die Lider und atmete tief durch. Das Gleiche sollte nicht nur für materielle Dinge gelten. Aber diese Situation war etwas anderes. Scott und ich waren zerbrochen, und ich bezweifelte, dass es je möglich sein würde, uns zu reparieren.

Als ich eine Stunde später meine Koffer die Stufen hinunterwuchtete, wurde ich doch wehmütig. Ein letztes Mal schloss ich die Augen und atmete den vertrauten Duft des Hauses ein. In jenem Moment hatte ich beinahe das Gefühl, Mom und Meemaw wären bei mir. Doch hier war niemand. Niemand, zu dem ich gehörte.

Ich stellte die Koffer neben der Tür ab. Amity würde in etwa dreißig Minuten hier sein. So lange wollte ich mich noch von den anderen verabschieden. Denn vollkommen gleich, was auch geschehen war, José und auch Miguel würden mir fehlen. Und auch die Pferde und allen voran Chuck waren mir unglaublich ans Herz gewachsen. Ich würde den kleinen, Haare fressenden Kerl vermissen. Und es würde mir fehlen, auf Porthos' Rücken über die Ranch zu reiten.

Noch einmal lief ich die morschen Stufen der Veranda hinunter und versuchte mir das knarzende Geräusch einzuprägen. In den vergangenen Wochen hatte ich es eher verflucht und jedes Mal Angst gehabt, das Holz würde jeden Moment in sich zusammenkrachen. Aber nun, da ich wusste, ich würde es eine lange Zeit nicht mehr hören, war ich mir sicher, dass es mir ebenfalls fehlen würde.

Die Sonne bahnte sich ihren Weg durch das Wolkendach, so als wollte auch sie mich verabschieden. Ich lief den schmalen Pfad entlang, beobachtete die einzelnen Erd- und Sandpartikel beim Aufwirbeln. Ich lauschte meinem Herzen, das beständig in meinem Brustkorb pochte.

Eine Weile lief ich über das Grundstück, verabschiedete mich erst von José und Miguel, dann von den Saisonarbeitern und anschließend von den Tieren. Ich reichte Chuck eine letzte besonders saftige Möhre und kraulte ihm die Mähne. Dann wandte ich mich ab und ging zurück.

Mein Herz klopfte wie wild, als ich beim Haupthaus ankam und sah, dass Kingsley vor der Tür stand. Das hatte mir gerade noch gefehlt.

»Was wollen Sie?«, fragte ich genervt, während ich die Veranda wieder hochstieg und mich neben meine Koffer gegen das Geländer lehnte.

Kingsley nahm seinen Hut ab und legte ihn sich an die Brust. Scine schwarzen Haare lockten sich und reichten ihm bis über die Ohren. Mit zusammengepressten Lippen schaute er mich betrübt an. »Ich habe gehört, was passiert ist«, sagte er erstaunlich ruhig. »Es tut mir wirklich leid, dass Ihnen so etwas widerfahren ist.«

»Danke«, sagte ich nickend. Kingsley machte weder Anstalten, weiterzusprechen noch zu gehen. Ich verschränkte die Arme vor der Brust und betrachtete ihn mit schief gelegtem Kopf. »Ist sonst noch etwas?«

Kingsley räusperte sich, dann setzte er sich den Hut wieder auf den Schopf und trat näher an mich heran. Instinktiv wich ich vor ihm zurück, hatte allerdings das Geländer im Rücken. »So ein Brand richtet großen Schaden an. Das reißt sicher ein Loch in Ihre Finanzen. Daher wollte ich Sie wissen lassen, dass ich weiterhin interessiert daran bin, das Grundstück zu kaufen. Sie bräuchten sich um nichts zu kümmern, ich würde für die Schäden aufkommen.«

Ich schnaubte und schüttelte ungläubig den Kopf. »Sind Sie verrückt geworden? Wie oft müssen wir Ihnen noch sagen, dass die Ranch nicht zum Verkauf steht?«

Kingsley griff in seine Brusttasche und reichte mir einen Scheck. Ich nahm ihn an mich, überflog die Summe – es waren zwei Millionen Dollar mehr als letztes Mal – und zerriss das Papier dann in kleine Stückchen, die langsam auf den Verandaboden glitten.

Sein Kiefer mahlte, als er mich aus zusammengezogenen Brauen anschaute und so nah kam, dass ich seinen Atem auf dem Gesicht spüren konnte. Ich krallte mich an das Geländer hinter mich. Mein Puls raste.

»Hören Sie, Ms Pierson. Haben Sie nicht schon genug durchgemacht? Ich habe die Macht und das Geld, Ihnen all Ihre Sorgen zu nehmen.« Ein Knurren lag in seiner Stimme. Ich schluckte. »Was passiert nächstes Mal? Nächstes Mal fällt Ihnen die Laterne womöglich in einem anderen Gebäude um, was dann? Menschen, die Sie lieben, könnten verletzt werden. Möchten Sie diese Last wirklich mit sich herumtragen?«

Während er die Worte sprach, erstarrte ich am gesamten Körper und mein Herz begann in einem ungeahnten Tempo loszuhämmern. *Kingsley war es wirklich*, schoss es mir durch den Kopf. Niemand wusste, was das Feuer ausgelöst hatte. Detective Stones hatte uns ebenfalls zum Schweigen aufgefordert, da es sich um eine laufende Ermittlung handelte. Nein. Bis auf uns konnte nur der Täter Bescheid wissen.

»Wie kommen Sie darauf, dass eine Laterne für das Feuer verantwortlich war?«

Kingsley trat einen Schritt zurück und legte die Stirn in Falten. »Was ist denn das für eine Frage?«

Ich biss die Zähne zusammen. Wut flackerte in mir auf. »Niemand weiß, was das Feuer ausgelöst hat. Niemand, bis auf uns und der Täter.«

Kingsley stieß ein dunkles, beängstigendes Lachen aus. Mir gefror das Blut in den Adern. »Sie machen sich lächerlich. Sie sollten wissen, wie viel Einfluss ich habe. Vor mir sind keine Informationen sicher.«

Ich ließ mir seine Worte durch den Kopf gehen. Womöglich hatte er recht. Es brauchte nur eine Person irgendwas ausgeplappert haben. Aber da war etwas in mir, das wusste, dass ich recht hatte.

»Sie waren es!«, stieß ich kopfschüttelnd hervor. »Sie haben uns mehr als einmal gedroht, wollten dieses Grundstück um jeden Preis. Sie haben die Scheune in Brand gesteckt!«

»Sie machen sich lächerlich«, wiederholte er, weiterhin dunkel lachend.

»Oh, tu ich das, ja? Ich glaube, nicht. Sie sind dazu in der Lage. Sie würden alles tun, um Ihren Willen zu bekommen.«

Kingsley hielt inne, schaute mir bedrohlich tief in die Augen. »Und wenn? Niemand würde Ihnen glauben. Die Ermittlungen werden eingestellt, man wird es als einen tragischen Unfall einstufen, und alles ist vergessen. Sie haben keinerlei Beweise, die Ihre Theorie untermauern.«

Er hatte recht. Ich hatte keine Beweise. Trotzdem wollte ich es nicht auf sich beruhen lassen. Nein, ich *konnte* es nicht. »Also stimmt es? Waren Sie es?«

»Vielleicht … vielleicht auch nicht. Sie werden es nie erfahren.« Kingsley lachte.

Doch über dem Geräusch seines Lachens war noch etwas anderes zu hören. Ich blickte an Kingsley vorbei und sah einen Polizeiwagen näher kommen.

»Was hat das zu bedeuten?«, fragte Kingsley.

»Ich …«

Schritte ertönten, ich drehte mich um. Brooke stand mit Klemmbrett und Handy in der Hand vor dem Geländer und schaute zu uns hoch. »Ich wollte dir noch schnell ein paar Rechnungen zum Abzeichnen geben, da habe ich euer Gespräch belauscht«, sagte sie und funkelte Kingsley wütend an. »Was sind Sie nur für ein widerlicher Mensch?«

Meine Finger waren zittrig, die Ader an meinem Hals pochte. Schweiß rann von meiner Stirn, und ich wusste nicht, ob das der Wut oder der Hitze zuzuschreiben war.

»Du hast die Polizei gerufen?«, fragte ich verwirrt. Brooke nickte.

Kingsley schnaubte. »Sie verschwenden Ihre Zeit.«

»Das lassen Sie unsere Sorge sein. Ich bin mir sicher, irgendetwas wird man gegen Sie finden, und dann freue ich mich schon auf Ihr Gesicht, wenn man Sie hinter Gitter verfrachtet.« Brooke klang aufgebracht.

Erleichterung durchflutete mich, als der Polizeiwagen näher kam und zwei Beamte ausstiegen. Ich befand mich in einer Trance, sodass ich kaum die Worte vernahm, die sie an Kingsley richteten. Dieser stieß irgendwelche wilden Flüche aus, als er abgeführt wurde.

»Alles okay?«, fragte Brooke. Zum ersten Mal konnte ich wirkliche Besorgnis aus ihrer Stimme heraushören.

Ich nickte. »Ja, danke.«

»Nicht dafür. Menschen, die so mit Tieren umgehen, haben nichts anderes verdient. Ich bin ehrlich froh, wenn man ihn wegsperrt. Hoffentlich finden sie Beweise gegen ihn.« Ein aufrichtiges Lächeln lag auf ihren Lippen.

»Soll ich noch unterzeichnen? Ich muss gleich los«, sagte ich, als ich mich wieder gefangen hatte.

»Los? Wohin?«, fragte sie verwirrt, dann glitt ihr Blick zu den Koffern. »Du willst gehen?«

»Ja, es ist besser so.«

»Wenn du meinst«, sagte sie und räusperte sich. Dann reichte sie mir das Klemmbrett, sodass ich meine Unterschriften setzen konnte.

Wenig später kam ein weiterer Wagen auf das Grundstück gefahren. Amitys blonder Haarschopf war der erste, den ich sah. Sie kniff die Augen zusammen, schaute verwirrt mich an, dann über ihre Schulter. Als Nächstes wurde die Beifahrertür geöffnet. Mein Herz setzte aus und schlug dann im selben schnellen Takt wie zuvor wieder los. Scott.

»Was ist hier los? Wieso war da ein Polizeiwagen? War noch etwas?«, fragte Amity und schloss die Fahrertür mit einem lauten Knall. Zügig lief sie auf mich zu und streckte den Arm nach mir aus. Sie strich über meinen Oberarm, ein besorgter Ausdruck auf ihrem Gesicht. »Holly?«

»Ich lasse euch mal allein. Danke für die Unterschrift«, sagte Brooke lächelnd und verschwand Richtung Praxis.

Scott schloss die Tür ebenfalls und kam langsam auf uns zu. Er trug dieselbe Kleidung wie gestern. In seinem Blick lag neben Verwirrung in erster Linie Unsicherheit. Er fuhr sich durch die Haare und blieb ein paar Meter hinter Amity stehen.

»Es war Kingsley«, sagte ich so laut, dass auch Scott mich verstehen konnte.

»Was?«, entfuhr es Amity. Sie bemerkte wohl nicht, dass sie den Griff um meinen Oberarm verstärkte. »Bist du sicher?«

Ich nickte. »Scheint so. Ob sie genügend Beweise finden werden, wird sich erst noch zeigen. Aber ich hoffe es.« Krampfhaft versuchte ich, nicht noch einmal zu Scott zu sehen, doch meine Augen gehorchten mir nicht. Ich ertrug seinen Anblick gerade nicht. Nicht nach gestern.

»Aber das ist doch verrückt! Wer tut denn so etwas?«, fragte Amity entsetzt.

»Keine Ahnung.« Ich zuckte mit den Schultern.

»Lass uns gehen, sonst verpasse ich den Flieger«, sagte ich an Amity gewandt. Sie machte keine Anstalten, sich in Bewegung zu setzen, doch ich steuerte ihr Auto an, um den ersten Koffer schon einmal in den Kofferraum zu verfrachten.

Als ich an Scott vorbeiging, griff er nach meinem Handgelenk, an dem wieder das Armband von Kim und mir baumelte. Es bedurfte nur dieser winzigen Berührung, dass mein Puls wieder in die Höhe getrieben wurde und sich eine Gänsehaut über meinen Körper legte. »Holly, können wir reden?«

Ich schnaubte. »Du hattest deine Chance, Scott. Aber du hast dich entschieden, lieber zu schweigen.«

Er atmete tief durch, ich wich seinem Blick weiterhin aus. »Es tut mir leid, ehrlich. Es war dumm von mir, dir nicht zu glauben. Aber noch dümmer war es, dir solche Dinge an den Kopf zu werfen.«

Ich riss an meinem Arm, um mich aus Scotts Griff zu befreien. Dann hob ich doch das Kinn, um ihm direkt in die Augen zu sehen. »Jetzt, da du weißt, dass Kingsley verantwortlich war, kommst du angekrochen, ja? Du hast mich verletzt, Scott. Das kannst du nicht mit einer einfachen Entschuldigung wiedergutmachen …« Tränen brannten in meinen Augen, und meine Atmung ging schwer. Aber ich wollte mir nicht die Blöße geben, vor Scott zu heulen.

»So ist das nicht«, flüsterte er so leise, dass ich nicht wusste, ob ich mir die Worte lediglich eingebildet hatte.

»Sondern?« Ich stellte den Koffer ab, verschränkte die Arme vor der Brust und wartete auf eine Erklärung.

Scott rieb sich mit Daumen und Zeigefinger den Nasenrücken. »Ich bin mit der Absicht hergekommen, mich bei dir zu entschuldigen und dich anzuflehen, nicht zu gehen.«

Ich prustete. »Ja, das würde ich jetzt auch behaupten.«

»Es stimmt«, sagte Amity und trat näher heran. »Wegen dem liebestrunkenen Kerl hier konnte ich die Bar nicht schließen. Er hat bis eben bei mir gesessen und mir die Ohren vollgeheult.«

»So würde ich das nicht nennen«, sagte Scott und schaute Amity grimmig an.

Diese fing an zu lachen. »Ah ja, dann zeig ihr mal, was du da hast.«

»Amity«, zischte Scott.

Sie hob die Hände abwehrend. »Alles klar, ich warte im Wagen. Macht ihr mal euer Ding.«

Ich wartete, bis sie die Tür hinter sich schloss, dann legte ich den Kopf schief. »Was meinte sie?«

Scott räusperte sich leise, dann kam er auf mich zu. Er hob die Hand und legte sie an meine Wange. Mit dem Daumen strich er sanft über meine Haut. »Ich liebe dich, Holly, das weißt du.«

»Das sagst du zwar, aber deine Taten sprechen dagegen.« Ich schluckte.

Langsam fuhr Scott mit der Zunge über seine Lippen und nickte. »Ja, und es tut mir *wirklich* leid. Ich hätte dich schon gestern aufhalten sollen, das war mir klar, kaum dass du dich umgedreht hast und gegangen bist.« Er ließ die Hand sinken und holte etwas aus seiner Hosentasche. Ein zusammengefaltetes Papier. »Mit Worten habe ich dich verletzt, deshalb wusste ich, dass Worte allein nicht ausreichen werden.«

Er hielt mir das Papier hin. Stirnrunzelnd nahm ich es und faltete es auf. Scotts Handschrift prangte mir entgegen. Der Titel lautete: *Wege, Holly zu zeigen, wie sehr es mir leidtut.*

Meine Mundwinkel hoben sich wie von selbst, als ich das Papier überflog. Dennoch zitterten meine Finger, und einzelne Tränen perlten über meine Wangen.

1. *Ich werde ihr jeden Morgen Frühstück ans Bett bringen.*
2. *Ich werde den Müll rausbringen.*
3. *Ich werde ihr Kochen beibringen, damit sie nicht verhungert, sollte ich mal nicht da sein.*

4. Ich werde ihr jeden Tag sagen, was ich an ihr liebe.
[…]
24. Ich werde an dieser Stelle aufhören, denn Holly verzieht langsam angewidert den Mund, weil sie mit so viel Kitsch und Romantik nichts anfangen kann.

Beim letzten Punkt auf der Seite kam ich nicht umhin, zu lachen. Die Liste war süß, keine Frage, doch die großen romantischen Gesten passten nicht zu mir. Ich benötigte nicht viel, um glücklich zu sein. Ich brauchte lediglich Menschen in meiner Nähe, die mir guttaten.

Scott griff nach dem Papier und drehte es in meiner Hand um.

Ich kann nicht versprechen, dich nie wieder zu verletzen, aber ich kann versprechen, dass es nie meine Absicht sein wird. Ich liebe dich, Holly, und das werde ich dir an jedem Tag auf die bestmögliche Weise zeigen.

»Das ist verrückt«, sagte ich und schüttelte energisch den Kopf.

»Gut verrückt oder schlecht verrückt?«, fragte Scott zögerlich. Noch immer trennte uns bloß ein halber Meter voneinander. Während ich seine Liste mit zittrigen Fingern gelesen hatte, hatte er mich schweigend beobachtet.

Langsam faltete ich das Papier wieder zusammen und wog es in der Hand. Noch nie zuvor hatte jemand so etwas für mich getan, und ich hatte bereits nach den ersten Zeilen gewusst, dass Scott jedes Wort ernst meinte. Wenn er einen Fehler machte, würde er alles in seiner Macht Stehende tun, um diesen Fehler wieder auszubügeln.

Ich schaute ihm in die Augen, in denen weiterhin Unsicherheit zu erkennen war. Aber wenn ich in diese Augen schaute, sah ich noch weitaus mehr. Ein Blick von Scott genügte, dass sich eine wohlige Wärme in mir ausbreitete. Eine Wärme, die ich immer dann verspürte, wenn ich mich geborgen, mich zu Hause fühlte. Ich wusste, würde ich zurück nach L. A. gehen, würde ich dieses Gefühl verlieren und so schnell nicht wiederfinden.

Behutsam machte ich einen Schritt auf Scott zu. Dann legte ich die Hände um seinen Nacken und stellte mich auf die Zehenspitzen, bis unser Atem sich vermischte. Lächelnd schlang er die Arme um meine Taille und zog mich noch näher an sich heran.

»Gut verrückt«, hauchte ich und bedeckte seine Lippen mit meinen.

Epilog

Auf der Ranch war es noch nie so voll gewesen. Im Minutentakt fuhren Autos vor, und Menschen stiegen aus, um sich das *Zebra's Field* anzuschauen. Die meisten von ihnen hatte ich noch nie gesehen, also mussten sie von weiter her angereist sein. Und das nur wegen uns. Wegen der Station. Wegen des Traums, den wir lebten.

Trotz des Brandes waren wir in der Lage gewesen, die Eröffnung wie geplant stattfinden zu lassen. Das war nicht nur dem Bauteam des *AWS*, sondern ganz Bibury zu verdanken gewesen. Jeder war gekommen, um uns zu helfen. Schon der Gedanke daran trieb mir erneut die Tränen in die Augen. Einen solchen Zusammenhalt gab es nur selten auf der Welt, und es war schön, ein Teil davon zu sein.

»Hier bist du ja«, sagte ich atemlos, als ich bei den Ställen ankam.

Scott hob den Kopf und schob sich schnell den letzten Bissen seines Twinkies in den Mund. Nachdem er runtergeschluckt hatte, lächelte er. Noch immer ließ dieser Anblick mein Herz schmelzen. »Ja, tut mir leid. Ich brauchte schnell was im Magen und wollte vor der nächsten Gruppe kurz nach Aramis sehen.« Der Hengst schnaubte, als Scott ihm bedächtig durch die Mähne fuhr.

»Das habe ich mir gedacht. Aber es geht jetzt los.« Ich trat auf ihn zu und reichte ihm die Hand. Sofort verschränkte Scott unsere Finger ineinander und zog mit seinem Daumen Kreise über meinen Handrücken. Das Leuchten in seinen Augen war herzerwärmend.

Gemeinsam verließen wir den Stall und wurden direkt von zahlreichen Besuchern begrüßt. Sie alle hatten Unmengen Fragen zu unserem Projekt. Dass das Interesse so groß sein würde, damit hatte niemand von uns gerechnet.

José war wie geplant mit Chuck auf den hintersten Teil der Weide gegangen, wo das Tier in Ruhe grasen konnte, ohne belästigt zu werden. Aber nicht nur Chuck war auf der Weide. In Poppy hatte er endlich eine Freundin gefunden. Dass sie es geschafft hatte, wieder zu Kräften zu kommen, machte uns überglücklich. Leider würde sie niemals ausgewildert werden können, doch wir würden ihr das bestmögliche Leben geben.

»Wir sehen uns später.« Scott drückte meine Hand und gab mir einen flüchtigen Kuss auf die Stirn, ehe er sich der nächsten Gruppe widmete. Langsam rollte er die Ärmel seines Hemdes hoch, räusperte sich dann und führte die zehn Personen zum Gästehaus. Dort war die Fotostrecke aufgebaut worden, die den Aufbau der Station von Anfang bis Ende zeigte.

Scott war ein wunderbarer Touristenführer. Er sprach mit solch einer Professionalität und Begeisterung, dass man an seinen Lippen hängen musste. In den letzten Wochen hatte er mich fast in den Wahnsinn damit getrieben, dass er jeden Tag im Wohnzimmer auf und ab gelaufen war, um seinen Text zu üben. Wenn ich ihn aber so in seinem Element sah, war ich mächtig stolz.

»Ms Pierson, die Eröffnung ist ein voller Erfolg. Ich gratuliere Ihnen ganz herzlich«, sagte Mr Haney. Er hatte den Arm um Mom gelegt, die von einem Ohr zum anderen grinste. Wie versprochen, war sie extra für den heutigen Tag angereist. Doch wenn ich sie mir so ansah, gab es sicher noch einen anderen Grund.

Ich schaute zwischen Haney und Mom hin und her. Dann verschränkte ich die Arme vor der Brust und hob eine Braue. »Denken Sie nicht, es wäre an der Zeit, mich einfach Holly zu nennen?«

Moms Wangen färbten sich rot, während sie mich entsetzt anstarrte. Ich konnte mir ein Kichern nicht verkneifen.

»Dann bin ich einfach Peter.«

»Abgemacht«, sagte ich grinsend. »Und vielen Dank. Aber ohne die Hilfe der Stadt wäre das alles nicht möglich gewesen.«

Auch heute half jeder, wo es nur ging. Amity stand an unserer provisorischen Bar und schenkte Getränke im Akkord aus. Bruno beaufsichtigte das Kuchenbüfett, und Mrs Wallace kümmerte sich um die Dekoration, die heute andauernd wegflog, weil es so windig war. Selbst Frankie war vorhin kurz da gewesen, doch es waren zu viele Menschen für ihn, weshalb seine Pflegerin ihn wieder nach Hause gebracht hatte. Aber ich war froh, dass er es überhaupt kurz geschafft hatte.

Und auch Kim und Aidan brachten sich ein, obwohl sie erst spät in der Nacht angereist waren. Trotzdem begrüßten sie die ankommenden Gäste und reichten ihnen Flyer mit weiterführenden Informationen. Als Kim den Kopf hob und unsere Blicke sich trafen, lächelte sie und winkte. Ich würde ihr nie genug für alles danken können.

Zu den neu angekommenen Gästen gehörte auch Detective Stones. Dass er sich für eine Wildtierauffangstation interessierte, hätte ich nicht geglaubt. Doch er und ich hatten uns ohnehin auf dem falschen Fuß erwischt. Bisher hatte er Brooke und mich ein weiteres Mal zum Verhör gebeten, wo ich die Unterhaltung mit Kingsley noch einmal aus unserer Perspektive hatte schildern sollen.

Die Situation hatte Brooke und mich gewissermaßen zusammengeschweißt. Ich würde nicht sagen, dass wir enge Freundinnen geworden waren, aber wir begegneten einander auf Augenhöhe und mit Respekt. Sicher benötigte sie noch Zeit, sich damit zu arrangieren, dass Scott sich für mich entschieden hatte, aber sie gab sich Mühe, und das rechnete ich ihr hoch an. Sie arbeitete weiterhin professionell und stellte das Wohl der Tiere immer voran.

Ich verabschiedete mich von Mom und Peter und schlenderte über das Gelände, schüttelte Hände, ließ mich in Gespräche verwickeln und beantwortete Fragen. Und mit jeder Minute, die verging, wurde ich glücklicher.

Am Abend saßen wir gemeinsam auf der Veranda. Mom und Peter. Kim und Aidan. Scott und ich.

Bonnie und Clyde waren mit einem Tiertransport ebenfalls hergebracht worden und genossen es in vollen Zügen, nun waschechte Cowcats zu sein.

»Ich bin so stolz auf euch«, sagte Mom und führte die Tasse Tee an die Lippen. »Ich wusste, dass ihr das meistern werdet.«

»Danke. Auch für eure Hilfe.«

Scott nickte. »Ja, ohne euch alle wäre der Tag niemals

so verlaufen.« Er nahm meine Hand und drückte sie sanft. Etwas, woran ich mich nie gewöhnen würde.

»Ihr habt zwölftausend Dollar erhalten«, sagte Kim auf einmal.

Mein Kopf schnellte zu ihr. »Was?«

Sie nickte. »Die Tombola war ein voller Erfolg. Und außerdem hat jeder was in den Spendeneimer geworfen. Das war echt der Wahnsinn!«

Ich schaute zu Scott, dem man die Überwältigung ebenfalls deutlich ansah.

»Erinnere mich daran, auch noch was reinzuwerfen, bevor wir gehen«, sagte Aidan und küsste Kim auf die Stirn.

»Das ist wirklich nicht nötig«, ging Scott dazwischen.

Aber Aidan schüttelte den Kopf. »Doch, ist es. Nicht nur, weil ich Holly viel zu verdanken habe«, er zog Kim näher an sich heran, woraufhin sie sich grinsend an seine Schulter schmiegte, »sondern weil dieses Projekt großartig ist. Und ich hoffe sehr, dass ihr in Zukunft vielen Tieren in Not ein Zuhause schenken werdet.«

»Das hoffe ich auch«, sagte ich nickend.

»Übrigens, ich habe noch etwas für dich!«, stieß Kim plötzlich hervor und ließ von Aidan ab. Dann griff sie nach ihrer Handtasche und holte eine kleine Schachtel heraus.

»Was ist das?«, fragte ich und nahm sie an mich.

»Mach auf.« Ein aufgeregtes Grinsen legte sich um ihre Lippen.

Ich hob den Deckel an und lächelte. Es war ein neuer Anhänger für unser Armband. Den letzten hatte ich ihr zum Beginn des Sommers geschenkt. Eine kleine Sonne mit einem herzförmigen Stein darin lag in der Schachtel.

»Er steht dafür, dass wir beide in diesem Sommer unsere große Liebe gefunden haben. Privat und auch beruflich«, erklärte Kim.

Meine Augen brannten, und es fiel mir schwer, nicht in Tränen auszubrechen. Ich stand auf und schlang Kim in eine feste Umarmung. »Danke, Blossom. Er ist perfekt.«

»Gern geschehen.« Ein glasiger Schimmer lag auch in ihrem Blick, als sie von mir abließ. »Komm, hängen wir ihn gleich ran.« Sie befestigte den Anhänger an meinem Armband und streckte mir ihre Hand entgegen, an dem der gleiche baumelte.

Wir blieben noch lange zusammen auf der Veranda sitzen, tranken Tee, unterhielten uns, lachten. Der volle Mond strahlte auf uns hinab, und die Sterne glitzerten am Himmel. Ich erinnerte mich nicht daran, wann ich mich zuletzt so lebendig gefühlt hatte wie in jenem Augenblick.

Mom und Peter waren die Ersten, die gingen. »Gute Nacht. Und danke für alles«, sagte er und führte Mom zu seinem Auto. Sie warf mir zum Abschied einen Luftkuss zu und versprach, zum Frühstück wieder da zu sein. Im Grunde hätten die beiden auch im Gästehaus schlafen können, aber vermutlich wollten sie ihre Zweisamkeit genießen.

»Wir gehen dann auch mal rein.« Kim gähnte und streckte sich ausgiebig. Dann schaute sie zu Scott und mir. »Kommt ihr mit?«

Langsam schüttelte ich den Kopf. »Nein, wir bleiben noch etwas.«

»In Ordnung, dann bis morgen.« Sie packte Aidan am Handgelenk und zog ihn auf die Beine.

Doch bevor sie hineingingen, drehte er sich wieder um. »Eine Sache noch. Was hat es mit Blossom und Bubbles auf sich? Es treibt mich in den Wahnsinn, es nicht zu wissen.«

Kim und ich schauten einander kichernd an. »Willst du?«, fragte ich sie.

»Erzähl du ruhig.«

Aidan schaute so erwartungsvoll, als würde die spannendste Geschichte aller Zeiten hinter unseren Spitznamen stecken. Dabei gab es nicht sonderlich viel dazu zu sagen. »In der Highschool waren wir zusammen auf einer Halloweenparty und wollten als Zombie-Powerpuff Girls gehen. Das Problem war, dass wir beide Buttercup sein wollten und uns deshalb so richtig gestritten hatten.«

Kim lachte, und ich stimmte mit ein. Es war ein total lächerlicher Grund, sich zu streiten. Für uns war es auch das erste und letzte Mal gewesen, dass wir uns wirklich in die Haare gekriegt hatten.

»Und, wie ging es weiter?«, fragte Aidan verwirrt.

Ich hob die Schultern. »Nun, wir konnten nicht beide Buttercup sein, also haben wir halt die anderen beiden aufgeteilt. Da Blossom die Anführerin und Kim die mit dem Organisationstalent ist, war schnell klar, dass das ihr Kostüm sein musste. Und Bubbles kann mit Tieren sprechen, das passt ganz gut zu mir.«

Scott lachte leise. »Das stimmt allerdings.«

»Danke, jetzt kann ich endlich wieder ruhig schlafen«, sagte Aidan und legte Kim den Arm um die Schultern. Sie verabschiedeten sich und verschwanden im Haus. Lachend schaute ich den beiden nach.

Ich schmiegte mich an Scotts Schulter und atmete tief durch. »Wir haben es geschafft«, flüsterte ich mit einem Hauch von Wehmut in der Stimme.

»Das haben wir«, entgegnete Scott und gab mir einen Kuss auf die Schläfe. »Aber weißt du, was das Beste ist?«

»Nein, was denn?« Ich hob den Kopf, um ihm in die Augen zu schauen. In seinem Blick war nichts als Liebe zu erkennen.

»Unser Abenteuer fängt gerade erst an.« Er neigte sich zu mir herunter und küsste mich zärtlich.

Scott hatte recht. Wir hatten zwar bereits viel erreicht, aber die eigentlichen Herausforderungen lagen noch vor uns. Es würde Wochen, Monate oder gar Jahre dauern, ehe wir unser Ziel erreicht hätten und den Traum der Station vollständig würden leben können. Aber für den Moment waren wir genau dort, wo wir sein sollten.

Hätte man mir vor einem Jahr gesagt, dass ich in Bibury sesshaft werden würde, hätte ich denjenigen lauthals ausgelacht. Nun saß ich hier, in den Armen des Mannes, den ich über alles liebte, und wusste, dass es so hatte kommen müssen. Trotz der Verluste, die ich durchlebt hatte, und der Ängste, die ich in mir trug, war ich endlich angekommen.

Scott löste sich von mir und strich mir sanft über die Wange. Mein Herz schlug im Einklang mit seinem. Und als ich in seine Augen blickte, wusste ich eines: Ich war nicht nur angekommen, ich war zu Hause.

Ende

Danksagung

Es ist vollbracht. Die *Make a Difference*-Dilogie ist zu Ende erzählt. Mehrere Jahre haben mich Kims und Hollys Geschichten begleitet, weshalb es mir schwerfällt, die beiden nun ziehen zu lassen. Aber auch von den schönen Dingen im Leben muss man sich verabschieden.

Zahlreiche Menschen haben mich auf dieser Reise begleitet, ohne die es dieses Buch (oder eher: diese Bücher) nie gegeben hätte.

Mein Dank gilt meiner Agentin Sophie Riess, ohne die ich niemals ein so wundervolles Verlagszuhause gefunden hätte.

Danke an den Piper Verlag, dass ihr an meine Geschichten glaubt. Ganz besonderer Dank geht an Ronja Keil. Durch deine Anmerkungen ist *Finding Home* zu dem wundervollen Buch geworden, das wir nun alle in den Händen halten können. Ich hoffe sehr, dass ich dir durch das Lektorat nicht allzu viele graue Haare beschert habe. Es war zwar ein Ritt, aber ich habe die Zusammenarbeit sehr genossen und habe das eine oder andere Mal laut gelacht! 😃

Auch Luisa Spang danke ich an dieser Stelle. Ohne dich würde Holly sich wohl noch immer gern an Scotts Armbeuge statt seine Schulter kuscheln! *haha*

Doch auch ohne zahlreiche liebe Kolleginnen würde ich heute nicht hier stehen.

Maja Köllinger & Rune L. Green 🖤 Dieses Buch ist euch beiden gewidmet, denn ohne euch wäre ich schon vor langer Zeit durchgedreht. Danke, dass ihr immer für mich da seid, mir Mut zusprecht und an mich glaubt. Ich bin dem Schicksal unendlich dankbar, dass es uns vor all den Jahren zusammengeführt hat. Ohne euch wäre das Autorinnendasein nicht das, was es ist. Ich habe euch lieb 🖤

Noch ein Extra-Dank an Rune für die wundervollen Illustrationen, die du angefertigt hast. Ich liebe jede einzelne davon abgöttisch!

Und natürlich an Robby Krüger fürs In-Szene-Setzen von Mo und Chuck 😀

Ferner geht mein Dank an Laura Labas, Isabel Clivia, Gina Heinzmann, Ivonne Szynkiewicz, Angelique Dapper, Kate Corell, D. B. Granzow & die Piper-Gang (aka der Piper-Schreibtreff)! Ich liebe all unsere Gespräche und den Austausch!

Danke an meine Patreon-Crew, allen voran Jacqueline Runge – eure Unterstützung bedeutet mir so viel!

Wie immer danke ich natürlich auch meinen Freunden, meiner Familie und meinem Freund, die alle meine wechselnden Launen ertragen müssen und mich trotzdem noch lieb haben (hoffe ich zumindest) 😀

Zu guter Letzt: Danke, dass du dich ausgerechnet für dieses Buch entschieden hast. Ohne dich wäre all dies überhaupt nicht möglich. Ich hoffe, dass dir die Geschichte von Holly & Scott gefallen hat 😊

Wir lesen uns ganz bald wieder!

Alles Liebe
Deine Ana

Eine wildromantische Liebe in Kanada

Coveränderungen vorbehalten

Mareike Allnoch

Where the Hummingbirds Sing

Roman

everlove, 352 Seiten

ISBN 978-3-492-06331-9

Ein Jahr in einem Resort nahe des Lake Louise im Banff-Nationalpark arbeiten! Aufgeregt reist die 20-jährige Lily nach Kanada. Sie ist begeisterte Fotografin und hofft auf tolle Naturaufnahmen, insbesondere von Kolibris. Als sie auf den Ranger Ben trifft, fühlt sie sich sofort zu ihm hingezogen. Aber Ben hat mit seiner Vergangenheit zu kämpfen ,und Lilys Zeit in den Rocky Mountains ist begrenzt. Sie weiß, sie sollte sich nicht in den Kanadier verlieben … doch es ist längst um sie geschehen.

everlove by PIPER

Leseproben, E-Books und mehr unter www.everlove-verlag.de

everlove

Die Liebe ist wunderbar und
unendlich vielseitig!
Deshalb finden bei everlove auch alle
Facetten der Liebe einen Platz.

WERDE TEIL UNSERER COMMUNITY

everlove.verlag

#allyouneediseverlove

everlove-verlag.de

VERPASSE KEINE NEUIGKEITEN MEHR

Melde dich jetzt für unseren Romance-Newsletter an!

piper.de/newsletter

DU HAST WÜNSCHE, ANMERKUNGEN
ODER FEEDBACK?

Schreib uns gerne!

everlove@piper.de